स्वप्नभूमि

तुलसी आचार्य

SHIKHA
B O O K S

कृति	:	**स्वप्नभूमि**
लेखक	:	तुलसी आचार्य
प्रकाशक	:	शिखा बुक्स shikhabooks@gmail.com
वितरक	:	ज्ञानज्योति बुक्स पब्लिकेसन प्रा.लि. अद्वैतमार्ग, बागबजार, ०१-४२४००६०, ४२५३०२८ publicationgyanjyoti@gmail.com
संस्करण	:	पहिलो २०७९
सर्वाधिकार	:	लेखकमा
आवरण/लेआउट	:	बाबु महर्जन
मूल्य रु.	:	४२५/-
ISBN	:	

दीक्षान्त समारोह

२०१० जुलाई ।

आँखा टट्टाइसक्यो । मलिसा सेरोफेरो कतै पनि देखिइन । खोइ मलिसा ? दीपकले उताउता आँखा डुलाइरह्यो । 'किन देख्दिनँ म मलिसालाई ?' ऊ आफैँसँग फुसफुसाइरह्यो । हिजोकै रात त हो उसले मलिसासँग भेटेको ।

'तिम्रो ग्राजुएसनमा जसरी पनि आउँछु,' मलिसाले भनेकी थिई ।

'म तिम्री प्रेमिका । हुनेवाला जीवनसाथी । तिम्रो अपार खुसीमा आउँदिनँ होला त ! म नआए को आउँछ ?'

अनेक दुःख र कष्ट झेलेर दीपकले दुईवर्षे पढाइ सकाएको थियो । नेपालबाट अमेरिका आएपछि कठिन सङ्घर्ष सुरु भएका थिए । मलिसासँगको उसको भेट जीवनकै अविस्मरणीय क्षण थियो । दीक्षान्त समारोहमा त्यो खुसी साट्ने एक मात्र पात्र हुने थिई मलिसा ।

दीपकको गाउनको बाहुला पाखुराबाट तलसम्म झरेको थियो । बाहुला मिलाउँदै समारोह स्थलतर्फको लस्करमा उभिरहेको उसका आँखा निरन्तर मलिसालाई नै खोजिरहेका थिए । तर मलिसालाई त्यो भीडमा कतै पनि देखिएन ।

'कतै यतै भीडमा बसेर मलाई हेरिरहेकी होली !' मनमनै सोच्यो दीपकले । एकदम उदास र मलिन देखियो उसको अनुहार । त्यसलाई कृत्रिम हाँसोले पुर्ताल गर्न खोज्यो । तर एकदमै असफल भयो । उसले ठूलो सङ्घर्षपछिको उपलब्धि सम्झियो र गहिरो सास फेर्‍यो । 'आज दीक्षान्त समारोहको खुसी, मेरो मन चाहिँ किन दुःखी ?' उसले आफैँसँग सवाल तेर्स्यायो ।

उसकै अगाडि उभिएका थिए विभिन्न विभागको प्रतिनिधित्व गरिरहेका प्राध्यापकहरू । उनीहरू पनि आ-आफ्ना गाउनमा थिए । शैक्षिक उपाधि पाउने विद्यार्थीहरूले शिरमा रङ्गीबिरङ्गी मुकुट पहिरिएका थिए । उनीहरूकै माझबाट अघि बढ्दै जाँदा पाइपरहरूले स्कटिस गीतहरू बजाइरहे ।

विद्यार्थी र प्राध्यापकहरू मीठो मुस्कान पस्किँदै अघि बढिरहे र दीक्षान्त समारोह हलभित्र आ-आफ्नो सिटमा गएर बसे । त्यहाँ केही स्वयम्सेवकहरूले बसाउन सहयोग गरे । हल झन्डै दुई रोपनी जग्गाजतिमा बनेको हुँदो हो । भरिभराउ थियो हल । मानौँ कुनै कन्सर्टका लागि हाजिर छन् मानिसहरू । टाउकाभरि मुकुटहरू थिए रङ्गीबिरङ्गी । काला, पहेँला, राता ।

त्यहाँ उनीहरूका अभिभावकहरू पनि थिए जो आफ्ना सन्तान वा आफन्तका दीक्षान्त समारोहमा सहभागी हुन आएका थिए । उनीहरूको छाती गर्वले अग्लो देखिन्थ्यो । तर त्यहाँ दीपकको हकमा आफन्त भन्ने कोही थिएन । केही साथीहरू नभएका पनि होइनन् । तर खासै आत्मीय थिएनन् । उनीहरूले दीपकलाई हलभित्र देखेर हात हल्लाए । कृत्रिम हाँसोसहित दीपकले हात हल्लायो । उसका आँखाले अझै पनि मलिसाकै भव्य उपस्थिति खोजिरहेका थिए ।

'कहाँ गई मलिसा ?' ऊ गहिरो सोचमा डुब्यो । अमेरिकामा उसको आफन्त भन्ने उही मात्र थिई । दीपकले नेपालमा रहेका बुबाआमा र मामाका लागि दीक्षान्तमा सहभागी हुनका लागि कलेजबाट पत्र बनाएर नपठाएको पनि होइन । तर दूतावासले प्रवेशाज्ञा नै नदिएपछि बबुरो के गरोस् !

दीक्षान्त समारोहस्थल उनीहरूका आफन्तले साउती र सिठी मारेको आवाजले गुन्जायमान थियो । फोटो खिच्ने र भिडियो बनाउनेहरूको तँछाडमछाड नै थियो । क्यामेराका फ्ल्यासहरूले आँखै तिरमिराउने गरी हललाई फूलबारीझैँ बहुरङ्गी बनाइरहेको थियो ।

मञ्चमा विशिष्ट व्यक्ति र क्याम्पसका प्रमुखहरूको आसन ग्रहण चलिरहँदा कार्यक्रम उद्घोषकले एकजना विद्यार्थीलाई बोलायो र माइक्रोफोन दियो । उसले तिख्खर स्वरमा फ्रान्सिस स्कट केले रचना गरेको 'दी स्टार स्प्याङ्गल्ड ब्यानर' अमेरिकी राष्ट्रगान सुनाई । त्यतिबेला दीपकको छातीमा अनायासै नेपाली राष्ट्रगान 'सयौँ थुँगा फूलका हामी एउटै माला नेपाली' को सम्झना उर्लियो ।

दीक्षान्त हल सङ्गीतले गुन्जायमान भयो । सबैजना जुरुक्क उठे । स्वर्गबाट इन्द्रले फूल बर्साउन खोजेजस्तै उत्सविलो वातावरण बन्यो । जसै गान सकियो, सबैजनालाई यथास्थानमै बस्न आमन्त्रण गरियो । तर दीपकका आँखाले अझै पनि मलिसा नै खोजिरहेका थिए ।

विश्वविद्यालयकी प्रेसिडेन्टको स्वागत मन्तव्य निकै लामो र पट्यारलाग्दो थियो । त्यसपछि अरूको पालो आयो मन्तव्य राख्ने । त्यही क्रममा विश्वविद्यालयको क्षेत्रकै नामी कम्पनीको सीईओलाई बोल्न दिइयो ।

हाई हिलमा आएकी अग्ली र गोरो स्प्यानिस बाला थिई सीईओ। कपाललाई पछाडि लगेर बाँधेकी। गाढा रातो लिपिस्टिकमा बोल्ड देखिई। तर उसले विश्वविद्यालयको नाम नै सही उच्चारण गर्न सकिन। उपस्थित केही व्यक्तिहरूले एकअर्कालाई हेरेर खिस्स दाँत देखाइरहे।

'तपाईंहरूले समुदायलाई केही दिनूस्। तपाईंहरूको ज्ञानको सदुपयोग भरपूर होस्। हाम्रो समुदाय, समाज र राष्ट्रका लागि,' उसले भनी, 'तपाईंहरू भर्खरै ग्राजुएट हुँदै हुनुहुन्छ। तपाईंहरूले अझै धेरै गर्नु छ। भर्खरै सुरुवात हुँदै छ तपाईंहरूको दिन।'

सबैले गड्गडाहट ताली बजाए। दीपकले पनि बजायो। उसले वरिपरि हेऱ्यो। सायद ऊ अझै पनि मलिसालाई नै खोजिरहेको थियो। झन् चर्को गरी ताली बजाए सबैले। भाषण लम्बेतान हुँदै जाँदा सबैले आफ्नो आक्रोश तालीमै पोखे सायद। सबैजसो विद्यार्थी मञ्चसम्म पुगेर विश्वविद्यालय प्रेसिडेन्टको हातबाट दीक्षान्त लिएको तस्बिर खिचाउने हतारोमा थिए।

एकैछिनमा डिनले विद्यार्थीहरूको नाम बोलाउन थाले। पहिलो समूहमा स्नातकोत्तर गरेका विद्यार्थीहरू थिए। त्यसमा पनि प्राकृतिक विज्ञान समूहका विद्यार्थीलाई बोलाइयो। अनि मानविकी सङ्कायतर्फ पालो आयो। सबैले एकएक गर्दै मञ्चमा जाँदै प्रमाणपत्र ग्रहण गरेर प्रेसिडेन्टसँग हात मिलाउँदै तस्बिर खिच्दै निक्लिए। दायाँबाट उक्लिएर बायाँतर्फ ओर्लिए।

सबैको अनुहार चहकिलो थियो। त्यो खुसीले उनीहरूलाई नुहाइदिएको थियो। सफलताको त्यस अपूर्व घडीमा उनीहरू प्रफुल्ल देखिन्थे, जसरी बाख्राका पाठापाठी आमाको दूध खान पाउँदाको खुसीमा बुर्कुसी मार्दै उफ्रिन्छन्।

विद्यार्थी मञ्चमा पुग्नेबित्तिकै उनीहरूका आफन्त र साथीहरूको गड्गडाहट ताली बज्थ्यो र समारोहको फ्ल्यासले तिरमिर बनाउँथ्यो आँखालाई। मानौँ त्यहाँ ओस्कारको पुरस्कार थाप्न हलिउड सिताराहरूको बाक्लो जमघट छ।

केहीछिनमै दीपकले पनि त्यही मञ्चारोहण गऱ्यो। उसका आँखा चनाखा थिए। सायद उसले मलिसालाई नै खोजिरहेको थियो। समारोहमा सरिक हुन उसको कलेज पढ्दाका केही साथीहरू पनि आएका थिए। उनीहरूकै ताली बज्यो। दीपकले पनि त्यसरी नै तस्बिर लियो, जसरी अरू विद्यार्थीहरूले प्रेसिडेन्टसँग लिएका थिए।

'मलिसाले कतैबाट लुकेर हेरिरहेकी होली मलाई,' दीपकले मनमनै सोच्यो, 'सायद सरप्राइज दिन चाहन्छे।'

दीक्षान्त समारोह सकियो। विस्तारै सेनामा भर्ती हुँदा लेफ्ट-राइट-लेफ्ट गरी सबैजना हलबाहिर निस्किए। एक प्रकारको उन्मादमा। एकखाले भावोत्तेजनामा। फेरि पनि दीपकले वरिपरि हेऱ्यो। सबैले आ-आफ्ना साथीभाइ र प्रेमी-प्रेमिकासँग तस्बिर खिचाइरहे। उसले कतै मलिसालाई देख्यौ कि भनेर आफ्ना सहपाठीहरूलाई

सोध्यो पनि। तर कसैले त्यस्तो कुनै सूचना दिएनन्। 'मलिसा आज यहाँ भइदिएको भए मेरो खुसीको सीमा हुने थिएन,' दीपक एक्लै भुटभुटियो।

त्यतिबेला साँझको ६ बजिसकेको थियो। गर्मी नै थियो बाहिरी वातावरण। झन्डै असी डिग्री फ़रेनहाइट। केहीबेर दीपक त्यहीँ टोलायो। त्यो हल र बाहिरी चौर सबैले छोडिसकेका थिए। एकदुईजना बाहेक अरू कोही थिएनन्। तिनीहरू पनि फ्ल्यास अन गरेर फोटो सेसनमा थिए।

दीपकले मलिसालाई फोन गऱ्यो। तर मरेकाटे उठेन। स्वीच अफ थियो। तत्कालै भ्वाइस मेसेजमा गयो। धेरैचोटि कोसिस गऱ्यो। तर स्वीच अफ नै भनिरह्यो। एक मनले सोच्यो, 'जान्छु, ऊ बस्ने अपार्टमेन्टको ढोकामै ढकढकाउँछु।' तर उसलाई त्यसो पनि गर्न मन लागेन।

बेस्सरी आत्तियो उसको मन। 'कतै केही पो भइहाल्यो कि मलिसालाई ?' मनमनै भयभीत भयो, 'कसम खाएर आउँछु भनेकी मान्छे किन आइन ? के भयो होला ? मायामा पक्का हुन्छन् भन्थे खैरेको जात! मेरो दुईवर्षे मायालाई कसरी बेवास्ता गर्न सक्छे उसले ?'

दीपक एकोहोरो टोलायो त्यही चौरको एउटा कुनामा। उसले सम्झियो, मलिसासँग अमेरिका आएपछिको पहिलो भेट। ठ्याक्कै दुई वर्षअघि।

एटलान्टा

२००८ जुलाई ।

बीस तारिखमा दीपक जर्जियाको एटलान्टा एयरपोर्ट ओर्लिएको थियो । संसारकै व्यस्तमध्येको एटलान्टा एयरपोर्ट । एयरपोर्टभित्र छुँदा पनि मैलो लाग्ला जस्तो गलैँचामा हिँड्नु पर्दा अनौठो अनुभव भइरहेको थियो दीपकलाई । उसले सोच्यो- अहो ! एयरपोर्ट त यतिसम्म सफा हुन सक्दो रहेछ ।

दीपक अहिलेसम्म नेपाल छोडेर छिमेकी देश भारतसम्म पनि टेकेको थिएन । एयरपोर्टभित्रको ठाउँ हेर्दै सजिसजाउ देखिन्थ्यो । फरक ढङ्गले इन्जिनियरिङ गरिएको त्यस्तो भव्य र अत्याधुनिक भवन दीपकले कहिल्यै देखेको थिएन । त्यसको कसरी व्याख्या गर्ने ? उसले त्यसका लागि कुनै रोज्जा शब्द भेटेन । कहिल्यै नदेखेका वस्तुहरूका लागि उसले कहाँबाट थाहा पाओस्, त्यसको नाम अनि सम्बोधन !

वस्तुहरूको अर्थ र महत्त्व तिनीहरूको नामसँग हुँदो रहेछ कि क्या हो भन्ने पनि लाग्यो दीपकलाई । शेक्सपियरको 'रोमियो र जुलियट' मा उल्लेख छ- नाममा के छ ! गुलाफलाई जुन नामले पुकारे पनि सुगन्ध त आखिर उही रहन्छ । तर नामले पहिचान दिन्छ, अस्तित्व दिन्छ । मानवीय मस्तिष्कमा बिम्ब निर्माण गर्छ ।

र, एउटा मूर्त तस्बिर बनाउँछ शब्दको संयोजनमा र वस्तुको अनुपस्थितिमा पनि शब्दकै माध्यमबाट उपस्थिति जनाइरहन्छ । खैर शब्दले निर्माण गर्ने अर्थ र सत्यका बारेमा धेरै पाश्चात्य दार्शनिक डेरिडा र सिगमन्ड फ्रायडले धेरै कुरा पहिल्यै बताइसकेका हुन् ।

उसका लागि त्यहाँ हरेक कुरा नयाँ थिए । भवन, आर्किटेक्ट, सजावट,

एयरपोर्टभित्रको सौन्दर्य, मानिसहरूको भावभङ्गी अनि मानिसका अनुहारहरू। हुन त विश्वविद्यालयसँग कुरा गरेर दीपकले रूममेट मिलाइसकेको थियो। उनीहरू नै दीपकलाई एयरपोर्ट लिन आउने कुरा थियो। उसले उनीहरूलाई इमेल गरेर आफ्नो फ्लाइट टिकट र जहाज अवतरण हुने समयको पनि जानकारी गराएको थियो।

विमान अवतरण हुँदा साँझको त्यस्तै पाँच बजेको हुँदो हो। अन्तर्राष्ट्रिय विमानबाट आएका यात्रुहरूले भन्सार हुँदै औँठाछाप लिएर मात्रै अमेरिका प्रवेश गर्न पाउने खालको कडिकडाउ नियम थियो। त्यसमा मानिसहरूको लामो पङ्क्ति थियो। घण्टौँको उडानले गर्दा सबै यात्रुहरूको अनुहार थकित अनि मलिन देखिन्थ्यो। सँगसँगै गन्तव्यमा आइपुगेकाले हल्का राहत पाएको पनि देखिन्थ्यो। उनीहरू फेरिरहेको गहिरो सासबाट त्यसको आभास हुन्थ्यो।

एक घन्टा कुरेपछि दीपकको पालो आयो। भन्सारमा पहरेदारझैँ खटिएको एक भीमकाय जीउडालको अश्वेत व्यक्तिले भन्यो, 'कम प्लीज !' त्यस्तो मान्छेसँगको साक्षात्कार दीपकका लागि पहिलो थियो। झन्डै सात फिट अग्लो, बलिष्ट पाखुरा, मोटो ज्यान, ठूलो र भद्दा नाक गरेको त्यो व्यक्ति दीपकको नजिकै आयो।

उसको अनुहारमा किञ्चित मुस्कान थिएन। युद्धमा हारेको सिपाही जस्तो वा भनौँ, जमानत जफत भएको उम्मेदवारजस्तो हालतमा थियो। लाग्थ्यो, उसले मन नलागेको जिम्मेवारी बहन गर्नु परिरहेको छ। निकै कठोर देखिन्थ्यो उसको अनुहार।

त्यतिबेला दीपकले विश्वयुद्धमा लडेका आफ्ना गोर्खाली अग्रजहरूलाई सम्झियो। पल्टनमा भर्ती हुन गएका लाहुरेहरूलाई सम्झियो। यद्यपि ती काला जातिका मानिस र नेपाली लाहुरे दाजुभाइबीच कुनै जोडा मिलान थिएन। उनीहरू हुर्केको समाज, भोगेको समाज अनि देखेको समाज भिन्नाभिन्नै होला सायद। त्यसले उनीहरूको समाज र विश्वप्रतिको दृष्टिकोण पनि फरक होला। दीपकले सोच्यो।

'ह्वाई आर यू इन अमेरिका ?' अमेरिकी अफिसरले प्रश्न गऱ्यो। दीपकको पासपोर्ट र कलेजले पढ्न आउन दिएको आई-ट्वान्टी हेर्दै। ऊ बसेको ठाउँलाई सिसाको पर्खाल जस्तोले घेरेको थियो। पहिलोचोटि त दीपकले बोली नै बुझेन र भन्यो, 'पार्डन।' ती अफिसरले फेरि त्यही प्रश्न दोहोऱ्यायो।

'टू गो टू युनिभर्सिटी,' दीपकले अकमकिँदै भन्यो। उसले कसैले भनेको सुनेको थियो, 'कागजात चित्तबुझ्दो भएन भने अफिसरले इमिग्रेसनबाटै फिर्ता गरिदिन सक्छ।' भित्रभित्रै थरथरायो दीपक।

'ह्वाट्स द नेम अफ योर युनिभर्सिटी ?' अफिसरले फेरि सोध्यो। दीपकले काँप्दै जवाफ दियो, 'जर्जिया युनिभर्सिटी।'

त्यसपछि त्यो अफिसरले अर्को अफिसरलाई बोलाएर दीपकको कागजात जिम्मा लगायो र अर्को अफिसरले दीपकलाई भन्यो, 'फलो मी।' अर्को अफिसर

भने गोरा थियो। अग्लो र पातलो। उसले कम्मरमा बन्दुक भिरेको थियो। दीपकले उसलाई पछ्यायो।

दीपकको नेपालबाहिर पहिलो यात्रा थियो। नयाँ ठाउँ अनि नयाँ परिवेश। ऊ भित्रभित्रै पसिनाले निथ्रुक्क भिज्यो। एयर कन्डिसनले हरेक ठाउँलाई चिसो बनाएकाले पसिना बाहिर देखिएन।

'प्लीज वेइट हियर,' त्यस अफिसरले दीपकलाई भन्यो र कागजात लिएर एउटा कोठाभित्र छिर्‍यो। दीपक त्यहीँको कुर्सीमा थचक्क बस्यो र अग्लो सिलिङतिर यसो नजर डुलायो। सायद दीपक हच्कियो। कतै अमेरिका छिर्ने सपना पूरा नहुने त होइन ?

नेपालको गोदावरी र फूलचोकीमा पाइने काँडे भ्याकुर चरा जस्तो घरी सिलिङतिर त घरी ओहोरदोहोर गरिरहेका अश्वेत र गोरा जातिका मानिसतिर आँखा डुलाइरह्यो। उसैको छेउमा अरू पनि आप्रवासीहरू बसेका थिए। यसो एकअर्कालाई हेरेर मुसुक्क हाँसे। शब्दबिनै आँखै आँखाको भाषामा गफिए। कहिलेकाहीँ मौनतामा असङ्ख्य वार्तालाप हुने गर्छ। त्यो आधुनिक विज्ञानले पनि सम्बोधन गर्न सक्दैन।

करिब आधा घण्टाको बसाइपछि अफिसर बाहिर आयो र भन्यो, 'यू क्यान गो नाऊ। वेलकम टू अमेरिका।' 'थ्याङ्क यू सर !' दीपकले भन्यो। उसको खुसीको सीमा रहेन। हातमा उम्रिएका चिट्चिट् पसिना उसले आफैँले लगाएको पेन्टमा पुछ्यो र लगेज रूमतिर लाग्यो। त्यहाँ पुग्नेबित्तिकै उसले कोही लिन आएका छन् कि भनेर यताउता आँखा नचायो।

नाडीघडी हेर्‍यो। साँझको साढे ६ बजेको रहेछ। लगेज घुमिरहेको ठाउँमा कतै आफ्नो लगेज आयो कि भनेर ध्यान दिन थाल्यो। आफ्नै अघि एक अधबैँसे युवती लगेज कुरेर उभिरहेकी थिई। एक्कासि यात्रुको बीचबाट ह्वात्तै अगाडि आएर एक बलिष्ट पुरुषले युवतीलाई पछाडिबाट च्याप्प समात्यो र मुखमा मुख जोडेर केहीबेर चुमिरह्यो।

दीपक झस्कियो। आफ्नै आँखा अगाडि नै यस्तो दृश्य ! यत्तिकैमा उसका दुइटा लगेज घुम्दाफिर्दै अगाडि आइपुगे। दीपकले दुई हात लगाएर लगेजलाई आफू भएको ठाउँतिर तान्यो र त्यही एकछिन अड्यायो। आफूलाई लिन आउने भनिएका विश्वविद्यालयले मिलाइदिएका रूममेटहरू छन् कि छैनन् भनेर यताउता नियाल्न थाल्यो।

त्यही बेला मोटो र कालो अक्षरमा 'दीपक ! दीपक !!' लेखिएको एउटा प्लेकार्ड बोकेर युवक र युवती हात समातेर उभिरहेको देख्यो दीपकले। युवक अन्दाजी छ फिटको थियो। ज्यान हेर्दा जिमबाट आएजस्तो फुलेका उसका पाखुरा प्लेकार्ड बोकेका बेला छर्लङ्ग देखिन्थ्यो। युवती भने नेपाली केटीजस्तै थिई। सानी, खिरिली। काला आँखा भएकी। लामो कपाललाई धेरै ठाउँ बेरेर पछाडि एउटै

गुजुल्टो बनाएकी थिई।

युवकले घुँडामा अलिअलि 'मङ्की वास' गरेको नीलो जिन्स पाइन्ट र गाढा नीलो टी-सर्ट लगाएको थियो। युवतीले भने पातलो सेतो आउटर सानो लेसमा लगाएकी थिई। त्यो उसको काँधमा हलुका गरी झुन्डिएको थियो। र, थिए ठूला वक्षस्थल। उनीहरूका आँखाहरूले उत्सकुतापूर्वक दीपकलाई नै खोजिरहेका थिए। प्लेकार्ड देख्नेबित्तिकै दीपक उनीहरूकै छेउमा पुग्यो। अलिकति धकाउँदै, अलिकति उत्साहित हुँदै।

'हेल्लो! मलाई लाग्छ, यहाँहरूले मलाई नै खोजिरहनुभएको होला?' दीपकले अलिक अप्ठ्यारो मान्दै भन्यो। आफ्नो टाउकोलाई घुमाउँदै त्यो युवकले 'दीपक' भन्यो। मानौँ उसले दीपकलाई पहिले धेरैचोटि भेटिसकेको छ। अनि दीपकले दिएको हातमा हात मिलाउँदै र बलियो गरी समाउँदै आत्मीय स्वागत गऱ्यो।

'तपाईं त तस्बिरमा देखिएको जस्तै हुनुहुँदो रहेछ। म लुकास!' युवकले अलिक निहुरिँदै परिचय दियो। दीपकले आफ्नो तस्बिर पनि इमेलमा पठाएको थियो। त्यसैले उनीहरूलाई चिन्न सजिलो भयो। 'म भनिसा,' युवतीले हात बढाउँदै भनी। मीठो र नरम लवजले झङ्कृत बनायो दीपकको हातलाई। 'नाइस टू मिट यू,' ऊ मुस्कुराई। गाढा रातो लिपिस्टक पोतिएका उनका ओठहरू तन्किएर आँखाका कुनासम्म पुगे। एउटा मीठो वासना हरहरायो र उड्यो दीपकको वरिपरि।

भनिसा शेक्सपियरका कथामा वर्णित अप्सराजस्ती देखिई। वा भनौँ कुनै अलौकिक परीजस्ती जसलाई पर्वत र समुद्रको छेउमा भेटिन्छ। त्यसै पनि उसका युगल स्तनबीचको खुल्ला भागले दीपकका आँखा र मस्तिष्कलाई तानिहाल्यो। 'नाइस टू मिट यू,' दीपकले अत्तालिँदै आफूलाई सम्हाल्यो र भनिसालाई जवाफ फर्कायो। 'हुन्छ, अब जाऔँ,' त्यही बीचमा लुकासले भन्यो। दीपकको काँधमा धाप मार्दै, औँला पड्काउँदै, हतारो लगाउँदै।

'खोइ कहाँ छ तपाईंको लगेज, कस्तो छ?'

'यहीं छ,' आडैमा रहेका दुईवटा लगेज देखाउँदै दीपकले भन्यो। उनीहरूले लगेज ताने र घिसार्दै कार पार्किङतिर अघि बढे। विस्तारै दीपकको बेचैनी हराउँदै थियो भने भावी दिनहरू सम्झेर एक प्रकारले रोमाञ्चित हुँदै थियो।

दीपकले आफ्ना वरिपरि ओहोरदोहोर गरिरहेका विभिन्न रूपरङ्ग, आकारप्रकारका मानिसहरूलाई हेऱ्यो। कोही युनिफर्म लगाएका तिनै एयरपोर्टका कर्मचारीहरू थिए। सायद कोही लगेज घिसार्दै एयरपोर्ट छिर्दै थिए। कोही स्केलेटरबाट माथि चढ्दै थिए। विभिन्न भाषामा बोलिरहेका मानिसहरूको मन्द आवाज एकोहोरो आइरहेको थियो।

केही मानिस अचम्मित र अलमलमा जस्तै देखिन्थे। लामो विमानयात्राका कारण पनि त्यस्तो भएको हुन सक्थ्यो त्यो। कोही विमान उड्ने समय तालिका हेर्दै

थिए, टीभी स्क्रीनमा । कोही हातमा बोर्डिङ पास लिएर लाइन लाग्दै थिए । कोही लगेज घिसार्दै गेटतिर लाग्दै थिए । कोही सेक्युरिटीतिर लाग्दै थिए । अग्ला हिलमा, पातला लुगामा, पाखुरा र नाइटोमा टाटु बनाएका केही महिलाहरू वरपर गर्दै थिए । दीपकले केहीबेर त्यहाँ नजर डुलायो । अगाडि हिँड्दै जाँदा र विस्तारै पार्किङ लटतिर छिऱ्यो । भनिसा हातमा कारको चाबी खेलाउँदै अगाडि बढी । दीपक र लुकासले लगेज घिसार्दै उसलाई पछ्याए ।

'प्लीज फलो मी !' लुकासले भन्यो ।

'स्योर,' दीपकले अङ्ग्रेजीमै जवाफ फर्कायो । उनीहरूले नेपाली बुझ्ने कुरा पनि थिएन । आखिर दीपकले बोल्नुपर्ने अङ्ग्रेजीमै थियो । अलिअलि पनि अङ्ग्रेजी बोल्न नजान्ने भए त दीपक अमेरिकी विश्वविद्यालयमा पढ्न कहाँ आइपुग्थ्यो र ? त्यसै पनि आइएलटीएस परीक्षामा जम्माजम्मी मिलाएर ६ ल्याएकै थियो । त्यो कलेज भर्नाका लागि चाहिने न्यूनतम मापदण्ड थियो ।

दीपकले एक झमट आफैँतिर हेऱ्यो । काठमाडौँमा विमान चढ्दा लगाएका लुगा दुईदिने यात्रामा खजमजिइसकेका थिए । दीपकले आफूलाई एउटा ठूलो अभियानमा निस्किएको महसुस गऱ्यो । ऊ अमेरिकी युनिभर्सिटीबाट अङ्ग्रेजी विषयमा स्नातकोत्तर अध्ययन गरिसकेपछि विद्यावारिधि गर्न चाहन्थ्यो । अर्थात्, आफ्नो नाम अगाडि डा. लेख्न चाहन्थ्यो । अमेरिकाकै विश्वविद्यालयबाट जागिर खाएर, पैसा कमाएर, अमेरिका आउँदा लागेको ऋण तिर्न र केही बचत गर्न चाहन्थ्यो । अन्ततोगत्वा नेपाल फर्किएर एउटा घर बनाउन चाहन्थ्यो जहाँ आफ्ना आमाबुबा खुसीसाथ बस्न सकून् ।

सके त ऊ अमेरिकामै पनि एउटा सुन्दर घर बनाएर, महँगो मर्सिडिज कार चढेर केही समय बिताउन चाहन्थ्यो । उसले यस्तै सपना कोरल्यो, जुन अमेरिका आउने प्रायःजसो मानिसको हुन्छ । कहिलेकाहीँ उसको मनमा हलिउड छिर्ने, सिनेमा खेल्ने र पैसा कमाउने कल्पना पनि नआएका होइनन् । तर त्यसबारे न उसको ज्ञान थियो, न उसलाई हलिउडमा कसरी पाइला राख्ने भन्ने नै थाहा थियो ।

उसले जहिल्यै सिने-सितारा बन्न चाहिरह्यो । यस अर्थमा उसलाई महत्त्वाकाङ्क्षी भने पनि हुन्छ । अमेरिका छिर्नेहरू प्रायःजसो मानिस ठूलठूला सपना बुन्छन् नै । दीपकको निधारमा पसिनाको चिटचिटाहट देखिन्थ्यो । हेर्दाहेर्दै पसिनाको थोपो तुप्लुक्क झऱ्यो पनि ।

पार्किङ लटमा एसी नभएकाले वातावरण गर्मी थियो । जाडो याममा कहिलेकाहीँ हिउँ पर्ने भए पनि गर्मी महिना अर्थात् जुलाई-अगस्टमा भने उखरमाउलो नै हुन्थ्यो जर्जिया । कार पार्किङ गरेको ठाउँ अझै आइपुगेको थिएन । दीपकले लगेज घिसार्दै लुकास र भेनिसालाई पछ्याइरह्यो ।

'द युनाइटेड स्टेट्स अफ अमेरिका,' लामो सास लिँदै छाती उच्च बनाउँदै

दीपक एक्लै फुसफुसायो। साँझ ढिम्किसकेको थियो। तर बत्तीको झिलीमिलीले दिग्भ्रमित बनाइरहेको थियो। एयरपोर्टमा जाने-आउने, कार पार्किङ गर्ने मानिसहरूको ओहोरदोहोर चलिरहेको थियो। सबै व्यक्ति अनौठा र अपरिचित लाग्यो दीपकलाई। नेपालमा हुन्थ्यो भने उसले सजिलै नेपालीमाझको कुनै विदेशी छुट्ट्याउन सक्थ्यो। तर त्यहाँ को विदेशी! को स्वदेशी! सबै विदेशीजस्तै लाग्यो दीपकलाई। कोही कोही त अर्कै ग्रहबाट पृथ्वीलोकमा झरेका जस्ता देखिन्थे।

यस्ता मानिसलाई दीपकले कहिलेकाहीँ टीभीको समाचारतिर देखेको थियो। तर आज पहिलोपटक आँखै अगाडि नै देखिरहेको थियो। विविधताले भरिएको थियो अमेरिका। 'सायद अमेरिकाको परिभाषा नै यही हो,' दीपकले मनमनै भन्यो, 'आप्रवासीहरूको देश।' पूर्व अमेरिकी राष्ट्रपति फ्र्याङ्क्लिन डी रूजबेल्टले 'सम्झिनुहोस्, हामी, तपाईं र म सबै आप्रवासीका सन्तान हौँ' भनेको पनि दीपकले सम्झियो।

कसैको छाला कोइलाभन्दा पनि कालो थियो, कसैको छाला हिउँभन्दा पनि सेतो। मानौँ उनीहरूको शरीरबाट सबै रगत निकालिएको छ। हरिया आँखा। नीला आँखा। काला आँखा। हरियो कपाल। खैरो कपाल। कालो कपाल। अनेकता र वैविध्य देख्यो दीपकले।

कार पार्क गर्दै गरेकी फेरि अर्की अधबैँसे महिलालाई देख्यो दीपकले। पार्किङ लटमा छोटा-छोटा लुगा टाइट टी-सर्ट र मिनी स्कर्ट लगाएकी, खुला पिँडुला, तिघ्रा अनि उठेको नितम्ब र स्तनबीचको भाग प्रस्ट देखिने कुनै सिनेस्टारजस्ती महिला। उसले पछि मात्र हेक्का पायो, अमेरिकामा प्रायः युवती गेटअपमा सिनेस्टार नै देखिँदा रहेछन्। दीपकले सोच्यो, 'सायद मान्छेहरूले मलाई पनि अर्कै देशको ठान्दा होलान्।'

यसो हेर्दा दीपक मेक्सिकनजस्तै देखिन्थ्यो। उसको छाला, रूपरङ्ग, ठूलो अनुहार र निधार अनि गहुँगोरो वर्ण। गोरेहरू भए उसलाई 'ब्राउन' भन्ने थिए। ठूला काला आँखा, महिलाका जस्ता आँखीभौँ। यस्तै थियो दीपकको रूप र ठम्याउने आधार। दीपकले भनिसा र लुकासलाई अझै पछ्याइरहेको थियो। उनीहरू पार्किङ लटतिर छिरिसकेका थिए। तर उनीहरूले कार पार्क गरेको ठाउँ अझै आइपुगेको थिएन।

एकोहोरो सोचाइमा लगेज घिसार्दै पछ्याइरहेको दीपकको चेतना प्रवाहलाई अवरुद्ध गर्दै लुकास पछाडि फर्क्यो र भन्यो, 'यू ओके म्यान ? हाऊ वाज योर जोर्नी ?'

'म ठीकै छु,' दीपकले आफूलाई सम्हाल्दै भन्यो, 'रमाइलो भयो। अलिक थकित छु। जेट ल्यागले होला सायद।'

भनिसा र लुकासले दीपककै अगाडि चुम्बन साटासाट गरे र अगाडि बढे। तर दीपकले उनीहरू प्रेमी-प्रेमिका भएको पछि मात्र चाल पायो। तैपनि सार्वजनिक स्थलमै चुम्बन पहिलो अनुभव थियो उसका लागि। उसले उनीहरूलाई पछ्याउदै

एकअर्कालाई चुम्बन गरेको हेरिरह्यो ।

उसलाई केही असहज महसुस भयो । लुकास र भनिसालाई त्यसको हेक्का एकरत्ति पनि थिएन । हुन सक्ने कुरा पनि थिएन किनकि उनीहरूको सामाजिक पृष्ठभूमि दीपकको भन्दा नितान्त फरक थियो । अर्थात् उनीहरूका लागि प्रेमी-प्रेमिकाले सार्वजनिक ठाउँमा चुम्बन गर्नु ठूलो कुरा थिएन ।

'दीपक! अब कार पार्किङ आइपुग्न लाग्यो है,' लुकासले भन्यो। उसले अङ्ग्रेजीमा दीपकको नाम 'डीपक' उच्चारण गरेको सुनिन्थ्यो । 'हुन्छ, हुन्छ । म पछ्याइरहेछु,' दीपकले लगेज घिसार्दै थप्यो ।

उनीहरू बल्ल पार्किङ लटमा पुगे । माथि खुल्ला थियो आकाश । आकाशमा ताराहरू टिलपिल टिलपिल गरेर चम्किरहेका थिए । चन्द्रमा हँसिया जस्तो भएर आकाशमा तुर्लुङ्ग झुन्डिरहेको थियो। मानौँ तारा र चन्द्रमाले दीपकलाई अमेरिकामा स्वागत गरिरहेछन् ।

दीपकले फेरि आकाशतिर हेर्‍यो । नेपाल छोड्ने साँझ पनि यस्तै त थियो आकाश । उसले सम्झियो । आकाशमा पृथ्वी नै थर्कने गरी विमानहरूको उडान र अवतरण भइरहेको थियो । विमानहरू फलामे चराझैँ लाग्थे । मानौँ धर्ती नै छोड्न खोज्दैछन् । विमानहरू सुइयँ तल झर्ने अनि सुइयँ माथि जाने गर्दै थिए ।

'ल राखौँ, यी लगेजलाई यहीँ,' लुकासले कार पछाडिको डिकी उचाल्यो । पहेँलो रङ्गको, हुन्डासिभिक कार रहेछ उनीहरूको। डिकीमा विभिन्न सामान कच्याककुचुक पारेर हालेको रहेछन् । त्यो डिकी नखोलुन्जेल त ठीकै थियो । खोलेपछि त सबै सामान छरपस्ट र लथालिङ्ग । मानौँ त्यो समस्यै समस्याको डरलाग्दो पोको हो, अस्तव्यस्तताको सूचक हो । ग्रिक पौराणिक पात्र प्यान्डोरालाई 'नखोल्नू है' भनेर दिएको बक्सको पो याद आयो । प्यान्डोरा बक्स जहाँ बाइबल, प्रेमपत्रदेखि सर्प र चमेरासम्म अटाएको थियो ।

डिकीमा महिलाको चप्पल, किताब, कार्टुन बक्स यत्रतत्र छरिएका थिए । ती सबै सरसामान मिलाउँदै लुकासले ठाउँ बनाइदियो । दुवैले मिलेर लगेज हाले । डिकी बन्द गरे । भनिसाले गाडी स्टार्ट गरी । लुकास अगाडिकै सिटमा बस्यो भने दीपक पेसेन्जर सिटमा । कार अगाडि बढ्यो ।

'दीपक ! पेटी बाँध्न नबिर्सनू है,' भनिसाले भनी । दीपकले नेपालमा एकचोटि पनि कार चढेको थिएन । पेटी बाँध्नुपर्ने अनिवार्यताबारे ऊ अनभिज्ञ नै थियो । 'हुन्छ, धन्यवाद,' दीपकले भन्यो र कार सिटको बेल्टलाई तान्दै कुनामा रहेको अर्को भागमा हुक छिरायो । दीपकले त्यही बेला फेरि अर्को चुम्बनको उत्तेजक आवाज सुन्यो । निसन्देह त्यो भनिसा र लुकासकै थियो ।

'यिनीहरूले जे मन लाग्छ, कारको साटो आफ्नै कोठाभित्र गरे हुने नि !' दीपक फेरि फुसफुसायो । कारमा स्प्यानिस गीत बज्न थाल्यो । त्यो पनि दीपकले पहिलोचोटि

सुनिरहेको थियो। उसले त्यहाँ बुझ्ने एउटै मात्र शब्द थियो, 'अमोर' अर्थात् प्रेम अथवा माया। उसले अङ्ग्रेजी साहित्य पढ्दा कतै लेखेको सम्झियो। विस्तारै भनिसा 'वान सेभेन्टी फाइभ' नामक हाइवेमा छिरी।

सोह्र लेनको हाइवेलाई कारैकारले छपक्कै ढाकेको थियो। दीपक चित खायो। यति फराकिला बाटामा यति धेरै कारहरू प्रतिघण्टा एक सय किलोमिटरको बेगले चलेको। यो पनि उसले जिन्दगीमा पहिलोचोटि देखिइरहेको थियो। उसले यस्तो दृश्य पर्दामा समेत देखेको थिएन। कारको झ्याल नखोलीकनै दीपकले बाहिरतिर हेऱ्यो। उसले आकाशलाई नै छुने गरी भव्य महलहरू अग्लिँदै अग्लिँदै गएको देख्यो।

'पर देखिएका गगनचुम्बी महलहरू जर्जियाको एटलान्टा डाउनटाउन हो, दीपक,' भनिसाले सुनाई। 'ए हो है!' दीपकले बुझेझैँ गऱ्यो। तर उसलाई डाउनटाउन भनेको समेत थाहा थिएन। पछि थाहा पायो, त्यो त प्रमुख सहर अर्थात् कुनै ठाउँको व्यापारिक केन्द्र रहेछ। एटलान्टा जर्जिया राज्यकै राजधानी रहेछ।

दीपकले फेरि पछाडि फर्केर हेऱ्यो। कारहरूले बगिरहेको खोलाजस्तो वा भनौँ सलहजस्तो एकनासले पछ्याइरहेको देखिन्थ्यो। कारको प्रकाशले दीपकको आँखा तिरमिरायो। डाउनटाउन पुग्ने बेलामा अन्य लेनहरू थपिँदै गए। बाटाहरू झन् फराक हुँदै गए। गगनचुम्बी महलहरू अझ अग्लिँदै गए।

रात परिसके पनि बाटाभरि सवारी साधनका प्रकाश र डाउनटाउनको झिलीमिली थियो वरिपरि। कारहरू अझ बढी थपिँदै गए बाटाभरि। एउटा जादुको प्रयोग भएजस्तो, आफ्नै आँखा अगाडिको दृश्य सपनाजस्तो लाग्यो दीपकलाई।

'त्यसै सपनाको देश भनिएको रहेनछ अमेरिकालाई,' उसले मनमनै भन्यो, 'के मेरो सपना पूरा होला?'

डाउनटाउनको उज्यालोले दीपकलाई तिहारको सम्झना गरायो। तिहारमा सबैले घरमा दियो र मैनबत्तीहरू बाल्थे। घर झिलीमिली र रमाइलो हुन्थ्यो। उसले मैनबत्तीको वासना आफ्नो नाकसम्म आएको महसुस गऱ्यो। आमाबुबालाई र उनीहरूको सपनालाई सम्झियो। उसका आँखा रसिला भएर आए। विस्तारै डाउनटाउन पछाडि पऱ्यो। कार अगाडि बढिरह्यो।

'दीपक, तपाईं बोल्नै छोड्नुभयो त। ठीक छ नि खबर?' भनिसाले कार हाँक्दै सोधी। ऊ लेन चेन्ज गर्न खोजिरहेकी थिई। 'कुन विषय पढ्न आउनुभएको हो नि?' बल्ल भनिसाले दीपकको पढाइको बारेमा सोधी। ऊ आफ्नै मनोभावमा चुर्लुम्म डुबिरहेको थियो।

दीपकले भनिसातिर हेऱ्यो। उसका आँखाहरू ध्यानपूर्वक अगाडि बाटोतिर थिए। उसका देब्रे हातले स्टेरिङ नियन्त्रण गरिरहेको थियो भने दाहिने हातले लुकासको देब्रे हातलाई सुमसुमाइरहेको थियो।

'क्रियटिभ राइटिङ,' निश्चिन्त हुँदै दीपकले भन्यो।

'ओ नाइस !' भनिसाले भनी, 'मैले धेरै सुनेकी छु, त्यस प्रोगामको बारेमा ।'

'आई होप सो ।'

'ग्राजुएट भएपछि के गर्ने विचार छ ?' भनिसाले फेरि सोधी । उसको हातको अवस्था उही थियो । बाटाका कारहरू पातलो हुँदै थिए, जसको कारण बाटाहरू खुल्ला हुँदै थिए । कार अगाडि बढिरहेको थियो । बाटामा कार हुइँकिँदाको एकोहोरो आवाज आइरहेको थियो । सायद भनिसा गफ गर्दै दीपकलाई सहज महसुस गराउन खोजिरहेकी थिई ।

'एउटा नाम चलेको लेखक हुन मन छ । विश्वविद्यालयमा पढाउन मन छ । हलिउड गएर फिल्म खेल्न पनि मन छ,' दीपकले एकै सासमा भन्यो दम्भसहित ।

भनिसाले पत्याई वा पत्याइन । तर उसले ठानी- दीपक महत्त्वाकाङ्क्षी रहेछ ।

'वाऊ दीपक ! यू क्यान डू इट,' भनिसाले हाँस्दै भनी, 'अमेरिका अवसरको देश हो । तपाईंले जे बन्न चाहनुहुन्छ, त्यो सम्भव छ ।'

'धन्यवाद !' दीपकले भन्यो । भनिसाका शब्दहरूले उसमा झन् आत्मबल र साहस दिएका थिए । 'दीपक, तपाईं हेर्दा त भर्खरको लाग्नुहुन्छ !' भनिसाले भनी, 'इफ यू डन्ट माइन्ड, हाऊ ओल्ड आर यू ?'

दीपकले लजाएजस्तो गर्‍यो । हुन त उमेरको हिसाबले ऊ त्यति सानो पनि थिएन । तर उसलाई देख्नेहरू भने सानै ठान्थे । सायद उसको अनुहार त्यस्तै देखिन्थ्यो ।

'मैले पहिलो मास्टर्स डिग्री एक्काइस वर्ष हुँदा सकाएको हुँ,' दीपकले यसरी बोल्यो, मानौँ कुनै जागिरका लागि अन्तर्वार्ता दिइरहेको छ । 'त्यसपछि मैले नेपालमै अङ्ग्रेजी साहित्य र पत्रकारिता पढाएँ । केही पाठ्यपुस्तक पनि लेखेँ । म कविता पनि लेख्न मन पराउँछु,' दीपकले सासै नफेरी बोल्यो । तर भनिसालाई सटीक जवाफ नदिईकन आफ्नै बखानमा उत्रियो ।

'वाऊ ग्रेट, अहसम,' भनिसाले भनी, 'यू क्यान डू इट हियर टू ।'

दीपकले ठान्यो- भनिसाले आफ्नो अङ्ग्रेजी बुझी । तर उसले फेरि दीपक कति वर्षको भयो भनेर सोध्न चाहिन । तर उसको जैविक उमेर अठ्ठाइस वर्ष हो ।

लुकास कानमा हेडफोन लगाएर सायद गीत सुनिरहेको थियो । त्यही तालमा टाउको र जीउ मर्काउँदै थियो । भनिसा बोलेको सुनेर उसले टाउकोबाट हेडफोन हटायो र भनिसातिर फर्केर भन्यो, 'बेबी डिड यू से समथिङ ?'

भनिसा कार हाँकिरहेकी थिई । दाहिने हातले लुकासको देब्रे हात सुमसुमाउँदै भनी, 'केही भनेको होइन बेबी । दीपकसँग गफ गरेको ।' लुकासले भनिसाको उत्तर सुन्यो वा सुनेन, खासै वास्ता गरेन । भनिसालाई चुम्बन गर्‍यो तन्केर र फेरि हेडफोन लगाएर झुम्न थाल्यो सङ्गीतको तालमा ।

'अनि तपाईंलाई अमेरिका कस्तो लागिरहेछ त दीपक ?' भनिसाले फेरि सोधी ।

'इट्स अमेजिङ,' झ्यालभित्रबाट बाहिर हेर्दै दीपकले भन्यो । दीपकसँग जेट

ल्याग र थकान त छँदै थियो । तर अमेरिकाका बाटाहरूले उसलाई अचम्मित पारिसकेका थिए ।

'साँच्चै अचम्म लाग्यो ।'

'कस्तो अचम्म ?' भनिसाले उत्सुक हुँदै सोधी ।

'अवतरण हुने बेला विमानको झ्यालबाट यसो तल हेरेँ । मैले कारैकार बेच्न राखेको रहेछ भन्ठानेको त पार्किङ लट पो रहेछ,' दीपकले हाँस्दै भन्यो ।

'यू आर फन्नी,' भनिसाले हाँस्दै भनी ।

अझै पनि भनिसाले हाँकेको कार एक सय प्रतिकिलोमिटरमा दौडिरहेको थियो । भनिसा हाँसेको सुनेर लुकासले फेरि आफ्नो टाउकोबाट हेडफोन निकाल्यो र भनिसातिर फर्केर सोध्यो, 'के भयो बेबी ? किन हाँसेको ?'

'दीपकलाई माथिबाट हेर्दा कारैकार भएको ठाउँ कार बेच्ने ठाउँ पो रहेछ भन्ने लागेको थियो रे । यहाँ आएपछि पार्किङ लट पो रहेछ भन्ने थाहा भयो रे,' भनिसाले सुनाई र फेरि हाँसी ।

लुकास पनि हाँस्यो र फेरि भन्यो, 'नेपालमा कार पार्किङ लट हुन्न र ?'

'यत्रो ठूलो कहाँ हुनु र ! फेरि सबैसँग कार नै हुन्न,' दीपकले भन्यो ।

'हो र!' अचम्मित हुँदै भन्यो लुकासले । 'नेपाल साँच्ची कस्तो छ ? धेरै पहाडहरू छन्, होइन ?'

'हो नि,' बल्ल मनको कुरा बोल्ने अवसर पाएझैँ दीपकले भन्यो, 'प्राकृतिक हिसाबले साँच्चै सुन्दर छ नेपाल । के छैन नेपालमा ? सुन्दर पहाडहरू, नागबेली नदीहरू, हिउँले टलक्क टल्किने हिमालहरू । चिरबिर-चिरबिर गर्दै उड्ने जाति प्रजातिका चराहरू । रमणीय वन, गुफा, झरनाहरू ।'

दीपक धाराप्रवाह बोलिरहेको सुनेर लुकास अलमलियो । 'आस्ते ! आस्ते !!,' लुकासले भन्यो । तर दीपकले अर्को वाक्य पनि बोलिसकेको थियो, 'सुरम्य तालहरू पर-पर क्षितिजसम्म फैलिएझैँ लाग्छ ।' लुकास एकोहोरो सुनिरह्यो । दीपक नरोकिईकनै फेरि धाराप्रवाह बढिरह्यो, 'पहाडबाट जब स्वच्छ हावा बहन्छ, सारा कुरा बिर्सिन्छ मान्छे । पीडा भुल्छ । जब सूर्य उदाउँछ र तालमा छाया पर्छ, चम्किन्छन् तालहरू सुनौला भएर । माछापुच्छ्रेले आफ्नो अनुहार फेवातालको गहिराइमा देखाउँछ । हरेक पर्यटकलाई सम्मोहित बनाउँछ ।' दीपक पूरै भावनामा पौडियो केहीबेर । सम्झनामा बहकियो । जन्मदेशको बिम्बमा डुबुल्की मार्‍यो ।

'वाऊ सिट ! आई बिलिभ यू आर अ पोएट,' लुकासले अट्टहासका साथ भन्यो, 'लाग्छ, तपाईं त नेपालको शेक्सपियर नै हो ।'

'कवि हुन खोजेको होइन । सत्य कुरा बोलेको हुँ,' दीपकले भन्यो, 'यू सुड अल्सो भिजिट नेपाल । जो कोही नेपालको सुन्दरताले लट्ठ हुन्छ ।' दीपक यसरी प्रस्तुत भयो, मानौँ अमेरिकाभन्दा नेपालै राम्रो छ । गरिब देश पनि भावनामा धनी, सुन्दर र

शक्तिशाली हुन सक्छ भन्ने सायद उनीहरूले थाहा पाएनन् ।

'तपाईंले सगरमाथा चढ्नुभएको छ ?' लुकासले अर्को प्रश्न गऱ्यो । धन्न लुकासलाई सगरमाथा नेपालमा पर्छ भन्ने थाहा रहेछ। पछि दीपकले थाहा पायो, धेरै विदेशीलाई सगरमाथा चीनमा पर्छ भन्ने लाग्दोरहेछ। नेपाल भन्ने देशको नाम सुन्ने त एक प्रतिशत पनि रहेनछन् । जसले सुनेको छ, उसले सोध्ने पहिलो प्रश्न हो, 'तपाईंले सगरमाथा चढ्नुभएको छ ?'

'हैट्ट, कहाँ सगरमाथा चढ्नु ?' दीपकले भन्यो, 'कहाँ सजिलो छ र हिमाल चढ्न ? तर नेपालका धेरै ठाउँ भने डुलेको, घुमेको छु। त्यहाँका प्रायः मानिसलाई समाज र भूगोलका बारेमा थाहा छ। शैक्षिक भ्रमणका क्रममा पूर्व मेचीदेखि पश्चिम महाकालीसम्म पुगेको छु।'

'माउन्ट एभरेस्ट त नेपालमै छ नि होइन र ?' लुकासले फेरि पनि पुष्टि गर्न चाह्यो।

'हो, नेपालमै छ,' दीपकले भन्यो, 'त्यहाँ चढ्नुभन्दा पहिला धेरै तालिम चाहिन्छ। पहिला अरू साना हिमाल चढेको अनुभव पनि हुनुपऱ्यो । अनुभवी पर्वतारोहीहरूले समेत आरोहणका क्रममै मृत्युवरण गरे। सजिलो कहाँ छ र!'

लुकासले फेरि हेडफोन समायो । टाउकोमा लगायो । भनिसा गाडी हाँकिरहेकी थिई। राजमार्ग छोडेर भित्री बाटाहरूमा पनि उत्तिकै कारहरू कुँदिरहेका थिए। ट्राफिक लाइट पास गर्दै जाँदा भनिसाले हाँकेको कार विभिन्न पसलहरू हुँदै बाटो अगाडि बढ्यो। त्यतिन्जेल राति दस बजिसकेको थियो।

घरैघर भएको एउटा आवासीय इलाकामा पुगेर कार रोकियो। घना रूखहरूबीच ठूलो इलाकामा बनेका थिए ती अपार्टमेन्टहरू । अँध्यारोमा पनि वरिपरि केही रूखहरू देखिन्थे । हरेक घरअगाडि कारैकार पार्क गरिएका थिए । लगेज लिएर उनीहरू उक्लिए दोस्रो तलामा।

भनिसाले ढोका खोली र सबैजना भित्र पसे। लुकासले ढोका ढप्कायो। पिज्जा अर्डर गरिएको रहेछ। दीपकले कहिल्यै खाएको थिएन पिज्जा। 'जेट ल्याग' ले गर्दा केही खान पनि मन थिएन। उसले एक टुक्रो समायो। खासै मन पराएन। जिन्दगीमा कहिल्यै स्वाद चाखेको थिएन। पहिलोचोटि जति नै मीठो मानेर खाए पनि मन भरिन नसक्दो रहेछ सायद। उसलाई त्यो रात बिताउनु नै थियो।

'ल यही बैठक कोठामा सुत्नुहोस् आज। भोलि अरू कुरा गरौँला।'

दीपकलाई एउटा ब्ल्याङ्केट, तन्ना र सिरानी दिएर भनिसा र लुकास एउटा कोठाभित्र छिरे। दीपक त्यही भुइँमा सुत्यो। ऊ थकित थियो। जेट ल्याग थियो। निदाइहाल्यो।

अपार्टमेन्ट

रातभरि बिरालाहरू कराए। यता र उता कोल्टे फेर्दाफेर्दै उज्यालो भयो। नयाँ ठाउँ, नयाँ अपार्टमेन्ट। कहाँ जाने ? के गर्ने ? एक किसिमको अलमल भयो दीपकलाई। उनीहरूको एउटै साझा बाथरूम थियो। दीपक त्यहीँ छिऱ्यो। हातमुख धोयो र फेरि बैठक कोठामै आएर पर्खियो। भुइँको गलैँचामा बसेर झ्याल बाहिर हेऱ्यो। 'पपलर' का रूखहरू पालुवा फेर्दै थिए।

बिहानको आठ बजेपछि बल्ल लुकास र भनिसा दुवै बाहिर निस्के। 'गुड मर्निङ दीपक !' भनिसाले भनी। ऊ सिल्पिङ गाउनमै थिई। पातलो वस्त्रबाट उनका ठूला स्तनहरू प्रस्टै देखिन्थे। देख्नेलाई ती स्तनहरू भारी लागे पनि उसको फुर्तिलोपनमा सहज देखिन्थे।

उनका स्तन काठमाडौँका वसन्तपुरका मन्दिरका टुँडालमा कुँदिएका वा अझ भनौँ, मूर्तिकारले वर्षौं लगाएर बनाएका जस्ता लाग्थे। जसलाई हेरेर पुरुष मन कहिल्यै नअघाओस्। अझ भनौँ, उनका स्तनहरू हेर्नका लागि हुन्, छुनका लागि होइनन्।

'गुड मर्निङ !' त्यही गलैँचामै बसीबसी दीपकले भन्यो।

'हामी केही महिनायता यो अपार्टमेन्टमा बसिरहेका छौँ। हामीलाई त ठीकै लागेको छ। यहाँबाट दस मिनेटमै विश्वविद्यालय पनि पुगिन्छ। कस्तो लाग्यो ? यो बैठक कोठा ठीकै छ त तपाईंलाई ?' लुकासले सोध्यो।

हुन त बसाइ र कोठाबारे इमेलमा पहिल्यै कुराकानी भइसकेको थियो। त्यो सँगै दीपकले महिनाको तीन सय डलर जति तिर्नुपर्ने र त्यसैमा पानी-बत्ती समावेश हुने समझदारी भएको थियो।

बैठक भान्सा कोठासँगै जोडिएको थियो। भित्तो घिउ रङ्गको थियो। मास्तिर लामा-लामा हात गरेको एउटा सिलिङ फ्यान थियो। कुनामा एउटा क्यासेट। ठाउँठाउँमा सामानहरू राख्ने ससाना कोठा अर्थात् 'क्लसेट' ढोका, बाथरूमका ढोका, किचनका ढोका थिए। एउटा पुरानो सोफा त्यही कुनामा बेवारिसे जस्तो थियो। एउटा काठको टेबल र केही बेवारिसे कुर्सीहरू पनि थिए।

'यदि अप्ठ्यारो लाग्छ भने हामी प्लाइउडले बारेर एउटा कोठा छुट्र्याइदिन सक्छौं,' लुकासले भन्यो।

'ठीक छ, ठीक छ।' दीपकले साथीहरूलाई दुःख दिन चाहेन। नेपालमा साधारण जीवन बिताएको मानिस थियो दीपक। उसलाई बस्नु र खानुमा भन्दा पनि कसरी चिनिने मानिस हुन सकिन्छ वा राम्रो काम गर्न सकिन्छ भन्ने ध्याउन्न थियो।

'म किसानको छोरो हुँ। दुःख गर्न जानेको छु। मलाई केही गाह्रो छैन।'

'बेबी! के खाने आज ? पिज्जा अर्डर गरौं क्यार!' लुकासतिर फर्केर भनिसाले भनी।

हिजो खाएकै पिज्जाको एक पिसले आजित भइसकेको थियो दीपक। उसलाई त दाल, भात र तरकारी समसमी खान मन थियो। उसले खानाका कुनै परिकार जानेको थियो भने त्यो कि दाल-भात-तरकारी थियो कि त तरकारी-भात-दाल थियो। जसो गरे पनि आखिर दाल-भात-तरकारी नै थियो।

'दीपकसँग कार छैन। त्यसैले उसको सपिङका लागि हामीले नै लगिदिनुपर्छ,' भनिसाले थपी र दीपकतिर फर्केर भनी, 'केही सपिङ गर्नु छ दीपक ?' उसलाई मनकै कुरा गरिदिएझैं लाग्यो। कहाँ जाने ? कहाँ किन्ने ? उसलाई अत्तोपत्तो थिएन।

'हो, चामल, तरकारी किन्नु छ। भाँडावर्तनलगायत भान्साका सामानहरू पनि किन्नु छ,' आफू बसेको ठाउँबाट उठ्दै दीपकले भन्यो।

केहीबेरमै ढोकामा ढकढक गर्दै पिज्जा आइपुग्यो। लुकासले 'थ्याङ्क यू' भन्दै दुई डलर बक्सिस दियो पिज्जाबाहकलाई। रसै चुहिएलाजस्ता चिजले बेरिएको पिज्जाको बासनामा लट्ठियो लुकास। तर दीपकलाई त्यो वासना कत्ति पनि मन परेन।

उसले सम्झियो- आमाले 'छोरा, अमेरिकामा पकाएर खा है' भन्दै लगेजमा हालिदिएको एक मुठी गुन्द्रुक। 'मलाई जस्तै हाम्रो राष्ट्रिय तिहुन गुन्द्रुकको वासना यिनीहरूलाई मन नपर्न सक्छ,' दीपकले मनमनै सोच्यो।

हुन त दीपकलाई गुन्द्रुक पनि कहाँ मन पर्थ्यो र ? तर आमाको मन, नेपाली राष्ट्रिय तरकारी, आमा र देशप्रेम एकैपटक भुलुक्क उम्लिए दीपकको सम्झनामा। यीभन्दा माथि त कोही हुन सक्दा रहेनछन् भन्ने बुझ्यो उसले।

'एक दिन त कसो मन नपर्ला र पिज्जा ?' दीपकले मनमनै भन्यो र लुकासको हातबाट एक टुक्रा समायो। 'वाऊ! कत्रो ठूलो पिस' भन्दै एक छेउ टोक्यो।

पिज्जा खाँदै गफिन थाले तीनजना । दीपकले भने त्यही हातमा लिएको एक टुक्रालाई मन नलागी-नलागी टोकिरह्यो ।

'अहिले हामी यो एक बेडरूम अपार्टमेन्टलाई ६ सय डलर तिरिरहेका छौं । अनि बत्ती र पानीको बिल पनि,' लुकासले पिज्जा टोक्दै भन्यो । यसरी टोक्यो मानौं उसका लागि त्यो सबैभन्दा प्रिय व्यञ्जन हो । 'तपाईंले तीन सयसम्म तिर्नुभयो भने पानी र बत्तीको पैसा लाग्दैन । हामीले पहिले पनि इमेलमा कुरा गरेका थियौं । काम भने मिलेर गर्नुपर्छ । खाना जसले बनायो, उसैले भान्साको सरसफाइ गर्नुपर्छ ।'

'भइहाल्छ नि,' दीपकले भन्यो । तर भित्रभित्रै आफू एकजनालाई खुल्ला बैठक कोठामा बसेको तीन सय डलर महँगो भयो भन्ने नलागेको पनि होइन । तर उसले केही पनि बोलेन । किनभने भोलि केही पर्दा सहयोग उनीहरूसँगै माग्नुपर्थ्यो । कार उनीहरूसँगै थियो । नयाँ ठाउँमा दीपकलाई केही पनि थाहा थिएन ।

दीपकले बैठक कोठामा फेरि नजर डुलायो । भद्रगोल थियो कोठा । किताबहरू छरपस्ट थिए । जुठा भाँडाहरू सिन्कमा त्यत्तिकै असरल्ल थिए । एउटा थोत्रो र पुरानो साइकल बैठक कोठाको एउटा कुनामा लडिरहेको थियो । त्यसकै मुन्तिर त्यो साइकलको चेनबाट झरेको कालो ग्रिजको धब्बा कार्पेटमा लागेको थियो । हल्का सेतो कार्पेट भएकाले त्यो प्रस्टै देखिन्थ्यो ।

बिरालाका आधा दर्जन छाउराछाउरी आफ्नी आमालाई पछ्याउँदै यता र उता लखरलखर हिँडिरहेका थिए । तिनै बिराला थिए दीपकलाई हिजो रातभरि सुत्न नदिने । तिनीहरूको पिसाबको दुर्गन्ध अझै आइरहेको थियो । अर्को कुनाको आडमा सानो ट्रयासबिन थियो, त्यहाँ कागजका टुक्रा र तिनै बिरालाहरूको दिसा थियो ।

एकचोटि त दीपकलाई झनक्क रिस नउठेको पनि होइन । 'यस्तो नाथे कोठालाई म कहाँ तिर्छु तीन सय डलर ?' ऊ भित्रभित्रै मुर्मुरियो, 'कसरी बस्नु यस्तो फोहोरी कोठामा ? के म सफा गर्न आएको हो र यहाँ ?'

फेरि अर्को मनले सोच्यो, 'कम्तीमा मलाई यिनीहरूले बस्ने ठाउँ त दिएका छन् । मलाई लिन एयरपोर्ट पुगे । अमेरिका भन्ने बित्तिकै सपनाको देश कहाँ हुँदो रहेछ र ?'

'के सोच्नुभयो दीपक ?' लुकासले सोचमग्न दीपकलाई झकझकायो । 'तपाईंलाई साइकल चाहिन्छ भने यसैलाई बनाएर चलाउन सक्नुहुन्छ,' उसले त्यहीं कुनानेरको साइकलतिर देखाउँदै भन्यो ।

'ठीक लाग्यो ।' दीपकले आफ्नो अनुहारमा बनावटी हाँसो ल्याउँदै भन्यो, 'राम्रो लाग्यो । म खुसी छु ।'

पिज्जा अझै सिद्धिएको थिएन । सायद गफले पनि ढिलो बनायो । 'साँच्ची तपाईं दुईजना चाहिँ कुन विषय पढ्दै हुनुहुन्छ ?' बल्ल दीपकले सोध्यो । उसको हातमा अझै पनि पिज्जाको त्यही एउटा टुक्रा थियो ।

लुकासले भनिसातिर हेऱ्यो । उसले पनि हातमा पिज्जाको एक टुक्रा समाएको थियो । लुकासले भनिसालाई अँगालो हालेर जुरुक्क उचाल्यो र भन्यो, 'यो मेरी सानी बेबी नर्सिङ पढ्छे, म बिजनेस । हामी दुवै अन्डर ग्राजुएट हौं ।'

'लुकास स्पेनबाट, म पेरूबाट अनि तपाईं नेपालबाट । एउटा सानो संसार नै हुने भयो यहाँ,' भनिसाले खित्का छोडी । लुकासको अँगालोबाट उन्मुक्ति पाउन खोजेभैँ गरी ।

'तपाईंहरू पति-पत्नी हो ?' दीपकले पूरै आँट गरेर सोध्यो ।

'अहिलेसम्म त होइन, तर हामी चाँडै बिहे गर्नेवाला छौं,' दीपकको प्रश्न भुइँमा खस्न नपाउँदै भनिसाले भनिहाली ।

त्यही बीचमा बिरालोले 'म्याउँ' गऱ्यो ।

'यहाँ किन यति धेरै बिरालाहरू ?' दीपकले नजिकै खेल्दै गरेका बिरालाका बच्चाहरूलाई देखाउँदै सोध्यो ।

'लुकासलाई बिरालो मन पर्छ ।'

भनिसा बिरालोको बच्चा भएको ठाउँ पुगी र एउटा बच्चालाई उठाएर ढाड र रौं सुमसुम्याउँदै अँगालोमा बेरेर चुम्न थाली । उसको अर्को हातमा एउटा पिज्जाको टुक्रा अभैै थियो ।

'त्यो साँचो होइन ब्यारे । खासमा हामीसँग एउटा मात्रै आमा बिराली थिई । एक दिन बाहिर निक्लेकी थिई । खोइ कोसँग सेक्स गरी कुन्नि ? परिणाम यी ... यो भयो,' यति भनेर लुकास हलल्ल हाँस्न थाल्यो । भनिसाले लुकासको कुरा सुनेर लजाएभैँ गरी र लाडे पल्टिँदै भनी, 'बेबी ! दीपकलाई एकछिन आराम गर्न दिऊँ । उसलाई अभैै जेट ल्याग लागिरहेको जस्तो छ ।' उसले पिज्जा बक्सलाई नजिकैको डस्टबिनमा कच्याककुच्चुक पारेर हाली ।

'साँच्चै मलाई पनि थाकेजस्तो भएको छ । एकछिन सुत्नुपऱ्यो । राति पनि खासै निद्रा लागेन,' दीपकले भन्यो । उसका आँखाहरू राता र थकित देखिन्थे । भनिसा कोठाभित्र पसेर अर्को एउटा पातलो डसना लिएर आई र दीपकलाई दिँदै भनी, 'यीऽऽ यो पनि ओछ्याउनू ।'

लुकासले कुनानेरको सोफा वर तान्यो र भन्यो, 'यो फोल्डिङवाला सोफा हो । यसैलाई खाटजस्तो बनाएर सुत्न मिल्छ ।' उसले त्यसो गरेर देखाइदियो पनि ।

भनिसाले कोठाबाट ल्यापटप लिएर आई र दीपकलाई दिँदै भनी, 'मन लाग्यो भने यो मेरो ल्यापटप चलाउनू ।'

'ल आराम गर्नू,' दुवै बेडरूमतिर लागे ।

'मन भएका रहेछन् यिनीहरू,' दीपकले मनमनै सोच्यो ।

दीपकले सोफाबाट खाट बनेको ठाउँमा भनिसाले दिएको डसना ओछ्यायो । आफूलाई हिँड्दाहिँड्दै कुनै छहारीमा रात काट्ने कुनै बटुवाजस्तो अनुभूति गऱ्यो ।

त्यही बेला सोफाबाट निक्लिएर एकदुईवटा साङ्ला भुइँमा झरेको पिज्जाको टुक्रा खान लागेको देख्यो । र, ल्यापटप त्यहीँ छेउमा राखेर र आँखा बन्द गर्न खोज्यो । आफ्नो कुनै निजी जीवन नभएकोमा दुःखी भयो ।

यस्तो कोठामा सुतेको तीन सय डलर तिर्नुपर्दा भित्रभित्रै मुर्मुरियो पनि । आफैँले अर्को नयाँ कोठा लिने सोच्यो । तर तत्काल त्यो सम्भव थिएन । उसले कल्पना गरेजस्तो सपना कहाँ सजिलै प्राप्त हुन सक्थ्यो र ! ऊ त्यही कोठामा कोल्टे फेर्न थाल्यो। घरपरिवार अनि आफन्तलाई सम्झियो, जो उसलाई छोड्न एयरपोर्टमा जम्मा भएका थिए। आमाबुबाको आँखामा टिलपिलाएका मोती दाना आँसु सम्झियो ।

'पहिलोचोटि देशबाहिर जाँदै छस् । छोरो होस् । हामीलाई सानै लाग्छ, पिर लाग्छ। कसो गर्लास् ? एक्लै छस्,' आमाको अमृतवाणी कानमा गुन्जियो । अमेरिकाको भिसा लाग्दा बहिनीहरू र आमाबुबाका आँखामा खुसीका आँसु चम्किएको सम्झियो। आमाबुबाले खेतीमा गरेको दुःख सम्झियो। ऊ आफैँ अमेरिकाको भिसा लाग्दा कति खुसी भएको थियो, त्यो पनि सम्झियो ।

छिमेकीहरूले खासखुस गरेको पनि सम्झियो। 'ओइ दीपकले अमेरिकाको भिसा पो पायो अरे। अब त यिनीहरूका दिन चम्किगए नि। अब हेर्दाहेर्दै अमेरिकन डलरले काठमाडौँमा महल ठड्याउने भयो। खप्परमा त लिएरै आएको रहेछ नि।'

'बधाई दीपक ! बधाई !!' धेरैले दिएको बधाई सम्झियो ।

भनिसाले दिएको सिरानी लछप्पै भिज्ने गरी उसका आँखाभरि अनायासै आँसु टप्किए । आँसु मातृभूमि सम्झेर बर्सिएका थिए । अमेरिका टेक्न सफल भएकोमा आएका थिए र उसले आँसुलाई ब्ल्याङ्केटले पुछ्यो र सम्झियो, 'केही महत्त्वपूर्ण कुरा पाउन धेरै कुरा गुमाउनुपर्ने हुन सक्छ।'

सोफा सुताइ खासै आरामदायी भएन दीपकलाई । उसले फेरि भुइँमा ओछ्यान लगायो। यता र उता कोल्टे फेरिरह्यो। आँखा बन्द गर्न खोज्यो। तर विभिन्न सोचले उसको मथिङ्गल खाइरह्यो, 'के मेरो भविष्य बन्ला यो देशमा ? के मेरो सपना साकार होला ?'

उसले आफ्नो अगाडि सारा सपनाहरू बिछ्यायो। अनि हिसाब गर्न थाल्यो, 'के पूरा होला त ?' मौनताले भरियो परिवेश। बिस्तारै साँझ पऱ्यो। एक्कासि आवाज आयो भनिसा र लुकासको कोठाबाट।

'बेबी मोर ! मोर !!' भनिसा स्याँ-स्याँ गर्दै भन्न थाली । केहीबेर चुइँचुइँ आवाज आइरह्यो अनि बिस्तारै हराएर गयो । दीपकले ठान्यो- उनीहरू एकअर्कालाई माया गरिरहेका छन् । 'थाहा छैन, मैले हप्तामा यो कति पटक सुन्नुपर्ने हो ?' दीपकले आफैँसँग प्रश्न गऱ्यो। यत्तिकैमा निदायो। बिहान बिउँझँदा नौ बजिसकेको थियो। भान्सामा भनिसा र लुकास केही परिकार बनाउँदै थिए।

'आज सपिङ गर्न जाने भनेका थियौँ। तपाईं सुतिरहेकाले उठाउन मन लागेन।

अब अर्को दिन जाउँला। हामीसँग पनि चामल छ यहाँ। केही खान मन लाग्छ भने बनाएर खानुहोला,' भनिसाले भनी।

दीपकलाई खासै केही खान मन थिएन। जेट ल्याग त छँदै थियो, सुत्ने समय पनि मिलेको थिएन। रात परेपछि निद्राले छोड्थ्यो। अमेरिकामा रात पर्दा नेपालमा दिउँसो हुन्थ्यो। उसले घरमा अमेरिका आइपुगेको खबर समेत गर्न पाएको थिएन।

'आमाबुबा पर्खिरहेका होलान्, मेरो खबर पाउन,' दीपक झल्याँस्स सम्झियो, 'भोलि बिहानै कलिङ कार्ड किनेर फोन गर्छु घरमा।'

दीपक दिनभरि ओछ्यानमै पल्टिरह्यो साँझ नपरुन्जेल अनेक सपना बुन्दै। त्यसपछि उठेर भान्सातिर गयो। यसो हेर्‍यो, त्यहाँ एउटा 'रामोन नुडल्स' देख्यो। 'यो खाँदा हुन्छ ?' उसले अनुमति माग्यो लुकास र भनिसासँग।

उनीहरूले नाइँनास्ति गरेनन्। 'यताको छेउमा पकाएर खाँदा हुन्छ।'

त्यहाँ विद्युतीय चुलो थियो। दीपकले त्यो कहिल्यै चलाएको थिएन। उनीहरूले पकाउन सिकाइदिए। एउटा भाँडा बसाल्यो। थोरै पानीमा रामोन नुडल्स हाल्यो। नेपालमा पाइने रारा-वाईवाई जस्तो थिएन त्यो। हेर्दा सेतो, कुनै मसला थिएन। के हाल्ने ? अलिकति नुन छर्कियो। उमाल्यो तीन मिनेटजति। कचौरामा खन्याएर काँटा समायो। मुखमा हाल्दा जिब्रो परपरायो।

एक्लै भुतभुतायो, 'के हुन्थ्यो वाईवाई र राराजस्तो मीठो। धनी देश भनेर के गर्नु ? स्वादमा त गरिब रहेछ। स्वाद त बरु आफ्नै देशको खानेकुराको मीठो- चिया, चना, चटपटे, अमिलो पिरो मसला ...।' बालापनमा खाएको चिजको स्वाद जस्तो मीठो दुनियाँमा कहीँ पनि हुँदो रहेनछ भन्ठान्यो उसले।

दीपकले दुईतीन सुरुप खायो। नुडल्सका केही त्यान्द्रा चपायो र घुटुक्क निल्यो। बाँकी फाल्दियो सिन्कमा अनि सफा गर्‍यो। एक गिलास पानी खायो। फेरि सोफामै पल्टियो र यतिबेलासम्म भनिसा र लुकास गुड नाइट भन्दै आफ्नै कोठातिर गइसकेका थिए।

अमेरिका आएको दुई दिन बितिसकेको थियो। उसलाई रातभरि छटपटी भइरह्यो। निद्रै परेन। घरी यता घरी उता पल्टिरह्यो। अमेरिकामा आफ्नो भविष्य के हुने होला भनेर घोत्लियो। बुबाआमाले गरेको दुःख सम्झियो। अमेरिकाका लागि बिदाइ गर्न भेला भएका आफन्तहरूलाई सम्झियो। नसुतीकन रात छर्लङ्गै भयो दीपकको। उसले हिजो भनिसाले चलाउन दिएको ल्यापटप उघार्‍यो। घामका किरण आएर ल्यापटपको स्क्रिनमा नाच्न थाले।

उसले इमेल खोल्न चाह्यो। इनबक्समा दसवटा इमेल देख्यो। धेरैजसो साथीहरूले पठाएका रहेछन्। एकदुईवटा जङ्कमेलबाहेक। 'सबै ठीकै छ साथी ! अमेरिका राम्रैगरी पुगिस् ? धेरै मिस गरिरहेछौ तँलाई,' यस्तै यस्तै थिए इमेल। उसले कल्पना गर्‍यो- काठमाडौँको साइबर क्याफेमा बसेर लेखेका इमेलहरू होलान्।

घण्टाको तीस रुपियाँ तिरेर।

काठमाडौँका सङ्घर्षशील दिन सम्झियो दीपकले। दीपकले पनि त्यसरी नै कलेजसँग कुरा गरेको थियो। र, आज ऊ अमेरिका आइपुगेको थियो। इमेल पढ्दापढ्दै घरीघरी बत्ती झ्याप्प जान्थ्यो र पूरै इमेल पढ्न नपाईकन पैसा तिरेर डेरातिर फर्किनुपर्थ्यो। त्यसरी बस्नुपर्ने नेपालीको बाध्यता थियो। यहाँ त सबैका हातमा ल्यापटप, हातहातमा इन्टरनेट, चौबिसै घण्टा बत्ती। सायद यही त होला धनी देश हुनुको विशेषता।

साथीभाइ र आमाबुबालाई सम्झेर भावुक भयो दीपक। एकदमै एक्लोपन महसुस गऱ्यो। उसका आँखाबाट अनायासै आँसु झरे। आँसु झरेपछि केही राहतजस्तो पनि भयो। एरिस्टोटलले भनेका थिए- दुःखान्त कथामा करुण र त्रासले विरेचन ल्याउँछ। त्यस्तै खाले विरेचन महसुस गऱ्यो उसले। त्यही बेला कसैको पदचाप सुन्यो उसले। लुकास भान्सातिर लम्किरहेको थियो। उसले दीपकलाई उठिसकेको देख्यो र सोध्यो, 'गुड मर्निङ दीपक! कस्तो रह्यो निद्रा ?'

'ठीकै भयो लुकास। धन्यवाद!' लुकासतिर फर्केर दीपकले भन्यो, 'घरको सम्झना आइरहेछ।'

'घरपरिवार छोड्दा यस्तै हुन्छ म्यान!' धाराको पानी खोल्दै लुकासले भन्यो, 'भित्रैबाट बलियो हुनुपर्छ। हामी यहाँ पढ्न आएका हौँ।'

'ठीकै छ लुकास। त्यस्तो केही छैन,' ओठमा कृत्रिम हाँसो ल्याउँदै दीपकले भन्यो। त्यसपछि दीपक उठेर बाथरूमतिर गयो। ऐनामा आफ्ना आँखाका डिलहरू सुन्निएको देख्यो। त्यसपछि भान्सातिर छिऱ्यो। लुकास केही बनाइरहेको थियो। हल्का वासना पनि आइरहेको थियो।

एक्कासि दीपकलाई भोक लागेजस्तो महसुस भयो। 'मीठो वासना पो आइरहेको छ, के पाकिरहेको छ लुकास ?' दीपकले सोध्यो।

'तपाईंलाई भोक लागेको छ भने खानुहोस् अलिकति। मैले खासमा भनिसालाई बनाइदिएको हुँ,' लुकासले भन्यो।

'बजिया! साह्रै माया गर्दो रहेछ आफ्नी प्रेमिकालाई,' मनमनै फलाक्यो दीपकले र भन्यो, 'तपाईं त साँच्चै गहिरो माया गर्नुहुन्छ भनिसाको हैं ?' त्यहीँ नजिकैको कुर्सीमा बस्यो दीपक।

'हो नि,' आफूले बनाएको खाना प्लेटमा पस्किँदै लुकासले भन्यो।

'तपाईं पनि चाख्ने हो अलिकति ? फील फ्री टू ह्याभ सम।'

'के हो र ?' दीपकले कुर्सीबाट उठ्दै खानालाई नियालेर हेऱ्यो।

'इट इज अ स्टीक बर्गर। तपाईं गाईको मासु खानुहुन्छ ?' लुकासले सोध्यो।

'लौ न बित्यास पाऱ्यो बाहुनको छोरालाई। गाईलाई लक्ष्मी मान्ने हिन्दुलाई गाईको मासु खानुहुन्छ पो भन्छ त, हे भगवान्!' दीपक भित्रभित्रै टकटकियो र भन्यो,

'ओ हेल, नो ।' र, त्यस्तो प्रश्न सुन्दा पनि पाप गरेझैँ महसुस गऱ्यो उसले । अघि फैलिएको हर्रर वासना एकाएक बेस्वादिलो भयो ।

'खान त के, म कल्पना समेत गर्न सक्दिनँ । हाम्रो हिन्दु धर्ममा गाई भनेको पवित्र प्राणी हो । उनी लक्ष्मी हुन् अर्थात् कामधेनु भनेर पनि चिनिन्छ हिन्दु धर्ममा । गाईको मासु खानु ठूलो पाप मानिन्छ, जुन पाप कहिल्यै पखालिँदैन भन्ठान्छौँ हामी ।'

'ओ रियल्ली ? सिट्!' लुकास अचम्मित र दुःखी भयो, 'आई एम सो सरी म्यान! मलाई यस्तो थाहा थिएन ।'

'इट्स ओके, फ्रेन्ड! नो प्रब्लम, कल्चर इज अ बिच,' दीपकले भन्यो ।

त्यसपछि लुकास बिफको परिकार लिएर कोठातिर पस्यो । 'ल साथी यहाँ जे छ, जे खान मन लाग्छ हेरेर खानू है । फिल फ्री । अब तपाईं यो घरको सदस्य भइसक्नुभएको छ। पाहुना होइन ।'

'आई विल, थ्याङ्क यू!' दीपकले भन्यो ।

लुकासले बेडरूमभित्र छिरेर चुक्कुल लगायो । दीपक भान्सामा केही खानेकुरा खोज्न थाल्यो । फ्रिजमा रातो आलुको एउटा झोला भेट्टायो ।

नेपाल हुँदा बहिनीहरूले नै खाना बनाउँथे, पस्किन्थे । आमाले कहिलेकाहीँ तरकारी बनाउने, पस्किदिने गर्थिन् । मसालेदार खानाको मगमग वासना लिँदै भान्सामा छिर्थ्यो दीपक । तर आज ऊ आफैँ बनाउँदै छ ।

काठमाडौँ बस्दा कहिलेकाहीँ आफैँले डेरामा नपकाएको पनि होइन । तर यसरी नेपालभन्दा कैयौँ कोश टाढा, समुद्रपारि आएर भान्सामा अँचेरेको भने पहिलोचोटि नै थियो । हातमा लिएर यसो बाहिर निकाल्न खोज्दा प्लास्टिकको झोलाबाट चिप्लिएर सबै आलु भुइँमा छरपष्ट भयो । दीपकले हतार-हतार उठायो । त्यसैलाई पखाल्यो, काट्यो र पकायो अनि ब्रेकफास्ट र लन्च दुवैको रूपमा खायो ।

बिहानको नौ बजेको थियो । दीपकले नेपालमा घर फोन गरेर बुबाआमालाई आफू सकुशल आइपुगेको जानकारी दिन र हालखबर बताउन जरुरी ठान्यो । एकैछिनमा खाजा खाइसकेपछि लुकास र भनिसा प्लेट बोकेर दुवै बाहिर आए ।

'हाउ आर यू दीपक ?' भनिसाले भनी, 'डिड यू ह्याभ ब्रेकफास्ट ?'

'यास भनिसा!' दीपकले भन्यो, 'घरमा फोन गर्नु थियो, कलिङ कार्ड किन्नु थियो ।'

'ठीकै छ । अहिले मसँग दुईवटा कलिङ कार्ड छ । मेरो आमाबुबालाई पेरूमा फोन गर्न किनेकी हुँ । एउटा चलाइराख्नुहोस् । पछि मलाई किन्दिए हुन्छ,' भनिसाले भनी ।

दीपकले 'हवस्' भन्यो र उनीहरूकै फोन प्रयोग गरेर नेपालमा रहेका आमाबुबालाई फोन गऱ्यो ।

'म एकदम ठीक छु । यहाँ मसँगै कलेज जाने साथीहरू रूममेट छन् । उनीहरू धेरै सहयोगी छन् । म कल गर्दै गरूँला । मेरो चिन्ता लिनुपर्दैन ।' यस्तै यस्तै भन्यो दीपकले र फोन राखिदियो । त्यसपछि दीपकले ढुक्क भएको महसुस गऱ्यो ।

'धन्यवाद !' दीपकले भनिसालाई भन्यो । त्यही बेला पानी पर्न थाल्यो बाहिर ।

परपरसम्म मेघ गड्याङगुडुङ गर्जिरहेको थियो । कालो बादलभित्र धर्सा बनेर बिजुली पनि चम्किरहेको थियो । यही बेला लुकासले प्रस्ताव गऱ्यो, 'के कलेज हेर्न जाने हो ?'

'यस्तो बेला ? ठूलो पानी पर्लाजस्तो छ,' दीपक उत्साहित हुँदै भन्यो । आफू पढ्ने विश्वविद्यालय कस्तो होला भनेर कुतूहल छँदै थियो दीपकलाई । 'हुन्छ, जाने हो भने जाऔँ ।' मध्य अगस्टबाट कलेज सुरु हुनेवाला थियो । अझै बाह्र दिन जति बाँकी थियो ।

लुकासले कल्सेटबाट छाता निकाल्यो र दीपकको हातमा दियो । उनीहरू बाहिर निस्के । दीपकले छाता उघाऱ्यो र लुकासलाई पनि त्यही एउटा छातामुनि आउन भन्यो ।

'मलाई चाहिँदैन छाता । मलाई पानीमा रूझ्न मन पर्छ यार !' लुकासले भन्यो ।

'फेरि चिसो लाग्ला नि !' दीपकले सावधानी जनायो ।

'डन्ट वरी म्यान । आई लभ रेन,' लुकासले भन्यो र आकाशतिर हेरेर उत्साहित हुँदै सिमसिमे पानीलाई ग्रहण गऱ्यो ।

'नेपालमा पनि यस्तै पानी पर्दा धान रोप्ने र बाउसे गर्नेहरूको भीड लाग्थ्यो यतिबेला,' दीपकले सम्झियो- पानी पर्ने बित्तिकै हलो, जुवा, गोरु लिएर खेत साउन निस्किने बुबा र बिउ काढ्न निस्किने ऊ आफैँलाई र धान रोप्न निस्किने आमालाई । 'म त किसानको छोरो पो हुँ त,' दीपकले मनमनै भन्यो ।

उनीहरू पैदल यात्रु हिँड्ने बाटो हुँदै कलेजतिर अघि बढे । त्यहाँ सवारी साधन दायाँबाट चल्दा रहेछन् । जाने एकातिरबाट, आउने अर्कोतिरबाट । बीचमा मिडियन । पैदलयात्री हिँड्ने छुट्टै बाटो । साइकल चलाउनका लागि छुट्टै बाटो । अलिअलि ओरालो, अलिअलि उकालो अनि अलिअलि घुमाउरो थियो बाटो । भौगोलिक हिसाबले नेपालको भित्री मधेसजस्तै । त्यो ठाउँको क्षेत्रलाई 'केनेसा' भन्दा रहेछन् । त्यही रहेछ जर्जिया युनिभर्सिटी । उनीहरू बिस्तारै ओरालो झरे ।

प्रायः मानिस दायाँ छेउ गरेर हिँड्दा रहेछन् । बाटाका दुवै छेउतिरै अग्ला, सुरिला रूख थिए । त्यसलाई पपलर भनिँदो रहेछ । कुनै हरिया, कुनै रङ्ग हाल्दै गरेका त कुनै पालुवा हाल्दै गरेका देखिन्थे । त्यसैमाथि चढिरहेका, झरिरहेका थिए साना लोखर्के ।

ठूलो वर्षा होला भनेर डराएको त सिमसिमे पानी बिस्तारै सामसुम गयो । दीपकले त्यही बाटो हुँदै आफूलाई लुकास र भनिसाले एयरपोर्टबाट पिकअप गरेर ल्याएको सम्झियो । हाइवेमुनिबाट क्रस हुनेबित्तिकै आउँदो रहेछ जर्जिया युनिभर्सिटी ।

'ल यही हो हामी पढ्ने कलेज,' लुकासले औँला देखाउँदै भन्यो । दीपकले ओढिरहेको छाता बन्द गऱ्यो र भन्यो, 'वाऊ !' ठाउँ-ठाउँमा भीमकाय भवनहरू देखिन्थे । कुनै त चारपाँच तल्लाका भवन थिए । कुनैमा पनि पर्खाल थिएन । कारहरू

पार्क गरिएका थिए। कार पार्क गर्नलाई मात्र बनाइएका रहेछन् केही भवन।

कलेजको प्राङ्गण वरिपरि निकै हरियाली देखिन्थ्यो। लुकासले विभिन्न भवन देखाउँदै गयो। 'त्यो टेनिस मैदान हो। त्यो थिएटर हल। त्यो मनोरन्जन हल हो जहाँ जिमखाना छ।'

'सबै भवन उस्तै देखिन्छन् त,' दीपकले प्रतिक्रिया जनायो।

'अब क्लासहरू लिन थालेपछि र बारम्बार कलेज आउनजान थालेपछि थाहा हुन्छ। कुन भवन कुन भनेर,' लुकासले थप्यो।

उनीहरूलाई विश्वविद्यालय प्राङ्गण पुग्न ठ्याक्कै दस मिनेट लाग्यो। त्यही नजिकै क्याफ्टेरिया थियो। त्यहीँ छिरे दुवैजना। छातामा लागेको पानी टकटकायो दीपकले।

'साँच्चै ठूलो रहेछ यार युनिभर्सिटी,' दीपकले भन्यो, 'के कफी पाइन्छ यहाँ ? त्यहाँबाट यहाँसम्म हिँडेर आउँदा मेरो त मुखै पो सुक्यो।'

क्याफ्टेरिया पनि विशाल थियो। कक्षा नलागे पनि प्रशासन खुल्लै भएकाले होला, क्याफ्टेरियाभित्र धमाधम कफी र पिज्जा बनिरहेको देखिन्थ्यो।

दीपक र लुकासले एकएक कप कफी हातमा लिए। पैसा लुकासले तिऱ्यो। त्यसपछि उनीहरू त्यही झ्यालको नजिक गएर बसे। फेरि सिमसिम पानी पर्न थालेको थियो। ठूलो चौडा वर्गाकारमा थियो क्याफ्टेरिया। टेबल र कुर्सी मिलाएर राखिएका थिए। बीचबीचमा हिँड्न मिल्ने फराकिलो खाली ठाउँ थियो। एउटा टेबलको वरिपरि दुईदेखि छजनासम्म बस्न मिल्ने गरी बनाइएको थियो।

त्यहाँ ससाना अरू फुडकोर्ट पनि थिए। विभिन्न फ्रेन्चाइज अन्तर्गतका चिकेन विङ्स, पिज्जा, बर्गर, सबवे र म्याकडोनाल्ड्स। केही ग्राहकहरू लाइनमा उभिएका थिए। पिज्जा बर्गर अर्डर गरिरहेका थिए। पिज्जाको मीठो वासना लिँदै, गफिँदै, टाँसिँदै पर्खिरहेका थिए। तर दीपकलाई भने पहिलोचोटि पिज्जा खाएको अनुभव मीठो थिएन। त्यही भएर उसलाई त्यसले आकर्षणभन्दा विकर्षण गऱ्यो।

'हुन त विश्वविद्यालयभित्रको क्याफ्टेरिया हो। तर बाहिरको भन्दा यहाँ महँगो पर्छ खानेकुरा,' लुकासले कफीको चुस्की लिँदै भन्यो। दीपकले सम्झियो- नेपालका कलेजमा क्याफ्टेरियाका दिनहरू। साथीहरू भेला हुने, एक दिन एउटाले खर्च गर्ने, अर्को दिन अर्कोले गर्ने। फेरि बाहिरको भन्दा साँच्चै सस्तो पनि। पाँच रुपियाँमा अघाउन्जेल चनाको तरकारी आउने। 'कस्तो उल्टो पो रहेछ यहाँ त,' मनमनै भन्यो उसले।

'वर्षको कति तिर्नुपर्छ यो कलेजमा तपाईंले ?' कफीको कप समाउँदै दीपकले लुकाससँग सोध्यो। उसलाई पैसाको चिन्ता थियो। ऊ सपनाको देश अमेरिकामा त आएको थियो। तर ऊ केही पैसा ऋण खोजेर आएको थियो। अब कलेजको फी कसरी तिर्ने हो, उसलाई त्यही पिर थियो। नेपालतिरको ऋण पनि त तिर्नु थियो। अमेरिका

आउने भनेर जहाज टिकटको खर्च मागेको थियो उसले साथीसँग। कलेजको पहिलो सेमेस्टरको ट्यूसन फी पनि तिर्न ऋण मागेको थियो उसले साथीसँग।

'एक सेमेस्टरको ६ हजार डलर तिर्छु,' लुकासले भन्यो।

'त्यत्रो पैसा!' दीपक आत्तियो, 'आफैँले तिर्ने हो ?'

'होइन,' लुकासले भन्यो, 'स्वीडेनको सरकारले तिर्छ।' लुकास स्वीडेनको नागरिक थियो। ऊ त्यहाँ आएर पढ्न थालेको एक वर्ष भइसकेछ। 'अनि तपाईंले चाहिँ कति तिर्नुपर्छ ? कसले तिर्छ ?' त्यो प्रश्नले दीपकको पेटमा लात मारेझैँ भयो। लुकासलाई जस्तो नेपाली सरकार दीपकको ट्यूसन फी तिरिदिन सक्ने अवस्था थिएन, न त दीपक आफैँ तिर्न सक्थ्यो।

कलेजसँग कुरा गरेर आधा ट्यूसन घटाएर सेमेस्टरको तीन हजार डलर तिर्ने सम्झौता भएको थियो। त्यो पनि पहिलो सेमेस्टरको ऋणस्वरूप अलिक अगाडि अमेरिका आएको उसकै मिल्ने साथीले ऋण दिएको थियो। नेपालबाटै ऋण खोजेर पन्ध्र सय डलर जति हातमा लिएर आएको थियो। त्यो पनि दीपकले पहिलो महिनाको भाडा तिर्नुपर्ने भइसकेको थियो। काम गर्न नपाए बाँकी दिनहरू झन् कष्टकर हुनेवाला थिए।

'हुन त मलाई साथीले सहयोग गरेको छ अहिले। त्यही तीन हजार जति तिर्नुपर्छ। यो सेमेस्टरको आफैँले तिर्ने हो। तपाईंलाई जस्तो हाम्रो नेपाल सरकारले कहाँ सहयोग गर्छ र ? हाम्रो अलिक गरिब देश पऱ्यो,' दीपकले भन्यो, 'सायद अब काम गर्नुपर्ला।'

'अनि हामी इन्टरनेसनल विद्यार्थीले कलेजबाहिर काम गर्न अनुमति पाउँछौ त ?' छक्क पर्दै लुकासले भन्यो। उसका आँखीभौँ उचालिए।

'त्यही त ठूलो चुनौती हुने भयो,' कफीको कप उचाल्दै र बाहिर हेर्दै दीपकले भन्यो। अझै सिमसिमे झरी परिरहेको थियो। उसले कफीको चुस्की लियो। घाँटीको किलकिलेबाट झऱ्यो। बाहिरबाट आएको विद्यार्थीले कलेजभित्रै काम गर्न सक्थ्यो। तर कलेजबाहिर काम गर्नु गैरकानुनी ठहरिन्थ्यो। कि ग्रीनकार्ड हुनुपऱ्यो कि काम गर्ने अनुमतिपत्र प्राप्त हुनुपऱ्यो। तत्काल यी दुवै हुने कुनै सम्भावना थिएन दीपकका लागि। काम नपाए दीपकको सपना साकार कदापि हुने थिएन।

उसले भारतीय नागरिकहरूले चलाएका रेस्टुरेन्ट र ग्यास स्टेसनमा गुपचुप काम गरेर नेपाली विद्यार्थीले पैसा कमाउँछन्, ट्यूसन फी तिर्छन् र आफ्ना सपना साकार पार्छन् भन्ने सुनेको थियो। साँच्चै भन्ने हो भने त्यही आशामा थियो दीपक। 'नेपालीहरू अलिक छुट्टै हुन्छन् यस्तो मामलामा,' एउटा साथीले उसलाई अमेरिका आउने बेला भनेको थियो। 'खैरेहरूजस्तो इमानदार हुने हो भने जहिल्यै पछि परिन्छ। सोझो औँलाले घिउ आउँदैन साथी।' तर दीपकले यी सबै कुरा लुकासलाई सुनाउन आवश्यक ठानेन। सिमसिमे पानी हेर्दै बाहिरतिर आँखा डुलाइरह्यो। उसले अमेरिका

आउनुअघि जति सहज होला भन्ने सोचेको थियो, अमेरिका टेकेपछि असहज लाग्दै जान थाल्यो।

'इन्डियन स्टोरहरूमा काम खोज्नुपर्ला लुकास,' दीपकले भन्यो।

'किन इन्डियन स्टोर ?' लुकास जिज्ञासु भयो पिउन लागेको कफीको कप मुखमै छोडेर।

'मैले सुनेको छु, उनीहरू थोरै पैसा भए पनि हामीलाई नगदमा हायर गर्न सक्छन् रे।'

दीपकलाई थाहा थियो- त्यो पनि जोखिम मोल्नुपर्ने काम थियो। अध्यागमनका अधिकारीहरूले थाहा पाए दीपकलाई नेपाल नै फर्काइदिन सक्थे र अमेरिकी सपना चकनाचुर हुन सक्थ्यो। 'के गर्ने यार, म बाउको एउटा छोरो। हाम्रो समाजमा मैले नै हेर्नुपर्छ बाउआमालाई। उहाँहरू खेतीमा हुनुहुन्छ। मैले ट्यूसन फी मात्र होइन, उनीहरूलाई आर्थिक रूपमा सहयोग गर्नुपर्छ।'

'द्याट्स रफ म्यान,' लुकासले कफीको अन्तिम चुस्की लिँदै भन्यो। 'गुड लक म्यान!' उसको ओठमाथि कफीको सेतो फिँज टल्कियो। उसले थप्यो, 'तर होसियार रहनू। कथंकदाचित काम गरेको थाहा भयो भने कुरो बिग्रेला र फेरि आफ्नै देश फर्किनुपर्ला।'

'सही हो, सही हो। तर म अरू के गर्न सक्छु र यार!' दीपकले भन्यो। यसो आफ्नै खुट्टातिर हेर्दै शिर निहुरायो।

'बरु यसो गर्नुहोस्। इन्टरनेसनल विद्यार्थीको डाइरेक्टर बुल्कियोलाई एकचोटि भेट्नुहोस् र आफ्नो आर्थिक अवस्थाको बारेमा बताउनुहोस्।'

लुकासको सहानुभूति पाइरहँदा कताकता हीनताबोध भयो दीपकलाई। उसका कानहरू अनायासै ताता भएर आए। के भन्ने ? कसरी रेस्पोन्स गर्ने ? कुनै शब्द नै पाएन। पिउँदै गरेको कफीको अन्तिम घुङ्को सकेर त्यहीँ नजिकैको ट्रयासबिनमा कप हुत्यायो। लुकासले दीपकलाई असहज भइरहेको बुझ्यो। तर यी सबै कुरासँग कसरी जुध्ने भनेर यकिन गर्न सकेन।

'पानी रोकिएला जस्तो भयो। जाऊँ अब घर। फेरि अर्कोचोटि मिलाएर आउँला। अब अगस्ट महिनाबाट हामी हरेक दिन आउने ठाउँ यही नै हो,' लुकासले आफू बसेको ठाउँबाट उठ्दै र कफीकप ट्रयासबिनमा राख्दै भन्यो। दीपकले उदास र मलिन अनुहारमा भन्यो, 'हवस्।' र, अघि आएको बाटो हुँदै उनीहरू अपार्टमेन्ट फर्किए।

अपार्टमेन्ट पुग्दा भनिसा सिन्कभरिका जुठा भाँडा माझिरहेकी थिई। लुकासले पछाडिबाट एकैचोटि भोको बाघले बाख्रालाई जसरी झम्ट्यो। र, भेनिसालाई आफूतिर तानेर फनक्क फर्कायो र ओठमा गहिरो चुम्बन गर्‍यो। यस्ता कुरामा अभ्यस्त हुन केही समय अझै लाग्नेवाला थियो दीपकलाई। 'हाऊ आर यू बेबी ?'

लुकासले भनिसालाई भन्यो। लुकासले भनिसालाई छोडेको सायद दुई घण्टा मात्र भएको थियो। तर उसको क्रियाकलाप हेर्दा वर्षौं भेट नभएजस्तै थियो।

...लाई भन्दा देख्नेलाई लाज भनेझैँ दीपकले अर्कैतिर नजर डुलायो। झ्यालबाट पर रूख चढ्दै गरेको लोखर्केलाई देख्यो। ऊ पोथी लोखर्केसँग जिस्किँदै बुर्कुसी मार्दै थियो। लुकास र भनिसा भान्सामै जिस्किरहे। पालैपालो चुम्बन गरिरहेको आवाज आइरह्यो। नचाहेरै पनि दीपक लुकासतिर फर्कियो। भनिसाको पातलो सर्ट लुकासको भिजेको लुगाको टाँकमा अड्किएर स्तनको टुप्पो बाहिरै देखियो। त्यो देख्ने बित्तिकै दीपकले फेरि लोखर्केतिरै नजर डुलायो। त्यतिबेला लुकासका हात भनिसाको सर्टभित्र छिरिसकेका थिए।

पानी पूर्ण रूपमा रोकिइसकेको थियो। झ्यालबाट हेर्दा पातला बादलभित्रका एकाध धब्बाबाहेक आकाश सफा देखियो। तर हावा मस्त बहिरहेको थियो जसको अनुभव मज्जाले हल्लिरहेका पपलरका पात र हाँगाहरूबाट थाहा पाउन सकिन्थ्यो।

'अब जति सक्दो चाँडो मैले काम खोज्नैपर्छ, पाउनैपर्छ,' दीपकले मनमनै भन्यो। उसलाई कठिन दिनहरू सँघारमै आउन लागेको महसुस भयो।

लुकासले बिस्तारै भनिसाबाट आफूलाई अलग्यायो। भनिसाले नजिकै राखेको पातलो स्वेटर पहिरिई र दीपकलाई हेरी। ऊ झ्यालबाहिर हेरिरहेको थियो। बाहिरको मौसम न्यानो नै भए पनि अपार्टमेन्टभित्र एसी चलाएकाले चिसो भएको थियो कोठा। दीपकलाई वातानुकूलित कोठामा बस्ने बानी परिसकेको थिएन। अमेरिका आएपछि नै उसले आफूलाई अभ्यस्त बनाउँदै थियो।

'आर यू ओके दीपक ? ठीकै छ नि खबर ?' भनिसाले भनी।

'ठीक छ भनिसा !' दीपक भनिसातिर फर्किँदै अलिक ठूलो हाँसोमा भन्यो।

'फल सेमेस्टरका लागि क्लास रजिस्टर गरिसकेको हो दीपक ?' पछाडिबाट भनिसाको ढाड मसाज गर्दै, चुम्बन गर्न लागेको मुख बनाउँदै र भनिसासँग लुटपुटिँदै लुकासले भन्यो।

'छैन, गर्नुपर्ने छ,' दीपकले भन्यो, 'पहिला त काम खोज्नु छ। रजिस्टर गरेपछि पैसाको काम आइहाल्छ।' दीपक फेरि उदास र मलिन देखियो।

'यति चाँडै पैसाको समस्या परिसकेको छ। पैसा नदेखाईकन कलेजले कसरी पढ्ने अनुमतिका लागि आई-ट्वान्टी पठायो त ?' लुकासले सोधिहाल्यो। ऊ अलिक आलोचनात्मक नै थियो। तर्क गर्ने कुरामा अघि सरिहाल्थ्यो।

'फेक डकुमेन्ट बनाएको थिएँ नि,' दीपकले कुनै लाज, सरम र धक नमानी भनिदियो। 'मैले दस हजार रुपियाँ अर्थात् एक सय डलर दिएपछि कर्मचारीले तीस लाख बराबरको ब्याङ्क स्टेटमेन्ट बनाइदियो।'

'यू आर टू फन्नी ?' त्यो सुन्ने बित्तिकै लुकासले हलल्ल हाँस्यो। उसले सायद

त्यो कल्पना समेत गर्न सकेन। दीपकका लागि त्यो त सानो कुरा थियो। नेपालमा अरू ठूलठूला मान्छेले यस्ता घुस दिने, आफ्ना काम बनाउने कत्रा-कत्रा काम गर्छन्, भ्रष्टाचार र घोटालामा विमान नै निलिदिन्छन् भन्ने लुकासलाई के थाहा! दीपक पनि लुकाससँगै हाँस्यो।

सगरमाथाको देशको नागरिक हुँ भनेर घमण्ड गर्दै गर्दा कति भ्रष्ट, अनैतिक र अनुत्तरदायी कर्मचारीतन्त्र रहेछ नेपालको भनेर पनि जानकारी दिइरहेको थियो सायद। तर दीपक आफ्नो ठाउँमा इमानदार थियो। उसका सबै क्रियाकलापका पछाडि अमेरिकी सपना र भविष्य लुकेको थियो।

त्यही हाँसोको बीचमा दीपकले सोध्यो, 'कोही नेपाली यो एरियामा बस्छन्, तपाईंहरूलाई थाहा छ?'

'होलान् तर मलाई थाहा छैन,' भनिसाले लुकासतिर हेर्दै भनी, 'बेबी, तिमीलाई थाहा छ?'

'द्याट्स अ गुड आइडिया,' लुकासले भन्यो, 'पछि मैले थाहा पाएँ भने भनौँला। उनीहरूले तिमीलाई सहयोग पनि गर्न सक्छन्।'

'बलियो र निडर हुनुहोस् दीपक। सफलता हात लाग्छ,' भनिसाले हाँस्दै भनी, 'हामी पनि तपाईंजस्तै अन्तर्राष्ट्रिय विद्यार्थी हौँ। सोचेजस्तो सजिलो कहाँ हुन्छ र हामीलाई! विदेशमा सङ्घर्ष धेरै गर्नुपर्छ।'

भनिसाले हात हल्लाउँदै भनिरही, 'आजभन्दा चार वर्षअगाडि म पेरूबाट अमेरिका आएकी थिएँ। जति बेला आएँ, म यहाँको अमेरिकन परिवारमा उनीहरूको एक वर्षे बच्चा हेर्ने व्यक्तिका रूपमा आएकी थिएँ अर्थात् 'नानी' भएर। आज म यहीँ कलेजमा नर्सिङ पढ्न थालेकी छु। मलाई आशा छ, नर्सिङ सकिने बित्तिकै चाँडै जागिर भेट्नेछु। धैर्य गर्नुपर्छ। यू क्यान डू इट।'

'धन्यवाद भनिसा!' दीपकले भन्यो। भनिसाका कुरा सुनेर निकै आशावादी भयो। ठान्यो- एक दिन आफ्ना सपना अवश्य पूरा हुनेछन्।

चुनौतीहरू

घामका कलिला किरणहरू झ्याल हुँदै बैठक कोठामा छिरेपछि दीपक बिउँझियो। घामका किरणहरूमा धुलाका कणहरू बग्रेल्ती टल्किए र तलमाथि गरेर वरिपरि नाच्न थाले। त्यहाँ घामको उज्यालो नभएको भए ती धुलाका कणहरू सायदै देखिन्थे। जसरी अँध्यारोलाई चिर्नुमा उज्यालोको महत्त्व थियो, त्यस्तै अज्ञानतालाई चिर्नुमा ज्ञानको महत्त्वको अनुभव गर्‍यो दीपकले। दीपक आँखा मिच्दै केहीबेर त्यहीँ अलमलियो।

यथार्थको धरातल भनेको आँधीपछिको अवस्था न हो। उसले फेरि नारायण गोपालले गाएको गीत सम्झियो, 'केही मीठो बात गर, रात त्यसै ढल्किँदै छ, भरे फेरि एकान्तमा रुनु त छँदै छ ... ।' यद्यपि झुकझुके उज्यालो भइसकेको थियो। यो दुनियाँमा सङ्गीत नभएको भए मानिस कसरी जिउँदो हो ? उसले कल्पियो। दीपकले आफूलाई घामका किरणहरूसँग कहाँ अलमल्याउन सकिरहन्थ्यो र ! न घामका किरणहरू नै त्यसरी तर्सिरहन सक्थे झ्यालबाट।

मान्छेको जस्तै प्रकृतिको पनि आ-आफ्नो जिम्मेवारी हुन्छ क्यार। भोलि पनि त्यसरी नै आउने छ किरण। त्यसरी नै तेर्सिने छ। फेरि पनि साकिराले जस्तै नाच्नु छ धुलाका कणहरूले। दीपकले पनि अरू धेरै कुरा सोच्नु छ- बाँकी दिनका, सपनाका। उसका चेतनाबाट किरणहरू हटे र मानसपटलमा बाँकी रहे दीपकको अगाडि आएको आर्थिक चुनौती।

क्लास रजिस्टर गर्ने पहिलो मिति गुज्रिसकेको थियो । अगस्ट महिनाको अन्तिमसम्म क्लास रजिस्टर गरेर तीन हजार डलर ट्यूसन फी पनि तिरिसक्नुपर्ने

थियो। तर ऊसँग नेपालबाट ल्याएको त्यही पन्ध्र सय डलर मात्र थियो। त्यो पनि अलिअलि गर्दै खर्च भइरहेको थियो।

'मैले चाँडोभन्दा चाँडो काम नपाए ट्यूसन फी तिर्न सक्ने छैन' भनेर दीपक भित्रभित्रै अत्तालिएको थियो। साथीले दिएको सहयोगले त्यो सबै फी एकैचोटि तिर्न पुग्ने थिएन। मनभित्र एकतमासको आँधी चलिरहेको थियो। उसले फेरि झ्यालबाहिर हेर्‍यो। कलिला किरणहरू क्रमशः छिप्पिँदै पूर्ण कदको सूर्य बनेर माथिमाथि चढ्दै थियो।

पपलरका रूखमा बसेका चराहरू घामलाई नै छोउँलाझैं गरी हुल बाँधेर चारो खोज्न कतै निस्कँदै थिए। आउनै लागेको जाडो छल्न न्यानो ठाउँको खोजीमा हिँडेका पनि हुन सक्थे। 'सङ्घर्ष त सबैले गर्दा रहेछन्,' दीपकले सोच्यो, 'अँध्यारो चिर्न सङ्घर्ष नगरेको भए यो घमाइलो दिन कहाँ आउँथ्यो र! अनि हामी कहाँ रमाउन पाउँथ्यौँ र पारिलो घाममा ?'

आज साँझ कलेजमा दीपकको पहिलो क्लास थियो। अमेरिकी विश्वविद्यालयको पढाइ कस्तो होला ? पहिलो दिन उत्साहित थियो दीपक। तर ट्यूसन फी तिर्ने चुनौतीले भने उदास थियो। हिजोसम्म अमेरिका आउन पाउनु नै ठूलो अवसर थियो भने आज अमेरिकामा टिक्नु ठूलो चुनौती हुन थाल्यो। उसले यसबारे घोत्लिएर सोचेको पनि थिएन। उसले तारादेवीको गीत सम्झियो, 'सोचे जस्तो हुन्न जीवन, सम्झे जस्तो हुन्न जीवन। जस्तो भोग्यो उस्तै हुन्छ। देखे जस्तो हुन्न जीवन।'

दीपकलाई लागेको थियो, धनी देशमा पैसाको खासै महत्त्व हुँदैन। एकदुई हजार डलर भनेको नेपालको एकदुई हजार रुपियाँजस्तै हो। 'मलाई अमेरिका जाने भिसा मात्र मिलोस् न। तपाईंहरूको सारा दुःख म हटाइदिन्छु,' यस्तै भनेको थियो दीपकले एक दिन आमाबुबासँग। र, यसरी सपना देखेको थियो, देखाएको थियो। दीपकले सोच्यो- लुकासले सल्लाह दिएअनुसार कलेजमा गएर हुलियोलाई भेट्ने र आफ्नो आर्थिक अवस्थाका बारेमा कुरा राख्ने। कतै केही भइहाल्छ कि!

दीपक भान्सामा गयो। पिनट बटर र ब्रेड निकाल्यो। टोस्टरमा ब्रेड ततायो र चम्चाले जाम निकालेर त्यही ब्रेडमा दल्यो र कपाकप खायो। कलेजतिर कुदिहाल्यो। बिहानको त्यस्तै नौ बजेको थियो। उसले सोच्यो, 'पहिला आफ्नै अङ्ग्रेजी विभागका निर्देशक प्रोफेसर ज्याक विलियमसँग कुरा गर्छु। कतै सहायक अनुसन्धानकर्ताको काम पाइने पो हो कि प्रोफेसरसँगै ? प्रोफेसरकै झोला बोकेर हिँड्ने काम पाए पनि केही हदसम्म सहयोग हुने थियो।'

उसलाई थाहा थियो- धेरैले प्रोफेसरको सहयोगी भएर काम गर्छन्। प्रोफेसरलाई नजिक बनाउँछन्। अमेरिका आएका उसका साथीहरू धेरैजसोले आखिर त्यही नै गरेका थिए। अन्ततः ऊ त्यही ढोका ढकढकाउन पुग्यो, जहाँ लेखिएको थियो 'प्रोफेसर विलियम'।

‘कम अन इन,’ प्रोफेसर विलियमले भन्यो, ‘हाऊ मे आई हेल्प यू ?’

‘सर, आई एम दीपक । फ्रम नेपाल ।’

दीपकले त्यसो भन्नेबित्तिकै विलियम आफ्नो कुर्सीबाट जुरुक्क उठ्यो र दीपकसँगै हात मिलाउदै भन्न थाल्यो, ‘ओ, दीपक नाइस टू मिट यू । वेलकम टू आवर डिपार्टमेन्ट । हाम्रो डिपार्टमेन्टमा यसपालि तपाई मात्रै इन्टरनेसनल स्टूडेन्ट हो । ह्याभ अ सिट ।’ दीपकलाई त्यहाँ देख्न पाउँदा विलियम धेरै खुसी र सन्तुष्ट देखिन्थ्यो । मानौँ उसका अगाडि एउटा दुहुनो गाई थियो, जसलाई दुहेर साँझबिहानै दूध र दुग्धजन्य परिकार खान सकिन्छ ।

‘थ्याङ्क यू सर’ भन्दै दीपक बस्यो ।

दीपक आमनेसामने भएर त्यही कुर्चीमा बस्यो । प्रोफेसर विलियम ‘वेट अ मिनेट’ भन्दै कम्प्युटरमा आँखा डुलाउँदै किबोर्डमा हात चलाउन थाल्यो । सायद कम्पोज गर्दै गरेका केही इमेल थिए । दीपकले केहीबेर त्यही अफिस वरिपरि आँखा डुलायो । भित्तामा प्रोफेसर विलियमले विद्यावारिधि गरेको प्रमाणपत्र थियो युनिभर्सिटी अफ क्यालिफोर्नियाबाट । अरू कागजात र पुरस्कार पनि टाँगिएका थिए ।

प्रोफेसर विलियम निकै बौद्धिकजस्तो लाग्थ्यो । उसको पछाडि दायाँदेखि बायाँसम्म पुस्तकै पुस्तकले भरिएको कालो ऱ्याक थियो । सबैभन्दा बढी अङ्ग्रेजी कविताहरू सङ्ग्रह थिए । समलैङ्गिकताका बारेमा पनि बग्रेल्ती पुस्तकहरू देखिन्थे । नेपालमा भए त्यस्ता मानिसलाई ‘हिँजडा’ भनेर होच्याउँथे । बौद्धिक तहमा ‘हिँजडा’हरूको हैसियत हुन सक्नेमा कमै विश्वस्त हुन्थे नेपालीहरू । तर त्यो सोचाइलाई प्रोफेसर विलियमको उपस्थितिले चिरिदिएझैँ लाग्यो दीपकलाई ।

कम्प्युटरमा इमेल बटन सेन्ट गरी प्रोफेसर विलियम दीपकतिर फर्कियो र अनुहारमा प्रसन्नता झल्काउँदै बडो सत्कारका साथ भन्न थाल्यो, ‘अनि कस्तो रह्यो अमेरिका यात्रा ?’

‘ठीकै भयो डा. विलियम,’ दीपकले भन्यो, ‘म त यहाँ एउटा कुरा निवेदन गर्न आएको ।’

‘प्लीज,’ विलियमले भन्यो ।

‘सर ! मलाई आर्थिक समस्या पर्लाजस्तो छ । भनेजति पैसा नभएकाले अहिलेसम्म क्लास रजिस्टर गरेको छैन,’ दीपकको स्वर काँपिरहेको थियो । उसको अङ्ग्रेजी लवज स्पष्ट पनि थिएन । कतैकतै व्याकरण पनि बिग्रिहाल्थ्यो । प्रोफेसर विलियमले ध्यान दिएर सुनिरह्यो । ‘मेरा लागि अनुसन्धान सहायकको आंशिक काम पाए पनि सहज हुने थियो । केही गर्न सक्नुहुन्छ कि ?’

दीपकको कुरा सुन्नेबित्तिकै प्रोफेसर विलियमको निधार खुम्चियो । सायद उसले नसोचेको पायो दीपकलाई । हेर्दाहेर्दै अघिको लैनो गाई सायद थारो लाग्यो उसका लागि र भन्न थाल्यो, ‘हेर्नुहोस् दीपक ! तपाईंले पहिलो सेमेस्टर नै सुरु गर्नुभएको

छैन ।' विलियमले आफ्नो अनुहारबाट चस्मा हटाउँदै थप्यो, 'मसँग तपाईंलाई काम दिने अधिकार छैन । हाम्रो विभागका प्रोफेसरहरूलाई सहायक अनुसन्धानकर्ता चाहियो भने उहाँहरूले नै त्यो पोजिसन खुलाउनुहुनेछ र त्यसका लागि आवेदन दिन सक्नुहुनेछ। प्रतिस्पर्धा जित्नुभयो भने प्रोफेसरले नै तपाईंलाई छान्नुहुनेछ। अहिलेलाई म यति मात्र भन्न सक्छु,' प्रोफेसर विलियमले आफ्नो कुरा प्रस्ट राख्यो ।

दीपकले ढिपी लगाउँदा कतै काम बनिहाल्छ कि भनेर नेपाली पारा देखायो, 'सर! मसँग नेपालमा हुँदा लेखन तथा अनुसन्धान गरेको लामो अनुभव छ। मैले पत्रकारिता विषयमा केही पाठ्यपुस्तक पनि लेखेको छु। यहाँको विभागमा मलाई काम दिन कुनै प्रोफेसर इच्छुक हुनुहुन्थ्यो कि ?'

यति भनिरहँदा दीपक काँपिरहेको थियो । अङ्ग्रेजीमा भाँती पुऱ्याएर भन्न नसके पनि उसले लगभग आफ्नो कुरा मिलाएर भन्यो । वातानुकूलित कोठामा पनि उसको निधारमा मोती दाना पसिना टल्कियो । प्रोफेसर विलियमको कोठामा छिरेको घामको किरणका कारण त्यो पसिना अझ टल्किएको थियो । 'सकेसम्म छोड्नुहुँदैन है छोरा! बोले चामल बिक्छ, नबोले पिठो पनि बिक्दैन,' आमाले भनेको सम्झियो ।

'सर ! कतै काम नमिले म त पढाइमा ध्यानकेन्द्रित गर्न सक्दिनँ होला । खोइ के गर्ने ?' दीपकले भन्यो ।

प्रोफेसर विलियमले दिग्दार मानेझैँ गरी फेरि चस्मा लगायो । अघिसम्म त्यत्रो सम्मान पाएको दीपकलाई विलियमले वास्ता नै गर्न नचाहेझैँ गऱ्यो । कम्प्युटरको किबोर्डतिर एकोहोरिन थाल्यो । सयाद ऊ के उत्तर दिने भनेर अलमलमा पऱ्यो । दीपकतिर हेर्दै भन्यो, 'एकपटक पुस्तकालयतिर जानुस्, त्यहाँ पनि कहिलेकाहीँ कामका लागि विद्यार्थीलाई लिन्छन् । अरू विषयको विभागमा गएर पनि बुझ्न सक्नुहुन्छ। उनीहरूलाई गएर भेट्नुहोस् र आफ्नो बारेमा जानकारी दिइराख्नुहोस्। त्यहाँ सम्भावना हुन सक्छ। तर यहाँ छैन अहिले। आई एम सरी, दीपक ।'

दीपकले अझै पनि आफ्ना कुरा गऱ्यो र थप्यो, 'सर, सोधेको छु। अरू ठाउँमा पनि छैन रे ।' 'लेट मी टेल यू द ट्रुथ दीपक,' प्रोफेसर विलियमले निधार खुम्च्याउँदै कस्तो घामड रहेछ भनेजस्तो गरी भन्यो । 'म तपाईंका लागि केही पनि गर्न सक्दिनँ। यदि तपाईंसँग पैसा तिर्न सक्ने सामर्थ्य छैन भने नेपालतिरै फर्किन सक्नुहुन्छ । कतै काम भेट्ट्यो भने गर्नुहोला पनि। मेरो गोजीमा तपाईंलाई दिने पैसा छैन। हामीले आई ट्वान्टी दिनुअघि तपाईंले बनाएको ब्याङ्क स्टेटमेन्ट हेरेका हौँ । अहिले नै पैसाको समस्या पऱ्यो भन्दा मैले गर्न सक्ने केही छैन। यति नै भन्न सकेँ मैले। गुड लक।'

दीपकका आँखामा आँसु चुहिएला जस्तो भएर आयो। गला अवरुद्ध भयो ।

'मलाई नेपाल फर्किने इच्छा छैन सर । मैले कडाभन्दा कडा परिश्रम गरेर मेरो सपना साकार पार्नु छ। यो पढाइ सकाउनु छ,' दीपकले यतिमात्र भन्यो । मानौँ ऊ यही कुरा पटकपटक दोहोऱ्याइरहेछ। फेरि सम्हालियो- यसरी आफ्ना कुरा भनिरहँदा

कतै प्रोफेसर विलियमलाई रिस उठ्ने त होइन ? हत्त न पत्त भनिहाल्यो, 'हुन्छ सर ! म पुस्तकालयतिर पनि कतै काम भेटिन्छ कि ? एकचोटि बुझ्छु ।'

प्रोफेसर विलियम दीपकतिर नहेरी कम्प्युटरमा काम गर्न थालिसकेको थियो । 'गुड लक' भन्यो र फेरि आफ्नै काममा व्यस्त भयो । बडो हीनताबोध गर्दै दीपक प्रोफेसर विलियमको अफिसबाट बाहिरियो । अमेरिकाका विश्वविद्यालयका लागि अन्तर्राष्ट्रिय विद्यार्थीहरू नै दुहुना गाई हुन् । उनीहरूले नै पैसा छैन भनेपछि कहाँबाट माया पाइन्छ र ! आखिर त्यही सोच्यो दीपकले ।

चौरभरि विद्यार्थीहरू छरिएका थिए । बोटविरुवाका आड लागेर त्यसैको छत्रछायामा बसिरहेका, कोही पुस्तकालयतिर जाँदै गरेका, कोही त्यताबाट फर्कंदै गरेका । दीपक न त्यहाँ भएका कसैलाई चिन्थ्यो, न तिनीहरूले नै दीपकलाई चिन्थे । छोटाछोटा लुगा लगाएर हाफपेन्ट र पातलो टी-सर्ट आउटरमा आफ्ना अग्ला र लामा खुट्टा अनि सुडौल तिघ्राहरू देखाउँदै वयस्क युवतीहरू झुन्ड-झुन्डमा हिँडिरहेका थिए । उनीहरू उड्न लागेका परेवाजस्ता वक्षस्थलहरूलाई अलिक अग्लो बनाएर भित्री भाग देखिने गरी आफूलाई फुकाएर हिँडिरहेका हुन्थे । उनीहरूको नितम्ब पनि त्यसैगरी उठेको हुन्थ्यो । शरीरको आकार त्यसरी नै टिमिक्क मिलेको, कसिलो ज्यान ।

त्यही बेला दीपकको स्मृतिमा आए, रङ्गीन सारीमा सजिएका, कुर्ता सुरुवाल लगाएका नेपाली युवतीहरू । यस्ता छोटा लुगामा सजिन हाम्रा नेपाली युवतीहरूलाई पनि त मन लाग्थ्यो होला । तर हाम्रो समाजले न्याय र नैतिकताको आँखाले कहाँ हेर्छ र ? छाडा, उच्छृङ्खल, चरित्रहीन यस्तै उपनाम दिइहाल्थ्यो । दीपकले मनमनै सम्झियो ।

त्यहीँ हिँडिरहेका थिए, प्रेमी-प्रेमिकाका जोडीहरू गफिँदै, चुम्बन गर्दै । कोही एकअर्काको काखमा लुटुपुटु गरिरहेका थिए त कोही प्रेमिकाको कपालभित्र औँला खेलाउँदै थिए । कोही नजिकैको स्मोकिङ जोनमा चुरोट तान्दै थिए र औँठीजस्तो आकारमा धुवाँ फ्याँक्दै थिए र खेल्दै थिए धुवाँसँगै ।

अपाङ्गता भएको विद्यार्थी ह्वीलचेयरमा कक्षाकोठातिर जाँदै थिई । उसको साथमा कुकुर पनि थियो । 'जेम्स फलो मी,' उसले भनी । कुकुर उसको कुरा बुझेजस्तो गरी भुक्यो र पछ्यायो । अपाङ्गता भएका व्यक्तिका लागि कुकुरको महत्त्व धेरै हुँदो रहेछ । उनीहरूका लागि हिँड्ने छुट्टै बाटो र लिफ्टको सुविधा थियो । यस्तो सुविधा नेपालमा कहाँ छ र ? दीपकले यस्तै सोच्यो ।

उसले केहीबेर त्यतै हेरिरह्यो । मानौँ ऊसँग तत्काल कुनै योजना छैन, लक्ष्य छैन । त्यही धुवाँतिर हेर्दै मनमा कुरा खेलाउन थाल्यो । मैले कसरी राम्रो अङ्क ल्याउने होला ? कसरी पाठ्यपुस्तक किन्ने होला ? कतै आफ्नो सपना पूरा नगरी स्वदेश फर्किनुपर्ने अवस्था त आउने होइन ?

नेपाल फर्कनुपर्‍यो भने यहाँ आउँदा लागेको ऋण कसरी तिर्नु ? मान्छेहरूले के भन्लान् मलाई ? म अमेरिका आउनाले मेरा आमाबाबुको शान बढेको छ, त्यो शान कहाँ हराउँला ? प्लीज गड, सेभ मी। भिसा लागेर अमेरिका आउन्जेल पनि दीपकले यी कुनै कुरा सोचेको थिएन। ऊ अमेरिकाको भिसा लाग्यो भनेर खुसी थियो। बस्।

अमेरिका आउनुअघि उसलाई लागेको थियो, काम सजिलै पाइएला वा अमेरिकाजस्तो देशमा जसले पनि तुरुन्तै सहयोग गर्ला। तर उसले अमेरिका आइपुगेपछि मात्र थाहा पायो- त्यो त सब भ्रम रहेछ। भ्रममा बाँच्नुजस्तो मज्जा यथार्थ धरातलमा कहाँ हुँदो रहेछ र ? दीपकले सम्झियो।

त्यही चौरमा टहलिँदा टहलिँदै साँझको पाँच बजिसकेको थियो। आज दीपकको पहिलो दिनको पढाइ अमेरिकन विश्वविद्यालयमा। सबै कुरालाई दीपकले एकछिन भुल्यो र पस्यो कक्षाकोठामा। उसमा उत्साह र अलमल दुवै थियो। केही विद्यार्थीहरू अघि नै कक्षामा बसिसकेका थिए। कक्षाकोठामा हेर्दा महँगो जस्तो लाग्ने कार्पेट थियो। कुर्सीमै टेबल समेत जोडिएजस्तो गरी बनाइएका कुर्सी लहरै मिलाएर राखिएको थियो। त्यही एउटा कुर्सीमा पछाडि गएर बस्यो दीपक।

गोरा जातिका सबैको अनुहार एउटै लाग्थ्यो। अश्वेत जातिका पनि केही विद्यार्थी थिए। दीपक मात्रै अलग देखिन्थ्यो। उनीहरू मातृभाषामा फरर गफिइरहेका थिए एकअर्कामा। दीपकलाई बुझ्न हम्मेहम्मे पर्‍यो। दीपकलाई लागेको थियो- अङ्ग्रेजी फरर बुझ्छु। नेपालमा हुँदा अङ्ग्रेजीमा पढ्ने र पढाउने गरेको थियो उसले। तर उसको त्यो किताबी औपचारिक भाषा मात्र थियो। उनीहरूले बोलेका शब्द झर्रो र अनौपचारिक भएर होला, दीपकलाई अङ्ग्रेजी जस्तो पनि लागेन। बरु कहिल्यै नसुनेको भाषाजस्तो लाग्यो।

ठीक अगाडि एउटा प्रोजेक्टर थियो पर्दाजस्तो। त्यही कल्याङमल्याङ बीचमा अन्दाजी पैतालिस वर्षकी एक गोरी प्राध्यापकको प्रवेश भयो। अग्लाइ अन्दाजी ६ फिट, रातो प्यान्ट लगाएकी, थाइकट कपाल काटेकी, रातो गाला, ओठमा गाढा लिपिस्टिक लगाएकी, टी-सर्ट लगाएकी। उनको आगमन हुनासाथ सबै शान्त भए। सबैका लागि त्यो विषयको पहिलो कक्षा थियो।

'हाऊ आर यू ?' उसले कक्षा सुरु गरी। दीपकका लागि ती सबै कुरा नौलो लागिरहेको थियो। त्यसपछि उसले कम्प्युटरबाट प्रोजेक्टर अन गरी। पाठ्यक्रम खोली र सेमेस्टरमा केके पढाउने भन्ने बारेमा व्याख्या गर्न थाली। आफूसँग हार्डकपी सिलेबस नभएको, अनलाइन माध्यमबाट हेर्न अभ्यस्त नभएको र अझै सिक्नुपर्ने भएकाले प्रोफेसरले भनेको कुरा पछ्याउन दीपकलाई गाह्रो भइरहेको थियो। उसले हात उठायो र भन्यो, 'यो सिलेबसको हार्डकपी भइदिएको भए सजिलो हुन्थ्यो होला ?'

कक्षाका सबैजसो विद्यार्थीले अचम्मित हुँदै दीपकलाई हेरे । सायद उनीहरूले दीपकको लवज बुझेनन् । उसको लवज मोटो र भद्दा थियो । प्रोफेसरले भनी, 'क्यान यू प्लीज रिपिट ? ह्वाट इज योर नेम ।' दीपकले आफ्नो नाम बतायो । दीपकले फेरि भन्यो । अझै पनि कसैले बुझेनन् । दीपककै छेउमा भएकी अर्की विद्यार्थीले अनुमान लगाई र भनी, 'तपाईंले हार्डकपी सिलेबस भए हुन्थ्यो भन्नुभएको हो ?' अनि दीपकले 'हो' भन्दै मुन्टो हल्लायो । उसका नीला आँखा, नीलै पहिरन र कैलो कपाल र ऐश्वर्य रायको जस्तो वा भनौं कसैले मन पराउने कुनै सेलिब्रेटीको जस्तो मुस्कानले दीपकलाई तान्यो ।

'मलाई बुझ्ने कम्तीमा एकजना त रहिछ यहाँ,' यस्तै सम्झियो दीपकले । अब दीपकले लुकीचोरी हेर्न थाल्यो उसको मुहार ।

'ब्ल्याकबोर्डमा छ डीपक !' प्रोफेसरले भनी । उसले दीपकलाई 'डीपक' भन्नु अस्वाभाविक पनि मानेन ।

'यो ब्ल्याकबोर्ड भनेको के हो ?' दीपकले फेरि सोध्यो । किनकि उसले यो सबै पहिलोचोटि सुनिरहेको थियो । नेपालमा उसले जानेको ब्ल्याकबोर्ड भनेको कालोपाटी हो । त्यसमा सेतो चकले शिक्षकले लेखेर पढाउँथे । त्यही भनेको हो कि भन्ठान्यो । तर फेरि त्यसमा पाठ्यक्रम कसरी हुन्छ ? उसको दिमागमा घुसेन ।

'म पछि बताउँछु डीपक !' तिनै छेउकै विद्यार्थी साथीले भनी । उसले पनि 'डीपक' नै भनी । ऊसँग फेरि बोल्न पाइने भयो भनेर दीपक प्रफुल्ल भयो । किनकि उनको मुद्रा र मुस्कान दीपकले मन पराइसकेको थियो । पछि उसले थाहा पायो, ब्ल्याकबोर्ड भनेको त अनलाइन प्लेटफर्म रहेछ जहाँ विद्यार्थी र शिक्षक सबैको सम्बन्धित पाठ्यक्रमसँग समान पहुँच हुँदो रहेछ । विद्यार्थीहरूलाई जानकारी गराउनु पर्दा वा पाठ्यसामग्री, भिडियोहरू पनि त्यहाँ राख्न सकिँदो रहेछ । ब्ल्याकबोर्डजस्तै काम गर्ने अरू प्लेटफर्म पनि हुँदा रहेछन् । जस्तोः क्यानभास, डिजायर टू लर्न आदि, इत्यादि ।

ऊतिर फर्केर 'हवस्' भन्यो दीपकले । कक्षामै आफ्नो हात अघि सार्दै र दीपकसँग हात मिलाउँदै उसले भनी, 'बाई द वे, माई नेम इज मलिसा ।' उता प्रोफेसरले पाठ्यक्रमको गृहकार्यबारे बताउँदै थिई ।

'थ्याङ्क यू,' दीपकले मलिसालाई भन्यो ।

'यू आर वेलकम,' मलिसाले दीपकलाई भनी ।

हो, यही विन्दुबाट सुरु भएको थियो मलिसा र दीपकको प्रेमकहानी ।

दीपकले मनमनै सम्झियो, 'नेपालमा हुँदा त आफूलाई अङ्ग्रेजीको धुरन्धर लाग्थ्यो । यहाँ त मैले बोलेको कोही पनि बुझ्दा रहेनछन् । म त लाटो देशको गाँडो तन्नेरी पो रहेछु बा । यो गाई खाने भाषा म कहिले राम्ररी बुझ्ने हुन्छु होला ? म कसरी अङ्ग्रेजीको प्रोफेसर हुन सक्छु यो हिसाबले अमेरिकामा ?' दीपककी हजुरआमाले अङ्ग्रेजीलाई गाई खाने भाषा भन्ने गर्थिन् ।

अर्को हप्ताको गृहकार्य दिँदै प्रोफेसर कक्षाकोठाबाट बाहिरिएपछि मलिसा र दीपक सँगै निस्किए।

'क्यान वी वाक टू दी पार्किङ लट ?' मलिसाले भनी, 'मेरो कार त्यहाँ छ।'

'स्योर,' दीपक रोमान्चित हुँदै भन्यो। मलिसाले उसको मन अघि नै खिचिसकेकी थिई। कक्षाकोठाबाट पार्किङ लट पुग्न अन्दाजी पाँच मिनेट थियो।

'कस्तो लाग्यो त क्लास ?' मलिसाले भनी।

'पहिलोचोटि भएर होला, धेरै कुरा नयाँ लाग्यो,' दीपकले भन्यो।

'यू विल बी फाइन,' मलिसाले भनी, 'केही बुझिएन भने मलाई भन्नू। आई उड लभ टू हेल्प यू।' गफ गर्दै जाँदा उनीहरू चौरमा पार्क गरिएका कारहरूलाई पछाडि पार्दै बढे। अरू केही विद्यार्थीहरू पनि कक्षा सकाएर पार्किङ लटतिर जाँदै थिए। बाटामा केही रूख र बुट्यानहरू उनीहरूलाई स्वागतमा पर्खिरहेका जस्ता लाग्थे। सिरसिर हावामा चलिरहेका थिए पातहरू। त्यसैगरी फरफर उडिरहेको थियो मलिसाको कपाल। मलिसाको दयालुपन देखेर दीपकको आकर्षण अझै बढ्यो। 'थ्याङ्क यू फर बिइङ सो काइन्ड,' दीपकले भन्यो।

'माई प्लेजर,' मलिसाले भनी, 'आर यू फ्रम काठमाडौँ ?'

'यास,' दीपकले भन्यो, 'म काठमाडौँमा डेरा लिएर बस्थेँ। तर मेरा आमाबुबा काठमाडौँबाट करिब ६ सय किलोमिटर दक्षिणपूर्व तराईतिर बस्नुहुन्छ। त्यहाँ हाम्रो घर छ।'

'आई सी,' मलिसाले भनी। उसले नेपालको हावापानीको बारेमा सोधी। दीपकले सबै बतायो। उसलाई सगरमाथाको बारेमा पनि थाहा रहेछ। त्यो थाहा पाएर दीपक औधि खुसी भयो।

'म चाहिँ टेक्सास राज्यबाट,' मलिसाले भनी, 'मेरो बुबा चाहिँ आइरिस हो। आयरल्यान्डबाट आउनुभएको।' दीपकले मलिसालाई मात्र बुझ्ने होइन, एउटा परिवेशलाई नै बुझ्ने मौका पायो। अमेरिकामै पनि पढ्न एक ठाउँबाट अर्को ठाउँ जाँदा रहेछन् शिक्षा, हावापानी र जागिरका कारण। अनि संसारका विभिन्न ठाउँबाट आएर त्यहीँ घरजम गरेर अन्तर्जातीय विवाह गरी बसेका मानिस धेरै रहेछन्।

अमेरिका त साँच्चै आप्रवासीहरूको देश रहेछ। त्यसैले मलिसाको लवज जातीय राज्यमै जन्मिएर बोल्नेहरूको भन्दा फरक रहेछ। यसर्थ फरक देशबाट आएकाहरूको मात्रै होइन, अमेरिकाभित्रै पनि एक ठाउँबाट अर्को ठाउँमा, एक राज्यबाट अर्को राज्यमा जन्मिएका, हुर्किएका मानिसहरूको लवज फरक हुँदो रहेछ भन्ने बुझ्यो दीपकले। नेपालमै पनि पूर्व र पश्चिमका मानिसहरूको लवज फरक छ।

'कुन चाहिँ विषयमा फोकस हो डीपक ?' मलिसाले भनी 'मैले तपाईंको नाम त सही भनिरहेको छु नि ?'

मलिसाले 'डीपक' भनेको उसलाई किनकिन मन परिरहेको थियो।

'इट् साउन्ड्स सो ब्यूटिफूल,' दीपकले भन्यो, 'मेरो फोकस क्रियटिभ राइटिङमा हो।'

'वाऊ मी टू,' हातमा कारको चाबी हल्लाउँदै मलिसाले खुसी हुँदै भनी। पार्किङ लट आउनै लागेको थियो। उसका नीला आँखाहरू सागरको गहिराइ भएर चम्किए। ओठहरू अझ राता र चम्किला भए। अनि मुस्कानले भरिए ती ओठहरू। गालाहरू हिमाली भेगका भेडा चराउँदै गरेका मस्त तरूनीहरूका जस्ता भए। रूखभरि फुलेका सुनाखरी फूलका रङ्गजस्ता भए। रगत चुहिएला जस्ता भए। उसले पार्किङ लट नजिक कारको ढोका बाहिरैबाट रिमोट चाबीले खोली। कार करायो।

'इफ यू डन्ट माइन्ड, आई क्यान गिभ यू अ राइड,' मलिसाले घरसम्म पुऱ्याइदिने अफर प्रस्ताव गरी।

'ठीकै छ। म यहीं नजिकै बस्छु। ग्रिन हाउस नाम गरेको अपार्टमेन्टमा। हिँडेर पाँच मिनेटमा पुग्छु। पर्दैन, प्रस्तावका लागि धन्यवाद!' दीपकले पुलकित हुँदै भन्यो।

त्यति भनेपछि मलिसाले खासै कर गरिन। दीपकले चाहन्थ्यो, मलिसाले कर गरोस्। उसलाई पछि मात्र थाहा भयो, कर गर्नु भनेको रूखो हुनु रहेछ। नेपालमा भएको भए उसले भन्ने थियो, 'कस्तो रहेछ, बजिनीले करै गरिन।'

संस्कृति भन्ने कुरा अचम्मकै हुँदो रहेछ। 'कल्चर इज अ बिच' भन्छन्। अर्थात् संस्कृति भन्ने कुरा पनि बोक्सोजस्तै हुँदो रहेछ। एउटालाई सही लाग्ने, अर्कोलाई गलत लाग्ने। भूगोलले संस्कृतिलाई आकार दिने रहेछ। 'उसो भए अर्को साता भेटौं है?' मलिसाले भनी, 'टेक केयर।'

मलिसा रातो र चम्किलो भक्सवागन कारमा चढी। झ्याल रोल डाउन गरेर झ्यालबाहिर हात निकाल्दै मीठो मुस्कानहित दीपकलाई बाईबाई गर्दै कार अगाडि बढाई। दीपकले केहीबेर सारा पीर र आर्थिक चुनौती भुल्यो। र, नजिकैको ग्रिनलाइट छलेर अघि नबढुन्जेल मलिसालाई हेरिरह्यो।

केहीबेरमै दीपक आफ्नै अपार्टमेन्ट पुग्यो। उसले आफ्नो झोला त्यही सोफामा राख्यो। अनि भान्साकोठातिर छिर्‍यो। आज ऊ बिहानै खाजा मात्र खाएर निस्किएको थियो। निकै भोकाएको थियो। मलिसासँगको भेटले धेरै अर्थपूर्ण बनाइदिएको थियो।

अब ट्यूसन फी तिर्न पैसा कहाँबाट जुटाउने? काम कसरी खोज्ने? कहाँ खोज्ने? यी सबै पीडालाई केहीबेर भुलेर मलिसाको मुस्कानमा मन्त्रमुग्ध हुँदै फ्रिजबाट आलु झिकेर चपिङ बोर्डमा काट्न थाल्यो चक्कुले। त्यही सुरमा चोरऔंलाको अलिकति भाग पनि काट्यो।

'ऐया!' एक्कासि हात तान्यो। रगत चुहिन थाल्यो। त्यो सुनेर लुकास र भनिसा कोठाबाहिर निस्किए।

'आर यू ओके?' उनीहरूले भने।

'आई एम फाइन,' दीपकले औँला देखाउँदै भन्यो, 'आलु काट्दै थिएँ, अलिकति काटिगयो।'

भनिसाले दराजबाट ह्यान्डिप्लास्ट निकालेर ल्याई र दीपकको हातमा लगाइदिई। लुकासले ईर्ष्यालु आँखाले हेरिरह्यो त्यो दृश्य।

'कस्तो भयो आजको पहिलो कक्षा, दीपक ?' भनिसाले सोधी।

'राम्रो भयो भनिसा !' दीपकले भन्यो, 'पहिलो दिन हो। त्यही पाठ्यक्रमका बारेमा छलफल भयो।' पाठ्यक्रमको महत्त्व धेरै हुँदो रहेछ भन्ने थाहा पाएको थियो दीपकले। नेपालमा बनाइएका अधिकांश पाठ्यक्रममा उद्देश्य र उपलब्ध परिणामहरू ठोस कुरा भेटिँदैनथे। हरेक पाठ्यक्रमको तयारी पढाइने विषयहरूका लागि धेरै महत्त्वपूर्ण हुन्छन्। त्यो पाठ्यक्रम केका लागि, कुन प्रयोजनका लागि, त्यो विषय पढिसकेपछि विद्यार्थीले लिन सक्ने सीप तथा ज्ञान के हो ? प्रस्ट हुनुपर्छ।

अमेरिकाको पाठ्यक्रमको कुरा गर्ने हो भने त्यहाँ सबै कुरा खुलाएर लेखिएको हुन्छ। जस्तोः कति दिनमा पढाएर सकिने, पाठ्यक्रमको उद्देश्य, उपलब्ध परिणाम, विद्यार्थीको जिम्मेवारी, पढ्नुपर्ने पाठ्यसामग्री, गर्नुपर्ने गृहकार्य र कक्षानीति। यी सबै कुरा नगरे सजाय पनि हुन्छ। जस्तोः प्राप्ताङ्क घट्ने खुलाइएको हुन्छ।

कक्षाको पहिलो दिन त त्यही पाठ्यक्रम बुझाउन मात्रै लाग्छ। विद्यार्थीले त्यो राम्ररी बुझेपछि मात्रै पढाइ अगाडि बढ्छ। कतिपय कक्षामा शिक्षकले विद्यार्थीलाई 'मैले यो पाठ्यक्रम बुझेँ' भनेर हस्ताक्षर समेत गर्न लगाउँछन्। ठोस उद्देश्य र उपलब्ध परिणामको आधारमा शिक्षाको उत्पादनशीलतालाई नाप्न सकिन्छ। विद्यार्थीले पनि भोलि यो विषय पढिसकेपछि म के गर्न सक्छु भन्ने थाहा पाउँछ। पाठयक्रम तयार पार्नु सजिलो कुरा होइन। यसमा अनुसन्धानको खाँचो छ। जस्तोः कस्तो पाठ्यक्रम तयार गरे विद्यार्थीले भोलि आफूलाई समाजमा स्थापित गर्न सक्छ ? जागिर खान सक्छ ? भविष्य बनाउन सक्छ ? आदि।

'बेबी, लेट्स गो टू बेड,' लुकासले छटपटिँदै भन्यो।

'गुडनाइट दीपक !' भनिसाले भनी, 'अब ठीक हुन्छ त्यो हातको घाउ।' उनीहरू बेडरूमतिर लागे।

दीपकले त्यही आलु फ्राई गऱ्यो। अलिकति चामल उमाल्यो र त्यही खाएर सोफामा पल्टियो। सिलिङतिर हेऱ्यो अनि लुकासले दिएको सल्लाह सम्झियो। सोच्यो, भोलि चाहिँ अन्तर्राष्ट्रिय विद्यार्थीका निर्देशकलाई भेट्न जानुपर्ला। त्यसपछि मलिसाको मुस्कान सम्झँदै कोल्टे फेऱ्यो।

रातको दस बजेको थियो। मस्तिष्कभरि चुनौतीमात्रै आइरह्यो, अब कसरी ट्यूसन फी तिर्ने होला ? ऊ नेपाल फर्किने कल्पना समेत गर्न सक्दैनथ्यो। खेतीमा काम गरेर, अर्काको जडौरी, त्यो पनि दस ठाउँमा टालेको पेन्ट लगाउँदै उसले थुप्रै वसन्त काटिसकेको थियो। बाआमाको पसिना र सपना उसले मज्जाले बुझेको

थियो । अमेरिकाको भिसा लाग्नु जो कसैका लागि पनि अहोभाग्य थियो । उसले फेरि एकपटक मनन गर्‍यो ।

'अब मैले के गर्ने होला ? कसरी फी तिर्ने होला ?' ऊ एक्लै भटभटायो, 'काम कसरी पाउने होला ? इन्टरनेसनल विद्यार्थीलाई कसले काम देला ? न त बाहिर काम गर्ने अनुमति छ ।' दीपकका अगाडि चुनौती नै चुनौतीको पहाड अग्लियो । मानौँ त्यो कटेर अगाडि जाने कुनै सम्भावना छैन । उसले फेरि कोल्टे फेर्‍यो । एकैछिनमा मीठो निद्रामा घुर्न थाल्यो ।

कामको खोजी

कार्यालय समय सुरु हुने बित्तिकै इन्टरनेसनल एड्मिसन अफिसको ढोकाको आडैमा गएर उभियो दीपक। र, कार्यालयभित्र छिरेर कार्यालय प्रमुख बुल्कियोलाई भेट्ने साहस बटुल्यो। अङ्ग्रेजी विभागको भवन नजिकै थियो इन्टरनेसनल विद्यार्थीको भवन पनि। त्यही बेला अर्को इन्टरनेसनल विद्यार्थी पनि त्यहीँ आएर उभियो।

गहुँगोरो, अनुहारभरि डन्डिफोर भएको, आर्मी कटमा कपाल काटेको, दीपकजस्तै पातलो तर ठूलो हड्डी गरेको, वर्ष त्यस्तै अन्दाजी छब्बिस-त्ताइस को। ऊ कार्यालयभित्र अगाडि नै लाइनमा उभिएर पर्खिरहेको थियो। मानौँ उसले बुल्कियोसँग धेरै र लामो कुरा गर्नु थियो। 'किन नर्भस हैं ?' त्यो अर्को विद्यार्थीले दीपकतिर हेर्दै भन्यो। दीपकले उसलाई हेऱ्यो। मुसुक्क हाँस्यो। 'पिर नलिनुहोस्। तपाईंको समस्या जे भए पनि मेरो जस्तो गाह्रो नहोला।'

'मेरो समस्या के हो भन्ने तँलाई के थाहा ?' दीपक मनमनै फुसफुसायो र आवाज निकालेर बोल्यो, 'तपाईंलाई के त्यस्तो समस्या पऱ्यो र ?'

'अहिले भन्न मिल्दैन यहाँ,' उसले भन्यो।

'यसै वर्ष आउनुभएको हो तपाईं ?'

'हो हो,' उसले हात अगाडि बढायो र दीपकसँग हात मिलाउँदै भन्यो।

'म चाहिँ डेभिड।'

दीपकले ढोकाको माथिल्तिर हेऱ्यो। त्यहाँ इन्टरनेसनल स्टूडेन्टको निर्देशक 'बुल्कियो' भनेर विकासे अक्षरमा लेखिएको थियो।

'लाग्छ, हाम्रा समस्या उस्ताउस्तै छन्। कहिलेकाहीँ हामी भेट्ने गर्नुपर्छ है। तपाईंको फोन नम्बर छ ?' दीपकले सोध्यो।

'जरुर,' आफ्नो फोन नम्बर दीपकलाई दिँदै डेभिडले भन्यो, 'ल हामी कहिलेकाहीँ भेट्नुपर्छ।' उता बुल्कियो दायाँबायाँ कतै नहेरी कम्प्युटरमा एकोहोरिएको थियो।

'यसरी पर्खेर बस्ने हो भने टन्नै समय लाग्न सक्छ। बरु ढोका ढकढकाएर गइहाल्नुहोस्, तपाईं निस्केपछि म जान्छु।'

साथीले त्यसरी हिम्मत दिएपछि दीपकले ढोकामा ढकढक गऱ्यो। उसलाई लाग्यो होला, दीपकको समस्या खासै ठूलो होइन, बुल्कियोलाई भेटेर निस्किहाल्छ।

'के सहयोग गर्न सक्छु म ?' बुल्कियोले भन्यो। उसको लवज गहिरो र मोटो थियो। उसले बुल्गेरियाबाट अमेरिका आएर त्यही पढेर जागिर खाएको निकै वर्ष भइसकेको थियो। साढे पाँच फिटजति अग्लो थियो। तालु प्रस्ट देखिन्थ्यो। खैरो ज्याकेट र खैरो पाइन्ट लगाएको थियो। आफ्नो अगाडि आमनेसामने हुने गरी दुइटा कम्प्युटर थिए। उसका आँखा घरी एउटा, घरी अर्को कम्प्युटरमा आँखा डुलाइरहन्थे।

'यास सर !' दीपकले त्यही ढोकाको आडमा उभिएर भन्यो। बुल्कियोले भित्र आउने कुनै सङ्केत गरेन। बुल्कियो केहीबेर कम्प्युटरमै अलमलियो। दीपक अप्ठ्यारो मान्दै बुल्कियोको अगाडिसम्म गयो।

'म के गर्न सक्छु ?' बुल्कियोले कम्प्युटरबाट नजर हटाउँदै दीपकलाई सोध्यो। उसका आँखा शरीरको अनुपातमा साना हात्तीका जस्ता देखिन्थे। सहानुभूति जनाउने वा स्वागत गर्ने खालका जस्ता देखिएनन्।

दीपकले एउटा उपाय सोच्यो- नयाँ कथा बनाउँछु जसले गर्दा उसमा सहानुभूति जागोस्। उसले दया देखाओस्।

'सर ! मेरो बुबाको बिजनेस डुब्यो। उहाँ मलाई आर्थिक रूपमा सहयोग गर्न नसक्ने हुनुभयो अब मैले कसरी ट्यूसन फी तिर्ने होला ?'

'त्यो मेरो समस्या होइन,' बुल्कियोले ठाडै भनिदियो। मानौँ उसको मुटु ढुङ्गाको छ। त्यो ढुङ्गामा देवकोटाले पागल कवितामा भनेजस्तो हेलेन र पद्मिनी फुल्नेवाला थिएनन्। ऊ फेरि कम्प्युटरतिरै हेर्न थाल्यो। सायद बुल्कियोले यस्ता समस्याको थाक हरेक दिन सुन्नुपर्थ्यो।

'सर, यसलाई समाधान गर्ने कुनै उपाय छ ? म राम्रो विद्यार्थी हुँ,' दीपकले जथाभावी तर्क गर्न थाल्यो। आफ्नो बयान आफैँ गर्न थाल्यो।

'मलाई थाहा छैन, तपाईं राम्रो विद्यार्थी हो वा होइन ? मलाई चाहिँ के थाहा भयो भने तपाईंसँग पैसा छैन,' बुल्कियो निकै कठोर बन्यो।

अब के भन्ने ? उसको घाँटीमा एक्कासि केही चिज आएर अड्केजस्तो भयो। हातमा चिटचिट पसिना आएजस्तो भयो। उसको अनुहार निस्तेज भयो। अलिकति अलमलका बीचमा दीपकले विचार्न थाल्यो, उसलाई कसरी मनाउने ? कसरी सही रूपले अङ्ग्रेजीमा भन्ने जसले गर्दा बुल्कियोको मन जित्न सकिन्छ ?

'प्लीज सर, मलाई सहयोग गर्ने कुनै तरिका छ ?' दीपकले भन्यो। 'तपाईं ट्यूसन फी तिर्न सक्नुहुन्छ भने यहाँ पढ्न सक्नुहुन्छ। सक्नुहुन्न भने आफ्नै देश फर्किनु

राम्रो। म यत्ति जान्दछु।' दीपकको कानमा बिग्रेको मोटरसाइकलको आवाजजस्तो एकोहोरो भएर आयो। उसका कान टिनिन्न बजे। औँलालाई कानसम्म पुऱ्यायो र फेरि तल झाऱ्यो।

बुल्कियोले कम्प्युटरमा हेर्दै भन्यो, 'म निर्दयी भएको होइन, यथार्थ कुरा गरेको।' उसका आँखीभौँ खुम्चिए र निधार मुजा परे। वास्तवमा ऊ सही थियो। तर नेपाल कसरी फर्किने ? दीपकले सोच्यो। अमेरिका भनेको सपनाको देश हो, अवसरको ठाउँ हो तर सफलता सजिलै कहाँ हात लाग्छ र ! धैर्य हुनुपर्छ, दुःख गर्नुपर्छ। सङ्घर्ष गर्न तयार हुनुपर्छ। साँच्चै दीपकको बाउको व्यापार डुबेकै भए पनि त्यसमा बुल्कियोको के दोष छ र ? बिचरा बुल्कियोसँग पनि यस्ता समस्या लिएर हरेक दिन अन्तर्राष्ट्रिय विद्यार्थीहरू आउँदा हुन्, दीपकले यही सोच्यो।

बुल्कियोलाई मनाउने दीपकका हरप्रयास निरर्थक भए। त्यही पनि डराउँदै र काँप्दै फेरि पनि भन्यो, 'प्लीज सर। त्यस्तो नभन्नुहोस्।' सायद दीपकले सोच्यो, भोलि नेपाल फर्कंदा समाजले के भन्ला ? त्यो शान, त्यो इज्जत कहाँ रहला ?

'म तपाईंका लागि केही गर्न सक्दिनँ। हामीले तपाईंको ब्याङ्क स्टेटमेन्टलाई विश्वास गरेर आई-ट्वान्टी पठाएका हौँ,' बुल्कियोले कम्प्युटरबाट आँखा नउठाई भन्यो।

बुल्कियो सही थियो। तर उसलाई के थाहा, दीपकले झूटो स्टेटमेन्ट बनाएको थियो ! उसले यो सब अमेरिकी सपना पूरा गर्ने होडमा गरेको थियो। दीपकलाई लाग्यो, सफलताका लागि त्यो काम गर्नु गलत थिएन तर ती सपनाहरू आफ्नै अगाडि काँचको गिलासझैँ टुटेका छन्।

यति मात्र होइन, दीपकले आफ्नो बाउको पोल्ट्री फर्मको व्यापार छ, आमा शिक्षिका हुन्, दुईजनाको जम्मा मासिक आम्दानी दुई हजार डलर हुन्छ भन्ने झूटो कागजात पनि बनाएको थियो। दीपकको बाउ साधारण किसान थियो। कुनै बन्दव्यापार थिएन। आमा शिक्षिका नभएर सामान्य गृहिणी थिइन्। उनीहरूको कमाइले खान, लगाउन नै धौधौ पर्थ्यो।

दीपकले सोह्रै आना ढाँटेको थियो। बाउआमाको बाँच्ने आधार केही थिएन। एउटा सपना भनेकै दीपक थियो। त्यसैले उसको एक मात्र सपना थियो, अमेरिका पुग्ने। दीपक धेरैबेर टकटकियो।

'तपाईंले सुन्नुभयो, मैले के भनेँ ?' बुल्कियोले बसेकै थलोबाट दीपकतिर हेर्दै भन्यो।

'यास सर !' दीपक उसको चर्को बोली सुनेर झस्कियो। दीपक मलिन र उदास अनुहार लिएर फर्किन खोज्यो। ढोकाबाहिर आउन पाइला चाल्यो। तर फेरि बुल्कियोतिरै फर्किएर भन्यो, 'सर, मेरा लागि एउटा काम गरिदिन सक्नुहुन्छ ?' बुल्कियो अरू नै कुनै फाइल पल्टाउँदै थियो। उसले भन्यो, 'मलाई लाग्दैन, म केही सहयोग गर्न सक्छु।'

'आई थिङ्क- यू क्यान,' दीपकले थप्यो ।

'के हो त्यस्तो ?' बुल्कियोले अलि चासो देखायो ।

'मिल्छ भने मलाई दुइटा कोर्समात्र रजिस्टर गर्न दिनुस्, जसले गर्दा मैले दुइटा विषयको मात्र पैसा तिर्नुपर्छ ।' देशबाहिरबाट आउने विद्यार्थीहरूले अनिवार्य रूपमा पूर्णकालीन विद्यार्थी भएर बस्नुपर्ने बाध्यता हुन्थ्यो । त्यसका लागि तीनवटा कोर्स कम्तीमा पनि रजिस्टर गर्नुपर्ने हुन्थ्यो । अनि त्यसको ट्यूसन फी पनि अलिक बढी पर्न आउँथ्यो ।

'म त्यसो गर्न सक्दिनँ,' बुल्कियोले आत्मविश्वासका साथ भन्यो । उसका औँलाहरू कम्प्युटरको माउस र किबोर्डमै थिए ।

'किन र सर ?' दीपकले प्रश्न गऱ्यो । 'किनभने तपाईं अन्तर्राष्ट्रिय विद्यार्थी हो । तपाईंले अनिवार्य रूपमा फुललोड कोर्स रजिस्टर गर्नुपर्छ । नभए तपाईंको स्टाटस हराउनेछ ।' बुल्कियो फेरि किबोर्डमै काम गर्न थाल्यो र भन्यो, 'लौ, म अहिले व्यस्त छु ।'

'सर ! तपाईंलाई थाहा छ- म अन्तर्राष्ट्रिय विद्यार्थी हुँ । मेरो कोही छैन यहाँ । म एक्लो छु । तपाईंले पनि मलाई बेवास्ता गर्नुभयो भने म नितान्त एक्लो हुनेछु,' यसो भन्दै गर्दा दीपकको गला नै अवरुद्ध भएर आयो ।

'इट इज नट माई बिजनेस । धेरै अन्तर्राष्ट्रिय विद्यार्थीका यस्तै खाले एउटा-एउटा समस्या हुन्छन् । म केही गर्न सक्दिनँ । तपाईं नेपाल नै फर्किनुहोस् । म तपाईंको ट्यूसन फी तिर्न सक्दिनँ, केही गर्न सक्दिनँ । मेरो कुरा सुन्नुभो नि, बस् ।'

दीपकलाई आफ्ना सपनाहरू टुक्रिएर छरिएझैँ लाग्यो । बुल्कियोको कार्यालय आफ्नै अगाडि फनफनी घुमेझैँ भयो । आँखाहरू भरिएर आए । आँखाबाट अनायास अश्रुधारा बग्न थाले । दीपक अनायासै बच्चा जसरी हिकहिकाउँदै बोल्न थाल्यो, 'प्लीज सर प्लीज !' त्यो दृश्य देख्ने बित्तिकै बुल्कियोको मन कमलो भएर आयो । उसको कार्यालयको ढोका अगाडि अरू पनि पङ्क्तिबद्ध भएर बसिरहेका थिए बुल्कियोलाई भेट्न ।

'अलराइट, अलराइट । यदि तपाईंलाई दुइटा कोर्स रजिस्टर गर्दा अलिक सहज हुन्छ भने ल ठीक छ । भैगो, म अनुमति दिउँला,' बुल्कियोले एक्कासि भन्यो, 'तर यो भने एकचोटि मात्र आउने अवसर हो । यसपछि कहिल्यै आउनेवाला छैन ।'

यो सुन्नेबित्तिकै दीपकलाई राहत अनुभव भयो । दीपकका झर्दै गरेका आँसु ठप्प रोकिए । 'थ्याङ्क यू सो मच सर !' दीपकले भन्यो र आँसु पुछ्यो । केही हलुका त भयो तर अझै पनि उसले काम खोज्नैपर्थ्यो ।

'कतै क्याम्पसमै मिले काम पनि खोज्दै गर्नू ?' बुल्कियोले सल्लाह दियो । दीपकले टाउको हल्लायो । 'ल अब तपाईं जानुहोस् । यहाँ मैले धेरै काम गर्नु छ,' यति भनेर बुल्कियो खातापाता पल्टाउन थाल्यो ।

त्यसपछि 'धन्यवाद' भन्दै दीपक हतार-हतार कोठाबाहिर आयो ताकि बुल्कियोले

फेरि मनस्थिति नबदलोस् । 'बिचरा ढोकामा उभिइरहेको त्यो अर्को अन्तर्राष्ट्रिय विद्यार्थीका के समस्या होलान् ? बुल्कियोले कसरी समाधान गर्ला ? मैले नै उसलाई वाक्कै बनाएँ' मनमनै फलाक्दै बाहिर निक्लियो दीपक ।

त्यसपछि दीपक त्यही युनिभर्सिटीको पुस्तकालयमा गयो । कलेजहरूको बीचमा युनिभर्सिटीको मुटुजस्तो भएर उभिएको थियो पुस्तकालय भवन । राता इँटा र मार्बलहरूले बनेको थियो पाँचतले भवन । त्यसभित्र थिए अरू मार्बलले बनेका साहित्यिक व्यक्तिहरूका मूर्तिहरू । त्यहाँ पनि किताब बुझाउने र लिनेको दोहारीलत्त थियो । दीपक पनि त्यसमै सामेल भयो । अलि पछि उसको पालो आयो ।

'हाऊ मे आई हेल्प यू ?' पुस्तकालय कर्मचारीले दीपकलाई सोधी ।

'यास, आर यू हाइरिङ नाउ ?'

'सरी ! वी डन्ट हायर ।' उसले तत्कालै अर्को व्यक्तिलाई बोलाई । दीपक निराश भएर त्यहाँबाट बाहिर निस्कियो । फेरि कलेजको कम्प्युटर ल्याबतिर गयो ।

कम्प्युटर ल्याब सफा र मार्बलै मार्बलले बनेको थियो । भित्रपट्टी भुइँमा शानदार र महँगो कार्पेट बिछ्याइएको थियो । त्यसैगरी मिलाएर राखिएका थिए एप्पल ब्रान्डका सयौं आधुनिक कम्प्युटर । एकदमै सु-सज्जित देखिन्थ्यो कोठा । त्यस्तै पैंतिस वर्षजतिको मानिस फ्रन्ट डेस्कमै कम्प्युटर चलाएर बसिरहेको थियो । दीपकलाई देख्नेबित्तिकै मुसुक्क हाँस्यो र भन्यो, 'म केही सहयोग गर्न सक्छु कि ?'

'तपाईंहरू कामका लागि हायर गर्नुहुन्छ कि हुन्न ?' दीपकले भन्यो । आश त खासै थिएन उसलाई ।

'अहिले छैन । भर्खरै दुई दिन भो हामीले हायर गरेको,' उसले छेउबाट एउटा कागज तान्दै भन्यो, 'बरु दरखास्त फारम भर्दै गर्नुस् । पछि हामीलाई चाहियो भने सम्पर्क गरौंला ।'

थोरै आशावादी हुँदै दीपकले 'धन्यवाद' भन्यो र त्यो फारम भऱ्यो । त्यसपछि युनिभर्सिटीको पुस्तक पसलमा गयो । त्यहाँ पुस्तक मात्र नभएर कलेजको लाटोकोसेरोको लोगो भएको र गिद्ध मस्कट चिह्न भएका पिउने पानीको बोत्तलदेखि लगाउने कपडा सबै पाइँदो रहेछ । सकेसम्म एउटा युनिभर्सिटीभित्र विद्यार्थीलाई चाहेको कुरा उपलब्ध हुने तरिकाले हरेक कुरा डिजाइन गरिएको हुँदो रहेछ । त्यो भनेको कलेजको विज्ञापन पनि थियो । सायद पैसा कमाउने मेसो पनि । दीपक फ्रन्ट डेस्कमा पुग्यो र आफ्ना कुरा त्यहाँ राख्यो ।

'अहिले त हामी सबैजना छौं । कोही मानिसको आवश्यकता छैन । बरु अर्को सेमेस्टरमा आएर बुझ्नुहोला,' त्यही काम गर्ने एक युवतीले भनी ।

त्यहाँबाट पनि निक्लियो दीपक । आफ्नो खल्ती निकाल्यो । उसले देख्यो- नेपालबाट ल्याएका त्यही पुगनपुग पन्ध्र सय डलर मात्र छ । कोठा भाडा तीन सय डलर तिर्न बाँकी नै छ । अब दुइटा क्लास रजिस्टर गर्दा पनि दुई हजार जति त तिर्नुपर्छ अझै । हजार डलर जति कहाँबाट ल्याउने ? ऊ एकछिन आत्तियो । सोच्यो, 'मैले

काम भेट्टाउनैपर्छ।' त्यसपछि ऊ एक्लै युनिभर्सिटीको चौरमा निक्लियो। र, दोकानहरू चाहार्दै हिँड्न थाल्यो।

बाहिर त टन्टलापुर घाम लागिरहेको थियो। हिँड्दाहिँड्दै पसिनाले लपक्कै भिजायो दीपकलाई। त्यही हाइवेको पुलमुनिबाट अरू साना बाटा हुँदै अगाडि बढ्यो। कारमात्रै दौडिरहेका थिए। ओहो! एउटा पनि मानिस देखिँदैनथ्यो बाटाभरि। नरो वा कुन्जरो।

हिँड्दै अलिक अगाडि पुगेपछि एउटा व्यक्ति थोत्रो, च्यातिएको टी-सर्ट र नीलो जिन्समा उभिइरहेको थियो। सेतो नै नदेखिने मैलो लुगा हेरिनसक्नु देखिन्थ्यो। धेरै दिनदेखि नकाटेको जस्तो उसका दाह्री र कपाल बढेका थिए। एउटा खैरो कार्डबोर्डजस्तो बोकेर मिडियनमा हिँडिरहेको थियो। त्यहाँ लेखिएको थियो, 'निड अ जब, हङ्ग्री।' अर्थात्, भोकाएको छु, मलाई काम चाहियो। 'अमेरिकामा पनि यस्तो!' दीपक तीनछक पऱ्यो।

उसले अमेरिकाजस्तो देशमा यस्तो दृश्य देख्नुपर्ला भनेर कल्पनासमेत गरेको थिएन। तर पछि उसले ठूला सहरहरूतिर जाँदा यस्ता मानिसहरू बग्रेल्ती देख्न थालेको थियो। निष्कर्ष निकालेको थियो- यस्ता मान्छेहरू गरिब देश नेपालमा मात्र पाइने होइन रहेछ, संसारभरि हुँदा रहेछन्।

उसलाई देखेपछि दीपकले एकछिन आफ्ना सारा पीडा भुल्यो। 'कमसेकम खानाको अभाव त छैन मलाई। अहिलेसम्म भोकै त बसेको छैन। कामको आवश्यकता त मलाई भन्दा बरु यसलाई पो छ,' दीपकले सोच्यो, 'अझै केही समय काम नभेट्टाउने हो भने मेरो पनि हालत यस्तै हुन के बेर!' उसले आफूलाई त्यो सडकमानवसँग तुलना गरेर हेऱ्यो। र, फेरि झस्किँदै वास्तविकताको धरातलमा आयो।

केहीबेर हिँड्दाहिँड्दै दीपक एउटा ठूलो व्यापारिक केन्द्रमा पुग्यो। जहाँ विभिन्न दोकानहरू थिए। झकिझकाउ थियो त्यो ठाउँ। मान्छेहरूको ओहोरदोहोर बाक्लो थियो। विद्युत्बाट चल्ने इलेभेटर र इस्केलेटरहरूमा चढेर ग्राहकहरू तलमाथि गरिरहेका थिए। एक जमाना काठमाडौंको विशाल बजारमा मात्र एस्केलेटर अर्थात् विद्युतीय भऱ्याङ थियो। काठमाडौं डुल्न आउनेहरू विशाल बजार पुग्थे नै। दीपकले सम्झियो। विभिन्न वस्तुका पसलहरू बग्रेल्ती थिए। पिज्जा, कपडा, घडी पसल सबैमा पालैपालो गरी सोध्यो दीपकले। तर अहँ कतै काम पाउने सङ्केतसम्म देखेन। 'नो, वी आर नट हायरिङ,' यही मात्र भनिरहे सबैले।

त्यसपछि ऊ मलबाहिर निक्ल्यो। अलिक अगाडि 'सेभरन' भनेर लेखेको ग्यास स्टेसनमा पुग्यो। कतै काम भेटिहाल्छ कि एकचोटि त्यहाँ पनि कोसिस गर्नुपऱ्यो भन्दै दीपक पसलभित्र छिऱ्यो। उसको दिमाग बेजोडले दुखिरहेको थियो।

'हेल्लो सर! आर यू हायरिङ?' त्यही काउन्टरमा सामान बेच्दै गरेको मानिसलाई सोध्यो। उसको अगाडि सिसाले छेकेको थियो।

'एकछिन पर्खिनुहोस् है,' दुब्लो, पातलो, रातो अनुहार गरेको कुहिरेले लामो र

गहिरो स्वर निकाल्दै अङ्ग्रेजीमा भन्यो, 'म मेरो म्यानेजरलाई सोध्छु।' अनि उसले दीपककै अगाडि म्यानेजरलाई सोध्यो, जो त्यही काउन्टरभित्र कम्प्युटरमा काम गर्दै थियो।

'ए जिम, यहाँ कोही कामको खोजीमा आएको छ।' त्यहाँ त आफ्नै बोस अर्थात् हाकिमलाई पनि नाम काढेर बोलाउँदा रहेछन्। त्यसो गर्नु भनेको अझ सम्मान दिनु र व्यक्तिलाई जवान महसुस गराउनु पो रहेछ। सबैलाई सम्मान स्वरूप सबै सर सम्बोधन गर्दा रहेछन्। ऊ पढाउने सर नै हुनुपर्दो रहेनछ।

दीपकले काउन्टरमा धेरै कुरा मिलाएर र सङ्गठित गरेर राखेको देख्यो। खासगरी विभिन्न नाम र ब्रान्डका चुरोटका प्याकेटहरू, न्यू पोर्ट, मालबोरो, क्यामेल आदि-इत्यादि। दीपकलाई पनि चुरोट तानौँ झैँ लाग्यो। तर एउटै बट्टाको दाम झन्डै ६ डलर। त्यो किन्न सक्ने स्थिति थिएन दीपकको। म्यानेजर काउन्टरबाट बाहिर आयो। कतै म्यानेजरले काम दिने भयो कि भनेर दीपकलाई केही आश पलायो।

म्यानेजरको कमिजको गोजी अगाडि म्यानेजर लेखिएको ट्याग थियो। उसले सेतो सेभरन लेखेको सर्ट लगाएको थियो, त्यही कम्पनीको लोगो भएको। झन्डै ६ फिट अग्लो, दाह्रीजुँगा पालेको। उसले हातमा एउटा फारम पनि बोकेर आएको थियो। 'ल यो फारम भर्नुहोस्,' उसले भन्यो। त्यहाँ 'सोसल सेक्युरिटी' नम्बर हाल्ने ठाउँ पनि थियो।

'सर ! यो सोसल सेक्युरिटी नम्बर त मसँग छैन,' दीपकले भन्यो। उसको निधारबाट चरचरी पसिना चुहिरहेको थियो। बाहिर घाममा निकै हिँडिसकेको थियो दीपक। पसिनाले निथ्रुक्क भिजेको थियो। कोठाभित्रको एसीले पनि उसको पसिना ओभाउन सकेको थिएन। आफूसँग सोसल सेक्युरिटी नभएपछि फेरि आश हराउला जस्तो भयो दीपकलाई। सोसल सेक्युरिटी नम्बर भनेको अमेरिकामा काम गर्न पाउने आधार थियो।

'सरी ! उसो भए हामी तपाईंलाई काम दिन सक्दैनौँ,' म्यानेजरले फारम तान्दै भन्यो, 'अमेरिकामा काम गर्न तपाईंलाई कम्तीमा सोसल सेक्युरिटी नम्बर चाहिन्छ। सरी म्यान।' जेनतेन पलाएको एउटा आशा त्यहीँ तिरोहित गयो।

दीपक निराश भएर त्यहाँबाट पनि निक्लियो। पैदलयात्री हिँड्ने बाटैबाटो अगाडि बढ्यो। मानौँ उसको कुनै उद्देश्य छैन, गन्तव्य छैन। हुइँय गर्दै कारहरू उसैको अगाडिबाट पास हुँदै उसको एकोहोरो मौनतालाई भङ्ग गरिरहे। फराकिला बाटा, ट्राफिक लाइटहरू रहरलाग्दा देखिए पनि उसका लागि फिक्का भए। पहेँलो हुँदै रातो बत्ती बल्ने बित्तिकै कारहरू रोकिन्थे र तिनीहरूको लाइन झन्डै आधा किलोमिटर टाढा भइहाल्थ्यो।

बाटाभरि केही मानिसको झुन्ड हातमा प्लेकार्ड बोकेर अगाडि बढिरहेको थियो। उसले पहिलोचोटि देख्यो, त्यो झुन्ड। 'बाराक ओबामा, नेक्स्ट प्रेजिडेन्ट अफ द यू. यास !' बाराक ओबामा अमेरिकाको हुनेवाला राष्ट्रपति हो भनेर लेखिएको प्लेकार्ड

बोक्ने धेरैजसो अश्वेत थिए।

केन्याली बाबु र अमेरिकी आमाबाट जन्मिएका थिए बाराक ओबामा। उनी कानुनका ज्ञाता पनि थिए। उनले संसारकै प्रतिष्ठित हार्वर्ड विश्वविद्यालयबाट स्नातकोत्तर गरेका थिए। उनको छवि अमेरिकाभरि धेरै राम्रो थियो। उनले चुनावमा आफूलाई अघि सारेकोमा धेरै अश्वेतहरूको छाती गर्वले फुलेको थियो। अत्यन्तै खुसी थिए तिनीहरू। अमेरिकाको इतिहासमा पहिलो अश्वेत जातिको राष्ट्रपति हुन सक्ने प्रक्षेपण अमेरिकी सञ्चारमाध्यमहरूले गरिरहेका थिए। अमेरिकामा आर्थिक मन्दी पनि त्यत्तिकै थियो। समाचारले स्टक मार्केटको दाम घटेको बताइरहेको थियो।

दीपक अगाडि बढिरह्यो। चर्को घाम लागिरहेको थियो। ८५ डिग्री फरेन्हाइट। दीपकको शरीरबाट तरतरी पसिना छुटिरहेको थियो। ऊ थकित र भोको थियो। दिउँसो दुई बजिसकेको थियो। ऊ लखतरान भएर आफ्नै अपार्टमेन्टतिर फर्कियो। भान्सामा छिऱ्यो। फ्रिजबाट एक गिलास चिसो पानी निकालेर घटघटी पियो अनि त्यही बैठककोठाको सोफामा केहीबेर पल्टियो।

'भोक लागेको बेला पानी मात्रै खाए पनि भोक मेटिन्छ,' आमाले भनेको सम्झियो दीपकले। त्यसरी नै दुःख गरेका थिए दीपकका बाबुआमाले खेतीमा। त्यस्तै दुःख गरेर हुर्काएका थिए उनीहरूले दीपकलाई। आज त्यही दुःखको ऋण तिर्न, बाबआमालाई खुसी दिन र आफ्ना सपना साकार पार्न दीपक अमेरिका आएको थियो।

'पानी मागेर खान लाज मान्नुहुँदैन,' उसले फेरि आमाले भनेको सम्झियो, 'तर अरू थोक नमाग्नू, आफैँ दुःख गर्नू।' दीपकले फेरि वालेट निकाल्यो र हेऱ्यो। त्यही पुगनपुग पन्ध्र सय डलर थियो। त्यो वालेटलाई त्यतै सोफातिर हुऱ्यायो र केहीबेर झ्यालतिर हेरेर टोलाइरह्यो।

बेडरूमतिरबाट खित्का छोड्दै गरेको आवाज आयो। एक जोडी रोमान्समा हुँदाको जस्तो। सम्झियो- भनिसा र लुकास घरमै रहेछन्। आफ्नो कुनै निजत्व नभएकोमा दीपक दिग्दार भयो। तर गर्ने के कुनै विकल्प थिएन। एक्कासि त्यो खित्का बन्द भएर लामोलामो सास फेर्दै भनिसाले 'मोर, मोर, मोर, मोर' भनेको सुनिन थाल्यो। सँगसँगै ओछ्यान चुँइकेको आवाज आयो। चुँइक-चुँइक, चुँइक-चुँइक।

दीपक झ्यालबाहिर हेरिरह्यो। तिनै घाम तलमाथि गर्दै कुदिरहेको, बादलको छायासँगै र रूखमा तलमाथि दौडिरहेका लोखर्केहरू। भनिसा र लुकासको आवाजलाई दीपकले कुनै अनौठो मानेन। किनकि दीपक त्यो आवाजसँग अभ्यस्त हुँदैथियो। उसले सोच्यो, 'कता होली मलिसा ? आउने क्लासमा त ऊसँग भेट भइहाल्ला।'

अनुहारहरू

दीपक युनिभर्सिटीमै थियो । बिहान नौ बजेतिर सूर्य रापिलो भएर चढिरहेको थियो । केही विद्यार्थी रूखमा टाँगिएको पिङ्मा बसिरहेका थिए कानमा एयरफोन हालेर। कोही क्याफ्टेरियातिर छिर्दै थिए। कोही पुस्तकालयतिर पस्दै थिए।

दीपकका आँखा सामुन्ने युवकयुवतीबीचको चुम्बनरत दृश्यहरू आए । त्यसले दीपकलाई छोएन । ऊ अभ्यस्त हुन थालिसकेको थियो । दीपकले लुकासलाई साथीसँग गफिँदै गरेको देख्यो । दीपकले बोलाउनुअघि नै लुकासले दीपकलाई देख्यो र साह्रो गरी बोलायो, 'ए दीपक !' छेउछाउका विद्यार्थीहरूले फर्केर हेरे उसलाई ।

'कम हियर,' लुकासले हातले इसारा गर्दै बोलायो । दीपक त्यहाँ गइहाल्यो । 'तपाईं उसलाई चिन्नुहुन्छ ?' सँगै गफिँदै आएकै साथीलाई देखाउँदै भन्यो । हेर्दा नेपालीजस्तो लाग्ने चेप्टो जीउ गरेको अन्दाजी तीस वर्षभन्दा मुनिकै युवकलाई देखेर दीपकले नेपाली भएको अड्कल गऱ्यो । नभन्दै लुकासले भन्यो, 'ऊ पनि नेपालबाट हो ।' दीपकको खुसीको सीमा रहेन । अमेरिका आएको भन्डै तीन हप्तापछि नेपालीसँग पहिलो भेट भएको जो थियो ।

बाटामा आमा हराएको कुकुरको छाउराले धेरैबेरपछि फेरि भेट्टाएभैँ गऱ्यो दीपकले त्यो नेपाली साथीलाई । 'ए हो र ! तपाईं पनि नेपालबाट ?' दीपकले त्यो व्यक्तितिर हेर्दै नेपालीमा बोल्यो । उसले मुस्कुराउँदै भन्यो, 'हो त ।' हेर्दा त्यस्तै साढे पाँच फिट जति उचाइ थियो उसको । फ्रेन्च कट दाह्री । ताम्रवर्ण । पोलोको टी-सर्ट र कालो जिन्स लगाएको थियो ।

दीपकका आँखामा खुसीको मोती दाना टल्किए । आफ्नै देशको, भन्डै आफ्नै

उमेरको व्यक्तिलाई आफैं पढ्ने अमेरिकाको कलेजमा भेट्टदा ऊ पुलकित भयो र हात मिलाउँदै भन्यो, 'म दीपक !'

'म गणेश !' उसले भन्यो ।

'तपाईंहरू गफ गर्नुहोस् है । मेरो क्लास छ । लागैं अहिले,' दीपक र गणेशलाई त्यहीँ छाडेर लुकास क्याफ्टेरियाको बाटो हुँदै अगाडि लाग्यो । उसले दीपकको ढाडमा प्याट्ट पाऱ्यो पनि ।

'गणेशजीसँग भेट गराइदिएकोमा थ्याङ्क यू लुकास,' दीपकले भन्यो र गणेशतिर हेर्दै गफिन थाल्यो, 'अमेरिकामा त्यो पनि मै पढ्ने कलेजमा तपाईंलाई भेट्न पाउँदा साह्रै खुसी लाग्यो ।'

'त्यस्तो साह्रै खुसी भइहाल्नुपर्ने केही छैन म्यान !' गणेशले भन्यो, 'यस्ता नेपालीहरू त अमेरिकामा कति छन् कति !' घरीघरी अङ्ग्रेजी घुसाएर बोल्न थाल्यो गणेश । नाके स्वरमा अमेरिकन लवज निकाल्न खोजेझैं बोल्यो । व्याकरण राम्रो नभए पनि अङ्ग्रेजीमा बोल्थ्यो, 'इट इज नट अ बिग डिल ब्रो ।'

'तपाईं कति भयो अमेरिकामा आउनुभएको ब्रदर ?' त्यहीँ उभिईकन दीपकले सोध्यो । वरपर विद्यार्थीहरू हिँडिरहेका थिए ।

'पाँच वर्ष हुन लागिसक्यो मेरो त । यहाँको नागरिक भइसकेको छु,' उसको बोलीमा अमेरिकी नागरिक हुनुको गौरव झल्किन्थ्यो । 'अनि कति भयो नि तपाईं यहाँ आउनुभएको ?'

'म आएको त भर्खर तीन हप्ता मात्रै भयो ब्रदर । तर जब नपाएर धेरै चिन्ता लाग्न थालिसक्यो । कम्तीमा तपाईंलाई पाएर खुसी लाग्यो ।'

'जब पाउन त्यति सजिलो कहाँ छ र ? फेरि आउनेबित्तिकै तपाईंलाई जब चाहिहाल्यो ?' गणेश गोजीबाट कारको चाबी हातमा लिएर हल्लाउँदै निकै सेठ पल्टिएर बोल्यो, 'इट इज नट इजी टू फाइन्ड अ जब म्यान !' दीपकले नेपालीमा बोले पनि उसले नेपालीभन्दा बढी अङ्ग्रेजीमै उत्तर दिइरह्यो ।

अमेरिका छिरेको तीन हप्ता नपुग्दै दीपक कामको खोजीमा व्याकुल थियो । यति छोटो समयमै चिन्तित र तनावग्रस्त पायो उसले । 'के गर्ने गणेशजी ! मलाई त जसरी पनि काम चाहिएको छ । हेर्नुस् न त्यति धेरै पैसा बोकेर आइनँ । यतै आएर काम खोजौंला भन्ने सोचियो । कहाँ सजिलो हुँदोरहेछ र सोचेजस्तो । क्लास रजिस्टर गरिसकेको छु । अब ट्यूसन फी नै दुई हजार डलर लाग्छ । हातमा जम्मा पन्ध्र सय छ । कोठाभाडा पनि तिर्नुपऱ्यो, खानुपऱ्यो । जसरी हुन्छ, तपाईंले मलाई सहयोग गर्नुपर्ने भो । नभए त नेपाल नै पो फर्किनुपर्ला जस्तो भइसक्यो ।' मनमा केही कुरा बाँकी नराखीकन पटक्कै नलजाई दीपकले गणेशलाई सारा वृत्तान्त सुनायो ।

'तपाईं यहाँ बस्नुभएको पनि निकै भएछ । मानिसहरूसँग धेरै चिनजान होला । मलाई त ठूलो आश लाग्यो तपाईंलाई भेटेर,' दीपकले त्यति भनिदिएपछि गणेशको

नाक अरू फुल्यो र आफू केही हुँ भनेर प्रस्तुत भयो।

'इट्स नट अ बिग डिल,' गणेशले त्यही कारको चाबी खेलाउँदै भन्यो, 'त्यति सजिलो त छैन काम पाउन। त्यही पनि आई विल ट्राई। अनि सोसल सेक्युरिटी नम्बर छ कि छैन ?' अलिकति खुसी भएको दीपकलाई गणेशको अन्तिम प्रश्नले फेरि निराश बनायो।

'आई नो। तपाईंसँग छैन। फेरि इन्टरनेसनल विद्यार्थीसँग हुने कुरा पनि भएन। म डीभी परेर आएको। मलाई त आउनेबित्तिकै उपलब्ध भएको थियो,' दीपकको मलिन अनुहार हेर्दै गणेश आफैँले उत्तर दियो, 'पर्खेर हेरौँ। केही छैन। म खोजौँला। तर झाडु लाउने काम पनि हुन सक्छ। लाउन चाहिँ तयार हुनुपर्छ। त्यही काम पाउन पनि मुस्किल छ यहाँ।'

दीपकसँग कामको विकल्प कहाँ थियो र! न अमेरिकी डीभी थियो, न त सोसल सेक्युरिटी नम्बर थियो। फेरि अमेरिकामा आर्थिक मन्दी छाएको बेला थियो। उसलाई अमेरिकी सपना साकार पार्नुपर्ने थियो। डिग्री हात पार्नु थियो। बाबुआमालाई खुसी दिनुपर्‍यो। यस्तै कुरा खेलाउन थाल्यो उसले।

'मैले भनेको सुन्नुभो ?' दीपकको मौनता देखेर फेरि सोध्यो।

'हजुर-हजुर,' एक्कासि निद्राबाट बिउँझेझैँ गरी दीपकले भन्यो।

'तपाईंलाई कुनै पनि काम पाउन सजिलो छैन। यहाँ काम गर्न तपाईंसँग कानुनी कागजात छैनन्। मजस्तो यो देशको नागरिक हुनुहुन्न तपाईं,' दीपकको चहराइरहेको घाउमा नुन थपिदियो गणेशले। दीपकले ठान्यो- यो मान्छेलाई ठूलो मान्दिएँ भने मेरा लागि काम गर्ने रहेछ।

'हो, हो गणेशजी। तपाईंले भनेको एकदमै सही हो,' दीपकले यति मात्र भन्यो र आकाशतिर हेर्‍यो। बादल धब्बा बनेर आकाशमा विभिन्न आकारमा दौडिरहेको थियो। गर्मी त थियो नै। मनको औडाहाले दीपकको शरीरमा पसिना छुटिरहेकै थियो। तर अहिले बादलले घामलाई छेकेको थियो केही शीतल पार्दै।

'मैले भनेको कुरा बुझ्नुभो नि!' गणेशले फेरि आश्वस्त हुन खोज्यो।

'म अमेरिकी नागरिक थिएँ भने तँ मूलालाई मैले ठूलो बनाइराख्नुपर्थ्यो र ?' मनमनै आन्दोलित भयो दीपक। ठान्यो- मुखैमा प्याच्च भन्दिऊँ भने। तर त्यसो नभनेर दीपक सम्हालियो, 'हो नि। हो नि। मैले बुझेँ। तपाईं नै त हुनुभयो, मलाई सहयोग गर्ने यहाँ। म जस्तो काम गर्न पनि तयार छु। तर मैले काम पाउनुपर्‍यो।'

'ओके, द्याट्स नट अ बिग डिल ब्रो!' गणेशले फेरि फलाक्यो। गणेशबाट पाएको आँटबाट एकदमै उत्साहित भएर दीपकले अँगालोमा लिन खोज्यो, 'थ्याङ्क यू सो मच ब्रदर।' गणेशले हत्त न पत्त पछि हट्दै भन्यो, 'ह्वाट द फक! आर यू गे ? डन्ट टच मी। वन्ली गे डू सो। तपाईं हिँजडा हो र ? हिँजडाले पो यसरी अँगालो मार्छन् त ?'

दीपकले मरेकाटे बुझेन, खुसी भएर साथीलाई अँगालो हाल्दा कसरी 'गे' हुन्छ ? तर उसको आक्रोश देखेर अनुमान लगायो । पक्का आफूले नराम्रो गरेको हुनुपर्छ भन्ठान्यो । गणेशलाई साथी बनाउने कि नबनाउने भनेर झस्कियो । दुःखित भयो । एकैछिनमा उसले फेरि 'गे' भनेको केटाले केटा मन पराउनु भन्ने अनुमान लगायो । ऊ अचम्मित भयो- गणेशले कसरी त्यस्तो सोच्न सक्छ ?

उसले त नेपाली साथीलाई आत्मीयता देखाउन चाहेको थियो, बस् । तर किन उसले त्यस्तो व्यवहार देखायो ? दीपक तड्पियो । आफैँलाई हीनताबोध भयो । के अमेरिकी संस्कृतिले यही सिकाएको थियो गणेशलाई ? दीपकले मनमनै प्रश्न गऱ्यो, 'के गणेश देश छाडेको पाँच वर्षमै अमेरिकन भइसक्यो ?'

दीपक मौन रह्यो केहीबेर । मौनतामा सायद विज्ञानले पनि व्यक्त गर्न नसक्ने धेरै कुरा हुन्छन् । अर्थात् मौनताको आफ्नै भाषा हुन्छ । सायद दीपकको मौनतालाई गणेशले बुझ्यो ।

'अमेरिकन जीवनशैली फरक छ म्यान !' गणेशले भन्यो, 'केटाले केटालाई अँगालो हाल्नु, हात समाएर हिँड्नु अनौठो मानिन्छ । त्यस्ता मान्छेहरूलाई गे भन्छन् ।'

'हो र ?' दीपकलाई अमेरिकामा आएर यहाँको घरेलु नियम नै तोडिएछ कि भन्ने डर लाग्यो ।

गणेशले दीपकको सर्टतिर औँल्याउँदै थप्यो, 'त्यो तपाईंले लगाएको सर्ट पनि गेले लगाउने जस्तै पिङ्क कलरको छ । गेले मात्रै लाउने गर्छन् त्यस्तो रङ्गको सर्ट ।' गणेशको यस्तो व्यवहार देखेर अचम्मित भयो दीपक । 'कस्तो मान्छेसँग भेट भएछ मेरो' भन्ने भयो उसलाई ।

'यो सर्ट मेरी बहिनीले भाइटीकामा दिएकी हो ब्रो !' दीपकले आफ्नो सर्टलाई सुमसुम्याउँदै भन्यो, 'बिर्सनुभयो कि छैन नेपालीको दोस्रो ठूलो महान चाड ? झिलीमिली बत्तीहरूको त्यो चाड वर्षमा एकचोटि आउँछ । पाँच दिनसम्म मनाइन्छ । हो, त्यसको पाँचौँ दिन मेरी बहिनीले मलाई टीका लगाइदिएर दिएको उपहार हो यो ब्रदर !' जे पर्ला पर्ला भनेर दीपकले पनि ठोक्यो धारावाहिक रूपमा ।

'आई नो, आई नो,' दीपकलाई बीचमै रोक्दै गणेशले भन्यो । एक किसिमको वाकयुद्ध नै चल्यो । 'ह्वाई द फक आर यू टिचिङ मी दिस ?' उसले अङ्ग्रेजीमा 'फक' भन्ने शब्द नै प्रयोग गऱ्यो जसको अर्थ नेपालीमा छाडा हुन्थ्यो । दीपकलाई झनक्क रिस उठ्यो । यो मान्छेले सीमा नै नाघिसक्यो भन्ने लाग्यो उसलाई । 'किन मुख छोडेको तैँले ?' भन्दिनै खोजेको थियो तर ऊ सम्हालियो ।

दीपकले वरिपरि हेऱ्यो, विद्यार्थीहरू यताउता गरिरहेका थिए । रूखहरू त्यसरी नै ठडिइरहेका थिए । सिरसिर हावामा पातहरू चलिरहेका थिए । कोही भेन्डिङ मेसिनबाट कोकका बोटलहरू निकाल्दै थिए । अनि त्यही कोक साथीहरूसँग पिउँदै थिए ।

'होइन, कतै बिर्सनुभयो कि भनेर नि !' दीपकले कुरा घुमायो ।

गणेश कत्ति पनि हच्केन र भन्यो, 'अमेरिकामा कसैले बाल दिँदैन ।'

'हे ईश्वर ! कस्तो खत्तम मान्छेको फेला परेँछु म !' दीपकले मनमनै भन्यो । तर आफूलाई सम्हाल्दै भन्यो, 'अरू कुरा जेसुकै होस्, मलाई त कामकै चिन्ता छ । पाइएला नि है ?' गणेशको चित्त दुखाएर दीपकको काम हुनेवाला थिएन । त्यो उसले बुझेको थियो ।

'आई टोल्ड यू द्याट्स नट अ बिग डिल,' फेरि त्यही भन्यो गणेशले । 'म चिनेका साथीभाइलाई सोधपुछ गर्छु र भोलितिर फोन गर्छु ।' गणेशले दीपकसँग सम्पर्क नम्बर लियो ।

आखिर जे भए पनि दीपकका लागि त्योभन्दा ठूलो खुसी के हुन्थ्यो र ! मान्छे जस्तोसुकै होस् । दीपकको अमेरिकी सपनाको सवाल जो थियो । 'थ्याङ्क यू ब्रदर,' दीपकले भन्यो । 'नो प्रब्लम,' नरम हुँदै गणेशले भन्यो, 'ल, म अहिले लागेँ ।' हातमा कारको साँचो खेलाउँदै गणेश त्यहाँबाट हिँड्यो । जाँदाजाँदै उसले दीपकलाई भन्यो, 'मलाई अन्यथा नसोच्नुहोला । मानिसलाई कठोर र नरम समयले बनाउने रहेछ । यो दुनियाँमा कसैले अरूका लागि गर्दैन, आफ्ना लागि गर्ने आफैँले हो ।'

दीपकले ठान्यो, मनको त राम्रै मान्छे होला गणेश । अमेरिका आएपछि मजस्तै दुःख, हन्डर, ठक्कर खाएर नै यहाँ आइपुगेको होला । दीपकले हात हल्लाउँदै जवाफ दियो, 'म बुझ्छु ब्रदर । थ्याङ्क यू फर योर हेल्प ।'

'भोलि काम भेटियो भने फोन गरौँला । धेरै चिन्ता नलिनू । इट्स नट अ बिग डिल,' गणेशले हात हल्लाउँदै परबाट चिच्यायो । त्यहाँ हिँडिरहेका केही विद्यार्थीहरूले पल्याकपुलुक हेरे । गणेश पार्किङ लटतिर लागेपछि दीपक साँझको क्लासतिर गयो ।

मलिसा किताबको झोला नजिकै अर्को कुर्सीमा राखेर टेबलमा केही किताब फिँजाएर बसिरहेकी रहिछ । एक हप्ता भएको थियो दीपकले मलिसालाई नदेखेको । पहिलेभन्दा आज राम्री देखिई मलिसा । दुई चुल्ठी बाटेकी थिई । छाती अझ चौडा र उच्च देखिएको थियो । मलिसाले नै थाहा नपाउने गरी चुमिदिऊँ जस्तो लाग्यो दीपकलाई । कविताको किताब पल्टाउँदै थिई । निकै चन्चल देखिन्थी ।

दीपकलाई देख्नेबित्तिकै उसले त्यो कुर्सीमा राखेको झोला हटाई र मीठो मुस्कान पस्किँदै त्यही कुर्सीमा बस्न सङ्केत गरी । दीपक मधुर र सानो स्वरमा 'धन्यवाद !' भन्दै बस्यो । 'हाऊ आर यू ?' उसले भन्यो । अरू कुर्सीमा केही विद्यार्थी आएर बसिसकेका थिए । प्रोफेसर आई । छलफल चल्यो ।

अर्को गृहकार्यमा सबैले एउटा-एउटा कविता लेखेर ल्याउने निर्देशन भयो । क्लास सकियो । मलिसा र दीपक सँगै बाहिर निक्ले । यसरी निस्के, मानौँ क्लास सिद्धिएपछि सँगै निस्किने र पार्किङ लटतिर जाने रूटिनै छ । पार्किङ लटतिर सँगै गए, जहाँ मलिसाले आफ्नो कार पार्क गरेकी थिई ।

'कस्तो रह्यो तिम्रो यो हप्ता ?' हिँड्दाहिँड्दै मलिसाले सोधी।

'राम्रै रह्यो,' दीपकले मलिसातिर हेर्दै भन्यो, 'काम खोजिरहेको छु अनि तिम्रो कस्तो रह्यो ?'

'मेरो नि ठीकै रह्यो,' मलिसाले भनी, 'अनि काम भेटियो त ?'

'खोज्दैछु, भेटिएला नि !' दीपकले भन्यो, 'साथीहरूलाई पनि भनेको छु।'

'गुड लक !' मलिसाले भनी, 'सपिङ जानुपर्ने भयो, केही सहयोग चाहियो भने लेट मी नो। तिमीसँग समय छ भने कहिलेकाहीँ ह्याङआउट पनि गरौँला।'

दीपकलाई लाग्यो- मलिसाले आफूलाई कताकता मन पराउँछे। दीपकलाई एउटा राम्रो साथी बनाउन चाहन्छे। वास्तवमा उसले प्रेम वा बिहे गर्नुभन्दा पहिले एउटा राम्रो साथी बनाउन चाहेकी थिई। सम्बन्ध बढ्ने वा टुट्ने त पछिकै कुरा भयो। 'थ्याङ्क यू, स्योर,' दीपकले भन्यो।

उनीहरू पार्किङ लट पुगिसकेका थिए। 'म पुऱ्याइदिन्छु नि घरसम्म,' मलिसाले आज पनि प्रस्ताव राखी। यसचोटि उसले बुझिसकेको थियो, कसैले कर गर्नेवाला छैन। उसले अमेरिकन संस्कृति सबै नबुझे पनि अलिअलि बुझ्न थालिसकेको थियो। 'हवस्,' उसले भन्यो। खासै टाढा थिएन दीपकको अपार्टमेन्ट। कारमा मात्र तीन मिनेट। मलिसाले कार हाँकी। दीपकले उसलाई हेरिरह्यो।

'म बस्ने अपार्टमेन्ट पनि यही हो,' मलिसाले भनी।

'यही ?' दीपकले सोध्यो।

'तिम्रो यही कम्प्लेक्समा हो ? मेरो पनि बाटोपारिको उड ब्रिज़ नाम गरेको कम्प्लेक्समा हो,' मलिसाले भनी, 'हामी नजिकै रहेछौँ। कहिलेकाहीँ विकेन्ड मिलाएर भेट्नुपर्छ।'

'स्योर,' दीपकले रोमान्चित हुँदै भन्यो, 'थ्याङ्क यू फर द राइड।'

'माई प्लेजर,' मलिसाले हात हल्लाउँदै भनी।

दीपकले पनि अपार्टमेन्ट अगाडिबाट हात हल्लाउँदै मलिसालाई बिदाइ गऱ्यो र आफ्नो अपार्टमेन्टभित्र लुसुक्क पस्यो। रातको नौ बजेको थियो त्यतिबेला।

सन्नी बेगल

बिहान ६ बजे नै दीपकलाई निद्राले छोडिसकेको थियो। बैठककोठाको सोफामा केहीबेर पल्टिरह्यो । झ्यालबाट बाहिर हेर्‍यो । रूखका पातहरू झरेर भुइँभरि छरिएका थिए। पपलर पातहरू झर्दै सकिँदै थिए। प्रेमीलाई प्रेमिकाहरूले छोडेजस्तै अनि छोडेपछि एक्लिएका प्रेमीहरूजस्तै देखिन्थे रूखहरू। तर रूखहरूको सन्दर्भमा पनि ती क्षणिक थिए। केही समयपछि नै नयाँ पालुवा हालेर आउँथे। प्रकृतिको क्षमता र विशालतासँग मान्छेको कहाँ तुलना हुन सक्ने रहेछ र!

दीपक सोफामा पल्टिएर लगातार हाई काढिरह्यो । आङ तन्कायो। यता र उता कोल्टे फेर्‍यो। ओढिरहेको ब्ल्याङकेटलाई दुई खुट्टाबीच च्याप्यो। सोफाको ओछ्यान उसलाई छोड्नै मन लागेन। उसले मलिसालाई सम्झियो। उसको अनुहार आँखाभरि छायो। एउटा आशलाग्दो रहर भएर आयो। दिनको सुन्दर सुरुवात भएर आयो। सोच्यो- के गर्दै होली ऊ ?

उसले पपलर रूखहरूतिरै हेरिरह्यो। लोखर्केहरू रूखमाथि चढ्ने र तल झर्ने गरिरहे। सिरानीबाट आफ्नै शिरका रौँहरू झरेको देख्यो। 'तालुखुइले' पो भइने हो कि ? मनमनै अड्कल काट्यो । आफ्नै हातहरू हेर्‍यो । मसिना र दुब्ला लाग्यो उसलाई । हातको गोलाइ नाप्यो । आधा मासु घटेझैँ महसुस गर्‍यो । गहिरो सास फेर्‍यो र आराममै रहन खोज्यो।

त्यही क्षणमा फोनको घण्टी बज्यो । लुकास र भनिसाले राखेको एउटा ल्यान्डलाइन फोन त्यही बैठककोठामा थियो। कतै गणेशको फोन त होइन यो ? दीपकको अनुहार एकाएक चम्कियो। 'गणेशले मेरा लागि कतै काम पो भेट्टायो कि!'

उसले सोच्यो । दीपक जऱ्याक-जुरूक उठ्यो र फोन उठाउँदै भन्यो, 'हेल्लो !'

'हेल्लो ह्वाट्स अप ?' गणेशले साहु जसरी बोल्यो, 'मैले तपाईंलाई बेगल स्टोरमा काम मिलाइदिएँ ।'

'साँच्चै हो ?' दीपकको खुसीको सीमा रहेन । बोल्यो, 'थ्याङ्क यू सो मच माई ब्रदर । यू मेड माई डे ।'

'म त्यहाँ चाँडै आउँदै छु । तपाई तयार भएर बस्नू अनि त्यो स्टोरमा जाम्ला । साहुले तपाईंलाई लिएर आउनू भनेको छ,' गणेशले भन्यो । दीपकले 'हुन्छ' भन्न नपाई फोन राखिदियो । अब दीपकका लागि गणेश आदर्श व्यक्ति भयो ।

दीपक हतार-हतार बाथरूम छिऱ्यो र नित्यकर्म गऱ्यो । दाह्री काट्यो । सर्टपेन्ट लगायो । कपाल मिलायो । लगेजबाट निकालेर कपडा लगायो । कपडा सबै खुम्चिएको देखिन्थ्यो । गणेशले नै बोलेको वाक्य सम्झियो, 'हू केयर्स ?' अमेरिकामा पहिलो कामको सुरुवात गर्ने वाला थियो दीपक । उसले थाहै नपाईकन गुनगुनायो त्यो खुसीमा । मलिसालाई भेट्ने बित्तिकै सुनाउँछु भनेर मनमनै कल्पियो । फेरि बाथरूम छिरेर ऐनामा आफूलाई हेऱ्यो । दायाँबायाँ गरेर एउटा पोज दियो । 'त्यसको साँढे दुब्लो पातलो मान्छे जति नै राम्रो लुगा लगाए पनि बुख्याँचा जस्तो देखिने,' ऊ एक्लै आफैँसँग फुसफुसायो ।

'हे म्यान ! खोइ रेडी भाको ब्रो ?' ढोकाबाहिर ढकढकाउँदै कोही बोल्यो । दीपकले चिनिहाल्यो गणेश नै हो भनेर । दीपकले दिएको घरको ठेगानामा जीपीएस लगाएर गणेश अघि नै आइसकेको रहेछ । अमेरिकामा जहाँ जानु परे पनि जीपीएसमा ठेगाना लगाएपछि सजिलै पुग्न सकिन्थ्यो । त्यसैले दिशा बताइदिन्थ्यो कताबाट कता जाने भनेर ।

दीपकले ढोका खोल्यो, 'ओहो ब्रदर ! कति चाँडै आइपुग्नुभयो ? म त तयार भइसकेँ । आउनू न भित्र बसौँ एकैछिन ।'

'लेट्स गो ! लेट्स गो !!' गणेशले ढोकाबाहिरबाटै भन्यो, 'मसँग समय छैन । यसपछि फेरि अर्को मिटिङ छ । ल चाँडो गर्नुहोस्, गइहालौँ ।' उसले आफ्नो मोबाइलमा समय हेऱ्यो र फेरि भन्यो, 'ओहो ! ढिलो भइसक्यो ।'

दीपकले आफूले सधैँभरि बोकिरहने झोला भिऱ्यो र 'जाऊँ' भन्दै ढोकाबाहिर निस्क्यो ।

'यो यासहोल चाहिँ किन बोकेको ?' गणेशले झोलातिर देखाउँदै भन्यो । दीपकले भेउ नै पाएन 'यासहोल' भनेको । उसले अर्थ लगाउन खोज्यो । अङ्ग्रेजीमा यास भनेको चाक हो । उसले अर्थ लगायो, चाकको दुलो होला । चाकको दुलो त सबैले बोक्छन् । गणेशले भन्न खोजेको आखिर के हो ? 'यासहोल ! ह्वाट डू यू मिन बाई यासहोल ?' दीपकले बुझ्न खोज्यो । हलल्ल हाँस्दै गणेशले भन्यो, 'तपाईंको झोला नि ।'

'मेरो भोला कसरी यासहोल भयो ?' दीपकले अचम्मित हुँदै सोध्यो। तर गणेश हलल्ल हाँस्यो मात्रै। उत्तर नदिईकन भन्यो, 'हू केयर्स ? ल ल कारभित्र ... छिटो छिर्नुहोस्। ढिलो हुन्छ फेरि।'

त्यति बेलासम्म दुवैजना कार पार्क गरेको ठाउँमा पुगिसकेका थिए। दीपकलाई पछि थाहा भयो, अमेरिकनहरूले रूखो भाषामा बेइज्जती गर्नु पर्दा 'यासहोल' प्रयोग गर्दा रहेछन्। साथीभाइबीच रमाइलोका लागि पनि प्रयोग गर्दा रहेछन्।

'अमेरिकाले धेरै सिकाइसकेछ गणेशलाई,' दीपकले मनमनै भन्यो र कारभित्र छिर्‍यो। चाँदी रङ्गको टोयोटाको क्यामरी रहेछ। गणेश ड्राइभर साइडतिर छिर्‍यो र अङ्ग्रेजी गीत घन्कायो अनि कार अघि बढायो। कार तिनै बाटाहरू हुँदै अघि बढ्यो, जहाँ काम खोज्ने सिलसिलामा दीपकले अघिल्लो हप्ता पैदलयात्रा गरेको थियो चर्को घाममा।

कारभित्र एसी चलायो गणेशले। बाटाभरि कारहरू हुँइकिरहेका थिए। चारवटा ट्राफिक लाइट पास गरेपछि एउटा दोकान नजिक गएर गणेशले कार पार्क गर्‍यो। त्यो एउटा कम्प्लेक्सजस्तो थियो। विभिन्न पसलहरू थिए त्यहाँ स्टारबक्स कफी र म्याट्रेस पसलहरू, रस भन्ने अर्को कपडा बेच्ने पसल, इन्डियन स्टोर र बेगल स्टोर। गणेशले ठ्याक्कै बेगल स्टोर अगाडि पार्क गरेको थियो। त्यहाँ लेखिएको थियो, 'वेलकम टू सन्नी बेगल स्टोर।'

गणेश दीपकलाई लिएर सन्नी बेगल स्टोरभित्र छिर्‍यो। बेगल स्टोरभित्र अन्दाजी चालिसपैतालिस वर्ष जतिको, साढे पाँच फिट जति उचाइ भएको एउटा मान्छे रोटीहरूमा विभिन्न किसिमका मसला मिसाउँदै थियो। ऊ पेन्ट र सन्नी बेगल लेखिएको टी-सर्टमा थियो। खैरो रङ्गका थिए दुवै लुगा।

'हे विकास ! ह्वाट्स अप ?' गणेशले ढोकाबाट छिर्दा नछिर्दै विकासतिर हात उठाउँदै बोल्यो।

'हेल्लो गणेश भाइ ! कैसे हो ?' विकासले हात उठाउँदै गणेशतिर हेर्दै हिन्दीमा भन्यो। दीपकले लख काट्यो, भारतीय पो रहेछ।

'आई एम फाइन,' गणेशले दीपकलाई देखाउँदै भन्यो, 'तपाईंसँग कुरा गरेको थिएँ नि। उही हो उहाँ।' गणेशले लगाइरहेको कालो चस्मा टाउको माथि राख्दै भन्यो। विकासले हाँस्दै दीपकतिर हेर्‍यो र फेरि मीठो मुस्कान छोडेर दीपक भएतिर आयो।

बिहानको त्यस्तै आठ बजेको थियो। सन्नी बेगल स्टोरभित्र ग्राहकहरू बेगल खाइरहेका थिए। कोही साथीहरूसँग गफ गर्दै त कोही त्यही राज्यबाट निस्कने 'द एटलान्टिक जोर्नल कन्स्टिच्युसन' पत्रिका पढ्दै।

'नाइस टू मीट यू,' विकासले दीपकसँग हात फैलायो।

'म दीपक ! नाइस टू मिट यू टू,' दीपकले ओठमा मुस्कान राख्दै भन्यो।

'ह्याभ अ सिट,' त्यही छेउकै कुर्सीलाई देखाउँदै विकासले बस्न अनुरोध गर्‍यो र तीनैजना त्यही नजिकैको कुर्सीमा बसे आमनेसामने भएर। विकासले दीपकलाई

एकटकले हेऱ्यो।

'यो बेगल स्टोर मेरो आफ्नै हो। तीन वर्ष भयो मैले चलाएको,' विकासले भन्यो। ऊ परिश्रमी र हँसमुख देखिन्थ्यो।

'म अमेरिका बसेको दस वर्ष भयो। अहिले म यही देशको नागरिक भइसकेको छु। म बङ्गलादेशबाट डीभी परेर आएको हुँ,' विकासले भनिरह्यो। अनि मात्र दीपकलाई थाहा भयो, विकास त भारतीय नभएर बाङ्लादेशी पो रहेछ। हुन त बङ्गलादेश पनि भारतबाट सन् १९४७ मा मात्र अलगिएको थियो। हिन्दु बहुल पश्चिम बङ्गाल भारतकै राज्य कायम भयो भने मुस्लिम बहुल पूर्वी बङ्गाल अहिलेको बङ्लादेश भयो।

दीपकले विकासमाथि सर्सर्ती आँखा डुलाइरह्यो। विकास त्यो स्टोरको मालिक र म्यानेजर दुवै भए पनि झट्ट हेर्दा कामदार वा सफाइकर्मीजस्तो देखिन्थ्यो। अमेरिकामा लवाइखुवाइभन्दा पनि कामले इज्जत पाउँदो रहेछ।

'अहिले बिजनेस त्यति राम्रो छैन। म अहिले हायर गर्न सक्ने अवस्थामा पनि थिइनँ। तर गणेशले फोन गरेपछि मैले नाइँ भन्न सकिनँ। हाम्रो पुरानो चिनजान थियो। पहिला हामीले एउटै स्टोरमा काम गरेका थियौँ। उसले भनेकाले तपाईंलाई हायर गर्नुपर्ला। हामी केही कुरा गरौँ है त अब,' विकासले भन्यो। दीपकले गणेशतिर पुलुक्क हेऱ्यो। गणेशको नाक झन् ठूलो भयो। टाउकोमाथिको चस्मा हातले चलाएर तलमाथि गऱ्यो र फेरि टाउकोमै राख्यो।

काउन्टर अलिक अग्लो ठाउँमा थियो। सबैतिर मिलाएर जम्मा आठवटा टेवल र बत्तिसवटा जति कुर्सी थिए। अर्थात् एउटा टेबलको आमनेसामने चारवटा कुर्सी राखिएका थिए। प्रायः सेतो र नीलो रङ्गका थिए। गफमा मस्त हुँदै केही ग्राहक बेगल चपाइरहेका थिए। कोही पत्रिका हेर्दै त कोही त्यहीँ बसेर कफी पिउँदै थिए।

काउन्टरको पछाडि ठूलो प्यानमा अण्डा फ्राई भइरहेको थियो। ससेज बेकनहरू फ्राई भइरहेको थियो। च्वाइँय् आवाज अनि सँगसँगै उडेको बाफ माथि आइरहेको थियो। दुईजना जतिले काम गरिरहेका थिए।

'अनि यहाँ तपाईं के गर्नुहुन्छ?' विकासले दीपकलाई सोध्यो। गणेश त्यही गफ सुनेर बसिरह्यो। घरी काउन्टरतिर हेर्दै, घरी झ्यालतिर हेर्दै।

'म कलेज जान्छु,' दीपकले उत्तर दियो।

'कुन ?'

'जर्जिया युनिभर्सिटी,' अलिक साह्रो आवाजमा भन्यो दीपकले।

'अलिक बिस्तारै बोल्नुहोस् है,' विकासले अलिक नर्भस हुँदै हातको इसाराले भन्यो, 'मैले तपाईंसँग कलेजबाहिर काम गर्ने कागजात छैन भन्ने सुनेँ। सोसल सेक्युरिटी नम्बर नभएपछि काम गर्न गाह्रो हुन्छ। त्यसरी काम गर्नु भनेको गैरकानुनी

हो। फेरि अरूले यहाँ थाहा पाए भने समस्या पर्न सक्छ। त्यही भएर अलिक बिस्तारै कुरा गरौँ।'

'सरी!' दीपकले तत्कालै भन्यो।

'इट्स ओके,' विकासले सोध्यो, 'कति भयो तपाईं अमेरिका आउनुभएको ?'

'एक महिना हुन लाग्यो।'

'कार छ त ?' दीपकसँग न कार थियो, न त उसलाई हाँक्न नै आउँथ्यो।

'अहँ छैन।'

'अनि कसरी आउनुहुन्छ त काम गर्न ?'

दीपकको अपार्टमेन्टबाट हिँडेर त्यहाँ पुग्न झन्डै दुई घण्टा जति लाग्थ्यो। हरेक दिन हिँडेर आउनु सम्भव थिएन। कार किन्न सक्ने सामर्थ्य पनि थिएन।

'मेरो साथीसँग कार छ। उनीहरूले मलाई ड्रप गरिदिन्छन्,' दीपकले लुकास र भनिसालाई सम्झिँदै भन्यो। उसले मलिसालाई पनि सम्झियो। गणेशतिर पनि पुलुक्क हेऱ्यो। कतै गणेशले पनि 'हुन्छ' भनिदिन्छ कि ? गणेशले 'हुन्छ' भनेझैँ गरी मुन्टो हल्लायो।

'अनि हरेक दिन सम्भव हुन्छ त ?'

'अर्को हप्ता म साइकल किन्न खोज्दैछु।' दीपकले नयाँ जुक्ति निकालिहाल्यो।

'ठीक छ उसो भए,' विकासले भन्यो, 'म सुरुको दिनमा घण्टाको ६ डलरभन्दा बढी तिर्न सक्दिनँ। तर तपाईंले गरेको काम राम्रो हुँदै गयो र ग्राहक खुसी हुँदै गए भने बिस्तारै बढाइदिन्छु।'

त्यही बेला त्यहाँ चलेको पारिश्रमिक भने प्रतिघण्टा ६ डलर पचास पैसा थियो। तर दीपकसँग कागजात थिएन र नगदमै पारिश्रमिक भुक्तानी गर्नुपर्थ्यो। त्यसकारण विकासलाई सस्तोमा काम लगाउन सहज भएको थियो। 'त्यही भएर पो एसियाली मुलकबाट आएका मानिसको काम पाउने सम्भावना हुँदो रहेछ,' दीपकले मनमनै भन्यो।

दीपकले ठान्यो- त्यति पैसा र काम दुवै पाउनु ठूलै उपलब्धि हो। उसले हिसाब लगायो- झन्डै ६ सय रुपैयाँ घण्टाको। 'हरे! यत्रो पैसा कहाँ पाइन्छ र नेपालमा ?' दीपक गद्‌गद भयो।

'हुन्छ सर!' दीपकले स्वीकारोक्ति दियो। ऊसँग अरू विकल्प नै कहाँ थियो र!

'तर एउटा कुरा सम्झनू, ग्राहक लिने मात्र होइन, बढार्ने, झाडुपोछा लाउने, शौचालय सफा गर्ने, पकाउने सबै काम गर्नुपर्छ,' कुर्सीमा अडेस लाग्दै विकासले भन्यो, 'धेरै मानिसहरू अमेरिका आएपछि यस्तो काम गर्नुलाई नराम्रो मान्छन्। त्यही भएर मैले भनेको हुँ।'

'म तयार नै छु त्यसका लागि विकास!' दीपकले भन्यो। तर झाडुपोछा लगाउने र शौचालय सफा गर्ने कुराले कताकता उसको छातीमा बिझायो। नेपाली समाजमा

हेयका दृष्टिले हेरिने जिन्दगीमा कहिल्यै नगरेको काम कसरी गर्नु ? हैट्! मनको एक कुनामा च्वास्स घोच्यो। यस्तो काम त कथित तल्लो जातिका मानिसले मात्र गर्छन् नेपालमा। म त बाहुन चरी! कसरी गर्ने होला ?

उसले झलक्क सम्झियो दलित नेता भीमराव अम्बेडकरलाई। उनले भनेका छन्, 'जात भनेको कुनै भौतिक वस्तु होइन। जस्तो कुनै पर्खालको ईंटा होस् वा काँडेतारले छेकेको कुनै सिमाना होस्। यो त धारणा हो, मानसिकता हो, मानसिकताको राज्य हो। यसर्थ जात एउटा प्रभुत्व कायम गरिराख्न खोज्ने कृत्रिम सोच हो। सोचमा परिवर्तन ल्याउन सके यो आफैं हराएर जान्छ।' तर दीपकले तत्कालै ओठमा मुस्कान भऱ्यो र विकासले भनेका कुरालाई सहजै स्विकाऱ्यो।

'नेपालमा कहिल्यै झाडुपोछा लगाइएको थियो र ?' फेरि सोध्यो विकासले। गणेश फिस्स हाँस्यो।

'किन नलाउनू ?' दीपकले घरमा आमालाई सघाएको सम्झँदै भन्यो।

'कति लाइयो, कति लाइयो घरमा,' सबै एकैचोटि गलल्ल हाँसे।

'यहाँ घरमा लगाएजस्तो हुन्न नि,' विकासले हाँस्दै भन्यो, 'स्योर हो ?'

दीपक भन्न चाहन्थ्यो, 'केको लाउनु नि ? कलेजमा अङ्ग्रेजी शिक्षक भएर पढाइयो।' तर उसले त्यही पाएको काम पनि चट् होला र फेरि अमेरिकी सपना पूरा नहोला भन्ठान्यो र भन्यो, 'स्योर सर! स्योर।'

'उसो भए ल भोलि बिहान आठ बजे यहाँ तीन घण्टाका लागि काम गर्न आउनू,' विकासले मौखिक आदेश गऱ्यो। त्यो लिखित कागज सोसरह भयो।

'थ्याङ्क यू सो मच सर!' दीपकले भन्यो। उसको खुसीले चुचुरो छोयो। यद्यपि उसलाई थाहा थियो, यो उसले जिन्दगीमा नगरेको काम थियो। विकाससँग बिदा लिएर भोलि भेटौँला भनेर छुट्टियो। ग्राहकहरू आउनेजाने गरिरहेका थिए। गणेशले दीपकलाई अपार्टमेन्टसम्म छोडिदिने भयो। गणेशले त्यही अङ्ग्रेजी गीत घन्कायो। कालो चस्मा लायो र त्यही गीतको तालमा मुन्टो हल्लाउँदै कार अगाडि बढायो।

दीपक पनि के कम! काम पाएको खुसीमा नबुझे पनि त्यही अङ्ग्रेजी गीतको धुनमा टाउको हल्लाउन थाल्यो। जे पायो, त्यही गुनगुनाउँदै। किशोरावस्थामा हुँदा ऊ पनि साकिरा र माइकल ज्याक्सनको गीत कहिलेकाहीँ सुन्ने गर्थ्यो। माइकल ज्याक्सनले गाएको गीत त उसले बिर्सिसकेको थियो। तर साकिराको 'अन्दर्निथ माई क्लोथ दियर इज अ लङ स्टोरी' भन्ने गीत चाहिँ कहिलेकाहीँ नबुझे पनि गुनगुनाउँथ्यो। दीपकका आँखाअघि सम्भावित सपनाहरू नाच्न थाले। कल्पनाको आँखाअघि मलिसा पनि नाच्न थाली। पूर्वेली भाकामा नेपाली युवती नाचेजस्तै मलिसा नाचेको कल्पिरह्यो दीपकले र त्यसमा मुन्टो हल्लाएर साथ दिइरह्यो कल्पनातीत आनन्दमा।

'जस्तो भए पनि काम त पाइयो गणेशजी। तपाईंलाई धेरैधेरै धन्यवाद!' उसले कार हाँकिरहेको गणेशतिर हेर्दै भन्यो, 'कम्तीमा यति भएपछि टिक्न त सकिएला।

पछि बिस्तारै अरू काम खोज्दै जाउँला पुगनपुग भए ।'

गणेश अङ्ग्रेजी गीतमा मस्त थियो । खासै वास्ता गरेन । यस्तैमा उनीहरू अपार्टमेन्ट नजिक आइपुगे । गणेशले गाडी रोक्यो ।

'ल अब तपाईं पनि झर्नुहोस् । मलाई ढिला हुन्छ । मेरो अर्को मिटिङ छ । म गइहाल्छु ।' गणेशले भन्यो । कारको इन्जिन अन नै थियो ।

'मिटिङ क्यान्सिल गर्न मिल्दैन ब्रो ? बसौं, एकछिन चिया खाएर जानु होला । म बनाउँछु नि चिया !' दीपकले कारबाट बाहिर निस्किँदै भन्यो ।

'ह्वाट द फक आर यू टकिङ म्यान ?' गणेशले भन्यो । उसले फेरि 'फक' शब्दको प्रयोग गरेकामा दीपकलाई अप्ठ्यारो लाग्यो । तर उसले फिस्स हाँस्यो । 'यो मेरो समस्या होइन । म किन रिसाउँछु ?' दीपकले आफूलाई सम्झायो, 'आखिर म अभ्यस्त भइसकेँ । फेरि मनको त्यति नराम्रो लाग्दैन यो मान्छे मलाई । यसैले मलाई काम मिलाइदियो ।'

'हुन्छ, हुन्छ कुरा गर्दै गरौंला,' दीपकले भन्यो र ढोका लगाइदियो, 'काम लगाइदिएकोमा फेरि धन्यवाद है गणेशजी !'

'सी यू लेटर,' गणेशले भन्यो ।

'म फोन गरौंला,' दीपकले कानमा हात राख्दै साङ्केतिक भाषामा भन्यो ।

'म व्यस्त हुन सक्छु । उठाइनँ भने भ्वाइस मेसेज छोड्नुहोला,' कारको झ्याल तल खिच्दै गणेशले भन्यो र ऊ त्यहाँबाट हिँडिहाल्यो ।

दीपक अपार्टमेन्टभित्र छिर्‍यो । फेरि एकपटक हर्षित भयो दीपक । फेरि सम्झियो, 'त्यो कामले मात्र मलाई पुग्छ होला र ?' आमालाई भनेको सम्झियो, 'छोरा, तेरो आत्तिने बानी छ । धैर्य गर्न सक्नुपर्छ ।' दीपक त्यही सोफामुन्तिर भुइँमा बस्यो । फेरि उठेर किचनमै गयो । वरिपरि हेर्‍यो । फ्रिजमा हेर्‍यो । फेरि आएर त्यहीं बस्यो । उठेर भान्सामै गयो । आलु झिकेर ताछ्न थाल्यो । भात बसायो । तरकारी पकायो र खान थाल्यो ।

भनिसा र लुकास पनि घरमै थिए । बिस्तारै हाँस्दै जिस्किँदै बैठककोठातिर आए । भनिसाले छोटो हाफपेन्ट र पातलो टप लगाएकी थिई । सबै पारदर्शी थिए । त्यहाँ कुनै पुरुषका लागि रोमाचक कल्पना गर्न पर्याप्त ठाउँ थियो । विपरीत लिङ्गीप्रति आकर्षित हुनु स्वस्थ मानिसको गुण नै हो क्यारे ।

उनीहरू दीपक सुत्ने सोफामा थपक्क बसे । लुकासको काखमा बसी भनिसा । लुकासले दीपकको वास्तै नगरी भनिसालाई कसिलो अँगालो मार्‍यो र अघाउन्जेल चुम्बन गर्‍यो ओठमा 'मेरी मायालु' भन्दै । दीपकले एन्ड्रोमार्बलले लेखेको अङ्ग्रेजी कविता 'माई कोए मिसट्रेस' सम्झियो जसको अर्थ हुन्थ्यो, 'मेरी लजालु प्रेयसी !' कविताका हरफहरू यस्ता थिएः

तिम्रो सुन्दरता सधैँभरि रहँदैन प्रिये !

त्यही भएर कीराले तिम्रो कुमारीत्व सिध्याउनु पहिल्यै

आऊ, हामी आलिङ्गनमा बाँधिऔँ

र जवानीको भरपूर मज्जा लिऔँ ।

भनिसा र लुकासले ठ्याक्कै त्यही गरेझैँ लाग्थ्यो दीपकलाई । बल्ल भनिसाले दीपकलाई भान्मा खाँदै गरेको देखी र भनी, 'दीपक ! के छ खबर ?'

'ठीकै छ, भनिसा मैले काम पाएँ नि,' दीपकले एकै सासमा भन्यो । कति बेला सुनाउँ भएको थियो उसलाई ।

'वाऊ ! हो र ?' भनिसाले भनी, 'बधाई छ । अब पार्टी खानुपर्छ !'

त्यसैमा लुकासले पनि मिलाएर भन्यो, 'कङ्ग्र्याच दीपक !'

'धन्यवाद ! भइहाल्छ नि पार्टी त,' दीपकले स्वीकारोक्ति जनायो ।

लुकासले भनिसालाई काखबाट उचालेर त्यही सोफामा राख्यो । भान्सातिर गयो । फ्रिज खोल्यो । आइसक्रिम निकाल्यो । दुई स्कूप बट्टामा आफूलाई हाल्यो, अर्को दुई भनिसालाई । 'खाने हो ?' दीपकतिर हेर्दै भन्यो ।

'मलाई चिसो खानुहुँदैन । घाँटी दुख्छ । त्यही घाँटी दुखेर दुई रात अस्पताल बसेको छु । तर तपाईंले भनिहाल्नुभो, अलिकति ल्याउनोस् न त,' दीपकले भातको गाँस हाल्न खोज्दै भन्यो । हातले मुछेर भात खाएको देखेर एकछिन ट्वाल्ल पऱ्यो लुकास ।

'यसरी भात खान्छौ तिमीहरू नेपालमा ?' एक स्कूप आइसक्रिम निकालेर दिँदै लुकासले भन्यो । 'मैले सुनेको थिएँ,' भनिसाले भनी । उसले त्यस्तो अप्ठ्यारो पनि मानिन र केही प्रतिक्रिया पनि दिइन । सायद उसले हातले भात खाएको पहिल्यै देखेकी थिई । तर लुकासको कुराले दीपकलाई असहज बनायो । त्यसपछि उसले चम्चीले नै खाना खान थाल्यो । खाना र खाने तरिका पनि एउटा संस्कृति नै रहेछ, दीपकले ठान्यो ।

लुकासले फेरि पनि भनिसाको काखमा बसेर आइसक्रिम खायो । घरी आइसक्रिम, घरी चुम्बन, फेरि फेरि खाएको दृश्य दीपकले हेरिरह्यो । मनमनै तारिफ गरिरह्यो उनीहरूको प्रेमको । उसले नेपालका पतिपत्नीलाई सम्झियो । प्रेमी-प्रेमिका त परै जाओस्, कानुनी हिसाबले विवाह गरेका पतिपत्नीले समेत सार्वजनिक रूपमा कसैको अगाडि चुम्बन गर्नु अनैतिक र अराजक व्यवहार मान्छ नेपाली समाज । यहाँ चाहिँ ठीक उल्टो हुँदो रहेछ । समाजलाई देखाउन पनि मायाप्रेम छ है भनेर झल्काउन पनि त्यसो गरिराख्नु पर्दो रहेछ, दीपकलाई लाग्यो ।

सबै उल्टो यता त । हातले खानुपर्नेमा चम्चाले । बायाँ गाडी चलाउनुपर्नेमा दायाँ । विवाह गरेपछि मात्रै सँगै बस्नुपर्नेमा विवाह अघि नै सँगै बस्दा रहेछन् । आफूले भोगेको संस्कृतिभन्दा ठीक विपरीत पायो दीपकले । तर बिस्तारै उसलाई

लागेका अव्यावहारिकपन व्यावहारिक लाग्दै गए र सोच्दै गयो- अमेरिकन समाज त्यसै अगाडि बढेको होइन रहेछ। हामीभन्दा उनीहरू धेरै अगाडि रहेछन् सोचमा, प्रेममा, विचारमा, प्रगतिमा। दीपकले ठान्यो।

जातीय र रङ्गभेदको घिनलाग्दो जरो भने उखेलिएको पाएन दीपकले। सम्भियो- यो त संसारभरि नै रहेछ। ओबामा राष्ट्रपति चुनावका लागि उठेका बेला चर्चा र परिचर्चा भए। अमेरिकामा अश्वेतलाई कसरी हेरिन्छ वा हेपिन्छ भन्ने प्रस्ट भयो। त्यतिबेला दीपकको भ्रम चिरिएको थियो। गोराहरूको कालाप्रतिको दृष्टिकोण दमित रूपमा नकारात्मक रहेछ। 'स्वतन्त्रताको देशमा त यस्तो हुन्छ भने अन्य मुलुकमा कस्तो होला ?' यस्तै सोच्यो दीपकले।

लुकासले भनिसालाई आफूतिर फर्काएर काखमा राख्यो। उसको सर्टको टाँक खुस्किसकेको थियो। छाती चौडा र केही रौँ थिए। कसेर आफूतिर तान्यो भनिसालाई र फेरि मस्त चुम्बन गर्न थाल्यो। बटुकामा अलिकति आइसक्रिम अझै बाँकी थियो। क्रमशः पग्लिँदै थियो।

भनिसाका स्तनहरू बाहिरै आउँलाझैँ देखिए। उसको कपडाभित्रै थुनहरू छेडौँला झैँ गरी अग्लिएर ठडिए। मानौँ त्यहाँ लज्जावती झारको काँडो लुकेको छ। तर ती लुकासकै छातीमा थिचिए। लुकासले आँखा, नाक, मुख, गाला सबैतिर चुम्बन बर्सायो। दीपक फगत अमेरिकाको स्वतन्त्रताकी देवीको मूर्ति 'स्टाच्यू अफ लिबर्टी' झैँ ठिङ्ग उभिइरह्यो त्यही भान्सामा खाना खाइसकेर र हेरिरह्यो त्यो कामुक दृश्य। उसले त्यही क्षण मलिसालाई सम्भियो।

बिरालाका छाउराहरू पनि 'म्याउँ' गर्दै त्यतै आइपुगे। भनिसा र लुकास उठेर बेडरूमतिरै गए। दीपकले अनुमान गर्‍यो, 'अब केही छिनमै भनिसाले मोर अ मोर भन्ने छे अनि ओछ्यान चुँइकन थाल्नेछ।'

पसिना र आँसु

आज नयाँ काममा जाने दिन। 'सन्नी बेगल स्टोर' मा जाने दिन। दीपक सखारै उठ्यो। तर त्यहाँ जान न उसको कार थियो, न कार चलाउन नै जान्दथ्यो। न उसलाई बस चल्ने रूट नै थाहा थियो। नितान्त नयाँ थियो सबै उसका लागि। उसले हिँडेरै त्यहाँ जाने निधो गऱ्यो। बिहान साढे ६ बजे नै तयार भयो। किनभने चाँडोचाँडो हिँड्ने हो भने ऊ डेढ घण्टा अर्थात् आठ बजेतिर मात्र त्यहाँ पुग्नेथ्यो।

उसले भनिसालाई त्यहाँसम्म छोडिदिनू पनि भन्न सक्थ्यो होला। तर अहँ उसले कसैलाई दुःख दिन चाहेन बिहानबिहानै। फेरि सोच्यो, उनीहरू एकअर्काको अँगालोमा बेरिएर मस्त निद्रामा होलान् वा थाकेका होलान् रातभरको प्रेमिल क्रियाकलापले।

दीपक एउटा झोला भिरेर अपार्टमेन्टबाट निस्क्यो। अर्थात् गणेशको भाषामा भन्ने हो भने 'यासहोल' लिएर र आफ्ना पाइला अगाडि बढाउन थाल्यो। ऊजस्तै हिँडेका मानिसहरू कोही देखेन दीपकले। तर फाट्टफुट्ट प्रातः भ्रमणमा निस्केका केही व्यक्तिहरू भने थिए। कोही दीपक हिँड्दै गरेको बाटो हुँदै जाँदा 'हाई' भन्दै मुस्कान छाडेर बोल्थे जसले दीपकलाई रमाइलो महसुस गराउँथ्यो।

'अरे नचिनेका मानिसले समेत केटा हुन् कि केटी, बोल्दा रहेछन्, मुस्कान बाँड्दै हिँड्दा रहेछन्। त्यस्तो कहाँ हुन्छ र नेपालमा ?' दीपकले सोच्यो। बिहान हिँड्दा उसलाई त झन् रमाइलो लागेर आयो। काम र कसरत दुवै हुने। मान्छेसँग पनि भेट हुने। बाटाहरू त्यस्तै फराक, जतिचोटि देखे पनि तारिफ गर्न मन लागिरहने। बाटाभरि कारहरू कुद्न थालिसकेका थिए। मानिसहरू काममा निस्किसकेका थिए।

काठमाडौँमा कहाँ हुन्थ्यो र यस्तो ! मान्छेको भीड, कोलाहल, धुवाँधुलो अनि ठेलमठेल। बस, टेम्पु, रिक्सा र मान्छेको होहल्ला। प्रदूषण। तर अमेरिका त कति

स्वच्छ, आवाज ननिकालीकन सललल बगिरहेका कारहरू। ट्राफिक लाइट। त्यसमा पनि हातको इसारा नै नचाहिने गरी गाडी रोकिने। स्वचालित नियममा सबै बाँधिएका। ओहो क्या गज्जब! दीपकले ठान्यो, 'अमेरिका त्यसै अमेरिका कहाँ भएको रहेछ र!'

बाटाभरि अमेरिकी सपना कल्पँदै हिँडिरह्यो दीपक। घामको डल्लो क्षितिजबाट माथि उठिसकेको थियो। पहेँला किरणहरू अमेरिकी बाटाभरि टल्किए। रूखका बुट्यानहरूमा परे र पहेँलपुर भयो सबै। सुनैसुनले सजिसजाउ बेहुलीजस्तै भयो दृश्य। बिस्तारै छिप्पिँदै गए किरणहरू। बिस्तारै दीपकको शरीरबाट पसिना निस्कन थाल्यो। थकित तर एउटा छुट्टै आनन्दानुभूति भयो उसलाई। ठीक बिहानको आठ बजे नै ऊ पुग्यो, सन्नी बेगल स्टोर।

सन्नी बेगल दोकानको ढोका खोलेर भित्र छिर्दा-नछिर्दै विकासले देखिहाल्यो।

'आ गया भाइ!' विकासले ओठभरी मुस्कान फिँजाउँदै हिन्दीमै बोल्यो। हुन त उसलाई हिन्दी पनि खासै आउँदैनथ्यो। तर दीपक नेपाली हो भन्ठानेर होला, नजिकको बनाउन साझा भाषाको रूपमा घरीघरी हिन्दी मिसाएर बोल्थ्यो विकास।

'आएँ सर। हिँड्दै आएँ, रमाइलो भयो,' निधारको पसिना रूमालले पुछ्दै दीपकले भन्यो। उसकी बहिनीले भाइटीकामा दिएको रूमाल थियो त्यो।

'ल ल। भित्रै आउनोस्,' विकासले बोलायो, 'अब तपाईंले लगाएको लुगा फेर्नोस् र अर्को यो टी-सर्ट लगाउनोस्।'

उसले दीपकलाई त्यो कपडा दियो। दीपकले एकछिन हातमा लिएर हेऱ्यो। त्यो सेतो रङ्गको टी-सर्टमा लोगोसहित 'सन्नी बेगल' लेखिएको थियो। विकासकै अगाडि दीपकले चेन्ज गऱ्यो। ग्राहकहरू आउन थालिसकेका थिए।

'तपाईंले त्यो चप्पल पनि होइन, जुत्ता लगाउनुपर्छ,' विकासले दीपकको खैरो चप्पलतिर देखाउँदै भन्यो। दीपकले नेपालबाट आउँदा एक जोर छालाका जुत्ता त ल्याएको थियो तर काम गर्दा लगाउने आरामदायी जुत्ता भने थिएनन्।

'हुन्छ सर!' निराश भएर दीपकले भन्यो। निराश यस अर्थमा थियो कि अब उसले जुत्ता किन्ने पैसा पनि छुट्ट्याउनु पर्ने भयो।

'हेर्नोस् त। तपाईंको कपाल पनि निकै लामो रहेछ। त्यो काट्नोस् वा टोपी किनेर लगाउनोस्,' विकासले दीपकको कपाल तान्दै भन्यो। अमेरिकाको भिसा लागेपछि ऊ कति व्यस्त भयो भने उसलाई कपाल काट्ने फुर्सदै भएन। तर अमेरिका आएपछि महसुस गऱ्यो- कम्तीमा पनि पन्ध्र डलर लाग्ने रहेछ। त्यो भनेको नेपालमा झन्डै बीसपटक कपाल काट्न सकिने थियो।

'साह्रै महँगो रहेछ यहाँ त कपाल काट्न,' दीपकले भन्यो। विकास अट्टहास गर्दै भन्यो, 'अरे भाइ! यो अमेरिका हो। कपाल काट्नैपर्छ। नभए टोपी लगाऊ। ग्राहकहरूलाई यो लामो कपाल मन नपर्न सक्छ। उनीहरूको खानेकुरामा कपाल पर्न सक्छ।'

'हुन्छ विकास!' दीपकले भन्यो। मनमनै टोपी किन्ने निर्णय गऱ्यो। उसले ठान्यो-कपाल काट्नुभन्दा पक्कै सस्तो पर्छ।

'ल अब तपाईं बढार्न थाल्नोस्,' एउटा कुचो हातमा थमाउँदै विकासले भन्यो। र, बढार्ने ठाउँ पनि देखाइदियो। ठूलो, फराकिलो र चौडा थियो त्यो ठाउँ। दीपकले अघिल्लो दिन नै देखिसकेको थियो।

'राम्ररी बढार्नू नि! फेरि त्यहाँ खाइरहेका ग्राहक अगाडि धुलो पुग्ला। हेरेर विचार गरेर बढार्नू,' विकासले निर्देशन दियो।

'हवस्,' दीपकले भन्यो र प्रमुख द्वारबाटै बढार्न थाल्यो। मानसिक रूपमै बढार्न तयार थियो दीपक। तर जब हातमा कुचो लिएर बढार्न थाल्यो, त्यो नयाँ ठाउँमा उसलाई एक्कासि हीनताबोध भएर आयो। ग्राहकहरू बेगल खाइरहेका थिए। उसले आफैँले नेपालमा गरेको काम सम्झियो। ठूलो कक्षाकोठा, भरिभराउ विद्यार्थी। ठूलो कालो पाटी, कालो पाटीमा आफूले लेख्दै गरेको अनि लेक्चर दिँदै गरेको। रबर्ट बर्नको कविताका हरफहरू वाचन गर्दै गरेको 'माई लभ इज लाइक अ रेड-रेड रोज' अर्थात् मेरी माया गुलाफको रातोराता फूलजस्ती आदि इत्यादि।

ऊ झस्कियो। अहिले आफूलाई कुचोसँग देख्दा सपनाजस्तो लाग्यो। पाइलाहरू नै चाल्न गाह्रो भएर आयो। आँखाहरू नै पोलेजस्ता भए। अर्को हातले आँखा मिच्यो। बान्ता आउला जस्तो, टाउको दुख्ला जस्तो, रिँगटा लाग्ला जस्तो भयो। ऊ भित्रभित्रै काँप्न थाल्यो। सोच्यो, 'आखिर मसँग दुइटा मात्रै विकल्प छन् कि बढार्ने, कि नेपाल फर्कने।'

फेरि मनमनै सोच्यो दीपकले र आफैँसँग भन्न थाल्यो, 'यदि तँलाई अमेरिकी सपना साकार पार्नु छ भने बढार् भाइ।' उसले ठूलो साहस बटुल्यो। चिट्चिट उम्रिएका पसिना पुछ्यो र एउटै मन्त्र मनमनै घोकिरह्यो, 'बढार् दीपक बढार्। यसैमा छ तेरो सफलता।' उसले फेरि गहिरो सास लियो र फेरि बढार्न थाल्यो। मनसँग यसरी नै युद्ध लडिरह्यो दीपकले।

'अलिक चाँडोचाँडो बढार्न सिक्नुपऱ्यो दीपक!' विकासले दीपकले बढारेको हेर्दै भन्यो। ऊ घरी रोटी बनाउने पिठो मुछ्दै थियो भने घरी प्यानमा अन्डा र ससेज फ्राई गर्दै थियो। प्यानको च्वाइँय् आवाज दीपकको कानमा गुञ्जिरहयो एउटा खबरदारी जनाउ घन्टीझैँ।

'कोसिस गरिरहेछु विकास!' दीपकले हाँस्न खोज्दै भन्यो। हीनताबोधले उसलाई खर्लप्पै निल्यो। विकासले दीपकको त्यो मनोविज्ञान बुझ्यो किनकि उसले साहु भएर दीपकजस्ता धेरैलाई काम लगाइसकेको थियो।

भुइँ बढारिसकेपछि विकासले त्यहाँ काम गर्ने अरू दुईजनालाई पनि बोलायो र उसको परिचय गराउँदै भन्यो, 'उहाँ दीपक, नेपालबाट।' फेरि उनीहरूतिर देखाउँदै भन्यो, 'उनीहरू चाहिँ मार्गरिता र डेनियल मेक्सिकोबाट।'

'नाइस टू मीट यू,' दीपकले भन्यो। मार्गरिता र डेनियलले एकअर्कालाई हेरे र मुसुक्क हाँसे। सायद उनीहरूलाई दीपकको नाम अलिक अनौठो लाग्यो। मार्गरितालाई देख्ने बित्तिकै दीपकलाई चिनुवा आचिवेले लेखेको 'म्यारिज इज अ प्राइभेट अफेयर' की पात्र उगुए निउकेको याद आयो। ठूलो ज्यान भएकी, मोटी, लड्नुपऱ्यो भने पनि दुईचारजनालाई सजिलै ढलाइदिने खालकी बाटुली।

डेनियल भने अन्दाजी अठार वर्षको थियो। निकै कलिलो ठिटो। नेपाली र मेक्सिकन सँगै हिँड्ने हो भने मानिसले एउटै देशका भन्दा पत्याउने खालको थियो। सायद त्यही भएर रहेछ दीपकलाई स्पेनिस भाषामा एक मेक्सिकनले एक दिन 'को मोस्तास' भनेर सोधेको थियो। त्यसको अर्थ रहेछ, 'के छ खबर ?'

'नाइस टू मिट यू,' उनीहरू दुवैजनाले एकैचोटि भने।

'उसलाई तिमीहरूले तालिम देओ है,' विकासले दीपकतिर हेर्दै भन्यो, 'उनीहरूले भनेको गर्नू। काम चाँडै सिकिन्छ।'

'हवस्,' दुवैले फौजमा कमान्डर इन चिफको आदेश मानेझैँ गरी अलिकति शिर झुकाएर एकसाथ भने। त्यसपछि विकास आफ्नै काममा व्यस्त भयो।

'फलो मी,' डेनियलले तुरुन्तै विकासको ठाउँ लिए जसरी दीपकलाई भन्यो। मानौँ त्यो रेस्टुरेन्टमा विकास पछिको बोस उही हो। छोटो कदको, गोलो अनुहार गरेको, काला आँखा भएको त्यो फुच्चेले नै दीपकलाई बेगल बनाउन, ग्राहक लिन, ट्र्यास जम्मा गर्न र फाल्न अनि भाँडा माझ्न सिकायो।

त्यो देखेर दीपक धेरै नै प्रभावित भयो। तर आफूभन्दा सानोले काम अह्राएको वा खटनपटन गरेको पचाउन उसलाई साह्रै गाह्रो भयो। दीपक त्यस्तो संस्कृतिमा हुर्किएको थिएन। जहाँ आफूभन्दा सानोले सिकाओस् र काम गर्नु परोस्। उसलाई भित्रभित्रै हीनताबोध पनि भयो।

'तँ मूलाले मलाई काम सिकाउने ? त्यो पनि फोहोर उठाउन, भाँडा माझ्न ? तँजस्ता त मेरा विद्यार्थी थिए,' दीपकले उसले अह्राएको काम गर्दै मनमनै सराप्यो। तर बिस्तारै बुझ्दै गयो, काम सानोठूलो होइन रहेछ। हरेकसँग काम गर्ने आफ्नै तरिका हुँदो रहेछ। चाहे त्यो भाँडा माझ्ने होस् वा झाडु लगाउने। काम त जसले जान्दछ, उसैले सिकाउने रहेछ। ठूलोसानो भन्ने त्यस्तो केही हुँदो रहेनछ। भाँडा माझ्ने पनि आफ्नै तरिका हुँदो रहेछ। तर यो कुरा बुझ्न नसक्दा दीपकलाई दुःख र हीनताको पहाडले ग्वार्लम्म छोपेजस्तो भयो।

'जानोस्, ग्राहकको अर्डर लिनोस्।'

अण्डा फ्राई गरिरहेको दीपकलाई डेनियलले अह्रायो। दीपकले बेगललाई राम्ररी काट्न नसकेको देखेर फेरि डेनियल आइहाल्थ्यो र भन्थ्यो, 'त्यसरी होइन यसरी।' अनि देखाउँथ्यो आफैँले काटेर। त्यत्तिकै चाँडो गर्न पनि सिकाउँथ्यो।

कहिलेकाहीँ ग्राहकको लामो लाइन लाग्दा त झन् मुस्किल हुन्थ्यो दीपकलाई। दुइटा हुने गरी ठीक आधा बनाएर बेगल काट। अन्डा र बेगल तावामा फ्राई गर। बेगलमा बटर लगा। अनि फ्राई गरेको अन्डा र बेगल राख। सामान प्याक गर। ग्राहकलाई दे। पैसा चार्ज गर। रिसिट दे। 'यू ह्याभ अ ग्रेट डे' भन। अनि फेरि अर्को अर्डर ले। त्यही बीचमा सास पनि फेर।

काम गराइ त मेसिनको जस्तै लाग्यो दीपकलाई। केही वर्षअघि हेरेको चार्ली च्याप्लिनको 'मोर्डन मेन' भन्ने फिल्मको झल्को आयो। औद्योगिक क्रान्तिसँगै मान्छे कसरी मेसिनको पाटपुर्जा भएको छ र उसको सामाजिक स्वतन्त्रतालाई पुँजीवादी मनोविज्ञानले कसरी विस्थापित गरेको छ भन्ने राम्रो उदाहरण थियो त्यो फिल्म।

'अमेरिका त्यसै अमेरिका भएको होइन रहेछ गाँठे,' दीपकले मनमनै भन्यो। स्वतन्त्रताको देश त भन्छन् र तर समयसँग पैसा कसरी नङ्ग र मासु भएर गाँसिएको रहेछ। स्वयम् व्यक्तिलाई नै थाहा नहुने गरी स्वतन्त्रता र पैसा जोडिएका रहेछन्।

'यस्तो मूला काम गर्नु छैन मलाई,' दीपक फेरि एक्लै भुतभुतायो, 'तर मैले जसरी पनि गर्नु छ। मैले मेरो अमेरिकी सपना पूरा गर्नु छ।' उसले आफूलाई एउटा पासोमा परेझैँ मान्यो। अमेरिका भनेको त एउटा गलपासो रहेछ। अमेरिका त सर्सी रहेछ।

सर्सी ग्रीक मिथकीय पात्र हो। एक जादुगर। उसलाई जडीबुटीको धेरै ज्ञान भएकी देवीका रूपमा पुजिन्थ्यो। आफ्नो ज्ञान र जादुले आफ्नो कुभलो चिताउने वा नराम्रो व्यवहार गर्ने शत्रुहरूलाई ठेगानमा लगाउँथी। उदाहरणका लागि कसैलाई सुँगुरमा रूपान्तरण गरिदिन पनि सक्थी।

आफूले मन पराएको व्यक्ति 'ग्यालिअस' ले आफ्नै दिदी 'स्क्यालिया' लाई मन पराएको थाहा पाएपछि त्यो ईर्ष्यामा सर्सीले नुहाउँदै गरेकी रूपवती दिदीलाई बाथटबमा बिष मिसाएर विरूप बनाइदिएकी थिई। त्यसैको सजायस्वरूप सर्सीले 'आइया' नामक उपत्यकामा धेरै वर्ष बिताउनु परेको थियो। त्यही क्रममा आफू भएको ठाउँमा आइपुग्ने जो कसैलाई पनि सर्सी आफ्नो सम्मोहनमा पार्थी। रूपमा अति नै सुन्दरी उसलाई देखेपछि जुनसुकै पुरुष पनि त्यसै लठ्ठ भइहाल्थ्यो। 'ट्रोजन' युद्ध सकेर घरतिर फर्कँदै गरेका ओडिसी- जसको घरमा पत्नी हुँदाहुँदै पनि मायामा पारेर सहवास समेत गरी 'टेलिगुनस' नामक छोरो जन्माउन समेत सर्सी सफल भई।

उक्त कुरा ग्रिक कवि होमरको अङ्ग्रेजी पुस्तक 'ओडेसी' मा पनि लेखिएको छ। युवकसँग प्रेम परिहाल्नु र आफू भए ठाउँ आउने र भेटेका सुन्दर पुरुषलाई मायाजालमा पारिहाल्नु पछाडिको कारण भनेको मस्त जवानी, सुन्दर रूप, मिलेको शरीर, फुकेको केश, पाहुनालाई खुवाउने मीठो परिकार, मधुर बोली, मीठो मुस्कान र कुनै मरणशील मानवीय प्राणीको जस्तो कटाक्ष थियो।

दीपकले मनमनै सम्झियो, निराद सी चौधरीको 'दी कन्टिनेन्ट अफ सर्सी' अर्थात् 'सर्सीको महाद्वीप' जुन उसले नेपालमा स्नातकोत्तर गर्दा पढेको थियो। भारतीय

लेखक चौधरीले त्यस पुस्तकमा सर्सी पनि त्यही सन्दर्भका लागि ल्याएका थिए कि सर्सीको जादुजस्तै गरी भारतको असर त्यहाँ आउने आर्यहरूमा पर्‍यो। जब आर्यहरू बसाइँ सर्दै भारत आए, त्यहाँको वातावरणबाट कस्तरी सम्मोहित भए भने आफ्नो सारा जायजेथा उतै छोडेर भारतमै बसोबास गर्न थाले। उनीहरूलाई आफू जन्मेको देशभन्दा बसाइँ सरेको भारत नै प्रिय भयो। मानौँ भारत एक सुन्दरी सर्सी हो।

'के सोचेको ? जानोस्, गएर ग्राहक लिनोस्,' डेनियलले दीपकलाई फेरि अह्रायो। मानौँ दीपकलाई अह्राउन पाउँदा डेनियलले मज्जा लिइरहेको छ। त्यतिबेला दीपक भाँडा माझिरहेको थियो। हतारहतार केही भाँडाहरू सिन्कमै छोडेर टी-सर्टमा हात दल्दै सुकायो। हातमा पन्जा लगाउँदै गयो र भन्यो, 'हाऊ मे आई हेल्प यू सर ?'

हातमा पन्जा लगाएर सामान बेच्ने तरिका ग्राहकको हितमा थियो। त्यो उसले नेपालमा कहीँ पनि देखेको थिएन। ऊ ग्राहकलाई दिने इज्जत देखेर चकित भयो। नेपालमा त तपाईंको सामान बिग्रिएको रहेछ भनेर पसले भए ठाउँ गयो भने उल्टै पसलेले ग्राहकलाई गाली गरेर फर्काउँछ। यहाँ त उल्टै डराउनुपर्ने रहेछ ग्राहकसँग। ग्राहकको खुसीमा साहुको भविष्य बन्दो रहेछ। व्यापार चम्किँदो रहेछ। यी सबै कुरा अचम्म लागे दीपकलाई।

'मलाई त्यो एभ्रिथिङ बेगल दिनुस् न,' एउटा ग्राहकले हातले देखाउँदै माग्यो। अगाडि ठूलो सिसाको सोकेसमा सजाएर राखिएका थिए विभिन्न किसिमका वेगलहरू। सुरुमा त त्यो कुइरे ग्राहकले बोलेकै बुझेन दीपकले।

'सरी,' दीपकले भन्यो।

'एभ्रिथिङ बेगल दिनुस् न।'

अझै बुझेन दीपकले। दीपकले यो नाम पहिलोचोटि सुनिरहेको थियो। बेगल भन्ने शब्द पनि त्यहीँ आएर सुनेको थियो। सुन्न त दीपकले 'एभ्रिथिङ बेगल' नै सुनेको हो। तर शब्दसँग त्यसले बनाउने चित्र दिमागमा नआएपछि दीपकले भेउ नै पाएन। खासमा त्यो ग्राहकले के भनेको हो ? त्यही बेला उसलाई थाहा भयो, भाषाको अस्तित्व त्यसले निर्माण गर्ने तस्बिरसँग हुन्छ। अर्थात् संवादको अस्तित्व वा अर्थपूर्ण संवाद शब्द र त्यसले मानसपटलमा बनाउन सक्ने चित्रबीचमा हुन्छ।

अङ्ग्रेजीमा स्नातकोत्तर गर्दा 'फर्डिनान्ड डी ससुर' ले प्रतिपादन गरेको सिग्निफायर र सिग्निफ्राइडको याद आयो उसलाई। एउटै उदाहरण दिइरहन्थे गुरूहरू। 'क्याट' शब्द उच्चारण गर्दा क्याटको चित्र आउँछ र बुझिन्छ 'क्याट' भनेको के हो ? किनभने त्यो भनेको कुकुर होइन, बाघ होइन। यस्तै, एभ्रिथिङ बेगलभन्दा दीपकले 'एभ्रिथिङ बेगल' बुझेन। किनकि त्योसँग त्यो शब्दले दीपकको मानसिकतामा कुनै 'एभ्रिथिङ बेगल' को चित्र बनाउन सकेन। किनकि उसले त्यो बेगल कहिल्यै देखेको थिएन।

हतारहतार डेनियल आयो र देखाउँदै भन्यो, 'यो हो एभ्रिथिङ बेगल।' र, उसैले ग्राहकलाई सम्हाल्यो र खुसीसाथ बिदाइ गर्‍यो। त्यसपछि डेनियलले अरू थुप्रै

बेगलहरू देखाउँदै चिनायो, गार्लिक बेगल, पम्पकिन बेगल, सिसामी बेगल। यस्तै यस्तै। एकैचोटि यति धेरै बेगलका नाम सम्झिनु पर्दा दीपकको दिमाग फनन घुम्यो।

दीपक कतिचोटि त झुक्किएर एउटा बेगल मागेको ठाउँमा अर्को बेगल पनि हालिदिन्थ्यो र पछि ग्राहक गुनासो गर्न आएपछि माफी माग्दै साहुले बेगल फिर्ता गर्न भन्थ्यो। 'मलाई धेरै घाटा लगाउनुभयो तपाईंले दीपक!' एकचोटि त विकासले भन्यो पनि।

'यस्तो नबुझ्ने मान्छेलाई किन काम दिएको ?' एउटा ग्राहकले विकासलाई मुखेन्जी गाली पनि गर्‍यो। 'ठीक छ, म ग्राहक लिन्छु। तपाईं गएर फोहोर फाल्नोस्,' डेनियलले भन्यो। दीपकले ट्रयासबिनबाट फोहोरहरू उठायो र डम्पस्टतिर लिएर गयो। बेगल रेस्टुरेन्टको पछाडितिर पुग्दा फोहोर गन्हाएर थामिनसक्नु भयो दीपकलाई। बान्ता आउलाजस्तो भयो। काठमाडौँका सडकमा फोहोर उठाउँदै हिँड्ने मानिसहरूलाई सम्झियो।

'थुक्क मेरो जिन्दगी! के सपना देखेर आउँछन् मान्छेहरू यो ठाउँमा ?' एक्लै गन्थनायो दीपक। गोजीबाट रूमाल निकाल्यो र नाकमुख पुछ्यो। फेरि रूमाल गोजीभित्र हाल्यो र फोहोरको भारी उचालेर ट्रकजस्तो भाँडोमा हुर्‍यायो। 'डम्म' गरेर ठूलो आवाज निस्कियो। आफूभन्दा सानो केटोले साहुजस्तो भएर सिकाएको अनि उसले ग्राहक लिएर आफूलाई फोहोर फाल्न पठाएको उसलाई चित्तै बुझेन।

भित्रभित्रै रिस उठेर आयो दीपकलाई। मुटु टुक्रिएजस्तै भयो। ज्वरो फुट्ला जस्तो भयो। 'मलाई अमेरिकी सपना चाहिएकै छैन। जान्छु आफ्नै देश नेपाल। आफ्नै आत्मसम्मानमा ठेस पुर्‍याएर बस्दिनँ यहाँ,' फोहोर फालेर फर्किंदा फेरि भुतभुतायो। काम पाउँदाको दिनमा जति खुसी भएको थियो, काम थालेको पहिलो दिन त्यति नै दुःखी भयो।

हुन पनि दीपकले अर्काको ठाउँमा गएर झाडु लगाउने र शौचालय सफा गर्ने काम कहिल्यै गर्नुपरेको थिएन। गरिबीले सर्लक्क निलेको समयमा पनि बुबाआमाले दुःख गरेर उसलाई हुर्काएका थिए। मन लागेको खान र रोजेको लगाउन दिएका थिए। दुःख के हो ? बुबाआमा खेतीमा हुँदा उसले देखेको त थियो तर आफैँले त्यतिसारो दुःख गर्नुपरेको थिएन। बाबुआमाले उसलाई 'मेरो छोरो कमजोर छ, शारीरिक रूपमा बलियो छैन' भनेरै माया दिएर राखेका हुन्। उसलाई दुःख गरेरै पढाएका हुन। गाउँमा बस्दा गाईभैँसीलाई कहिलेकाहीँ एकदुई डोको घाँस काट्यो होला, बाबुआमा असारी भरीमा रूझ्दै रोपाइँ गर्दा, एक दुई मुठा बीउ काढ्यो होला। तर अर्काको घर वा खेतमा गएर काम गर्नुपर्ने कहिल्यै बनाएनन्।

बाबुआमाले ऋण काढेर भए पनि काठमाडौँमा पढ्न पठाए। र, पढाइ सकिएपछि दीपकले काठमाडौँकै स्कूल र क्याम्पसमा पढाउन थाल्यो। उसले त्यहाँ धेरै मानसम्मान पायो। सबैले उसलाई 'सर! सर!!' भनिरहे। एउटा बौद्धिक वर्गमा चिनिने

भयो ऊ। अब त झन् अर्काकहाँ गएर अर्काका जुठा भाँडा माझ्ने र शौचालय साफ गर्ने काम त ऊ सम्झिन पनि सक्दैनथ्यो।

त्यही भएर होला, उसले आफूलाई मानसिक रूपमा जति नै तयार गरे पनि शारीरिक रूपमा त्यो काम गर्न संसारको सबैभन्दा ठूलो सङ्घर्ष गरेको महसुस भयो उसलाई। मानिसको जीवनमा तीभन्दा कैयौँ गुना ठूला सङ्घर्ष हुन्छन्। तर सङ्घर्षको मापन हिजोको उसको पृष्ठभूमि र उसले ग्रहण गर्न सक्ने समयको आधारमा पनि गरिन्छ सायद।

उसले एकपटक कल्पना गऱ्यो, जहाजको टिकट काटेर घर फर्किएको। ब्राह्मणको छोरो भएर पनि यस्तो फोहोर फाल्ने काम गर्ने हो ? उसलाई समाजले सिकाएको संस्कार सम्झियो। जातपातमा विश्वास गर्ने मान्छे थिएन दीपक तापनि कताकताबाट उसको सोचमा आइगयो। फेरि सम्झियो, 'कति घातक हुँदो रहेछ सामाजिक मूल्यमान्यता ! जातीय हिंसा, जातका आधारमा कथित तल्लो जातले भोग्नुपरेको पीडा, काटमार अनि छुवाछुत।

हुन त अमेरिका जस्तो देशमा पनि त छ रङ्गभेद, उसले फेरि सम्झियो। 'अब काम छोडेर नेपाल फर्किने कि अमेरिकामै बस्ने ?' आफैँसँग अन्तर्द्वन्द्व गरिरह्यो। 'होइन, म भावुक हुनुहुँदैन। हरेक दुःखका पछाडि सुख हुन्छ। गीतामा पनि त्यही भनिएको छ। म आत्तिनु हुँदैन। महाभारतको युद्धमा लड्ने तयारी गराउँदा कृष्णले अर्जुनलाई पनि यस्तै भनेका थिए।' दीपकले सम्झियो र फिस्स हाँस्यो एक्लै।

डेनियलले ग्राहक लिइरहेको थियो। उसको मनले सम्झायो, 'मलाई यो कामले मेरो ट्यूसन फी तिर्न सघाउनेछ। नेपालमा रहेको ऋण तिर्न सघाउनेछ। आमाबुबालाई केही पैसा पठाउन सघाउनेछ। कोठाभाडा तिर्न र खान सघाउनेछ। छोरा अमेरिकामा छ भनेर मेरा आमाबुबालाई शान देखाउन मिल्नेछ र बिस्तारै अमेरिकी सपना पूरा हुनेछ, दीपक ! काम सुरु गर्।'

विकास बाहिरतिर निक्लिएको थियो क्यार। रेस्टुरेन्टभित्र छिऱ्यो। र, दीपकको छेउमा आएर भन्यो, 'दीपक, मेरो अर्को पनि स्यान्डबिच रेस्टुरेन्ट छ मलभित्र। यहाँ काम सिक्नुभयो भने म तपाईंलाई त्यहाँ पनि काम दिनेछु। तपाईंलाई अझ बढी घण्टा हुनेछ, पैसा हुनेछ।'

'आखिर पैसा त रहेछ अमेरिका भन्नु,' दीपकले मनमनै भन्यो। विकासको कुराले एक किसिमले खुसी नै भयो। 'हुन्छ, विकास आई विल ट्राई माई बेस्ट,' दीपकले भन्यो। त्यो दिनको ड्यूटी सिद्धियो।

अघि बिहानै त हिँडेर आउन सजिलो भएको थियो दीपकलाई। तर कामको थकानका कारण लखतरान भइसकेको थियो। तर फेरि हिँडेरै अपार्टमेन्ट पुग्नुको विकल्प थिएन। बस चल्ने रूट उसलाई थाहा थिएन। मध्य दिउँसोको बाह्र बजेको थियो। साँझ कलेज जानु थियो कक्षा लिन।

टन्टलापुर घाममा दीपकले पाइला बढायो अपार्टमेन्टतिर। अघि बिहान त्यही बाटो भएर आएको थियो। त्यतिबेला भन्दा फरक पायो उसले बाटो। बिहानको जस्तो मान्छेहरू थिएनन्। पहेँलो घाम रापिलो भएको थियो। बाटामा कारहरू अझै बाक्लिएका थिए। त्यही ठाउँ पनि फरक लाग्यो दीपकलाई। प्रसिद्ध विचारक इम्यानुअल कान्टले भनेजस्तो समय र ठाउँ अनुसार हरेक वस्तुको फरक अर्थ हुन्छ र त्यो परिवर्तन भइरहन्छ। यस्तै कुरा खेलाउँदा खेलाउँदै दुई बजेतिर अपार्टमेन्ट पुग्यो दीपक।

आफूले बोकेको झोला फ्यात्त भुइँमा फाल्यो र पल्टियो सोफामा। रेस्टुरेन्टमै खाएको थियो एउटा बेगल उसले। भोक लागेको थिएन दीपकलाई। सोच्यो- क्लास लिन कलेज जाने बेलामा केही बनाएर खानुपर्ला। साँझको ६ बजे क्लास सुरु हुन्थ्यो। 'आज त मलिसासँग पनि भेट हुन्छ,' उसले मनमनै सम्झियो।

खाजा खाएर साँझ साढे पाँच बजेतिर दीपक त्यही झोला पछाडि भिरेर कलेजतिर लाग्यो। संयोगवश दीपकले मलिसालाई पार्किङ लट नजिकै भेट्यो। ऊ पनि कार पार्क गरेर कलेजतिर जाँदै थिई। उसले एउटै चुल्ठो पारेर बाँधेकी थिई कपाल। उसको शरीरबाट अत्तरको वासना मगमगाइरहेको थियो। खैरो रङ्गका टी-सर्ट र नीलो जिन्स लगाएकी थिई। झन्भन्दा झन् आकर्षक देखिन्थी। नेपालको हिमाली भेगबाट झरेकी मस्त तरुनी युवतीजस्तै।

'ओ दीपक!' मलिसाले प्रसन्न मुद्रामा सोधी, 'हाऊ आर यू ?'

'म त ठीक छु। तिमीलाई कस्तो छ ? हप्ता नै पो बितिसकेछ,' दीपकले भन्यो।

'हो त, मलाई लागेको थियो, तिमीले कल गर्छौ,' मलिसाले भनी, 'तर सोचेँ, तिमी व्यस्त भयौ होला।'

'मलाई पनि यो विकमा भेट्न रहर थियो,' दीपकले भन्यो। उनीहरू सँगसँगै पढाइ हुने भवनतिर जाँदै थिए।

'तर म कामको खोजीमा हिँडेँ।'

'अनि काम भेटियो त ?' मलिसाले चासो दिई।

'अँ, मैले त्यो पनि सुनाउन खोजिरहेको थिएँ। भेटेँ नि। आज कामबाटै आएको।'

'वाऊ, बधाई छ। आई एम भेरी ह्याप्पी फर यू,' मलिसा अत्यन्तै खुसी देखिई। मानौं त्यो काम उसैले भेटेको हो, 'कहाँ भेट्यौ ? कसरी भयो ?'

'यहाँबाट हिँडेर झन्डै डेढ घण्टा लाग्यो। बिहान त मर्निङ वाकमा सजिलै भयो। तर फर्किंदा अलिक थाकेछु। गाह्रो भयो।'

'ओ नो सरी! किन त्यसो गरेको त ? म थिएँ नि! आवश्यक पर्दा सहयोग माग्नु भनेर मैले भनेकी होइन ?' मलिसाले निधार खुम्च्याउँदै दुःख व्यक्त गरी। मलिसाको माया र सहानुभूति पाएर दीपक अझै आकर्षित भयो।

'गल्ती तिम्रो होइन, किन सरी भनेको ?' दीपकले भन्यो।

'मलाई दुःख लाग्यो नि त। तिमीले त्यत्रो बाटो हिँड्नुपऱ्यो। म थिएँ नि।'

दीपकले मलिसालाई हेऱ्यो, मलिसाले दीपकलाई। मलिसा झन् राम्री देखिएकी थिई। गोरो छालामा रातो रगत भरिएर आउँदा हिमाली युवतीजस्तै देखिई मलिसा। प्रायः कुइरेनी अग्ला भए पनि सँगै हिँड्दा दीपकको कानसम्म आउँथे। मलिसा भने दीपकको उचाइसँग ठ्याक्क मिल्थी। नारायण गोपालले गाएको गीत सम्झियो दीपकले।

'तिमीलाई म के भनुँ ?
तिमीलाई म के भनुँ ?
फूल भनुँ कि जून भनुँ ?
फूल भनुँ कि जून भनुँ ?
उपमा धेरै, तिमीलाई म के दिऊँ ?
तिमीलाई मनकी मायालु भनुँ
तिमीलाई म के भनुँ ...'

'थ्याङ्क यू मलिसा ! मेरो बारेमा यति धेरै सोचिदिएकामा,' दीपकले भन्यो, 'यू आर सो काइन्ड।'

यति भन्दा-नभन्दा उनीहरू पढाइ हुने भवनको कक्षाकोठामै पुगिसकेका थिए। अरू केही विद्यार्थीहरू आएर अघिल्लो पङ्क्तिमा बसिसकेका थिए। मलिसाले दीपकलाई पछिल्लो पङ्क्तिमा सँगै बस्न सङ्केत गरी। उनीहरू सँगै बसे। मलिसा आफूसँगै रहँदा दीपकले थकान मेटिएको महसुस गऱ्यो। उसको ज्यान एकाएक चन्चल र फूर्तिलो देखियो। 'प्रेममा जादु हुँदो रहेछ कि क्या हो ? तिमीलाई भेटेपछि मेरो थकान नै मेटियो,' उसले भन्दिन खोजेको थियो मलिसालाई। तर त्यसो भनिहाल्न सकेन।

कक्षा सकिएपछि उनीहरू सँगै निक्लिए। मलिसाले दीपकलाई त्यसैगरी अपार्टमेन्टसम्म पुऱ्याइदिई।

'गुड नाइट !' उसले भनी छुट्टिने बेलाको अङ्कमाल गरी। दीपकको जीवनमा कुनै युवतीले अँगालोमा लिएको पहिलोपटक थियो। उसलाई एउटा छुट्टै र नौलो अनुभव भयो। मलिसालाई त्यो साधारण लाग्न सक्थ्यो। तर दीपक औधि रोमान्चित भयो। कपालबाट मीठो स्याम्पू अनि शरीरबाट एक प्रकारको अत्तरको वासना आइरह्यो।

उसले सोच्यो- यही स्वर्णिम अँगालोमा आज रातभरि कारभित्र बेरिएर बसिरहूँ। तर ठूलो साहस बटुलेर गुड नाइट भन्दै कारबाहिर निस्क्यो। दीपकको मुटुको गति तेज भयो। मलिसाले दीपकलाई कोठामा नपुगुन्जेल हेरिरही। ढोकानेर पुगेर फेरि दीपकले हात हल्लायो। मलिसाले त्यसै गरी र आफ्नो अपार्टमेन्टतिर लागी।

सकुलेन्ट स्यान्डबिच

हिजोको कामको थकानले दीपकको सारा शरीर दुखेको थियो। तर बिहान उठ्दा खुसी मुद्रामा थियो। कम्तीमा काम पाएको छु भन्ने लागेको थियो उसलाई। अनि मलिसाको चासोले ऊ प्रफुल्लित थियो। झ्यालको पर्दा यसो हटायो र बाहिर हेऱ्यो। बेसारजस्तो पहेँलो घाम क्षितिजबाट माथि चढ्दै थियो।

मौसम परिवर्तनको सङ्केत दिँदै रूखका पातहरू ओइलाउँदै जाँदै थिए। पतझड मौसम आउन लाग्दै थियो। भुइँभरि सुकेर, ओइलाएर झरेका नानारङ्गी पातहरू थिए। कार पार्क गरेर राखेका ठाउँ र कारका केही भागहरू पातले पुरिएका थिए।

हिजोको कविताको कक्षाबाट केही गृहकार्य गर्नु थियो। यदि दिएको समयअवधिमा गृहकार्य नबुझाए प्रोफेसरले थोरै नम्बर दिने वा फेल नै गराइदिन सक्थे। त्यसो हुनु भनेको अमेरिकी सपना साकार नहुनु हो, दीपकले सम्झियो। अमेरिकी कक्षाको ग्रेडिङ सिस्टम नै नेपालको भन्दा फरक थियो।

नेपालमा वर्षभरि पढेको कुराको मापन प्रश्नपत्रमार्फत केही प्रश्न सोधेर गरिन्थ्यो। त्यसकै आधारमा विद्यार्थीको क्षमता मापन गरिन्थ्यो। एकदमै परम्परागत र अवैज्ञानिक। त्यस्तो परीक्षा प्रणालीबाट न विद्यार्थीको सिर्जनशीलताको मापन गर्न सकिन्थ्यो, न त्यहाँबाट कुनै व्यावहारिक ज्ञान नै प्राप्त हुन्थ्यो। त्यस्तो उत्पादनले देश र समाजका लागि के गर्न सक्छ ? दीपकले मनमनै सम्झियो।

अमेरिकी कक्षामा भने विद्यार्थीको ज्ञानको मापन उसले मानिससँग गर्ने व्यवहार, कक्षामा रहँदा उसको सहभागिता, विषयवस्तुप्रतिको दखल, समयप्रतिको सजगता, विद्यार्थीको बाह्य खोज तथा अनुसन्धान, विषयवस्तुप्रतिको चाख, अन्य कुराको दक्षता, विद्यार्थीको मानवीयपन आदिमार्फत हुन्थ्यो।

उसलाई बेगल स्टोरमा बिहानै पुग्नु छ। समयमै नपुगे र राम्रो काम नगरे कामबाट निकालिदिने सम्भावना पनि छ। उसलाई चटारो पऱ्यो। धन्न साँझमा पढ्ने भएकाले उसलाई बिहान र दिउँसोभरि काम गर्ने समय हुन्थ्यो। अमेरिकीका लागि समय साह्रै महत्त्वपूर्ण थियो। सेकेन्डको पनि त्यति नै महत्व हुन्थ्यो। नेपालमा भएको भए दस बजे हुने भनेको कार्यक्रम एघार बजे नभई सुरु हुँदैनथ्यो। देश धनी हुनु पछाडि समयको ख्याल पनि महत्त्वपूर्ण हुँदो रहेछ, दीपकले मनमनै सम्झियो।

हिजो पढाएको पाठबाट केही गरिहालौँ भन्ठान्यो दीपकले र त्यही सोफाको छेउनेर भुइँमा राखेको झोलाबाट कवितासङ्ग्रहको किताब निकाल्यो। त्यो 'नोर्टन एन्थोलोजी' थियो त्यो जहाँ ब्रिटिस कवि चौसरदेखि स्वच्छन्दता धारका कवि किट्स र विलियम वर्डस्वर्थ हुँदै टीएस इलियट र डब्लूबी इट्ससम्मका कविता थिए। उसले भनिसाले चलाउन दिएको ल्यापटप उठाएर केही नोट गर्न थाल्यो।

कक्षाकोठाहरू उसका लागि सजिलो थिएनन्। अझै पनि अमेरिकी लवजसँग अभ्यस्त हुन सकिरहेको थिएन दीपक। उसले क्लासमा बोलिहाल्दा पनि केही काला-गोरा जातिका विद्यार्थीहरूले नबुझेझैँ अनौठो तरिकाले हेर्थे। त्यस्तो बेला मलिसाले नै मध्यस्थकर्ताको भूमिका गरिदिन्थी।

सायद हिमचिम बढेर होला, दीपकको लवज बुझिहाल्थी मलिसा। उसको जन्मथलो टेक्सासमा आप्रवासीहरू बाक्लै भएकाले उसलाई दीपकको लवज त्यति अप्ठ्यारो लागेन। 'द्याट इज इन्ट्रेस्टिङ,' मलिसा दीपकले पढेको कविता सुन्दै भन्थी। दीपकलाई अझ उत्साह थप्थी कक्षामा।

दीपकले भित्तामा झुन्ड्याइएको घडी हेऱ्यो। त्यहीँ साढे ६ भइसकेको थियो। सोच्यो, हैट! बेगल स्टोर जानुपर्ने कसो ढिलो भएनछ। सोफाबाट हत्त न पत्त उठेर बाहिर आयो र किचनतिर छिऱ्यो। 'फ्रिजमा जे छ, त्यही निकालेर खाए हुन्छ है दीपक!' भनिसाले भनेको सम्झियो।

उसले दुइटा टुक्रा ब्रेड निकाल्यो। बटर जाम हाल्यो। कफी बनायो। त्यसैमा चोब्यो र कपाकप खायो। अमेरिकामा विभिन्न किसिमका र हरेक स्वादमा जाम पाइँदा रहेछन्। जाम मात्र होइन, चुरोटदेखि लिएर पिउने पानीसम्मका हरेक उपभोग्य वस्तु फरकफरक रङ्ग र स्वाद।

उसले सन्नी बेगलकै युनिफर्म लगायो, झोला भिऱ्यो अनि हिँड्यो। त्यही ट्राफिक, तिनै बाटा, मर्निङ वाकमा निस्कने तिनै मान्छे। ठ्याक्कै आठ बजे नै पुग्यो सन्नी बेगल। त्यहाँ पुग्नेबित्तिकै विकास फिस्स हाँस्यो र भन्यो 'गुड मर्निङ दीपक!' विकास रोटी अर्थात् बेगल बनाउने पिठो नै मुछिरहेको थियो। 'गुड मर्निङ विकास!' दीपकले पनि फर्कायो।

दीपक पुगेको केही मिनेटमै विकासले दीपकलाई मलतिर जाऔँ भन्यो। जहाँ उसको सकुलेन्ट स्यान्डबिच रेस्टुरेन्ट थियो। विकासको क्याम्री कार थियो चाँदी

रङ्गको। ढोका खोल्यो, बस्यो। दीपकलाई उसले अगाडि बस्न भन्यो र सीधै लगेर मल अगाडि रोक्यो।

मल ठूलो क्षेत्रफलमा फैलिएको थियो। कारहरू पार्क गर्न प्रशस्तै ठाउँ थियो। एउटा, दुइटा कार पार्कमा थिए। अलिक बिहानै भएर होला, पसलहरू खुल्दै थिए। मान्छेहरू आउँदै, पार्क गर्दै थिए धमाधम। हरेक व्यक्तिको अनिवार्य आवश्यकता एउटा कार थियो। झन्डै दस बिघाभन्दा बढी क्षेत्रफलमा फैलिएको थियो त्यो व्यापारिक केन्द्र। मल एउटा लामो, अग्लो, सर्वत्र फैलिएको घरजस्तो थियो र पसलहरू सबै त्यो विशाल घरभित्र थिए। हरेक कुरा सुन्दर सजावट गरेर राखिएका थिए। मलभित्र हिँड्ने बाटाको बीचबीचमा सानासाना स्टल राखिएका थिए। कुनै घडीका सामान, कुनै मोबाइलका सामान त कुनै मेकअपका सामान।

सबै ठाउँमा महँगो बाक्लो कार्पेटले ढाकिएको थियो। हिँड्दा पनि आफ्नै मैलो लाग्छ कि जस्तो। राजकीय सजावटजस्तो थियो मल। विभिन्न रङ्गका प्रकाशहरूले झलमल्ल देखिन्थ्यो। ग्ल्यामरस संसारभित्र छिरेजस्तो। विभिन्न ब्रान्डका सामानहरू र पसलहरू थिए। भिक्टोरिया सिक्रेट, बाथ एन्ड बडी, एम्बरक्रम्बी, गुची, गोदिभा, चकलेटियर, भिटामिन्न वर्ल्ड आदिका। त्यो संसार नै नौलो र अचम्म लाग्यो दीपकलाई। ठाउँ-ठाउँमा थिए स्क्यालेटर जहाँबाट मानिसहरू, ग्राहकहरू माथि जाने र तल ओर्लिने गरिरहेका थिए। ती भऱ्याङहरू स्वचालित थिए।

त्यो मल देख्नेबित्तिकै दीपकका अगाडि हजारौं अमेरिकी सपनाहरू चलचित्रको पर्दामा झैँ देखिए। उसलाई साँच्चै अमेरिका नै आएको महसुस भयो। अग्ला हिल र छोटा लुगामा, लामा खुट्टा गरेका पातला युवतीहरू पसलमा ग्राहकलाई सत्कार गरिरहेका थिए। 'हाऊ मे आई हेल्प यू' भनिरहेका थिए।

विकास र दीपक स्वचालित भऱ्याङ चढेर दोस्रो तलामा गए। त्यहाँ चढ्नेबित्तिकै दीपकले एउटा फुडकोर्ट देख्यो। त्यहाँ विभिन्न नाम गरेका फ्रेन्चाइज रेस्टुरेन्टहरू थिए। गोल्डेन मेन्डारिन, अमेरिकन काजुन, चिकफिल आदि। गोल्डेन मेन्डारिन र अमेरिकन काजुनको ठ्याक्कै बीचमा थियो, सकुलेन्ट स्याडबीच रेस्टुरेन्ट।

विकास दीपकलाई लिएर ठ्याक्कै काउन्टर अगाडि नै पुग्यो, जहाँ अगाडि सिसाले ढाकेर विभिन्न किसिमका परिकार राखिएको थियो भने अर्का छेउमा कम्प्युटरजस्तो क्यास रजिस्टर राखिएको थियो। काउन्टरनजिक त्यस्तै अन्दाजी पैँतालिस वर्षकी एक महिला ग्राहकलाई पैसा चार्ज गर्दै थिइन्। विकास स्टोरभित्र नछिरी बाहिरैबाट दीपकलाई ती महिलासँग चिनायो, 'उहाँको नाम रीता। उहाँ पनि नेपालबाट नै हो।' दीपकले अमेरिका आईकन भेटेको दोस्रो नेपाली।

'ओ रियल्ली !' दीपकले खुसी हुँदै भन्यो। र, रीतातिर फर्किंदै र दुई हात जोड्दै भन्यो, 'दिदी नमस्कार!' अमेरिकामा नेपालीलाई भेटाएर नेपालीमै बोल्न पाउँदा आफ्नै

देश पुगेजस्तै आभास भयो दीपकलाई। 'आजबाट केही घण्टा तपाईंले उहाँसँगै काम गर्नुहुनेछ,' विकासले रीतातिर फर्किँदै भन्यो, 'दीपकलाई तालिम दिनुहोला। म बेगल स्टोर जान्छु, पछि आउँछु। केही पर्‍यो भने मलाई खबर गर्नुहोला।'

दीपक पछाडिबाट सकुलेन्ट स्यान्डबिच रेस्टुरेन्टतिर छिर्‍यो। त्यहाँ फुडस्टोर गर्ने, भाँडा माझ्ने र स्यान्डबिच बनाएर बेच्ने र क्यास रजिस्टर गर्ने काम मात्र थियो। ग्राहकहरूले बाहिरै सिसाको बारबाटै किन्थे। त्यही अगाडि मिलाएर राखिएका सयौँ कुर्सी र टेबुल थिए। त्यहीँ बसेर खान्थे।

रीता थकित तर जिज्ञासु देखिन्थी। उसका आँखाहरूले केही खोजिरहेजस्तो देखिन्थ्यो। त्यसै बस्न नसकेजस्तो, कि पुछिरहने, कि सफा गरिरहने, कि स्यान्डबिच बनाइरहने। फेरि दीपकले चार्ली च्याप्लिनलाई सम्झियो। 'भाइ तपाईं कहिले आउनुभएको अमेरिका ?' रीताले लेटुस र रोटीका स-साना टुक्राका फोहोर उठाउँदै सोधी। 'भाइ' भन्ने सम्बोधन सुन्न पाउँदा पनि पुलकित भयो दीपक।

'केही महिना मात्रै भयो दिदी !'

'मनपर्‍यो त अमेरिका ?'

'मनपर्‍यो नि दिदी !' दीपकले भन्यो, 'तर सोचेजस्तो काम नपाउनाले भने अलिक थकित भएको छु।'

'यो अमेरिका हो भाइ ! त्यस्तो नसोचे पनि हुन्छ। मैले पनि अमेरिका आएदेखि यस्तै बढार्न, भाँडा माझ्न, साफ गर्ने काम गरिरहेछु। नेपालमा हुँदा कहिल्यै गरेकी थिइनँ। तिमी मात्र होइन भाइ, अमेरिका आउने जो कोहीले गर्ने काम यही हो। नेपालका सरकारी जागिरे, सेक्सन अफिसर त यहाँ आएर भाँडा माझ्छन्,' रीताले गर्वका साथ भनी। मानौँ धार्मिक प्रवचन दिइरहेकी छ।

दीपकले त्यो कुरालाई अमेरिकी नेपाली जीवनको वास्तविकता ठान्यो। रीताले भुइँ पुछिरही। दीपकको सुरुको दिन भएकाले हेरिरह्यो, उसका कुरा सुनिरह्यो। त्यति स्यान्डबिच किन्ने ग्राहक खासै आइरहेका थिएनन्।

'हो है दिदी !' दीपकले थप्यो।

'मेरै श्रीमान् पनि नेपालमा सरकारी जागिरे थिए। अहिले यहाँ रेस्टुरेन्टमै काम गर्छन्। हामी अमेरिका बस्न थालेको चार वर्ष भयो। मेरी एउटी सानी छोरी पनि छे। मेरो नेपालमा राम्रै आर्थिक अवस्था छ। पाँचतले घर छ। मेरो आफ्नो कार पनि थियो अमेरिका आउनुअघि।'

त्यही बीचमा ग्राहक आइपुग्यो। 'एकछिन पर्ख है भाइ' भन्दै ग्राहक हाता लिन लागी रीता, 'हाऊ मे आई हेल्प यू सर ?'

'जस्ट लुकिङ,' ग्राहकले म यसो हेरेको मात्रै भन्ने कुरा गर्‍यो र माथि-माथि राखेको स्यान्डबिचको किसिम र मूल्यहरूको सूचना अर्थात् मेनु केहीबेर हेरिरह्यो। एकछिनमै केही नकिनी फेरि अर्को फुडकोर्टतिर गयो। त्यसको रिस रीता दीपकसँग

पोख्न थाली, 'साला भाते ! नखाने भए के हेर्न मात्र आएको त ?' उसले नेपालीमा सरापेको कुइरेले मरिगए बुझ्नेवाला थिएन ।

'ए अँ म भन्दै थिएँ,' रीताले हातमा सानो भिजेको कपडा निचोर्दै पानीमा सिसाको बार पुछ्दै र साफ गर्दै गफको शृङ्खला जोडी, 'म नेपालमा हुँदा नोकर नै दुईजना थिए । एउटाले झाडु लाउँथ्यो, अर्कोले पुछ्थ्यो । तर के गर्नु अहिले म आफैँ झाडुपोछा लाउने काम गरिरहेछु । अमेरिका भनेको यही हो ।'

'तर म खुसी छु भाइ यहाँ । म नेपालमा हुँदा स्कूलमा पढाउँथेँ । तर के गर्नु एक वर्षमा कमाउने पैसा म यहाँ स्यान्डबिच बेचेर, भाँडा माझेर एक महिनामै कमाउँछु,' दीपकले उसका सब कुरा सुनिरह्यो । केही राहत मिलिरह्यो दीपकलाई । उसलाई लाग्यो, कसैलाई पैसा ठूलो लाग्छ, कसैलाई पद र आफूले गर्ने काम ।

दीपकले टाउको मात्रै हल्लाइरह्यो र रीतालाई एकोहोरो सुनिरह्यो । रीता अन्दाजी पाँच फिट जति अग्ली थिई । चेप्टो अनुहार । झट्ट हेर्दा मङ्गोलियन जस्तो अनुहार भए पनि 'म क्षेत्री हुँ' भन्थी । काम भने खटेरै गरिरहेकी थिई । एकछिन पनि टुसुक्क बसेको देखेन दीपकले ।

'यास ! प्लीज गिभ मी चिकेन स्यान्डबिच,' ग्राहकले अर्डर गऱ्यो । रीताले बनाउन थालिहाली । रोटी राखेको ठाउँबाट रोटी निकाली र रोटीमा कुन-कुन चिज हाल्ने हो भनेर पनि सोधी । रीताले कति चाँडो बनाई भने दीपकको आँखा नै तिर्मिरायो । सुरुमा रोटीलाई दुई भाग पारी । त्यसपछि चिकेन, चिज र प्याजका टुक्रा हाली अनि आगोमा तताई । अनि काँक्रो, टमाटर अचार, लेटुस, आलापिनो, मस्टार्ड सस, नुन र मरिच, भेनिगर ओयल राखी रोटीलाई बन्द गरी ग्राहकलाई दिई । त्यही बीचमा उसले दीपकसँग पनि गफ गर्न भ्याई । 'बोलेर कहिल्यै थाक्दिरहिनछिन् दिदी त,' दीपकले मनमनै भन्यो ।

'भाइ ! मैले यहाँ काम गरेको तीन वर्ष भयो । म यहाँ अझै पनि हप्ताको साठी घण्टा काम गर्छु । यसरी नै बित्छन् मेरा दिन । बढार्ने, भाँडा माझ्ने र स्यान्डबिच बनाउने ।'

ग्राहकले निधार खुम्च्याएको पनि दीपकले देख्यो । सायद ग्राहकको काम गर्दा उसैलाई ध्यान दिनुपर्थ्यो । तर रीताले दिइरहेकी थिइन । बरु दीपकतिर फर्केर कुरा गरिरहेकी थिई । उसलाई रिस उठ्यो सायद । स्यान्डबिच बनाइसकेपछि उसले हातमा ल्याएकै प्लास्टिकको ग्लोब्स खोली र पैसा चार्ज गरी । ग्राहकले क्रेडिट कार्डबाट पैसा तिऱ्यो । एक शब्द नबोली बाटो लाग्यो । सायद ऊ खुसी थिएन रीताको सेवाबाट ।

'म खटेरै काम गर्छु भाइ किनभने मैले गर्नैपर्छ । मेरी छोरी छ, उसको भविष्य बनाउनु छ । यहीँबाट काम गरेर उसलाई सपोर्ट गर्नु छ । नेपालमा जति नै धनी भए पनि अमेरिकामा काम नगरी नहुँदो रहेछ,' फेरि दीपकतिर फर्केर रीताले भनी । बाहिर हाँसे पनि रीताभित्र कतै पीडा भएको अनुमान उसले लगायो ।

'हो नि दिदी !' दीपकले सही थाप्यो, 'अब दिदीले मलाई स्यान्डबिच बनाउन सिकाउनुपर्‍यो। सिकाइदिनु हुन्छ नि ?'

'भइहाल्छ नि भाइ !' उसले भनी, 'तर मैले सिकाएपछि मै हुँ भन्न थालिहाल्छन्। मेरो टाउकोमा टेकिहाल्छन् ।'

रीताको कुरा सुनेर दीपक अलमलियो। आखिर रीताले भन्न खोजेको के हो ? के पछि दीपकले आफूलाई हेप्छ भन्न खोजेकी हो ? चेतावनी दिएकी हो ?

उसले केही बोलेन। दिमागमा केहीबेर कुरा खेलायो।

'ल भाइ, तिमीले लगाइरहेको सन्नी बेगलको टी-सर्ट खोल । यो सकुलेन्ट स्यान्डबिचको टी-सर्ट लगाऊ,' टी-सर्ट दिँदै रीताले भनी। उसले सकुलेन्ड स्यान्डबिच लेखेको कालो पोलो टी-सर्ट हातमा लियो र पछाडि गएर फेर्‍यो। त्यसपछि रीताले विभिन्न परिकार देखाउँदै नाम चिनाउन थाली । बढार्ने, पोछा लगाउने सबै काम सिकाई। 'यसरी होइन, यसरी' भन्दै। रीताको आवाज तीखो थियो। 'यसरी बढार्ने हो भाइ' भन्दै हातमा कुचो लिएर बढारी। 'काम चाँडो पनि गर्न सिक्नुपर्छ भाइ !' उसले भनी।

त्यही बेलामा फेरि अर्को ग्राहक आइपुग्यो। 'हाऊ मे आई हेल्प यू सर !' दीपकले भन्यो।

'यास। क्यान आई ह्याभ अ चिकेन स्यान्डबिच ?' त्यो ग्राहकले स्यान्डबिच बनाउन अर्डर गर्‍यो।

रीताले जसोजसो भन्यो, त्यसोत्यसो गर्‍यो दीपकले। 'दराजबाट रोटी निकाल, आधा काट, चिज हाल, चिकेन हाल, टोस्ट गर अनि ग्राहकले भनेअनुसार टपिक्स हाल, र्‍याप गर, आधा भागमा काट र ग्राहकलाई देउ अनि वर रजिस्टरनेर आऊ र पैसा चार्ज गर।' त्यही क्रममा ग्राहकले मस्टार्ड सस हाल्न भन्यो, दीपक अलमलियो। 'त्यहाँ पढ न भाइ ! कुनमा लेखेको छ मस्टार्ड सस ?' रीता बेस्सरी कड्किई, 'त्यति पनि पढ्न सक्दैनौ ?'

त्यसरी भन्दा दीपकलाई लज्जाबोध भयो र अचम्म पनि लाग्यो, 'पहिलो दिनमै निकै कड्किएर किन बोलिन् होली यी दिदी !' ग्राहक स्यान्डबिच लिएर गइसकेपछि फेरि रीता बोल्न थाली, 'मेरो ब्लडप्रेसर अलिक हाई छ भाइ।'

दीपकले बुझ्न सकेन, उसले दीपकलाई सावधान गराएकी हुन् वा माफी मागेकी हुन् ?

'केही वर्ष पहिले भारतमा भुइँचालो गए लगत्तै नेपालमा पनि भुइँचालो आएर मेरो पाँचतले घर लडाइदिने हो कि भन्ने पीरले मेरो ब्लडप्रेसर बढेको थियो। त्यही बेलादेखि अहिलेसम्म ठीक भएको छैन,' यस्तैयस्तै बोलिरही।

मङ्गलबारको दिन ग्राहकहरूको चाप त्यति थिएन। त्यही भएर रीतालाई बोल्न प्रशस्त फुर्सद थियो। यद्यपि बोलिरहँदा पनि केही भने गरिरहेकै हुन्थी। कि धारा खोलेर पोछा पखाल्थी, कि कपडा भिजाएर सिसा पुछ्थी।

उसका कुरा सुन्दासुन्दा दीपक पनि थकित भइसकेको थियो । उसका कुरा सुन्नुभन्दा बरू केही गर्न पाए हुन्थ्यो भयो दीपकलाई । पछाडि गएर कुचो लियो र स्यान्डबिच बनाउँदा झरेका केही टुक्राटाक्री बढार्न थाल्यो ।

'यदि तिमीले राम्रो गरी बढार्न जानेनौ भने यो बढार्ने काम पाउन पनि मुस्किल छ भाइ !' दीपकले बढारेको हेर्दै रीताले भनी, 'अमेरिकामा नेपालीहरूले गर्ने प्रायः काम भनेको, बढार्ने, पोछा लगाउने र भाँडा माझ्ने नै हो ।' 'किन यिनले नेपालीलाई तल खसालेर बोलिरहेकी हुन् ?' दीपकले मनमनै सोच्यो । तर भनेन मात्रै भन्यो, 'हो र दिदी ?' ओठमा कृत्रिम हाँसो राख्न खोज्यो ।

'तिमीलाई यो पनि थाहा छैन भाइ ?' रीताले थपी, 'धन्न, विकास दयालु छ । मैले पहिला काम गरेको ठाउँको साहु त कस्तो दुस्मन थियो भने, जे गरे पनि गाली मात्रै गर्थ्यो ।'

विकासले रीतालाई त्यो स्यान्डबिच रेस्टुरेन्टको म्यानेजर बनाइदिएको पछि मात्र थाहा पायो दीपकले ।

'हो है दिदी !' उसले भन्यो ।

'यसरी चल्छ भाइ अमेरिकामा जीवन ?' रीताले भनी, 'खोइ कुचो लेऊ भाइ ! म बढार्छु तिम्ले जानेनौ । लु हेर ... यसरी बढार्ने हो ।' दीपकले बढारेको हेरिरह्यो । तर खासै केही फरक पाएन ।

'मेरो बुबाले भन्ने गर्नुहुन्थ्यो- दुःख गरेर पढ है छोरा । नत्र फेरि कसैको जुठा भाँडा माझ्नुपर्ला, बढार्नुपर्ला । तर के गर्नु आज अङ्ग्रेजीमा एमए गरेर पनि अमेरिकामा त्यसको भ्यालू भएन । यी बढार्नुपऱ्यो,' ठट्यौली पारामा दीपकले भन्यो ।

'तिम्रो डिग्रीले अमेरिकामा माखो मार्दैन भाइ ! खोइ मेरो पनि नेपाली साहित्यमा एमए नै हो नि । के गर्नु यहाँ त्यसको ?'

'मेरो अङ्ग्रेजी साहित्यको त काम लागेन, अब तिम्रो नेपाली साहित्य' भनिदिऊँ झैं भयो दीपकलाई । तर भनेन । 'कस्ती मान्छे हो रीता ?' मनमनै प्रश्न गऱ्यो दीपकले ।

केही समय उसले दीपकलाई स्यान्डबिचका नामहरू सिकाई । झन्डै तीन घण्टापछि विकास आयो र दीपकलाई भन्यो, 'तपाईंको आजको ड्युटी सकियो । अब भोलि आउनुहोला । घर जाँदा हुन्छ ।'

'हवस् विकास !' दीपकले शिरोपर गऱ्यो ।

'पर्ख त भाइ । तिमीलाई म एउटा स्यान्डबिच बनाइदिन्छु । यहाँ काम गर्नेले एउटा स्यान्डबिच फ्रीमा खान पाउँछ,' रीताले भनी ।

दीपक रोकियो ।

'थ्याङ्क यू दिदी !' दीपकले भन्यो, 'ल भोलि भेटौंला ।' ऊ त्यहाँबाट हिंड्यो । मध्याह्नको बाह्र बजेको थियो । केही शीतल हुँदै थियो मौसम । तर एकोहोरो हिंडाइले

शरीर तातेर आयो । ठाउँठाउँमा रोकिँदै करिब दुई घण्टामा दीपक अपार्टमेन्ट पुग्यो । आज उसको कलेज थियो । गृहकार्य गर्न बाँकी नै थियो । एकछिन आराम गर्न पल्टियो सोफामा । कोठामा कोही थिएन । भनिसा र लुकास कलेज गइसकेका थिए ।

करिबन एक घण्टाको आरामपछि ऊ उठ्यो र भनिसाको ल्यापटप लिएर गृहकार्य गर्न लाग्यो । त्यसपछि उसलाई भोक लागेजस्तो भयो । अघि रीताले बनाइदिएको स्यान्डबिच झोलामा हालेर ल्याएको सम्झियो । उसले त्यस्तो स्यान्डबिच न पहिले जीवनमा कहिल्यै देखेको थियो, न त खाएको थियो । एक खेप टोक्यो तर घाँस खाएजस्तो । के नपुगेको जस्तो । संसारकै नमीठो चिज जस्तो लाग्यो ।

बिहान, दिउँसो र बेलुकीको समयमा दाल, भात, तरकारी खान पल्केको उसको जिब्रोले स्वाद नै पत्ता लगाउन सकेन । अलिअलि नुनिलो, अलिअलि टर्रो, कस्तोकस्तो भयो उसलाई । एकचोटि खाएको मात्र के थियो, हत्त न पत्त त्यही ट्र्यासबिनमा पिच्च थुक्यो र बाँकी स्यान्डबिच त्यहीँ फालिदियो । त्यसपछि किचनको फ्रिज खोल्यो । त्यहाँ अलिकति उब्रेको भात र अम्लेट थियो । त्यही एक गिलास पानीसँग सिध्यायो र अलिक चाँडै झोला बोकेर लाग्यो कलेजतिर ।

दीपकको क्लास सुरु हुन अझै एक घण्टा बाँकी थियो । कलेजकै वरिपरि टहलिन थाल्यो । तिनै थिए विद्यार्थी, त्यस्तै थियो माहोल, जस्तो पहिलाको थियो । सोच्यो- पुस्तकालयतिर छिरौँ ।

संयोगवश पुस्तकालयमा मलिसा पनि पढ्दै थिई । मलिसाको वरिपरि कम्प्युटर नै कम्प्युटर थिए । लाग्थ्यो, विद्यार्थीहरू त्यहीँ साँझको गृहकार्य सकाउने चटारोमा थिए । किबोर्डको टाकटाक र टुकटुक आवाज सुनिन्थ्यो । मलिसा दीपकलाई देखेर खुसी भई । दीपकले 'हाई' भन्न नपाउँदै उसैले भनी, 'हाई दीपक !'

अस्तिभन्दा हिजो र हिजोभन्दा आज मलिसा झन् राम्री देखिन्थी । गुलाबी मिडीमा थिई मलिसा । त्यहीसँग सुहाउँदो गुलाबी लिपिस्टिक लगाएकी थिई । कपाललाई पछाडि लगेर क्लीपले बाँधेकी थिई । 'कति चाँडो तिमी यहाँ आज ?' दीपकले भन्यो ।

'आजको कक्षाको असाइन्मेन्ट यहीँ आएर गर्न मन लाग्यो । त्यही भएर अलिक चाँडै आएकी थिएँ,' मलिसाले भनी र उसले दीपकलाई आफ्नै छेउमा बस्न सङ्केत गरी । दीपक नजिकै गयो । उसको छेउकै कुर्सीमा बस्यो । उसको शरीरबाट अत्तरको वासना हररर आयो । 'एकछिनमै सकिहाल्छु है !' मलिसाले भनी ।

दीपक एकोहोरो किबोर्डमा चलिरहेका मलिसाका औँलाहरू हेरिरह्यो । सर्लक्क लामा थिए औँलाहरू । गुलाबी नेलपोलिसमा थिए उसका नङहरू । केहीबेरमा उनले असाइन्मेन्ट सकाई र दुवैजना कक्षा कोठातिर लागे ।

सधैँझैँ एकअर्काको नजिक भएरै बसे उनीहरू । कक्षाकोठामा प्रोफेसरको आगमन भयो । सोझै उसले व्याख्यान सुरु गरी । त्यसपछि अस्तिको हप्ताको गृहकार्य बुझाउन

भनी। मलिसाले दीपकको दुई पाने गृहकार्य आफूले नै बटुलेर बुझाइदिई। केहीबेर छलफल भयो, क्लास सकियो।

सधैँझैँ उनीहरू पार्किङ लटसम्म हिँड्दै आए। मलिसाले दीपकलाई अपार्टमेन्टसम्म छोडिदिई। अँगालोमा लिँदै 'गुड नाइट' भनी। दीपक अपार्टमेन्टको ढोकामा नपुगुन्जेल हेरीरही। त्यसपछि आफ्नो अपार्टमेन्टतिर लागि। मलिसाको अनुहार, बोली र चासोप्रति दीपकको आकर्षण दिन दुई गुणा रात चार गुणा बढ्दै गइरहेको थियो। यद्यपि उसले राखेका बाहिर गएर खाने, फिल्म हेर्ने प्रस्ताव विभिन्न बहानामा सार्दै लगिरहेको थियो। दीपक चाहन्थ्यो- मलिसासँग कतै बाहिर घुम्न जाऊँ। उसले अमेरिका आईकन बाहिर हिँड्न डुल्न पाएको थिएन। तर काम गर्न थालेपछि समय मिलाउन सकिरहेको थिएन।

'हुन्छ मलिसा ! मलाई पनि घुम्न जान मन छ। तर साहुले काम गर्ने घण्टा बढाइदिएकाले अलिक म्यानेज गर्न सकिरहेको छैन,' दीपकले भन्थ्यो 'आई उड लभ टू गो आउट विथ यू।'

सधैँझैँ ढोका खोलेर झोला भुइँमा फ्याँत्त राख्यो र पल्टियो त्यही सोफामा। त्यसपछि त्यही ल्यापटप खोल्यो र नेपालको कान्तिपुर एफएमको अनलाइन स्टेसन खोलेर गीत सुन्दै सुत्न खोज्यो। गीतहरूमा देवीदेवता, दानव र दैत्यहरूको गीत बजिरहेको थियो। दीपकलाई थाहा भइहाल्यो- आज नेपालमा महानवमी, भोलि दशमी रहेछ। हिन्दुहरूको सबैभन्दा ठूलो चाड। बल्ल सम्झियो, अस्ति राति फोन हुँदा आमाबुबाले 'तँ नहुने भइस्, खल्लो हुने भो' भनेको। कामको चापले भुसुक्कै बिर्सिएको थियो दीपकले। फेरि अमेरिकामा दसैँको के महत्त्व ? क्रिसमस जो थियो उनीहरूका लागि ठूलो पर्व।

भनिसा र लुकास सुतिसकेका थिए वा कतै पार्टीमा गइसकेका थिए। सुनसान थियो अपार्टमेन्ट। बाहिर चकमन्न भइसकेको थियो। रूखहरू अँध्यारोको च्यादर ओढेर ठिङ्रिङ्ग उभिइरहेको देखिन्थे। सिरसिर बतासले होला, हाँगामै रहेका पातहरू घडीको पेन्डुलमजस्तै हल्लिरहेका थिए। आम अमेरिकी जिन्दगीजस्तै ...।

अक्टोबर महिना थियो। दिनहरू छोटा र रातहरू लामा हुँदै थिए। अमेरिकीहरूको सबैभन्दा ठूलो चाड क्रिसमस नजिकिँदै थियो। सबै पर्व, संस्कृति, मिथक, धर्मको हाँगा विभिन्न भए पनि त्यसको जरा र उद्देश्य एउटै हुँदो हो। हरेक मिथको बनोट एउटै हुन्छ गहिराइमा। दार्शनिक लेभी स्ट्राटसले त्यही भन्थे।

पापी अहंकारीमाथि धर्मात्माको विजय, राक्षसमाथि परमेश्वरको विजय, माया, करुणा, भातृत्व, शान्ति ...। कान्तिपुर रेडियोबाट समाचार बज्यो।

'भोलि हिन्दुहरूको महान् चाड दसैँ ...।'

दीपकले सम्झियो- ठूलासाना, महिलापुरुष सबैका अनुहारमा उत्कट हाँसो, छुट्टै उमङ्ग र रौनक, सबैका नयाँनयाँ लुगाहरू, लिङ्गेपिङ। पिङ टाँगेर वरिपरिका

बालबालिकालाई हल्लाउने, नचाउने छिमेकी काकाको कला। आमाबाबुले निधारमा आयुन्द्रे सुते... भन्दै टीका लगाइदिएको। ती राता अक्षता। तिनै राता अक्षताले राताम्मे भएका हजुरबाले दिएका पाँच रुपैयाँको रातै नोट। टीका लाउन जमघट भएका फुपूदिदी र अरू आफन्तहरू। मासुचिउरा, दहीचिउरा, दहीकेराका परिकारहरू। साथीभाइसँगै बसेर खेलिने फलाँस र कलब्रेक।

थाहै नपाईकन दीपकका आँखा रसिला भएर आए। कति गहिरो छाप हुँदो रहेछ, कति अगाध स्नेह हुँदो रहेछ, आफू हुर्केको संस्कृतिको, माटोको! दीपकले मनमनै सम्भियो। के मेरो अमेरिकी सपनाले त्यो खुसी दिन सक्ला जहाँ म परिवारसँग बसेर आफ्नै संस्कृतिसँग रम्दा त्यो खुसी पाउँछु? उसो भए मानिस किन दुनियाँ सपना बोकेर बिदेसिन्छन्? के पैसाले किन्न सक्छ त्यो खुसी? यस्तै प्रश्न खेलायो दीपकले मनभरि।

उसलाई एक्कासि अमेरिका खोत्रो लाग्यो। पुँजीवादले मानिसलाई कसरी एक्लो र निरीह बनाउँदो रहेछ भनेर सम्भियो। मान्छेको चेतनालाई कसरी आफ्नो नियन्त्रणमा लिँदो रहेछ पुँजीवादी समाजले भन्ने सम्भियो र एक्कासि अमेरिकाका महल, बाटाघाटा, सुविधासम्पन्न चिजहरू, महँगा कारहरू अर्थहीन भए उसका अगाडि।

बाहिर अँध्यारोले निलेको थियो दिउँसोको उज्यालो। बाटामा कुदेका कारका प्रकाशले छिटफुट उज्यालो फाल्दै गर्दा चम्किन्थे पहेँलो हुँदै गएका ती पातहरू। मानौँ पातहरूले आफ्नो प्रकाश गुमाइसके। दीपकले सोच्यो, मान्छेको जीवनले पनि एक दिन प्रकाश गुमाउनेछ तर मान्छेको जीवन यी रूखहरूभन्दा पनि निरीह छ। यिनीहरू बरु ऋतु परिवर्तनसँगै फेरि मुना हालेर आउँछन्, फिनिक्स चराभैँ खरानीबाट उठेर आउँछन्। तर मान्छेको जीवन खरानी भएर जान्छ। उसले सम्भियो, सायद आत्मा कतै उडेर जान्छ।

रूखका हाँगामा लोखर्केहरूले प्रेमपूर्वक लुकामारी खेलेको देख्यो दीपकले। 'यो पटक दसैँ नआइदिएको भए पनि हुन्थ्यो,' दीपकले सोच्यो, 'हुन त कहाँ आयो र यो पालीको दसैँ! म यहाँ छु, बुबाआमासँग म छैन।' कोठामा एसी हुँदा पनि गर्मी भएजस्तो भएर आयो उसलाई। भ्याल खोल्यो। चिसो बतास कोठाभित्र छिर्‍यो।

अभै छटपटी भइरह्यो उसलाई। अपार्टमेन्ट बाहिर निस्क्यो। कहिल्यै राति नहिँडेको उसले सोच्यो, चिसो हावा खाँदै यसो हिँड्नुपर्‍यो। उसलाई चुरोट पिउँपिउँ लाग्यो। चुरोट पिउने उसको लत थिएन। तर सोचाइमा रहेका बेला कहिलेकाहीँ पिउने गर्थ्यो। सवारी साधन कुद्ने बाटोको किनारैकिनार पैदलयात्रीको बाटो हुँदै अगाडि बढ्यो ग्यास स्टेसनतिर। त्यहाँबाटै त्यस्तै एक किलोमिटर टाढा थियो सायद।

एक जोडी प्रेमी-प्रेमिका अँगालोमा बेरिएर चुम्बनका वर्षा गराउँदै थिए दीपकको बाटो नै छेकेर। 'कति हेर्नु यो चुम्बनको बिजनेस?' एक्लै भुतभुताउँदै

दीपक उनीहरूलाई घुमेर अगाडि बढ्यो। उनीहरूले पत्तो समेत पाएनन्। उनीहरू त अँध्यारोमा छायाजस्तो देखिन्थे कुनै।

दीपकले काठमाडौँको पशुपतिनाथ मन्दिरका टुँडालमा कुँदिएका चित्रहरू सम्झियो, वा भनौँ वसन्तपुरका मन्दिरहरूको आलिङ्गन अनि सम्भोग आसनका। उसले गम्यो, वात्स्यायन र पुरातन भारतीय दार्शनिकद्वारा लिखित सेक्स म्यानुअल कामसूत्रमा यौन वा यौन क्रियाकलापको वर्णनले यौनको महत्त्व, प्रशंसा र शक्ति अनि मानव जीवनसँग यसको गुणस्तरीय सम्बन्धलाई देखाउँछ। सायद यौनको जीवनसँगको गुणात्मक सम्बन्धको अर्थलाई जोड दिएको हुनुपर्छ टुँडालहरूले। तर किन यौनको मामलामा अझ बढी पूर्वाग्रही छ समाज ? यसलाई ट्याबुका रूपमा हेरिन्छ।

उसलाई अहिले कुनै खुसी थिएन। थियो त उसले मिस गरेको दसैँ र ग्यास स्टेसन पुगेर पिउने चुरोट। कुनैकुनै सम्झनाहरू, नोस्टाल्जियाहरू, यति शक्तिशाली हुँदा रहेछन् कि त्यहाँ सम्भोगको स्वाद पनि निकम्मा बन्दो रहेछ, दीपकले सोच्यो। केहीबेरमै ग्यास स्टेसन पुग्यो। न्यू पोर्ट चुरोटको एउटा प्याकेट किन्यो ६ डलर हालेर। नेपालमा भए एक खिल्ली पनि छुट्टै किन्न पाइन्थ्यो। तर अमेरिकामा पाइँदो रहेनछ भन्ने उसले थाहा पायो।

उसले सम्झियो, नेपालको सूर्य चुरोट। एक सर्को तान्दै रिँगटा लागेजस्तो भयो उसलाई। त्यो मन परेन। अर्को एक सर्को तानेर फालिदियो र फेरि अपार्टमेन्टतिरै फर्कियो। उसलाई रिँगटा चलेजस्तो भयो। फनन्न घुमायो। त्यहीँ थचक्क बस्यो। एकछिनपछि उठ्यो र फेरि हिँड्यो। तिनै जोडीहरू बाटामा त्यही रूपमा त्यसरी नै उभिइरहेका थिए। दीपक उनीहरूलाई घुमेर अगाडि बढ्यो।

यतिबेला रातको झन्डै बाह्र बजिसकेको थियो। अपार्टमेन्ट पुग्ने बेला उसले फेरि अर्को चुरोट सल्कायो मन नलागीनलागी। 'ह्वाट्स अप म्यान,' एउटा मान्छेले कतैबाट आएर भन्यो, 'क्यान आई ह्याभ अ सिगरेट ?' उसको मुखबाट ह्वास्स रक्सीको गन्ध आयो।

त्यस्तै बीसबाइस उमेरजतिको काला जातिको ठिटोले कपाल डेडलक गरेको थियो। उसले लगाएको पेन्ट झन्डै झर्न लागेको थियो। एक हातले माथिमाथि तानेर हिँड्थ्यो। माथि स्यान्डो गन्जी मात्र लगाएको थियो। 'स्योर,' दीपकले गोजीबाट चुरोटको प्याकेट निकाल्दै भन्यो। बट्टा नै तेर्साइदियो। त्यसपछि 'थ्याङ्क यू माई म्यान' भन्दै ऊ हिँड्यो। दीपक पनि दुईतीन सर्का तानेर अपार्टमेन्टभित्र छिर्‍यो। ढोका लगायो। सोफामा पल्टियो।

त्यही बेला फोनको घण्टी बज्यो मध्यरातमा। दीपकले पक्कै पनि घरबाट आयो भन्ने सम्झियो र हत्तपत्त फोन उठायो। नभन्दै उसको बुबाको फोन थियो।

'हेल्लो !' बुबाको त्यो आवाज सुन्नेबित्तिकै दीपक भावुक बन्यो।

'बुबा ! कस्तो छ ? दसैंको तयारी कस्तो भइरहेको छ ?' मुखमै फोन जोडेर दीपक बोल्यो ।

'हेल्लो ! कति बज्यो त्यहाँ ?' दीपकको बुबाको प्रायः पहिलो प्रश्न त्यो नै हुन्थ्यो ।

'रातीको बाह्र ।'

'ए अझै सुतेको छैनस् ?'

'अब सुत्न लागेको ।'

'दसैं आयो । तेरो याद आयो । त्यही भएर फोन गरेको ।'

नेपालमा अमेरिकाभन्दा एक दिनअगाडि हुने भएकाले विजया दशमी भइसकेको थियो । बाबुको कुरा सुनेर उसको वाक्य गलामै अड्कियो ।

'हेल्लो ! हेल्लो !! हेल्लो !!!' बाबु बोलिरहे ।

साहस बटुलेर फेरि दीपकले भन्यो, 'हजुर ! हजुर !! सुन्दैछु ।'

'तँ नभएकाले तेरी आमा दुःखी भएकी छे । तँलाई सन्चै छ ?'

दीपकको गला फेरि अवरुद्ध भयो ।

'हजुर ! हजुर बुबा म ठीकै छु । त्यहाँ कस्तो छ ?' आफूलाई थामेर दीपकले भन्यो, 'ममीलाई फोन दिनुस् न ।'

'तँलाई हेर्न मन थियो छोरा । दसैं आयो, तँ छैनस्,' आमाले भक्कानिँदै भनिन् ।

'म ठूलो मान्छे भएर आउँला नि आमा ! पढाइ सकाएर,' मन बलियो बनाएर भन्यो दीपकले ।

'दसैं आएकोमा केही मज्जा छैन छोरा तँ नभएपछि,' आमाले भनिन् ।

'त्यसो नभन्नू आमा । मज्जाले मनाउनू । मलाई त्यहींबाट आशीष दिनोस् । मिल्यो भने अर्को दसैंमा फेरि भेट भइहाल्छ नि । आफ्नो स्वास्थ्यको ख्याल राख्नू,' दीपकले निडर र विश्वस्त भएर भन्यो ।

दीपकले फोनमा आमा सुकसुकाएको सुन्यो । 'ल आमा, म यहाँ एकदमै खुसी छु । क्लास लाग्न थाल्यो । मेरो खुसी सम्झेर खुसी हुनुहोला । दसैं राम्रोसँग मनाउनु होला । मेरो सुत्ने बेला भयो ।' यति भनेर दीपकले फोन राखिदियो ।

रातभरि आमालाई सम्झेर दीपक यता र उता छटपटाइरह्यो । कुन बेला सोफामै निदायो, पत्तै भएन ।

बचाइ

बिहानको नित्यकर्म गरिसकेपछि दीपक भान्सातिर छिऱ्यो । फ्रिजको ढोका उघाऱ्यो । खानेकुरा खासै केही थिएन । सायद भनिसा र लुकास बजार जान भ्याएका थिएनन् । ढुसी परेका ब्रेड र सिसाको बट्टामा पीँधसम्म पुगेको जाम थियो । दीपकले सुँघ्यो, ठस्स गन्हायो । मुख बिगाऱ्यो । यसो हेऱ्यो, सबथोक सकिएको थियो । चामल, आलु, तरकारी आदि । सोच्यो, बजार गर्न जानुपर्ला । तर ऊसँग कार थिएन ।

अहिलेसम्म प्रायः भनिसा र लुकासले नै किनेको चिजबिज खाएर टारिरहेको थियो । कहिलेकाहीँ पैसा दिएर उनीहरूलाई किनेर ल्याइदिनू भन्थ्यो, बस् । अमेरिकामा ग्रोसरी गर्ने ठाउँमा पनि दीपक गएको थिएन । सोच्यो- भनिसालाई भनेर सपिङ गर्न जानुपर्ला । बिहानको त्यस्तै ६ बजेको थियो ।

'भनिसा !' उनीहरूको कोठामा गएर ढोका ढकढकाउँदै भन्यो ।

'ऊ यहाँ छैन,' लुकास ढोका नखोली भित्रैबाट करायो, 'अब एक घण्टामा आइपुग्छे । किन चाहियो भनिसा ?' बिहानै भनिसा कता निक्लिछे ? नभए त नौ बजेभन्दा अघि उनीहरू ओछ्यानबाट उठ्दैनथे । दीपकले मनमनै सोच्यो ।

'मलाई ग्रोसरी स्टोर जानु थियो । त्यही भएर भनिसाले आफ्नो कारमा त्यहाँसम्म लगिदिनुहुन्थ्यो कि भनेर,' अमेरिकामा कार नभए त जीवन नै ठप्पप्रायः हुन्थ्यो ।

'स्योर,' लुकासले भन्यो, 'अब केही छिन पर्खिनुहोला । ऊ आएपछि जाम्ला । म पनि जान्छु ।'

नभन्दै एक घण्टापछि भनिसा आई । तीनैजना पार्किङ लटमा पुगे । दीपक पछाडि सिटमा बस्यो । अगाडि भनिसा र लुकास बसे, सधैँजस्तो । लुकासले चुम्बन गऱ्यो भनिसालाई । कार अघि बढ्यो ।

'तपाईंको गर्लफ्रेन्ड छ ?' भनिसाले दीपकलाई सोधी, 'कहिल्यै प्रेममा पर्नुभएको छ ?' लुकास र भनिसाले एकअर्काका हातका औंला खेलाइरहेका थिए।

भनिसाको प्रश्नले दीपकलाई भावुक बनायो।

'वास्तवमै छैन,' गहिरो सास लिँदै दीपकले भन्यो, 'धेरै पहिले एउटा अनिता नाम गरेकी युवतीसँग प्रेम थियो। तर धेरै समय रहेन। सायद त्यो प्रेमको आवेग मात्र थियो। मेरी आमा भनेजस्तो कुरकुरे बैंसजस्तो मात्र भो।' भनिसा र लुकास गलल्ल हाँसे। 'यू आर फन्नी' भन्दै लुकासले कानमा एयरफोन घुसायो। भनिसाले अगाडि हेर्दै कार हाँकिरही। तर दीपक भने अनितासँगको अतीतमै फर्कियो।

अतीत जीवनको दस्तावेज हो। जीवनको मन बहलाउने मौन कहानी हो। यस्तै सम्झियो दीपकले। अनिता त्यस्तै अठार वर्षकी थिई दीपककै उमेरकी। माछाका जस्ता आँखा, रसिलो ओठ, लामो कपाल, गोलो अनुहार, ठूला छाती, ठूलै नितम्ब। बर्खाको मौसम, असारको महिना थियो। किसानहरू रोपाइँमा व्यस्त हुन्थे। खेतका गराहरू धानका बिउले भरिएका थिए।

साँझको बेला थियो। कीरा र भ्यागुताहरूको ट्वारट्वार आवाज आइरहेको थियो। उत्तरमा प्रस्ट देखिने पहाड र हिमशिखरहरू लहरै देखिन्थे। साँझमा टल्किएका देखिन्थे कन्चनजङ्घा र सगरमाथा। फराकिला आलीका बाटाहरूमा हात समाएर हिँडिरहेका थिए अनिता र दीपक। अलिक पर ढिस्कोमा गएर जोडिएर बसे। पर क्षितिजमा लुकेका घामको पहिलो पहेँलो रङ्ग जुन पेन्टिङमा ब्रसले पहिलो स्ट्रोक लगाएजस्तो देखिन्थ्यो। अनिता शारीरिक आकारमा दीपकभन्दा ठूली थिई। उसैले दीपकलाई अँगालो हाली। मानौं दीपक उसको अँगालोमा हरायो। उसको स्तनबीचमा दीपकको मुन्टो अडियो। त्यसपछि उसले दीपकलाई चुम्बन गरी। दीपकले पनि उसै गऱ्यो।

त्यही बेला भनिसाले ट्राफिक लाइटमा घ्याच्च ब्रेक लगाई। त्यसले दीपकलाई अतीतबाट वर्तमानमा ल्याइदियो। केहीबेरमै एउटा ठूलो र पहेँलो अक्षरमा 'वालमार्ट' लेखिएको चिह्नले गेटमै स्वागत गऱ्यो। कार पार्क गरेर उनीहरू ओर्लिए। दीपकले भनिसा र लुकासलाई पछ्यायो।

'दीपक यो कार्ट लिएर हिँड्नोस्,' भनिसाले वालमार्ट छिर्ने ठाउँमा भएको सपिङ कार्ट देखाउँदै भनी। त्यस्तो सपिङ दीपकले कहिल्यै गरेको थिएन। सपिङ कार्ट लिएर वालमार्ट छिर्ने बित्तिकै चिसो स्याँठले हान्यो। फूल एसी थियो वालमार्टभित्र। बाहिर जति गर्मी थियो, भित्र त्यति नै चिसो। दीपकका कान चिसा भएर आए।

'आच्छुछु ...,' दीपकले आफूले आफैँलाई कस्यो।

'यास, इट इज फ्रिजिङ डियर,' दीपकले त्यसो भनेको सुनेर दुवै फिस्स हाँसे।

आकर्षक र सुसङ्गठित हिसाबले मिलाएर राखिएको थियो त्यहाँ सबै किसिमका सामानहरू। त्यति ठूलो पसल दीपकले कहिल्यै देखेको थिएन। विभिन्न विभाग

बनाएर, मिलाएर राखिएका थिए सामानहरू । औषधीको, कपडाको, कतै गाडीका सामानहरू, खेलौनाहरू, आधुनिक प्रविधिको, ग्रोसरीको र मासुको बग्लाबेग्लै ।

विभिन्न रङ्गीबिरङ्गी प्योकटमा सजाएर राखिएको देखिन्थ्यो । काम गर्ने मानिसहरू वालमार्टको युनिफर्म लगाएर, सामान राख्ने र लिएर एक ठाउँबाट अर्को ठाउँ गएर राख्ने, वाकिटकी बोकेका, कुनै ग्राहकले कुनै चिज कहाँ छ भनेर सोधे भने तुरुन्तै सहयोग गर्न हाजिर हुने । लगेको सामान फिर्ता गर्नुपर्‍यो भने त्यसका लागि छुट्टै कस्टुमर सर्भिस थियो । त्यहाँ पङ्क्तिबद्ध भएर बसेका थिए ग्राहकहरू सामान फिर्ता गर्दै । एउटा मिनी संसार नै देख्यो दीपकले । एउटा सहर नै थियो त्यो वालमार्ट। चाहिएका चिज जे पनि पाउन सकिने । सियोदेखि घरसम्म नै भने पनि हुन्छ ।

'वाऊ !' मनमनै बोल्यो दीपक ।

दीपकले त्यहाँ झन्डै चालिस डलरको सामान किन्यो । र, दस डलरको टोपी पनि। विकासले कपाल नकाट्ने हो भने काममा आउँदा टोपी लगाएर आउनु भनिसकेको थियो । दीपकले हिसाब गर्‍यो, जम्मा पचास डलर । नेपाली मुद्रा भए झन्डै एक महिनाको तलब । उसले काठमाडौंमा हुँदा कोठाभाडा चार हजार रुपैयाँ तिर्ने गर्थ्यो । त्यो सम्झँदा उसलाई सातो गएझैं भयो ।

आखिर जति नै महँगो लागे पनि अनिवार्य किन्नैपर्ने हुन्थ्यो । उसले पछि बुझ्दै गयो- त्यहाँको औसत आम्दानी अनुसार हिसाब गर्ने हो भने नेपालको औसत आम्दानीका आधारमा त बरु महँगो होइन, सस्तो नै पर्न जाँदो रहेछ ।

सामान लिएर दीपक, भनिसा र लुकास फेरि अपार्टमेन्टतिर फर्किए । दीपक खाना बनाउन लाग्यो । आज भने दीपकको दिउँसो काम थियो । कहिलेकाहीँ विकासले दीपकलाई दिउँसो काम गर्न बोलाउँथ्यो । कुनै निश्चित समय तालिका थिएन ।

दीपकले चामल प्रेसर कुकरमा हाल्यो । उसले प्रेसर कुकर नेपालबाट लिएर आएको थियो । पानी हाल्यो, हातले पानीको मात्रा नाप्यो र विद्युतीय चुल्होमा बसाइदियो र त्यसपछि तरकारी काट्यो ।

प्रेसर कुकरको सिठी लाग्यो । त्यसले लुकासलाई झस्कायो । लुकास आफ्नो कोठाबाट भान्सातिर आयो ।

'हे म्यान ! होइन के भइरहेछ यहाँ ?' लुकासले तर्सिंदै भन्यो ।

उसले प्रेसर कुकरमा त्यस्तो साह्रो गरी लाग्ने सिठ्ठी कहिल्यै देखेको रहेनछ । तर दीपकले नदेखेका चिजहरू भने धेरै थिए त्यहाँ । जस्तोः माइक्रो वेभ, विद्युतीय चुलो आदि ।

प्रेसर कुकरको बारेमा बताएपछि लुकासले हाँस्दै 'फन्नी' भन्यो र आफ्नै कोठातिर लाग्यो ।

दीपकले पनि नेपालको साँझ आठ पैतालिस बजे आउने बीबीसी नेपाली सेवा सुन्न ल्यापटप उघार्‍यो । दीपकले अनलाइन हेर्ने, पढ्ने र सुन्ने गरेको एक वर्ष मात्र

हुँदै थियो। उसले ल्यापटप भने देखेको थियो र भनिसाको ल्यापटप चलाउन पाएको थियो।

बीबीसी नेपाली सेवामा बजाइने आधा घण्टाको समाचार सुन्दै दीपकले खाना तयार पाऱ्यो। भातको चुली थालमा अग्लो हुने गरी हाल्यो। अमेरिका आईकन आफ्नै हातले, आफूलाई मन लाग्ने हिसाबले नेपाली शैलीमा खाना बनाएको सायद यो पहिलोचोटि थियो। त्यसपछि आलुको तरकारी र दाल पनि त्यही हाल्यो, काँक्राका चाना काट्यो र पेटमा डम्फ्यायो। यसो घडी हेऱ्यो। दिउँसोको बाह्र बज्न लागेको थियो।

'ओहो ! विकासले त मलाई आज साढे बाह्रमा बेगल स्टोर आइपुग भनेको थियो,' दीपकले सम्झियो। ऊ थाकेको थियो। तर काममा नजानुको विकल्प थिएन। 'पैसा त मलाई जसरी पनि चाहिन्छ,' ऊ फुसफुसायो र तुरुन्तै हिसाब गऱ्यो, 'यदि मलाई घण्टाको ६ डलरले पे गऱ्यो भने र हप्ताको चालिस घण्टा काम दियो भने दुई सय चालिस हुने रहेछ। त्यो भनेको महिनाको बाह्र सयजति हुने रहेछ। ओहो ! यतिले त मलाई नहुने रहेछ। महिनाको फी तीन सय, कोठाभाडा, खाना र अरू खर्च गरेर कम्तीमा एक हजार चाहिने रहेछ। नेपाल घरतिर पनि आमाबुबालाई पठाउनुपऱ्यो, आउने आम्दानी छैन। फेरि साथीबाट ट्यूसन फी तिर्न मागेको ऋण, नेपालतिरको ऋण र कम्तीमा पनि पन्ध्र सय डलर त मैले कमाउनैपर्छ।' दीपक फेरि हिम्मतिलो बन्यो।

त्यतिबेलै भनिसा कोठाबाट बाहिर बैठक कोठामा आई।

'आज कतिखेर जाने हो काममा दीपक ?' उसले क्लसेटबाट नयाँ टेनिस जुत्ता निकाल्दै सोधी।

'पुग्नैपर्ने त साढे बाह्रसम्ममा हो तर बाह्र नै यहाँ बज्यो। खोइ कसरी पुग्ने हो ?' हात चुठ्दै दीपकले उत्तर दियो।

'म बाहिर निस्किन लागेको। म छोड्दिन्छु नि त कामसम्म,' उसले भनी।

'थ्याङ्क यू सो मच भनिसा !' दीपकले मुसुक्क हाँस्दै भन्यो, 'म कृतज्ञ छु।'

वास्तवमा भनिसा मन भएकी केटी थिई। कतिपय सहयोग लुकासले थाहा नपाउने गरी गर्थी। सायद लुकासलाई भनिसाले धेरै सहयोग गरेको मन पर्दैनथ्यो होला। एक प्रकारको ईर्ष्या पनि हुन्थ्यो होला।

'नो प्रब्लम !' उसले भनी र दीपकले हतारहतार थाल पखालेर, बक्यौता खाना फ्रिजमा राखेर बेगल स्टोरको युनिफर्म र भर्खरै वालमार्टबाट किनेको नयाँ टोपी लगाएर झोला बोक्यो। भनिसा पर्खिरही।

'लेट्स गो भनिसा,' दीपकले भन्यो। दुवै भनिसाले पार्क गरेको कारतिर लागे। दीपक पछाडि बस्न खोज्यो।

'त्यहाँ होइन, अगाडि नै बस्नोस्,' भनिसाले भनी। दीपकलाई लागेको थियो, त्यो लुकास बस्ने ठाउँ हो। यद्यपि लुकास त्यहाँ थिएन। त्यो ठाउँ खाली राखेर पछाडि कसैलाई राखेर कार हाँक्दा, कसैको ड्राइभरजस्तो होइन्छ भन्ने सोचाइ हुँदो रहेछ क्यार। अगाडिकै सिटमा बस्यो दीपक। केहीछिन भए पनि लुकासको ठाउँ लिएको महसुस गर्‍यो उसले।

भनिसाले झ्यालको सिसा तल झारी। उसको अलिअलि कर्ली परेको कपाल हावामा फरफरायो, लहरायो। आफ्नो हातले कपाललाई मिलाइरही, पछाडि लगिरही। कति राम्रो कपाल, कति पातलो शरीर र कति सुन्दर रूप! दीपकले मनमनै तारिफ गरिरह्यो।

लुकास चाहिँ बलिष्ठ हात पाखुरा भएको ठूलो मान्छे। के मिल्ला र यिनीहरूको जोडी! तापनि एकअर्कालाई माया त देखाउँछन्। भनिसाको ठीक विपरीत लाग्थ्यो लुकास। घमण्डी र रूखो।

भनिसासँग दीपकको खासै गफ भएन। किनकि भनिसा कुनै साथीसँग बोल्न व्यस्त भई। स्पानिस भाषामा कुरा गरिरही। दीपकले मरेकाटे बुझ्दैनथ्यो। यत्तिकैमा उनीहरू बेगल स्टोर पुगे। भनिसाले उसलाई त्यही छोडी कार पार्क नगरी।

दीपक ओर्लियो।

'बाई दीपक! भरे भेटौंला,' भनिसाले एक हातले फोन कानमा लगेर अर्को हातले हल्लाउँदै भनी। फेरि स्टेरिङ समाई। कार अगाडि बढाई। दीपक बाह्र तीस नै नभईकन पुग्यो त्यहाँ। विकास सधैँझैं पिठो मुछिरहेको थियो।

'ओहो दीपक कैसे हो? क्या हे खबर?' हिन्दीमा बोल्यो विकास, 'आज त चाँडै आइपुग्नुभयो त।' सायद दक्षिण एसियाली मुलुकहरूमा हिन्दी फिल्मको प्रभाव भएर होला। धेरैजसोले फाट्टफुट्ट हिन्दी बोल्न र बुझ्न सक्छन्।

'म ठीक छु विकास। मेरो रूममेटले यहाँसम्म ल्याएर छोडिदिइन्।'

'ओ द्याट्स गुड,' विकासले भन्यो। र, काउन्टरमा गएर सामान लिन आएको ग्राहकलाई सोध्न थालिहाल्यो, 'हेल्लो सर! हाऊ आर यू? हाऊ क्यान आई हेल्प यू?'

'यास प्लीज। प्लेन बेगल, टोस्टेड विथ क्रिम चिज एन्ड एग एन्ड चिकेन अल्सो।' ग्राहकले अर्डर गरेअनुसार नै दीपकले प्लेन बेगल निकाल्यो। माइक्रोवेभमा टोस्ट गर्‍यो। त्यसलाई ठीक दुई भागमा मिलाएर माझमा काट्यो, काट्दाकाट्दै मार्गरिता आइपुगी।

'ए पर्ख पर्ख। त्यसरी काट्ने होइन, यसरी' भन्दै मार्गरिताले दीपकको हातबाट बेगल लिएर काटी। साहुले झैं गरी बोली, 'लु हेर्नोस् कसरी काट्ने हो। म लिन्छु यो ग्राहक। तपाईं गएर भुइँ बढार्नुहोस् र त्यहाँ सिन्कमा भएका भाँडा माझ्नोस्।'

दीपक केही बोलेन। कुचो लियो हातमा र भुइँमा झरेका रोटीका टुक्राहरू उठाउन

थाल्यो । एउटा आज्ञाकारी घरपालुवा कुकुरझैं ठान्यो दीपकले आफैँलाई । जसले मालिकले भनेपछि लुरुलुरु मान्छ । नचाहेरै पनि कताकता च्वास्स घोचेझैं भयो दीपकलाई आफ्नै मुटु । 'मैले नेपालमा जति नै पढेर पनि के गर्नु ? एउटा अनपढ मेक्सिकन ठिटीले मलाई अह्राई सिकाई गर्नुपर्ने दिन आएपछि,' दीपकले यस्तै सोच्यो ।

'त्यो भुइँमा पोछा पनि लगाउनू है ।'

दीपक घमण्डले चुर भयो । दीपकसँग सम्झनामा कोही आएन । आयो त ऊ आफू नेपालमा हुँदा कलेजका विद्यार्थीलाई पढाएको, दर्शन र साहित्यका कुरा छाँटेको, कार्लमार्क्स, मिसेल फुको जस्ता महान चिन्तकहरूले भनेको कुराहरू सम्झियो । 'प्रश्न नगर्नु र चलिआएकै अभ्यासलाई स्विकार्नु भनेको नराम्रा अभ्यासहरूलाई निरन्तरता दिनु हो ।

मार्क्स भन्थे, 'अहिलेसम्मको इतिहास वर्गसङ्घर्षको इतिहास हो । ज्ञान, परिश्रम सबै पुँजीवादको हिसाबले चल्छ । परिश्रमको शोषण हुन्छ । त्यहीँबाट उद्योगधन्दा, कलकारखाना, व्यवसाय चलाउनेले नाफा निकाल्छन् र त्यही पैसा खटाएर परिश्रम बेच्नेहरूलाई दिन्छन् । पुँजीवाद वर्गले चलाउँछ ।'

दीपकले सम्झियो, विकासले कसरी थोरै पैसामा उसलाई काम लगाएको छ । तर त्यसको विरुद्ध बोल्ने न कुनै आधार थियो, न त्यसको विकल्प नै । मार्गारिताले समेत विकास नभएका बेला आफू कम्ती काम गरेर दीपकलाई बढी लगाउँथी । विकास नहुँदा सम्पूर्ण शक्ति उसको हातमा हुन्थ्यो ।

त्यही बेला सम्झियो मिसेल फुकोले भनेको, 'शक्ति भनेको एउटाको हातमा मात्र बसिरहँदैन । जसले यसको कसरत गर्न सक्यो, उसैको हातमा पुग्छ ।'

'एक दिन म पनि यिनीहरूभन्दा शक्तिशाली भएर निस्कनेछु,' मनमनै सोच्यो दीपकले, 'दिन मेरा पनि आउनेछन्, मेरो लक्ष्य पूरा हुनेछ । म किन हीनताबोध गरूँ ?' त्यसपछि दीपकले पोछा लगाउन थाल्यो ।

अलिक गम्भीर भएर पोछा लगाइरहेको देखेर विकासले सोध्यो, 'कस्तो लागिरहेको छ त दीपक ? घरको याद त आएको छैन नि ?'

'म मेरो देशमा शिक्षक थिएँ विकास । यहाँ झाडु लगाउने भएँ भनेर सोचेको नि !' भन्दिउँझैं जस्तो भयो दीपकलाई । तर भनेन । यत्ति भन्यो, 'घरको याद त आइहाल्छ नि विकास ।'

'यू विल बी ओके, डन्ट वरी,' विकासले भन्यो, 'म अमेरिका आएको दस वर्ष भयो । मैले पनि सुरुका दिनमा धेरै मिस गरेँ आफ्नो जन्मदेश, घर । म बङ्लादेशमा औषधी बेच्थेँ । तर यहाँ मेरो काम भाँडा माझ्नेबाटै सुरु भयो । बाहिरबाट आएका मानिसहरू दुःख गर्न मन पराउँछन् यहाँ । यहाँ कुनै पनि काम सानोठूलो हुँदैन । यहाँ त प्रोफेसरले पनि यस्तो काम गर्न पछि पर्दैनन् ।'

विकास फेरि पिठो मुछ्न लाग्यो । विभिन्न बेगल बनाउन पिठो तयार गर्नुपर्‍यो ।

दीपक टुसुक्क त्यही कुर्चीमा बस्यो र ढाड सोझ्यायो। अनि फेरि उठेर पोछा लगाउन थाल्यो। अरू ग्राहकहरू आउनेजाने भइरहेको थियो। कतिपय त्यहीँ बसेर खाँदै थिए। विकासले दीपकको मनको कुरा बुझेझैँ फेरि भन्न थाल्यो, 'म अमेरिका आउँदा सुरुका दिनमा धेरै रोएँ। धेरैचोटि रोएँ। अब आफ्नै देश फर्किन्छु भन्ने सोचेँ। तर फेरि सम्झेँ, म बिस्तारै ठीक हुनेछु र मेरो अमेरिकी सपना पूरा गर्नेछु। म टुसुक्क समेत नबसी दिनको तेह्र घण्टा काम गर्न थालेँ। मैले गह्रौँ भारी उचाल्ने र राख्ने गर्नुपर्थ्यो। डेलिभरीका सामानहरू, टेबल साफ गर्ने, भाँडा माझ्ने खाले काम सबथोक गर्नुपर्थ्यो।'

तावामा बेकन फ्राई भइरहेको थियो। मार्गरिता ग्राहक लिन गई। विकास तावामा बेकनलाई निकालेर छेउमा राख्दै फेरि भन्यो, 'अहिले मेरो अमेरिकामै घर छ। लेक्सस कार छ। मेरो जीवनशैली पूरै फरक छ। काम गर्नुपर्छ भाइ।' अनि फेरि पिठो मुछ्नतिर लाग्यो। दीपक कम्मरमा हात लगाएर उभिँदै फेरि पुछ्दै गयो। 'कतै यसले मलाई चाँडो काम गर त भनिरहेको छैन ?' दीपकले सम्झियो। तर केही हदसम्म विकासका कुराले दीपकलाई आत्मबल दियो। विकासले घरीघरी हिन्दीमा बोल्ने हुँदा मार्गरिता र डेनियल खासै बुझ्दैनथे।

'सुरुसुरुका दिन अनेक कुरा खेल्छन् मनमा,' विकासले बोलिरह्यो, 'तर केही समय अभ्यस्त नभइन्जेल हो।' त्यही बीचमा फेरि अर्को ग्राहक आयो। मार्गरिता र डेनियल पछाडि थिए।

'जानोस्, ग्राहक लिनोस्,' विकासले दीपकलाई अह्रायो। पोछा त्यही छेउमै छाडेर दीपक रजिस्टरनेर गयो। सिनकमा हात धोयो। प्लास्टिकको पन्जा हातमा लगायो र ग्राहकतिर हेर्दै भन्यो, 'हाऊ क्यान आई हेल्प यू सर ?'

'यास। आई उड लाइक टू ह्याभ अ पम्पकिन बेगल टोस्टेड।'

'स्योर सर' भन्दै दीपकले त्यो बेगल निकाल्यो, टोस्ट गऱ्यो र भन्यो, 'एनिथिङ अदर ?'

'एन्ड चिज बेकन प्लीज।'

'ओके सर,' दीपकले भन्यो, 'फर हियर अर टू गो ?'

'फर हियर।'

दीपकले त्यसरी नै बेगल काट्यो, त्यसरी नै राख्यो, जसरी उसले देखेको थियो वा सिकेको थियो। ग्राहकले त्यो लियो र त्यही खाने ठाउँमा कुर्सीमा बसेर र्‍यापर खोल्यो। तुरुन्तै दीपक भएकै रजिस्टरमा फर्किहाल्यो।

'कस्तो बेगल दिएको मलाई ?' त्यो ग्राहकले झोक्किँदै भन्यो, 'के यो टोस्ट गरेको हो ?'

'हो सर। मैले टोस्ट गरेको छु,' नरम भएर डराउँदै दीपकले भन्यो।

'यो टोस्ट गराइ मलाई मन परेन।'

यो सबै विकासले हेरिरहेको थियो ।

'के म सरलाई अर्को बनाइदिन सक्छु ?' विकास रजिस्टर भएतिर आयो र विनम्रतापूर्वक भन्यो ।

'हुन्छ,' त्यो ग्राहकले भन्यो ।

विकास आफैँले दीपकलाई पछि हट्न भनेर त्यो बेगल बनाइदियो र ग्राहकलाई दियो । 'धन्यवाद' भन्दै ग्राहक त्यहीँ बसेर बेगल खान थाल्यो ।

विकासले दीपकतिर फर्केर भन्यो, 'दीपक, हामीले हरेक ग्राहकलाई खुसी बनाउनुपर्छ । यो नै हो, अमेरिकामा ग्राहकलाई दिने सेवा । उनीहरू हाम्रा भगवान् हुन् । यिनीहरू रिसाए भने हाम्रो जहाज डुब्छ । हामीलाई घाटा हुन्छ । ग्राहक सेवा धेरै महत्त्वपूर्ण छ यहाँ । ग्राहकको प्रायः कहिल्यै गल्ती हुँदैन । गल्ती नै भए पनि उनीहरू जहिल्यै सही हुन्छन् भन्ने ठानिन्छ ।'

विकासले त्यति लामो व्याख्यान छाँटे पनि दीपकले मुन्टो मात्रै हल्लाइरहयो । त्यहाँ दुई घण्टा काम गरिसकेपछि विकासले दीपकलाई मलभित्रको सकुलेन्ट स्यान्डबिचमा काम गर्न पठायो । 'म आधा घण्टामा आउँछु,' विकासले भन्यो । हिँडेर पन्ध्र मिनेटमा आइपुग्ने ठाउँ थियो त्यो मल । असिनपसिन हुँदै दीपक सकुलेन्ट स्यान्डबिच पुग्यो । तिनै ट्राफिक लाइटहरू पार गर्दै । जहाँ नेपालको जस्तो ठेसमठेस गर्दै सवारी साधनको बीचबीचबाट बाटो काट्नु पर्दैनथ्यो । एउटा बटन थिचेपछि केहीछिनमै हरियो लाइट बल्थ्यो बाटो काट्नलाई । अनि त्यो नियमको पालन सबैले गर्थे । फेरि बाटो काट्ने मानिस छ भने सवारी साधन आफैँ रोकिन्थे र पहिला बाटो काट्नेलाई जान दिन्थे ।

सकुलेन्ट स्यान्डबिच पुग्दा रीता ग्राहक लिइरहेकी थिई । दीपकलाई देखेर रीता फिस्स हाँसी र ग्राहक लिँदै बीचबीचमा सोधी ।

'के छ त भाइ खबर ?'

'आज पनि यिनको गफ सुरु हुनेभो,' दीपकले मनमनै सोच्यो ।

'ठीक छ दिदी अनि तपाईंको ?'

'त्यही हिजोको जस्तो त हो नि भाइ !'

हुन पनि उसको प्रायः दिन त्यही स्यान्डबिच बनाउनमै बित्थ्यो । उही तरिका, तिनै ग्राहक, त्यही सम्बोधन, तिनै निराशजनक वाक्य । तर पैसाले बाहिरी खुसी दिएको थियो उसलाई ।

'कस्तो लागिरहेको छ त अमेरिका भाइ ?'

'खोइ दिदी ! ठीकै छ,' दीपकले भन्यो । उसको सपना र महत्त्वाकाङ्क्षा थियो । तर थकान, पढाइ र कामको चापले त्यस्तो उत्साह र उमङ्ग थिएन । लामो समयको उभ्याइ, कलेजको काम र अनेक तनावले उसका नसाहरू शिथिल भएका

थिए। उसलाई कताकता जीवनदेखि हीनताबोध पनि भएको थियो। उसले त्यस्तो काम नेपालमा कहिल्यै गरेको थिएन। गर्नु परेको पनि थिएन। उसका लागि यो नै जिन्दगीको सबैभन्दा ठूलो सङ्घर्ष थियो। दीपकलाई पीडादायी लागेको थियो अमेरिकामा आफ्नो सङ्घर्ष। उसले सहज रूपमा ग्रहण गर्न सकिरहेको थिएन।

'अनि बेगल स्टोरमा केही खायौ त भाइ ?'

'छैन दिदी। अघि अपार्टमेन्टमै केही खाएर आएको थिएँ।'

'भोक लागेको होला नि त। केही खाऊ, म बनाइदिन्छु।'

रीताको कुरा सुनेर उसले सम्झियो- आफ्नो देशको मान्छे साथमा हुनु भनेको एकअर्काको ख्याल हुनु रहेछ।

'हुन्छ नि त दिदी। बनाइदिनूस्। खासै मन त पर्दैन मलाई स्यान्डबिच।'

'बानी नपरेर हो भाइ!' हातमा बेकन समाउँदै रीताले भनी, 'बेकन हाल्दिऊँ ?'

दीपकले बाबुले भनेको सम्झियो, 'बाहुनको छोराले कुखुराको मासु खान हुँदैन।' बेकन सुँगुरको मासुबाट बन्छ भन्ने थाहा थियो दीपकलाई। तर पनि ऊ कुखुराको मासु भने खान्थ्यो। 'होइन, खान्नँ दिदी!' दीपकले तर्सिएझैँ गरी भन्यो।

रीताले चिकेनको मासु हालेर स्यान्डबिच बनाइदिई र भनी, 'लु पहिला मज्जाले खाऊ अनि मात्र काम गर्न सकिन्छ।' दीपकले धन्यवाद भन्दै खान थाल्यो। उसलाई हिजोको भन्दा आज मन पर्‍यो। बिस्तारै बिस्तारै सबै सकायो। आखिर मानिससँगको सम्बन्ध पनि यस्तै त होला। मन नपर्ने मान्छेलाई पनि आफ्नो सम्झिएर नजिकको व्यवहार गर्ने हो भने त्यो मान्छे पनि मीठो र राम्रो हुँदै जान्छ। दीपकले सम्झियो।

रीताले दीपकलाई विभिन्न अरू स्यान्डबिच बनाउँदा हाल्ने चिजहरू चिनाइदिई। विभिन्न नामका रोटीहरू जस्तोः इटालियन हर्ब एन्ड चिज, मोन्ट्रे च्याडर, पर्माजिन, ओरेगानो र नाइनग्रेन ब्रेड। त्यसै गरी अरू सस पनि चिनाइदिई। म्यानेज, हनी मस्टार्ड, स्वीट अनियन, र्‍यान्च। त्यसैगरी स्यान्डबिच कसरी बेर्ने भनेर पनि सिकाइदिई।

केहीबेरमा विकास पनि आइपुग्यो। 'अब म आइपुगेँ। तपाईं घर जानोस्,' विकासले भन्यो। दीपकले बढारिरहेको थियो। पुलुक्क हेर्‍यो विकासलाई र भन्यो, 'यदि मिल्छ भने म भोलि काममा आउँदिनँ नि है। भोलि मेरो क्लास पनि छ। फेरि धेरै गृहकार्य गर्नुछ। सोमबार र शुक्रबार मलाई अलिक ग्राहो हुन्छ।'

'ठीक छ,' विकासले भन्यो, 'तर निरन्तर नआए काम चाँडो सिक्न र गर्न ढिला हुन्छ नि।'

'हवस्' भन्दै दीपक बाहिर निस्कन के आँटेको थियो, विकासले बोलाइहाल्यो 'भाइ थोडा रुको, मे भी उदर जाने का काम है। ड्रप करदुङ्गा।'

दीपकलाई के खोज्छस् कानो आँखो भनेझैँ भयो। त्यत्रो बाटो हिँडेर जानुपर्ने ठाउँमा विकासले लगिदिन्छु भनेपछि नाइँ भन्ने कुरै भएन। तर दीपकले झन्डै एक घण्टा जति पर्खियो विकासलाई। बीचमा धेरै ग्राहकहरू आए र रीतालाई सघाउनुपर्ने

भयो ।

बाटामा जाँदा विकासले दीपकसँग कुरा गर्‍यो ।

'मेरो एउटा पाँच वर्षको छोरा छ । मलाई हुर्काउन मन छैन अमेरिकामा । मलाई यहाँको संस्कृति नै मन पर्दैन,' विकासले भन्यो, 'म चाहन्छु, उसले आफ्नो संस्कृति सिकोस् ।'

विकासले कारको एसी घटाउँदै बोल्यो, 'अब मलाई लाग्छ, पाँच-छ वर्षभित्रमा आफ्नै घर जान्छु र बाँकी जिन्दगी त्यतै बिताउँछु ।'

'मेरो पनि चाहना त्यही हो विकास, पढाइ सकेर आफ्नै देश फर्कने । जति नै सपनाको देशको खोजीमा, सपना बनाउने होडमा अमेरिकामा होमिए पनि कोही खुसी रहेनछन्,' दीपकले मनमनै अनुमान लगायो, 'वास्तविक खुसी त अमेरिकी सपनाबाट भाग्नु पो रहेछ ।' गफ गर्दागर्दै उनीहरू दीपकको अपार्टमेन्ट पुगे । विकास दीपकलाई छाडेर हिँडिहाल्यो ।

थाकेर लोथ भएको दीपक झोला फ्यात्त भुइँमा फालेर एकछिन सोफामा टुसुक्क बस्यो र केही कपडा बोकेर बाथरूमभित्र छिर्‍यो । फर्केर फेरि सोफामै आयो र पल्टियो । नेपालको सम्झना उसको आँखाभरि छायो ।

'काम सानोठूलो नभनी गर्ने हो भने आफ्नै देश सपनाको देश हुन बेर लाग्दैनथ्यो,' मनमनै सोचिरह्यो दीपकले । झमक्क साँझ परिसकेको थियो । अलिक अबेर खाएको स्यान्डबिचले उसको भोक मेटाएको थियो । साँझको खाना पकाउनतिर ऊ लागेन । सोफामै ढल्कियो । त्यतिकैमा दीपक निदायो ।

मलिसा र कलेज

दीपकलाई आज काममा जानु थिएन। गृहकार्य धेरै र कलेज पनि जानुपर्ने भएकाले दीपकले कामबाट बिदा लिएको थियो। सधैँजसो बिहान उठेर उसले ब्रेकफास्ट बनायो, खायो र पढ्न बस्यो। 'आज त मलिसासँग भेट हुन्छ,' दीपकले मनमनै रोमान्चित भयो, 'मलिसालाई भेटेर कलेजमै गृहकार्य गरौँ कि !'

पुस्तकालयबाट निकालेका केही पुस्तकहरू सोफाको तल छरपष्ट थिए। भनिसा र लुकास ओछ्यानमै थिए सायद। उनीहरू प्रायः आठ/नौ बजेतिर उठ्थे।

दीपकले मलिसालाई फोन गर्न चाह्यो। फोनको नजिकै गयो। रिसिभर उठायो। डायल गर्न खोज्यो। फेरि सोच्यो, 'होस्, अहिले एकछिनमा गर्छु। यति बिहानै किन गर्नु ?' यो दीपकको मलिसालाई गरेको नितान्त पहिलो फोन हुने थियो। गर्न मन थियो तर आँट आइरहेको थिएन।

'मैले फोन गरेँ भने मलिसा पक्कै खुसी हुनेछे,' दीपकले सोच्यो। डायरी हेर्दै नम्बर डायल गऱ्यो तर फोन उठेन। 'सायद ऊ सुतिरहेकी छ,' उसले सोच्यो, 'अलिक पछि फोन गर्नुपर्ला।' त्यसपछि दीपक पढ्न थाल्यो त्यही कुर्सीमा पल्टिएर।

करिबन एक घण्टापछि फोनको घण्टी बज्यो। नजिकै लुकास उठेर ब्रेकफास्ट खाँदै बसिरहेको थियो। उसैले उठायो।

'हेल्लो !' लुकासले भन्यो। त्यसपछि दीपकतिर हेर्दै भन्यो, 'ए दीपक ! तपाईंले बिहान कसैलाई फोन गर्नुभएको थियो यहाँबाट ?'

'यास' भन्दै लुकासले समाएको रिसिभर समाउन पुग्यो र भन्यो, 'मलिसा हो ?'

'हो।'

'म दीपक।'

'ओ दीपक ! हाऊ आर यू ?' मलिसाले खुसी हुँदै भनी, 'आई एम सरी। आई मिस्ड योर कल।'

'नो ओरिज। आई एम फाइन। सम्झना आयो नि त।'

'अनि काम थिएन आज ?' मलिसाले सोधी।

'बिदा लिएको नि तिमीलाई भेट्न,' दीपकले एक पाइला अगाडि बढेर भन्दिहाल्यो। गोरा केटीहरू बोलीमा सहजै विश्वास गर्ने र जे बोलेको हो, त्यो मनबाट आएको हो भन्ठान्ने भएकाले होला। मलिसाले पत्याइहाली।

'ओ नो। किन काम नै छोडेको त ? आज भेट भइहाल्थ्यो नि।'

कलेजमा धेरै नजिक हुन थालेका थिए दीपक र मलिसा।

'त्यो एकछिनको भेटभन्दा आज बिहानबाट भेटौं अनि सँगै बसेर पढौं भनेर नि,' दीपकले थप्यो।

'द्याट इज भेरी नाइस अफ यू,' मलिसाले लजाएजस्तो आवाजमा भनी, 'के म लिन आऊँ त तिम्रो अपार्टमेन्ट अगाडि ? सँगै कलेज जाउँला। आज बाहिरै खाना खाउँला।'

दीपकलाई मलिसाको प्रस्ताव मन पर्‍यो। 'हवस्,' उसले भन्यो।

'उसो भए म एक घण्टाभित्रमा आउँछु है,' मलिसाले भनी।

'ओके' भन्दै दीपकले फोन राखिदियो। लुकास फोनमा भएको गफगाफ कान थापेर सुनिरहेको थियो।

'गर्लफ्रेन्ड हो ?' लुकासले दीपकलाई सोध्यो।

दीपक फिस्स हाँस्यो र भन्यो, 'नो। जस्ट फ्रेन्ड।'

'गुडलक ब्रो !' उसले फेरि भन्यो। दीपक केही बोलेन। लगेजबाट एक जोडी सर्टपेन्ट निकाल्यो। बाथरूममा गएर लगायो। अलिअलि खुम्चिएको रहेछ। थोरै पानी लगाएर मिलायो। आफूलाई ऐनामा हेर्‍यो। 'के मलिसाले मलाई राम्रो देख्ली त आज ?' मनमनै सोच्यो।

उसको दुब्लो, पातलो ज्यानमा त्यो लुगा खासै सुहाएको थिएन। उसलाई राम्रो देखिनुसँग खासै मतलब पनि थिएन। तर मलिसासँगको सम्बन्धको कारणले होला, आफ्नो सुन्दरतामा निकै ध्यान दियो दीपकले। प्रेममा यस्तै हुँदो रहेछ क्यारे। ऊ तयार भयो र केहीबेर पर्खियो मलिसालाई। केही किताब झोलामा हाल्यो।

केहीछिनमै दीपकलाई सङ्केत दिँदै मलिसाको कारको हर्न बज्यो। दीपक झोला बोकेर हात हल्लाउँदै मुस्कानसहित मलिसा भएतिर आयो।

'हाई !' दीपकले कारको ढोका खोल्दै मलिसालाई भन्यो। मलिसाले अगाडिको सिट मिलाइदिँदै, टकटकाउँदै भनी, 'हाई !' मलिसा आज झन् राम्री देखिएकी थिई। रातो गाढा लिपिस्टिक, त्यसैगरी पछाडि लगेर बाँधेको कपाल, कलेजी रङ्गको बुट्टे

टप, तल फ्रक जस्तो स्कर्ट, पातलो ज्यान। 'आहा कति राम्री!' दीपकले मनमनै भन्यो र उसलाई सुनायो, 'यू लुक सो ब्यूटिफुल टुडे।'

'थ्याङ्क यू। यू लुक सो ह्यान्डसम टू,' त्यही बेला मलिसाले पनि भनिगई।

उनीहरू हुँइकिए कलेजतिर। कार पार्क गरे। पुस्तकालय पुगे चौथो तलामा। हरेक तलामा मिलाएर राखिएका थिए लहरै विभिन्न पुस्तकहरू। केही विद्यार्थीहरू पुस्तक खोजिरहेका थिए, कोही त्यही पुस्तकालयका बीचको करिडोरमा बसेर पढिरहेका थिए। ठाउँठाउँमा विद्यार्थीका लागि पढ्न भनेर कुर्सी र टेबल राखिएका थिए। ल्यापटप अगाडि राखेर शान्तसँग पढिरहेका थिए। त्यहाँ पढ्न भनेर छुट्ट्याइएका कोठाहरू पनि थिए। हेर्दा विशाल लाग्ने त्यो पुस्तकालय त्यत्तिकै सजिसजाउ थियो। विभिन्न पेन्टिङका साथै विद्वानूहरूका प्रेरक भनाइ लेखेर भित्तामा झुन्ड्याइएको थियो।

अल्बर्ट आइन्स्टाइनको चित्रसहितको भनाइ थियो, 'एउटा ठाउँ त्यहाँ तपाईं जानैपर्छ, त्यो हो पुस्तकालय भएको ठाउँ।' त्यही बीचमा एउटा छुट्टै कोठामा छिरे मलिसा र दीपक। त्यहाँ एउटा टेबल र दुइटा कुर्सी थियो। दुवै आमने-सामने बसे।

'के हामी पढ्ने हो ?' मलिसाले भनी, 'आजको गृहकार्य गरिसक्यौ तिमीले ?'

'छैन। अब गर्ने भनेको अनि तिमीले ?'

'मैले पनि छैन।'

'उसो भए त्यो गरिसकेर खाना खाउँला हुन्न ?'

'स्योर।'

झोलाबाट निकालेर ल्यापटप खोली मलिसाले। काम गर्न थाली। दीपकले पनि भनिसाले दिएको ल्यापटपमा काम गर्न थाल्यो। आमनेसामने भएर पढ्दा मलिसा र दीपकको खुट्टाको औँलाले एकअर्कालाई छुन्थ्यो। मलिसा झसङ्ग हुँदै, मुसुक्क हाँस्दै लेखपढ गरिरही।

'भोक लाग्यो तिमीलाई ?' दीपकले सोध्यो।

'अलिअलि।'

'उसो भए हिँड न त क्याफ्टेरिया गएर केही खाऊँ अनि फेरि आएर पढौँला,' मलिसाले भनी। 'साउन्ड गुड,' दीपकले भन्यो।

दुवैले ल्यापटप बन्द गरे र झोलामा हालेर क्याफ्टेरियातिर लागे। त्यो पुस्तकालयको विपरीत भागमा थियो। त्यो त्यही क्याफ्टेरिया थियो जहाँ दीपक लुकाससँग अमेरिका आएको भोलिपल्टै पुगेको थियो। उनीहरू त्यहाँ एउटा टेबलमा गएर बसे।

मलिसाले मेनु चियाउँदै भनी, 'के खाने ? पिज्जा!'

पिज्जा दीपकको रोज्जा थिएन। तर उसले भन्दियो, 'ओके।'

मलिसाले पिज्जा अर्डर गरी। केहीबेरमै पिज्जा आयो हरर बास्नासहित। भित्रैबाट मन पराई मलिसाले र भनी, 'आई लभ पिज्जा।'

'मी टू,' दीपकले त्यसै भन्दियो। उसले मलिसालाई खुसी पार्नु जो थियो। एउटै प्लेटमा आएको ठूलो पिज्जालाई दीपक र भनिसा एउटै ठाउँबाट टुक्राहरू चुँडाउँदै खान लागे। तर त्यो ठाउँमा मलिसा थिई र उसलाई पिज्जा मन परेको थिएन भने ऊ सीधै भन्दिन सक्थी। उसलाई पिज्जा खासै मन पर्दैन, त्यो इमानदारी हुन्थ्यो। त्यो इमानदार भएर प्रस्तुत भएको उसलाई मन पनि पथ्र्यो। मलिसाले ठानी- दीपकले इमान्दार भएर पिज्जा मन पर्छ भनेको हो।

दीपकले पनि एक टुक्रा मुखमा हाल्यो। अचम्मको कुरा! दीपकले त्यो पिज्जा मन परायो। प्रेममा जस्तो चिज पनि मन पर्दो रहेछ क्यार। मलिसासँगै त्यो पिज्जा खाँदा दीपकलाई दाल, भात, तरकारी खाए जत्तिकै आनन्द आयो।

'घर कतिको मिस भइरहेको छ?' खाने क्रममा मलिसाले सोधी।

'हुन्छ नि धेरै हुन्छ,' दीपकले भन्यो, 'तर तिमी मेरो साथी हुन थालेदेखि त्यति धेरै भएको छैन।'

दीपकबाट यी शब्द सुनेपछि मलिसा झन् सम्मोहित भई। अमेरिकन केटीका लागि तनभन्दा पनि मन असल हुनुपर्ने रहेछ। त्यसैले दीपक आफूलाई सकेसम्म मनको राम्रो देखाउन चाहन्थ्यो। ऊ बिस्तारै मलिसाको मोहपासमा पर्दै थियो।

दीपकले पिज्जाको पैसा तिर्न खोज्यो। मलिसाले पटक्कै मानिन। उसले भनी, 'अहिले म तिर्छु, पछि तिमी तिर्नू है।' त्यसपछि उनीहरू पुस्तकालयमै फर्किए। आ-आफ्नो ल्यापटपमा लेखपढ गरे। त्यसपछि दीपकले आफूले लेखेको मलिसालाई देखायो। मलिसाले दीपकको अङ्ग्रेजी व्याकरण हेरी। अलिअलि बिग्रेको ठाउँमा मिलाइदिई।

'यू आर सो नाइस मलिसा!' दीपकले भन्यो।

'यू टू,' मलिसाले भनी, 'मे आई आस्क यू अ कोइसन प्लीज।'

'स्योर।'

'डू यू ह्याभ अ गर्लफ्रेन्ड?' मलिसाले सोधी धेरै गफ र भेटपछि।

दीपकले पनि त्यसलाई राम्रो अवसर ठान्यो। उसको प्रश्न भुइँमा खस्न नपाउँदै भन्यो, 'नो, एन्ड योर्स?'

'अहँ! मेरो पनि छैन,' मलिसाले ठट्टालु भावमा भनी, 'ब्वायफ्रेन्ड नहुँदा जिस्काइरहने क्या केटाहरूले पनि।' उनीहरूले एकअर्कालाई हेरे, लजाएझैँ गरे। भित्रभित्रै रोमान्चित भए। क्लास सुरु हुने बेला भइसकेको थियो।

'के कफी लिएर जाने हो क्लास?' मलिसाले भनी।

'हुन्छ नि।'

त्यसपछि दुवैजना झोला बोकेर त्यही क्याफ्टेरियातिर गए। मलिसाले पैसा दिन पर्स निकाली।

'नो । दिस टाइम आई विल पे,' दीपकले मलिसालाई रोक्दै वालेटबाट पैसा निकालेर दियो । 'थ्याङ्क यू,' मलिसाले भनी । दुवैजना हातमा स्टारबक्स कफी बोकेर क्लासतिर लागे । प्रायः विद्यार्थी कक्षाभित्र छिरिसकेका थिए । उनीहरूले मलिसा र दीपक सँगसँगै हिँड्न थालेको देख्न थालेका थिए । तर नेपालमा जस्तो कसैलाई कसैको निजी जीवनको कुनै वास्ता हुन्नथ्यो ।

क्लास सकाएर सधैंझैं मलिसाले दीपकलाई अपार्टमेन्ट छोडी । त्यही न्यानो अँगालोमा बिदा गरी । मलिसाको केश र शरीरबाट मगमगाइरहेको वासना महसुस गर्दै दीपक अपार्टमेन्टमा छिऱ्यो । दीपक र मलिसा धेरै नजिक भइसकेका थिए । तर 'आई लभ यू' साटासाट भइसकेको थिएन । प्रेमको एउटा गहिराइमा नपुगुन्जेल 'आई लभ यू' साटासाट हुँदो रहेनछ क्यार । तर नेपालमा त सुरुकै भेटमा कसैले 'आई लभ यू' पनि भनिदिन सक्थ्यो ।

जन्मदिन

दीपकले घडी हेऱ्यो । बिहानको ६ बजेर तीस मिनेट गएको थियो । बाहिर हेऱ्यो । बादल हटेर सफा नीलो आकाश देखियो । रूखका हाँगामा कागहरू कराउँदै थिए ।

'यति बिहानै किन कराए कागहरू ?' मनमनै प्रश्न गऱ्यो दीपकले, 'कतै नेपालतिरको खबर त लिएर आएका होइनन् ? आमाबुबालाई त सन्चै छ ?'

'ए काग ! के सन्देश लिएर आइस् ? भन् त,' दीपकले एकोहोरो 'काँ ! काँ !!' कराइरहेको कागतिर हेर्दै भन्यो । कागहरू निरन्तर कराइरहे ।

दीपकको मन डरायो । त्यसपछि फोन लगाउन खोज्यो । बीचमै लाइन काटिइरह्यो । घण्टी नै गएन । नेपालमा नेटवर्कको समस्या भइरहन्थ्यो । त्यो दीपकलाई थाहा थियो । तर जति नै कोसिस गरे पनि घण्टी नगएपछि दीपकले वाक्क भएर फोन राखिदियो ।

'फक,' रिसको झोकमा उसले भन्यो । आज पहिलोचोटि 'फक' शब्द प्रयोग गरेको थियो । सायद उसलाई अमेरिकी हावापानीले बिस्तारै छुँदै थियो ।

अब काममा जाने बेला भइसकेको थियो । भान्सामा गएर ब्रेडमा पिनट वटरको जाम दलेर ब्रेकफास्ट खायो र झोला बोकेर लाग्यो बेगल रेस्टुरेन्टतिर । असिनपसिन हुँदै पुग्यो त्यहाँ । बिहान प्रायः व्यस्त हुन्थ्यो बेगल रेस्टुरेन्ट । ग्राहकहरूको लामो लाइन थियो । कोही त्यही बसेर खाँदै थिए । विकास रेस्टुरेन्टमा काम गर्दै थियो । डेनियल भाँडा माझ्दै थियो । मार्गारिता बेकन फ्राई गर्दै थिई ।

'गुड मर्निङ विकास !' दीपकले झोला राख्दै भन्यो ।

'मर्निङ प्लीज । गो टेक द कस्टुमर,' विकासले एकै सासमा भन्यो ।

'अलराइट' भन्दै दीपकले हातमा प्लास्टिकको पन्जा लगायो।

'वेलकम टू सन्नी बेगल भनेर ग्राहकलाई भन्न नबिर्सनू नि,' विकासले भन्यो।

'अलराइट' भन्दै दीपक आर्मीको बटालियनमा झैँ खडा भयो र थाल्यो ग्राहक लिन।

केहीछिनमा ग्राहकको चाप अलिक घट्यो। 'अब त भाइले काम चाँडो-चाँडो गर्न सिक्नुपर्छ। अब तपाईंलाई काम सिकाएर बस्ने फुर्सद कसैलाई हुँदैन है,' विकास एक्कासि दीपकसँग रिसाएझैँ गर्‍यो। काम चाँडो गर्न नसकेजस्तो ठान्यो सायद विकासले। त्यति मिजासिलो विकास एक्कासि रूखो भएको सुन्दा दीपकलाई नरमाइलो लाग्यो। उसका आँखीभौँ र निधार खुम्चिए। ऊ चुपचाप कुचो लिएर बढार्नेतिर लाग्यो।

'मेरो कुरा सुनेको हो तपाईंले ?' विकासले फेरि भन्यो।

'त्यस्तो नरम मिजासको मान्छे आज किन मसँग झर्कोफर्को गरिरहेको छ ?' दीपकले मनमनै सोच्यो।

'सुनेँ विकास,' दीपकले भन्यो र एकोहोरो बढारिरह्यो।

'ऊ अर्को ग्राहक आइसक्यो। जानोस् गएर लिनूस्। एकोहोरो बढारिरहने मात्र होइन, कस्टुमर आयो, आएन, सबै हेक्का राख्नुपर्छ। सबैतिर आँखा डुलाउनु पर्छ।'

अनायासै विकासको असन्तुष्टि देखेर दीपकले सोच्यो, 'के भयो आज विकासलाई ? मैले त सकेको काम गरिरहेकै छु।' दीपकले ग्राहक लिइसकेपछि विकास फेरि नजिकै आयो र भन्यो, 'यस्तो मूला काम गर्न दुई दिनमै फटटट जानिसक्नुपर्ने हो। तर तपाईंको काम गराइ खासै गतिलो लागेन मलाई। तपाईंले चाँडो काम गर्नुपर्छ। यो त साह्रै लोसे पारा भयो।'

दीपकलाई पनि केही त बोल्नुपर्छ भन्ने लाग्यो र भन्यो, 'मैले सकेको निरन्तर गरिरहेकै छु विकास। सिक्ने प्रयास पनि गरिरहेकै छु।' यति बोलिसक्दा दीपकलाई आफ्नै हातखुट्टा लगलग काँपेर आएजस्तै भयो। कतै विकासले कामबाट निकालिदिने पो हो कि भन्ने शङ्का पनि मनमा लाग्यो। उसले बुझ्न सकेन- विकास एकाएक किन रूखो भइरहेको छ ?

'जानोस्, कुलरमा गएर टर्कीको मासु लिएर आउनोस्,' विकासले दीपकलाई अह्रायो। विकास मार्गरिता र डेनियलसँग भने खुसी देखिन्थ्यो। 'हवस्' भन्दै दीपक कुलरतिर गयो। तर जति खोजे पनि उसले टर्कीको मासु फेला पार्न सकेन। अझै खोजिरह्यो। कुलरभित्र एकदमै चिसो थियो। शून्य डिग्री सेन्टिग्रेड थियो तापक्रम। आफूले आफैँलाई कसिलो गरी बाँध्यो र त्यहाँ भित्रको चिसोसँग युद्ध गर्दै टर्कीको मासु खोजिरह्यो। अन्तिममा केही सीप नचलेपछि काँप्दै कुलरबाहिर निस्कियो खाली हात। विकासले देखिइहाल्यो।

'खोइ देखिनँ विकास ।'

'के रे ?' विकासले अभैं रूखो भएर प्रश्न गऱ्यो । विकासका निधारमा दुर्वासाको जस्तो रिसका नसा देखिए । ख्वाक्क ख्वाक्क गर्दै खोक्यो । डराउँदै फेरि दीपकले भन्यो, 'सबैतिर खोजें तर कहीँ देखिनँ ।' विकास रिसले मुर्मुरियो । विकासले हातमा लगाइरहेका प्लास्टिकका पन्जा च्यातिने गरी तान्यो र त्यतै डस्टबिनमा हुऱ्याइदियो । मानौँ उसले दीपकलाई एक चड्कन लगाउन खोजिरहेको छ ।

'यत्रो बेर के हेरेर बस्नुभएको थियो त त्यहाँ ? त्यति पनि कहाँ राखेको छ, देख्न सकिनस् होइन त ?' विकासले मुख छोड्यो, 'यो काम गराइबाट म कत्ति पनि खुसी छैन ।' त्यसपछि अलि शान्त भावमा भन्यो, 'मसँगै आउनोस्, म देखाइदिन्छु कहाँ छ भनेर ।' दीपकले लुरुलुरु उसलाई पछ्यायो । सीधै गएर एउटा कुनाको डब्बा देखायो । दीपकले त्यो पहिलोचोटि देखेको थियो ।

'यी यही हो टर्कीको मासु,' विकासले भन्यो 'आँखाले राम्ररी हेर्नुपऱ्यो नि ।'

दीपकलाई बेवास्ता गरेभैं गरी टर्कीको मासु बोकेर कुलरबाहिर आयो । उसले बाँकी रहेको मासु लिएर आउन अह्रायो पनि ।

दीपकको मुन्टो लाजले निहुरियो । सोच्यो, त्यही रहेछ कस्तो नदेखेको ! विकास रिसाउनु स्वाभाविक लाग्यो दीपकलाई । थाहै नपाईकन उसका आँखामा आँसु छचल्किए । यति सानो काम पनि गर्न सकिनँ भनेर हीनताबोध भयो । उसको टाउको फनफनी घुमेजस्तै भयो । 'कसलाई भनौँ मेरो मनको डर ? को छ र यहाँ सुन्ने ?' दीपकले मनमनै भन्यो ।

बाँकी रहेको टर्कीको मासु हातमा बोकेर चिसोले काँप्दै दीपक कुलरबाहिर आयो । त्यसपछि शौचालय छिऱ्यो । त्यो नै एउटा बन्द कोठा थियो । बाथरूम जानु छ भनेर छिऱ्यो र पाँच मिनेट जति त्यहीँ आराम गऱ्यो । तर आज भने फरक थियो बाथरूमको प्रयोग । उसले ढोका लगायो र धरधरी रोयो । रोएपछिको आनन्द उसलाई थाहा थियो । फेरि एकचोटि अरस्तुले भनेजस्तो बोध भयो, 'दुःखान्त नाटकले दर्शकमा पीर र त्रास ल्याउँछ र त्यसको अन्त्य आँसुसँगै हुन्छ ।' उसलाई केही राहत मिल्यो । उसले आफैँलाई हेऱ्यो । केही सुन्निएका आँखा, कलेटी परेका ओठ । अनौठो लाग्यो उसलाई आफ्नै अनुहार ।

फेरि सम्भिम्यो- काम नगरौ अमेरिकी सपनाको कुरा छ । ट्यूसन फी कसले तिरिदिने ? बुल्कियोले भनेको सम्भिम्यो । इन्टरनेसनल स्टूडेन्ट अफिस, लाइब्रेरी र अन्य ठाउँमा काम खोज्दा नभेटेको दुःख सम्भिम्यो । कम्तीमा विकासले काम दिएको छ र उसलाई पढाइ सकाउनु छ ।

'मेरो सुनौलो भविष्य यही कामबाट मात्र हात लाग्न सक्नेछ,' दीपकले मनमनै सोच्यो । मुख धोयो । अलिक बलियो र हिम्मतिलो भयो । त्यसपछि आफैँलाई ऐनामा

हेर्दै फिस्स हाँस्यो र बाथरूमबाहिर निस्कियो । केही ग्राहकहरू लाइनमा अघि नै भेला भइसकेका थिए । हत्त न पत्त दौडँदै गएर पन्जा लगायो । अरू सबैजना विभिन्न काममा व्यस्त थिए । ग्राहक लियो । ब्रेड काट्यो, बेकन र ससेज फ्राई गऱ्यो । फेरि कुचो लगायो । फेरि पोछा लायो ।

केही छिनमा फेरि विकास दीपकको नजिक आयो । विकासको आँखामा अझै पनि रिस शान्त भएको थिएन । 'अब तपाईं घर जान सक्नुहुन्छ । आजलाई यति नै गर्नोस्,' विकासले नरम आवाजमा भन्यो ।

दीपकले चुपचाप टाउको हल्लायो र झोला बोकेर बेगल रेस्टुरेन्टबाट बाहिर निक्लियो । ऊ थकित थियो । फेरि हिँडेर जान सक्ने स्थितिमा थिएन । मलिसाले सल्लाह दिए अनुसार घर जाने गाडीको रूट सम्झियो । हुन त मलिसालाई बोलाएको भए पनि लिन आउँथी होला । तर दीपक मलिसालाई बोलाउने मनस्थितिमा थिएन । त्यही भएर त्यो गाडीको रूटमा आउने गाडी पर्खेर स्टेसनमा बस्यो । त्यहीँ पनि सूचना थियो, कुन रूटका लागि, कति बजे कहाँ बस चल्छ भनेर ।

दिउँसो एक बजे आउने रहेछ । दीपकले त्यो रूटमा गाडी चल्ने रहेछ भनेर पहिलोचोटि थाहा पायो र भित्रभित्रै खुसी भयो । 'पर्खेरै गाडीमा जान्छु' भन्दै त्यहीँ बस्यो दीपक । नितान्त एक्लो, निरीह र भावशून्य भएर बस्यो । नभन्दै एक घण्टापछि बस आइहाल्यो । दीपक बसमा चढ्यो । हरियो रङ्गको थियो बस । नेपालका बसभन्दा अलिक लामा तर धेरै फरक । चढ्ने बेलामा ढोका आफैं खोलिने, ओर्लिने बेला खुड्किलो आफैं तल झर्ने ।

'मलाई केनसा अपार्टमेन्टमा झारिदिनू है । यो मेरो पहिलो बस यात्रा हो,' बस चालकलाई भन्यो दीपकले । काला जातिकी फरासिलो महिला थिई । महिलाले त्यति ठूलो बस हाँकेको दीपकले पहिलोचोटि देखेको थियो ।

'स्योर,' उसले भनी ।

त्यो बसभित्र त्यति धेरै यात्रु थिएनन् । जति थिए, त्यसमा एसियन मूलका, स्पानिस, काला, गोरा सराबरी । विभिन्न भाषामा कुरा भएको सुनिन्थ्यो । दीपकले बुझ्ने त्यही एउटा अङ्ग्रेजी थियो । त्यो पनि झर्रो र ठेट भाषामा बोल्दा केही भेउ पाउँदैनथ्यो । दीपक हिँड्ने बाटो हुँदै बीस मिनेटमै बस अपार्टमेन्टनजिक पुग्यो । हिँडेको भए करिब डेढ घण्टा लाग्थ्यो । चालकले गाडी रोकिदिई ।

'थ्याङ्क यू म्याम !' दीपकले भन्यो ।

'यू ह्याभ अ ग्रेट डे,' बस चालकले भनी ।

दीपक अपार्टमेन्ट पुग्यो र त्यही सोफामा प्यात्त झोला फालेर पल्टियो । सोच्यो, 'किन आज विकास रूखो भयो ? हिजोसम्म राम्रै बोलेको थियो । बेगल स्टोरमा काम गरिसकेपछि मलको स्यान्डबिचमा काम गर्न पठाउँथ्यो । किन घर जा भन्यो ? काम त मैले गरिरहेकै छु । किन मन पराएन उसले ? के उसले मलाई कामबाट निकाल्ला ?

निकाल्यो भने फेरि कहाँ काम खोज्ने हो ? फेरि मलाई कसले काम देला ? मलाई काम गर्न अनुमति नै छैन। पहिला काम गर्ने सिलसिलामा देखेकै हो।' मनसँग बात गर्दागर्दै दीपक सोफामै निदायो। भनिसा र लुकास घरमा थिएनन्।

ढकढक आवाज आएको सुन्यो दीपकले। एकदुईचोटि त निद्रामै कोल्टे फेर्दै टार्‍यो। तर फेरि ढोकामा निरन्तर आवाज आइरहेपछि आँखा उघार्‍यो। यसो हेरेको साँझ सात बजेको थियो। बाहिर अँध्यारो भइसकेको थियो। 'अरे को आयो होला यतिबेला ? भनिसा र लुकास भए त उनीहरूसँगै ढोका खोल्ने चाबी हुनुपर्ने हो,' दीपकले मनमनै भन्यो।

भनिसा र लुकासको ढोका ढकढकाउन पुग्यो। दुवै घरमा नभएको अनुमान लगायो दीपकले। को होला त बाहिर यसरी ढोका ढकढकाउने ? दीपक बिस्तारै ढोकाछेउ पुग्यो र होसियारीपूर्वक ढोका उघार्‍यो। त्यहाँ कोही नभएर भनिसा र लुकास पो रहेछन्। हातमा केक बोकेर, क्यान्डल समेत बालेर एकैचोटि ठूलो स्वरमा भन्न थाले, 'ह्यापी बर्थडे टू यू।' दीपक तीनछक पर्‍यो किनभने आज आफ्नो जन्मदिन हो भन्ने उसैलाई थाहा थिएन। ऊ आफ्नै चिन्तामा थियो। एकखाले तनावमा थियो।

'ओ माई गड ! तपाईंहरूलाई मेरो जन्मदिन आज हो भनेर कसरी थाहा भयो ?' दीपकले भन्यो, 'थ्याङ्क यू सो मच। यू गाइज गेभ मी अ बिग सरप्राइज।'

'हामीले पत्ता लगायौं दीपक !' भनिसाले मुठी बनाउँदै भनी। सबैजना भित्र छिरे र ढोकाको चुक्कुल लगाए।

'साँच्चै भन्नोस् न। कसरी थाहा भयो ?' दीपकले अचम्म मान्दै भन्यो, 'यू गाइज मेड माई डे।' दीपकको थकान र तनाव पूर्णतया हरायो। क्यान्डलको मगमग वासना कोठाभरि फैलियो।

'हामीले फेसबुकमा हेरेर थाहा पायौं नि !' भनिसाले भनी। मार्क जुकरबर्गले भर्खरै फेसबुक अस्तित्वमा ल्याएको थियो। त्यति धेरै थिएनन् सुरुमा प्रयोगकर्ता। मात्रै एक हप्ताअघि फेसबुकमा जोडिएका थिए उनीहरू। दीपकले एक हप्ताअघि मात्रै खाता खोलेको थियो। उसले मनमनै जुकरबर्गलाई धन्यवाद दियो। भनिसा र लुकाससँग फर्केर भन्यो 'वाऊ ! यू गाइज आर असम !'

'तिमीहरूजस्तो रूममेट पाएर म आफूलाई धेरै भाग्यमानी ठान्छु,' दीपकले भन्यो। उसका आँखा अनायासै रसाए। 'मन त हाम्रो नेपालीको मात्रै हुन्छ भन्ठान्थ्यो तर कहाँ हो रहेछ र ! हाम्रोभन्दा ठूलो मन त यिनीहरूको पो हुँदो रहेछ। अर्काको जन्मदिनलाई पनि यति महत्त्व दिएर कार्यक्रम राखिदिने,' उसले सोच्यो।

'वी आर अल्सो लक्की टू ह्याभ यू दीपक,' दुवैले भने र केक काट्ने तयारी गरे। नीलो र सेतो थियो केक। सेतो केकमा नीलो अक्षरले लेखिएको थियो, 'ह्याप्पी बर्थडे टू यू, दीपक।' वरिपरि क्यान्डलहरू चम्किरहेका थिए।

'लु दीपक ! तपाईं केक काट्नोस्,' भनिसाले एउटा प्लास्टिकको चक्कु दिँदै

भनी । दीपकले सारा तनाव बिर्सेर प्रसन्न मुद्रामा क्यान्डल फुकेर निभायो । केक काट्यो । सबैलाई आफ्नै हातले खुवाइदियो । उनीहरूले पनि दीपकलाई खुवाइदिए, गालामा लगाइदिए । त्यसपछि केही तस्बिरहरू लिए अनि 'गुड नाइट' भन्दै उनीहरू आफ्नो ओछ्यानतिर लागे ।

मलिसालाई थाहा भएको भए मलाई आज कतै लिएर जान्थी होली । दीपकले सम्झियो, 'फेसबुकमा मलिसा छ कि छैन साँच्चै ?' नेपालबाट पनि दीपकका बुबाआमाको फोन आयो, जन्मदिनको शुभकामना भनेर । त्यसपछि दीपक पल्टियो त्यही सोफामा । उसलाई त्यही सोफामा पनि मज्जाले निद्रा लाग्न थालिसकेको थियो ।

बिमार

सदाभैँ समयमै उठ्न सकेन दीपक । उसलाई आँखा खोल्नै गाह्रो भयो । आफ्नै हातले निधार छाम्यो । घरी तातो घरी चिसो तापक्रम पायो । ओठहरू सुख्खा भए । घाँटी ख्याक-ख्याक गर्दै सफा गर्न खोज्यो । घाँटीमा ढुङ्गो आएर बसेजस्तो भयो उसलाई । सोफाबाट उठ्न पनि सङ्घर्ष गर्नुपर्ने अवस्था आयो । बिस्तारै बाथरूम गएर नित्यकर्म गर्‍यो । भान्साकोठामा थियो थर्मोमिटर । त्यसैले नाप्यो, तापक्रम देखायो एक सय दुई डिग्री । बल्ल थाहा पायो, आफू बिरामी नै हो भन्ने । फेरि सोफामै गएर पल्टियो । 'आज कसरी जाने होला काममा ?' सोच्दै कोल्टे फेर्‍यो ।

त्यही बेला भनिसा कोठाबाट बाहिर आएर भान्साकोठातिर छिरी । दीपक फेरि सोफामा उठेर बस्यो ।

'गुड मर्निङ दीपक !' भनिसाले भनी, 'हाऊ आर यू ?'

'गुड मर्निङ भनिसा ! आज मलाई सन्चो होला जस्तो छैन । ज्वरो आइरहेको छ ।'

'हरेक दिन काम गरेर होला,' भनिसाले भनी, 'आराम गर्नुपर्‍यो ।'

'आज पनि मेरो काम छ । तर म जान सक्छु जस्तो लाग्दैन । विकासलाई फोन गरेर खबर गर्न समेत आँट भएन ममा,' दीपकले भन्यो, 'ऊ हिजै मसँग रिसाएको छ । कसरी भन्ने हो डर लाग्छ ।'

'नसकेपछि भन्न केको डर दीपक !' भनिसाले गोजीबाट फोन निकाल्दै भनी, 'ल ठीक छ । म फोन गर्दिन्छु नि त । कति हो फोन नम्बर ?'

'थ्याङ्क यू भनिसा !' फोन नम्बर दिँदै दीपकले भन्यो । भनिसाले विकासलाई फोन गरी र सबै कुरा बताई । त्यसपछि फोन राखी ।

'ठीक छ रे । आराम गरेर बसे हुन्छ रे,' विकासका कुरा भनिसाले सुनाई अनि सोधी, 'बिहान उठेर केही खानुभो ?' दीपक भयभीत भयो- कतै उसले कामबाट

निकालिदिने त होइन ?

'खानै मन छैन भनिसा !'

'त्यसरी कहाँ हुन्छ ? केही त खानुपर्छ।' भनिसालेे आमाले झैँ गरी भनी, 'के खान मन छ, भन। म बनाइदिन्छु।'

'केही नि खान मन छैन,' दीपकले फेरि भन्यो। त्यति भनेपछि अरू भए ठीकै छ भनेर हिँड्थे होला। तर भनिसाले सम्झाउन थाली। त्यो दीपकका लागि आमाको माया वा प्राणप्रिय पत्नीको मायाभन्दा कम नभएको महसुस गऱ्यो दीपकले।

'हेर्नोस् दीपक। यो अमेरिकामा आफ्नो भन्ने कोही हुँदैन। खाएन भने स्वास्थ्य झन् बिग्रिन्छ। बिरामी भएपछि उपचार खर्च धेरै महँगो छ यो देशमा। मैले नर्सिङ पढेकी छु। यो कुरा मलाई थाहा छ,' भनिसाले भनी, 'एकैछिन है। म स्टेथेस्कोप ल्याएर पनि हेर्छु मुटुको गति।'

भनिसाले स्टेथेस्कोप लिएर आई र नाप्दै भनी, 'एकछिन सास तान्दै छाड्दै गर्नू त।' त्यसै गऱ्यो दीपकले। 'ल ठीकै छ, ब्लड प्रेसर पनि राम्रै छ। तनावले पनि यस्तो भएको हुन सक्छ,' भनिसाले भनी, 'म तपाईंकी दिदीजस्तो हुँ। सहयोग चाहिए भन्न नडराउनू। केही खान मन छ ?'

'मेरी दिदीभन्दा पनि मेरी प्रियतमाजस्तो महसुस भइरहेको छ मलाई यतिबेला भनिसा,' उसलाई भन्न मन थियो। तर उसले खुम्चिँदै भन्यो, 'नुडल्स भए खान्थेँ कि जस्तो लागेको छ।' सुख्खा जिब्रो मुखबाहिर निकालेर ओठतिर दल्दै दीपकले भन्यो, 'पाइन्छ त नुडल्स यहाँ ?'

दीपकले अमेरिकाको रामेन नुडल्स त खाएको थियो। तर कत्ति पनि मन पराएको थिएन। नेपाली चाउचाउको स्वाद उसको मस्तिष्कमा बसेको जो थियो। 'ठीक छ। म नजिकै ग्यास स्टेसनमा गएर लिएर आउँछु नि त,' भनिसाले भनी, 'यदि लुकास किचनतिर आएर मलाई सोध्यो भने कलिङ कार्ड किन्न बाहिर गएकी भन्दिनू है। कहिलेकाहीँ मलाई लुकास मूर्ख लाग्छ, अलिक घमण्डी र ईर्ष्यालु पनि। तर जे भए पनि म उसलाई माया गर्छु।'

दीपकले पहिले नै लगाएको अनुमानलाई भनिसाले निश्चित गरिदिई। 'यिनीहरूको पनि मायाप्रेम मौलाउला जस्तो छैन,' दीपकले मनमनै सोच्यो। चुम्बनको वर्षा निकम्मा जस्तो लाग्यो उसलाई।

'हवस् भनिसा। म त्यसै गर्छु,' दीपकले भन्यो। त्यसपछि सोफामै ब्ल्याङ्केट ओडेर अर्कोतिर फर्कियो।

एकैछिनमा भनिसा नूडलको सानो प्याकेट बोकेर अपार्टमेन्टभित्र छिरी र भान्सातिर पसेर अलिकति पानीमा त्यो नुडल हाली। माइक्रोवेभमा दुई मिनेट राखेर उमाली अनि कचौरामा हालेर एउटा काँटासहित दीपक भए ठाउँमा ल्याइदिई।

'त्यो खाइसकेपछि आराम मात्रै गरेर बस्नू,' भनिसाले भनी।

'हुन्छ भनिसा ! थ्याङ्क यू सो मच, भनिसा ।' दीपकले कचौरा समायो । उसका हातहरू कमजोर देखिन्थे । अलिअलि काँपिरहेका थिए ।

'अलवेज,' भनिसाले भनी र भान्सातिर फर्की । त्यही बेला लुकास पनि भान्साकोठातिर आयो र ठूलठूलो स्वरमा भन्यो 'के हुँदै छ ? के भयो बेबी ? कहाँ हराएको ?'

'बेबी ! दीपक बिरामी हुनुभो,' भनिसाले भनी ।

'हो र ?' भन्दै लुकासले भनिसालाई बोकेर माथि उचाल्यो र चुम्बन उत्सव मनायो । दीपकले पिलिक्क समेत हेरेन । लुकासले त्यत्तिकै उचाल्दै भनिसालाई ओछ्यानतिर लग्यो । एकैछिनमा 'मोर बेबी !' भन्दै भनिसाले लामो-लामो सास फेर्न थाली । खाट चुँइकेको आवाज आयो र बिस्तारैसाम्य भयो ।

'हरे भगवान् ! यो हरेक दिन के सुन्नुपरेको मैले ?' दीपक एक्लै फुसफुसायो । उसलाई कामज्वरो छुट्लाजस्तो भयो । दीपकले नुडल अलिकति मात्रै खाएर बाँकी त्यही सोफाको तल राख्यो र ब्ल्याङ्केट ओढेर सुत्यो । उसको दिमागले आराम गर्न भने सकेन । छटपटी भइरह्यो उसलाई । फेरि उठ्यो, ल्यापटप समात्यो । अरुणा लामाको गीत लगायो युट्युबमा, 'एक्लै बस्दा सधैँ मलाई सम्झना तिम्रो आइदिन्छ...'

उसका आँखाहरू आँसुले डबडबाए । सुख्खा ओठलाई जिब्रोले भिजायो । मुखभित्रै जिब्रो खेलायो र सक्रक्क सुकेको घाँटीलाई चिसो बनायो । मलिसालाई सम्झियो, यस्तो बिरामी भएको थाहा पाए त आउँथी होली । तर मलिसालाई खबर दिन मन लागेन उसलाई ।

दीपकले मलिसाको अनुहार सम्झियो । घरमा आमाबुबालाई सम्झियो । बिरामी हुँदा आमाले हेरचाह गरेको सम्झियो । यो म कुन सपनाको देशमा आएँ जहाँ रित्तिएर एक्लो छु, साथमा कोही आफन्ती छैनन् । मनमनै कुरा खेलायो । मलिसा आएर छेउमा बसेर कपाल सुमसुमाएको परिकल्पना गर्‍यो ।

एकैछिनमा दीपकलाई सारा संसार निरर्थक लाग्यो । जब बिरामी पर्दा साथमा आफन्त हुँदैनन्, परिवार हुँदैनन्, पैसा, ऐस, आरामको सपना देख्नु सब बेकार लाग्यो । 'म कुन सपनाको लागि आएको हुँ यहाँ ?' दीपकले आफैँलाई प्रश्न गर्‍यो । उसलाई आफैँसँग रिस उठ्यो । सँगसँगै आँसु टिलपिलाए आँखाभरि । केही किताबहरू छरपष्ट थिए सोफा तलतिर ।

सलमान रुस्दीको 'मिडनाइट्स चिल्ड्रेन' र भीएस नयपालको 'मिमिक मेन' उसका मनपर्ने किताब थिए । आफ्नो देश छोडेर परदेशमा जीवन गुजार्नु पर्दा दुबिधाको परिचय लिएर कसरी बाँच्छ मानिस भन्ने कुरा बुझ्न सकिन्थ्यो ती पुस्तकबाट । नेपालबाटै बोकेर ल्याएको थियो उसले ती पुस्तक । हातमा 'मिमिक मेन' लियो र यसो पन्ना पल्टायो । एक पाना पनि पढ्न सकेन । आँखा दुख्यो सायद । निधार खुम्चियो । त्यतै कतै हुत्याइदियो । गहिरो सास लियो ।

साम्राज्यवादी देश अमेरिकाको प्रभाव दीपकमा समेत परेको थियो । उसले आफूलाई त्यही मिमिक मेनभित्रको पात्र राल्फ कृपाल सिंहको रूपमा राखेर हेर्‍यो । आफूलाई त्यही पात्रझैं ठान्यो । वास्तविक र अवास्तविक, पूर्णता र अपूर्णताबीचमा आफू कतै पेन्डुलम भएझैं सोच्यो । आफ्नो देश छाडेर परदेश गएको भगौडाझैं महसुस गर्‍यो । ऊ फगत सम्झनाहरूमा बहुलायो । आखिर यादहरू नै त रहेछन्, जीवनलाई भत्काउने, बनाउने, पहिचान दिने र विश्वास दिने ।

दीपकले सोफामै कोल्टे फेर्‍यो । आँखा चिम्लियो । 'म आशावादी हुनैपर्छ, निराश भएर हुन्न,' उसले मनमनै सङ्कल्प गर्‍यो । फेरि मलिसालाई सम्झियो । उनका आँखा बोली र उपस्थितिलाई सम्झियो ।

फेरि उठ्यो । बाथरूम छिर्‍यो । फर्केर भान्सामा छिर्‍यो । फ्रिजको आवाज मौरीको भूँभूँजस्तो एकोहोरो आइरहेको थियो । फ्रिज खोल्यो । खान मन हुने केही चिज देखेन । लुकास र भनिसा सायद गहिरो थकानमा अझै सुतिरहेका थिए । दीपक फेरि सोफामै अडेस लागेर बस्यो । भनिसा र लुकास बाहिर निक्ले र भान्सातिर गए ।

'अहिले कस्तो छ दीपक ?' भनिसाले सोधी, 'ज्वरो अलिक घट्यो ? मैले केही बनाइदिनुपर्छ ?'

'खोइ भनिसा ! त्यस्तै छ । घरी चिसो, घरी तातो हुन्छ शरीर,' दीपकले भन्यो । उसको निधारमा चिट्चिट पसिना देखिन्थ्यो ।

'आरामै गर्ने हो दीपक । ठीक हुन्छ,' भनिसाले फेरि सोधी, 'केही खान मन छ ?'

'नो । थ्याङ्क यू,' दीपकले भन्यो ।

'कि चिन्ता लिइरहेको हैं दीपक !'

'होइन भनिसा !'

'धेरै चिन्ता लिनुपर्दैन, ठीक हुन्छ चाँडै,' भनिसाले हिम्मत दिइरही, 'केही चाहियो भने मलाई भन्नू है ।' उसले मोहिनी मुस्कान फिँजाउदै भनी । मानौँ ऊ लुकाससँगको दैहिक प्रेमबाट पूर्ण सन्तुष्ट छे । लुकासले सुनिरहेको थियो भनिसा बोलेको ।

'हवस् भनिसा ! थ्याङ्क यू' भन्दै दीपक सोफामै ढल्कियो । उनीहरूले भान्सामा केही बनाएर प्लेटमा हाले र आफ्नै कोठातिर लिएर गए । सायद त्यो दिन उनीहरूको कलेज थिएन । रातभर प्रेम गरेर थाकेका उनीहरू अति नै भोकाएका थिए । एउटा भोकपछिको अर्को भोक जाग्नु स्वाभाविकै थियो । दीपकले सोच्यो, जति नै किसिमका भोक मेटाए पनि पेटको भोक भने कहिल्यै मेटाएर नसकिने रहेछ । त्यही भएर त होला, सङ्घर्ष कहिल्यै सकिँदैन ।

सम्झनाहरू

दुई दिन भइसकेको थियो। दीपकको तापक्रम अझै घटिसकेको थिएन। ओठहरू सुख्खा थिए। उसले फेरि छेउकै थर्मोमिटर झिक्यो र नाप्यो। ज्वरो एक सय दुई डिग्री नै देखाइरह्यो।

उसको सम्झनामा घर आयो। वरिपरि उसका आमाबुवा बसेका, आमाले ल्याएर कालो चिया दिएको, बाबुले कपडा भिजाएर निधारमा लगाएको सम्झियो। ऊ जन्मने बेला डाक्टरले भनेको थियो रे, 'खोइ दुवैजनालाई त बचाउन सकिँदैन, एउटासम्म बचाउन सके भाग्य।' तर भाग्यले आमाछोरा दुवै बाँचे। 'कतै म यही अमेरिकामा सिद्धिने त होइन ?' उसले मनमनै सोच्यो र अलिक भावुक भयो।

उसले काठमाडौँमा हुँदाका दिनहरू सम्झियो। कम्तीमा सँगै बस्ने बहिनी थिई। बिहानदखि बेलुकासम्मको खटाई भए पनि आफ्ना परिवार नजिकै थिए। फेरि त्यो खटाइ आफ्नो पढाइ र ज्ञानसम्बन्धित नै भएकाले त्यस्तो सङ्घर्षपूर्ण भएन। बिहान एउटा स्कूलमा पढाउन गएर दिउँसो स्कूल हुँदै घर आइपुग्दा राति नौ बजेको हुन्थ्यो। तर त्यहाँ पुग्दा खाना पस्किएर दिने बहिनी थिई। ऊ बस्ने कोठा अमेरिकामा बस्ने कोठाभन्दा आरामदायी थियो। आफ्नो छुट्टै निजत्व थियो।

हो, आँगन अगाडिबाटै गाडी र मोटरसाइकल चर्काचर्का आवाज निकाल्दै दौडिन्थे। फोहोर फाल्ने ट्रक त्यही बाटो हुँदै आउँथ्यो। उरन्ठेउला केटाहरू फोहोरी र आमाचकारी शब्द बोल्दै त्यही बाटो बत्तिन्थे। तर अहिले आएर उसलाई बरु त्यही दुनियाँ प्यारो लाग्यो। टाढाको देउताभन्दा नजिकको भूत नै काम लाग्छ भने जस्तो लाग्यो।

अमेरिकी बस्ती एकीकृत तवरमा निर्माण हुन्छन। सहरको इलाका छुट्टै, मानिसको

बसोबास छुट्टै। एउटामात्र कोठा भाडामा नपाइने। तर काठमाडौँमा भने अस्तव्यस्त। च्याउ उम्रेसरी जहाँ पायो, त्यहीँ भवनहरूको निर्माण हुँदा सहर नै कुरूप देखिने। अमेरिकामा भने मानिसहरू छरिएर बसेका। विकास सबैतिर। विकेन्द्रीकरण त्यत्तिकै राम्रो। 'त्यस्तै विकेन्द्रीकरणको सिद्धान्त हाम्रो देशमा नि लागू गरे कति सम्पन्न हुन्थ्यो होला नेपाल,' दीपकले सम्झियो। उसलाई मातृभूमि नेपालको चौपट्टै माया लागेर आयो।

दीपकले झ्यालबाहिर हेऱ्यो। अलिक पर टेनिस मैदान थियो। त्यही छेउमा थियो स्वीमिङ पुल। त्यहाँ बिकिनीमा पौडी खेल्न देखा पर्थे सुन्दर र सुडौल ज्यानदार विभिन्न रङ्ग र वर्णका युवतीहरू। दीपकको युवामनमा कताकता काउकुती लगाइदिन्थे। नेपालमा त कहाँ त्यसरी स्वतन्त्र भएर हिँड्न पाउँथे र नेपाली युवतीहरू!

कति स्वतन्त्र देखिन्थे मानिसहरू अमेरिकामा। अमेरिकामा कहाँ पाउनु बाटाबाटामा तरकारी पसल र पानीपुरी थापेर बसेका व्यापारीहरू? कहाँ पाउनु घरघरै किराना पसल? फेरि दीपकले सम्झियो, बाटाबाटामा पानीपुरी पाउनुको मज्जा। त्यो मज्जा कहाँ पाइन्छ र अमेरिकामा?

'हुन त त्यसको मज्जा पनि छुट्टै थियो,' दीपक आफैँसँग फुसफुसायो, 'यसो घर बाहिर निस्कियो, चटपटे खायो। सामान किन्यो, कार चाहिँदैनथ्यो। सबैतिर हिँडेरै काम चल्थ्यो।'

'कहिले निको हुने होला यो ज्वरो?' दीपकले सोफामा ओल्टोकोल्टो गर्दै सिलिङतिर हेरेर सोच्यो, 'म यसै बस्ने त होइन? के मेरा सपनाहरू सबै खरानी भएर उड्ने त होइनन्? यसरी काममा जान नपाएपछि के विकासले काम देला?'

दीपकलाई एकाएक शारीरिक तापक्रम घटेर चिसो भएको भान भयो। एक्लै बोलिरह्यो। ज्वरोको दुखाइ कम गर्ने प्रयास गरिरह्यो। फेरि तापक्रम बढेजस्तो गरी उसको निधारमा पसिना देखियो। 'उफ्' गर्दै फेरि कोल्टे फेऱ्यो।

दीपकले आँखा चिम्म गऱ्यो। मलिसा सुस्तरी आएर आफ्नो शरीरको तापक्रम नापेको सम्झियो। उसले मनतातो पानी ल्याई सिरानी नजिक ल्याएर राखिदिएको सम्झियो। आफ्नो ढाड मालिस गरिदिएको, ब्ल्याङ्केट ओढाइदिएको र निधारमा चुमेर 'ल केही चाहियो भने मलाई बोलाउनू है!' भन्दै गएको ठान्यो।

उसले आँखाको ढकनी खोल्यो बिस्तारै। तर उसले त्यहाँ न मलिसालाई देख्यो, न त भनिसालाई। फेरि थर्मोमिटरले ज्वरो नाप्यो। उति नै थियो ज्वरो। एक सय दुई डिग्री।

'होइन यही ज्वरोले लान्छ कि क्या हो मलाई?' ऊ फेरि भुतभुतायो, 'बाउआमाले पनि मलाई देख्न पाउन्नन् कि क्या हो?'

उसले फेरि आँखा बन्द गऱ्यो। निदाउने प्रयास गऱ्यो। अनेकथरी तर्कनाहरू उसको मानसपटलमा चलचित्र भएर दौडिरहे। हार्वर्ड विश्वविद्यालयको प्रोफेसर

भएको, बीएमडब्लू कार चढेको, किताब प्रकाशन भएको, उसको हस्ताक्षरका लागि पाठकहरूको लस्कर लागेको, सीएनएन, फक्सजस्ता न्यूज च्यानलहरूबाट अन्तर्वार्ता लिन पत्रकारहरू धाएको, क्यामेरा र प्रकाशको गति अन-अफ भइरहेको, हलिउड पुगेर फिल्म खेल्न हस्ताक्षर गरेको आदि इत्यादि ।

दीपकका आँखा अनायासै खुले । 'अहँ यी सपनाहरू साकार नभई त म मर्दिनँ,' उसले सङ्कल्प गऱ्यो, 'यो सपनाको देशमा म आफ्ना सपना साकार पारेरै छोड्छु ।'

'जिन्दगी छोटो छ, कहिले मरिन्छ टुङ्गो छैन,' इराकमा काम गर्न गएका काकाले भनेको सम्झियो, 'हरेक व्यक्ति लक्ष्य हासिल गर्न चाहन्छ । तर लगाव र साधना भएन भने त्यसको केही अर्थ छैन । सफलता हात पार्नु छ भने भावनामा बगेर हुन्न ।'

केही वर्ष अघि मात्र इराकमा काम गर्न गएका तेह्रजना निहत्था नेपाली युवाहरूलाई टाउकामा गोली हानेर सामूहिक हत्या गरिएको थियो र त्यसको विरोधमा नेपालमा ठूलो तोडफोड र आगजनी भएको उसले सम्झियो ।

'म आशावादी हुनैपर्छ,' दीपकले मनमनै सङ्कल्प गऱ्यो ।

'तर आशावादी हुने कसरी ?' फेरि प्रश्न गऱ्यो । उसले सङ्कल्प गऱ्यो, जिन्दगीमा दुःखपछि सुख आउँछ । दुःख र सुख जीवनका पर्याय हुन् । आत्तिनु हुँदैन । उसले गीतामा कृष्णले अर्जुनलाई भनेको कुरा पनि सम्झियो ।

उसले धेरै पहिले महाभारतमा पढेको थियो, 'सागरजस्तै हुनुपर्छ मान्छे जहाँ हजारौं नदी र खोला मिसिए पनि त्यसको बहावमा कुनै परिवर्तन आउँदैन । दुःख-सुख, मीठो-नमीठो, राम्रो-नराम्रो, तीतो-गुलियो र जीवन-मृत्यु सँगसँगै आउँछन् । दुःखमा पनि सुख खोज्नु नै जीवनको सार्थकता हो ।'

उसले जर्मन दार्शनिक फ्रेडरिक नित्सेले भनेको सम्झियो, 'वास्तविक जीवन त दुःखदायी नै छ । जीवनको उद्गम नै दुःखान्त हो । त्यो वास्तविकता हो ।' यति सम्झेर उसले त्यही सोफामै कोल्टे फेऱ्यो ।

केहीबेरमा दीपकका आँखा खुले । ज्वरो घटेर टाउको हलुका भएको महसुस भयो । सोफाबाट उठ्यो र तल खुट्टा झुन्डाएर त्यहीँ बस्यो । पानीको बोतल त्यहीँ थियो । पाँच घुट्की पानी पियो । उसले पानी घुटुकघुटुक पारूञ्जेल किलकिले तलमाथि गरिरह्यो ।

त्यही बेला भनिसा ढोकाभित्र छिरी हातभरि एकमुठी खाम बोकेर ।

'अहिले ज्वरो कस्तो छ दीपक ?' चप्पल खोल्दै भनिसाले भनी ।

'अलिक सन्चो हुँदैछ भनिसा !' हातले निधार छाम्दै दीपकले भन्यो ।

'लेट मी चेक' भन्दै भनिसाले स्टेथेस्कोप र थर्मोमिटर लिएर आई र नापी । भनी, 'ठीकै छ । ज्वरो निकै घटेछ ।'

'धन्यवाद !' दीपकले भन्यो ।

'नो प्रब्लम,' भनिसाले अघि ल्याएका खाम देखाउँदै भनी, 'उः त्यहाँ तपाईंको

नाममा केही पत्र छन् ।'

नेपालबाट आएछ कि भन्ने सोचेर दीपकले निकै उत्साहित हुँदै हेर्‍यो खाम । तर विभिन्न इन्सुरेन्स र क्रेडिट कार्ड कम्पनीले आफ्नो विज्ञापनका लागि पठाएका फन्टुस पत्र पो रहेछन् । नेपालजस्तो कम विकसित देशमा बरु चिठीपत्रहरू आदानप्रदान हराइसके । तर अमेरिकाजस्तो देशमा चिठीहरूको आदानप्रदान, बिल तिर्नेदेखि विज्ञापनसम्मका सबै गतिविधि व्यवस्थित रूपले भएको देखेर बडा अचम्म लाग्यो उसलाई । हिजोआज इमेलहरू चल्न थालेका छन् । र, पनि चिठीको त्यति नै महत्त्व रहेछ भन्ने बुझ्यो उसले र छेउमै राखेको ल्यापटप खोल्यो । इमेलहरू चेक गर्न लाग्यो ।

त्यही बीचमा उसले आफ्नै बहिनी श्वेताले लेखेको इमेल देख्यो । दीपकसँगै काठमाडौँमा बसेर कलेज पढेकी बहिनी दीपक अमेरिका छिरेपछि गाउँ फर्केकी थिई । उतैको कलेजमा भर्ना भएकी थिई । इमेल पठाएकी रहिछे चिठीको ढाँचामा ।

प्यारो दाजु

हामीले तपाईंलाई धेरै मिस गरिरहेछौँ । कस्तो छ त्यहाँ ? बुबाआमा तपाईंबिना एक्लो महसुस गरिरहनुभएको छ । हरेक दिन खाना खाने समयमा सम्झनुहुन्छ । 'ऊ यहाँ भएको भए कति मन पराउँथ्यो मासु' भन्नुहुन्छ । हामी सबैलाई कहिले भेट्नु जस्तो भएको छ ।

तपाईंकी बहिनी
श्वेता

इमेल पढ्दापढ्दै दीपकका आँखा रसाए । बोली अड्किएझैँ, शब्द नै नआउलाजस्तै भयो । भनिसा त्यतै थिई । देखिछ ।

'के भयो दीपक ?' उसले सोधी ।

'केही होइन,' दीपकले आँसु पुछ्दै भन्यो, 'घरको सम्झना आयो ।'

'डन्ट वरी । सब ठीक हुन्छ । सुरुको एक वर्षसम्म मलाई पनि यस्तै भएको थियो ।' भनिसा भान्सातिर छिरी । सम्झनाहरू भनेका भित्रैसम्म घोच्ने चिसा सिरेटा जस्ता हुँदा रहेछन् । दीपकले फेरि एकपटक अमेरिकी सपना सम्झियो । आफूलाई हिम्मतिलो बनायो र त्यही सोफामा ल्यापटप हेर्दै पल्टियो ।

बज्रपात

बिहान उठ्दा दीपकलाई धेरै सन्चो भइसकेको थियो। उसले सोच्यो, 'अब काममा जानुपर्छ।' सधैँ झैँ ब्रेडमा जाम दलेर बिहानको नास्ता खायो। त्यसपछि बेगल स्टोरतिर कुद्यो। ऊ चाँडै नै त्यहाँ पुग्यो। पार्किङ लटमा कारहरू खासै थिएनन्। बेगल रेस्टुरेन्टभित्र ग्राहकहरू बेगल खाँदै थिए। उनीहरूका ओठ मास्तिर बेगलमा लगाएको चिजको जुँगा बसेको देखिन्थ्यो। कोही त्यसलाई न्यापकिनले पुछ्दै थिए। विकास सधैँझैँ पिठो मुछ्दै थियो।

'गुड मर्निङ विकास!' दीपकले फिस्स हाँस्दै रेस्टुरेन्टभित्र छिर्दै भन्यो।

'ओ भाइसाब! के छ खबर?' विकासले भन्यो।

'म ठीक छु विकास! ज्वरो धेरै ठीक भयो। तर रिँगटा भने अलिअलि चलिरहेको छ,' दीपकले भन्यो र तुरुन्तै सम्हालियो, 'कतै विकासले उसो भए काम नगर भनेर घर पठाउने त होइन?' फेरि भन्यो, 'ठीक छ, ठीक छ। त्यस्तो केही भएको छैन।'

'ल ल ठीक छ उसो भए,' त्यहाँ कुनानेरको एक छेउ देखाउँदै विकासले भन्यो, 'त्यहाँ बढार्नुस् त पहिला।

'हुन्छ नि,' कुचो खोज्दै दीपकले भन्यो।

जसै बढार्न खोज्यो, उसलाई एक्कासि भोक र तिर्खाले आकुलव्याकुल बनायो। नजिकैको फ्रिजबाट एक बोतल पानी झिक्यो र घटघट पियो।

'तपाईंलाई थाहा छैन, यो फ्रिजको पानी बेच्नलाई हो, खानलाई होइन। पहिला पैसा तिरेर मात्र पानी पिउने,' विकासले आँखा तर्दै चर्को स्वरमा हकार्‍यो।

'सरी! मलाई थाहा भएन,' दीपकले भन्यो र एक्कासि टाउको समात्यो। उसको

धड्कन बढेर आयो, रिँगटा चल्यो र टाउको समात्दै के थियो, भुइँमा डङ्रङ्ग लड्यो।

'ओ माई गड ! लौ न के भयो ?' हत्त न पत्त विकास कराउँदै आयो र उठाउन खोज्यो।

'ठीक छ, ठीक छ। रिँगटा चलेजस्तो मात्र भएको हो। म ठीक छु,' टाउको छाम्दै दीपकले भन्यो र उठ्ने प्रयास गर्‍यो।

'ठीक नभईकन किन यहाँ आएको ? ठीक छैन भने घर जाऊ र आराम गर,' विकासले भन्यो।

विकासको अनुहार रातो देखियो। सायद उसले सोच्यो, दीपकलाई केही भो भने लागेजति खर्च आफैँले व्यहोर्नुपर्छ। ऊ गैरकानुनी कामदार थियो। कसैले एम्बुलेन्स बोलाइहाले भने र ऊ त्यहाँ काम गर्नलाई गैरकानुनी हो भन्ने थाहा भयो भने अरू समस्या हुन सक्थ्यो। धन्न त्यतिबेला त्यहाँ कुनै ग्राहक थिएनन्।

'ठीक छ, म काम गर्न सक्छु,' दीपकले उठ्ने प्रयास गर्दै भन्यो।

'काम नभए जीवन छैन,' उसले यही सम्झियो। कलेज फी, खाना, परिवार, ऋण, कोठाभाडा आदि सबथोक उसका आँखा अगाडि झलझली नाचे।

'यस्तो बिरामी भएर कसरी काम गर्न सकिन्छ ?' विकासले दीपकलाई समाउन खोज्दै फेरि भन्यो।

'म सक्छु विकास !' दीपकले भनिरह्यो। तर विकासले नै 'म घर पुर्‍याइदिन्छु, आराम गर' भनेपछि दीपकले स्वीकृतिमा मुन्टो हल्लायो। उसले घर लगेर छोडिदियो।

दीपकलाई डर थियो- अब विकासले काम दिने हो कि होइन ?

'मैले फोन नगरुन्जेल आराम नै गरेर बस्नू' भन्दै विकास दीपकलाई छोडेर हिँड्यो।

जसै दीपक अपार्टमेन्टको ढोका खोलेर भित्र छिर्‍यो, भनिसा क्वाँक्वाँ गरिरहेकी थिई। मुटु-कलेजो नै बाहिर आउला जस्तो गरी विदारक ढङ्गले एकोहोरो रोइरही। लुकास कहीँ कतै थिएन।

'के भयो भनिसा ? किन रोएकी ?' दीपकले भनिसाको नजिकै गएर सोध्यो।

भनिसा जुरुक्कै उठी र दीपकलाई अँगालो हाली।

'के भयो भनिसा ? भन न,' दीपकले भनिसाको कपाल सुमसुमाउँदै फेरि सोध्यो। उसलाई भनिसा आफ्नै सहोदर दिदीजस्तै लाग्यो, जो दीपकको सहारा खोजिरहेकी छ। उसले भनिसाको ढाड मुसार्दै सान्त्वना दिने प्रयास गर्‍यो।

'मैले लुकासलाई सबैथोक दिएँ। मेरो जीवन, मेरो खुसी, कसम ... तर लुकासले मेरो मुटु टुक्राटुक्रा पार्‍यो,' भनिसाले हिकहिकाउँदै भनी। सारा अपार्टमेन्ट नै प्रतिध्वनित भयो भनिसाको चीत्कारले।

'के भयो भनिसा ? किन यस्तरी रोएको भन न ?' दीपकले करुण स्वरमा सोध्यो, 'तिमीहरू त एकअर्कालाई धेरै माया गर्ने मान्छे! के भइरहेको छ ? मैले कल्पना नै गर्न सकिरहेको छैन।' दीपक आफैँ पनि कमजोर महसुस गरिरहेको थियो। तर अहिले

भनिसालाई उसले सुन्नु थियो। भनिसालाई आत्मबल दिनु थियो। यतिका दिनसम्म आफूलाई सहयोग गरिरहेकी भनिसाको हालत देखेर दीपक धेरै दुःखी भयो।

दीपकको छातीमा टाउको लुकाउँदै भनिसा निरन्तर रोइरही। दीपकले उनको शिर थामेर कपाल सुमसुमाइरह्यो। आँसु पुछिदियो। बिस्तारै भनिसाले दीपकको छातीबाट मुन्टो हटाई र भनी, 'मैले लुकासको फोनमा अर्की कुनै केटीको मेसेज देखें।'

भनिसाको कपाल बिग्रिएको थियो। आँखाहरू सुन्निएझैं देखिन्थे। ओठहरू कलेटी परेका थिए। दीपक असमञ्जसमा पर्‍यो।

'आर यू स्योर भनिसा ?' दीपकले सोध्यो, 'यसरी गलत पनि बुझिहाल्नुहुन्न। त्यो मेसेज लेख्ने केटी सही हो र तिमीले बुझ्न नसकेकी पो हौ कि ?'

'म स्योर छु। मैले थाहा पाएँ, लुकासको अर्की केटीसँग प्रेम रहेछ,' भनिसाले भनी।

दीपकले सम्झियो, हिजोसम्म कति गहिरो मायापिरती देखिन्थ्यो भनिसा र लुकासबीचमा। उसकै आँखै सामुन्ने निरन्तर चुम्बनोत्सव हुन्थ्यो। भनिसाले 'मोर अमोर' भनेको सुनेकै हो हरेक रात। आज अचानक के भयो त्यस्तो ? दीपकले पनि सोच्न सकेन। के लुकासले भनिसालाई आफ्नो यौनतृप्तिको साधनका रूपमा मात्र लिएको थियो ? कस्तो अचम्म! के भयो अचानक यस्तो ?

'तिमीले लुकाससँग यसबारे गफ गर्‍यौ ?' दीपकले भन्यो।

'गरें,' भनिसाले हिकहिकाउँदै भनी।

'के भन्यो त लुकासले ?'

'त्यसै जिस्किएर लेखेको हुँ। त्यस्तो सिरियस होइन रे।'

'अनि उसको कुरामा तिमीलाई विश्वास लागेन त ?'

'म विश्वास गर्न सक्दिनँ दीपक!' भनिसा फेरि रुन थाली, 'मैले नम्बर खोजेर त्यो केटीलाई फोन गरें। उनीहरू तीन महिनादेखि शारीरिक सम्पर्कमा पनि छन् रे। 'फक अफ' भनी उसले मलाई। मैले त कल्पनै गर्न सकिनँ। तर म अब लुकाससँग बस्न सक्दिनँ।'

भनिसा फेरि त्यही सोफामा बसी र रूदै बोलिरही 'मेरा आमाबुबालाई समेत मैले थाहा दिएको थिइनँ, लुकाससँग बस्छु भनेर। मैले उसलाई पूरै विश्वास गर्थें। विवाह गर्नुअघि कुनै पुरुषसँग नबसोस् भन्ठान्थे मेरा बुबाआमा। म लुकाससँग बस्न थालेको पनि एक वर्ष भइसकेको थियो। मेरा बुवाआमालाई म यहाँ दुःख गरेर एक्लै बसेर पढिरहेकी छु भन्ने थियो। लुकाससँग बिहे गर्ने योजना हुँदै थियो। त्यसपछि बुबाआमालाई भन्छु भन्दैथिएँ। सबै चकनाचुर भयो। लुकासले मलाई तिरस्कार गर्‍यो। ठूलो धोका दियो।'

'भनिसा फेरि एकपटक लुकाससँग कुरा गर्ने हो कि ? यथार्थ के हो भन्ने थाहा

पाउनुपर्‍यो नि,' दीपकले भन्यो।

'भो, अब मलाई ऊसँग बोल्नु छैन।'

दीपकले भनिसालाई सोफाको नजिक तान्यो। ऊ रोइरहेकी थिई। एउटा बच्चासुलभ व्यवहार देखाउँदै दीपकको छातीमा टाँसिई। भनिसाको स्पन्दनको गति उसले महसुस गर्‍यो। उसको कल्पनामा भनिसाले प्रियसीको ठाउँ लिई। मानौँ दीपक उसलाई आफ्नो प्रियसी ठानेर चुमिरहेछ। उसका स्तनहरू पनि महसुस गरिरहेछ। भावनाले विपरीत लिङ्गीमा अनेक तरङ्ग पैदा गर्दो रहेछ, दीपकले सोच्यो।

एक्कासि भनिसा निडर भई, दीपकलाई आफूबाट हटाई र भनी, 'म ठीक छु।' त्यसपछि ऊ आफ्नो ओछ्यानतिर गई। 'दीपक! यो प्रेम भन्ने कुरा पनि बडा अचम्मको' भन्दै ऊ सोफामा बसिरह्यो। इमानदार नभएपछि घात जेमा पनि हुन सक्दो रहेछ।

एक घण्टापछि भनिसा दुइटा सुटकेस बोकेर बाहिर आई। 'म अब आउँदिनँ दीपक!' दीपकलाई अँगालो मार्दै उसले भनी, 'टेक केयर। म हिँडें। कुनै बेला भेट होला हाम्रो।'

त्यो दृश्य देखेर दीपक किंकर्तव्यविमूढ भयो। मनमनै मात्रै भन्न सक्यो, 'गुडबाई भनिसा! चाँडै भेट होस् हाम्रो।' अनायासै दीपकका आँखा आँसुका पोखरी बने।

आखिर भनिसा नै थिई, अमेरिकामा दीपकलाई स्वागत गर्ने। निरन्तर आशावादी बनाउने। बिरामी हुँदा देखभाल गर्ने। यो विदेशमा ऊ नै थिई सहारा दीपकको। मलिसाले समेत त्यति गरेकी थिइन, जति भनिसाले गरेकी थिई। दीपकका आँखा भिजे। अब यो घर शून्य हुने भयो, दीपकले सोच्यो।

कुनै घर घर हुन त्यसमा घर र मान्छे मात्र भएर पुग्दो रहेनछ। त्यो भित्रका सदस्यबीचको अपनत्वपूर्ण व्यवहारले मात्र घरलाई घर जस्तो बनाउँदो रहेछ। छानो र गारोले मात्र कहाँ घर हुँदो रहेछ र भन्ने महसुस गर्‍यो दीपकले।

साँझतिर लुकास घरभित्र छिर्‍यो। साँझको खाना खाएर सोफामा पल्टिरहेको थियो दीपक। आज उसलाई केही गर्न मन थिएन। आफैँलाई कमजोर महसुस गरेको थियो। दीपकलाई हेर्दै लुकास फिस्स हाँस्यो र सीधै ओछ्यानतिर गयो। दीपक केही बोलेन। के भन्ने ? केही मेसो पाएन। भित्रभित्रै घृणा गर्‍यो लुकासलाई।

केही छिनमै लुकास फेरि कोठाबाहिर आयो र दीपकलाई सोध्यो, 'तिमीले भनिसालाई देख्यौ दीपक ?'

'भनिसाले त छोडेर हिँडी नि यो अपार्टमेन्ट सदाका लागि,' दीपकले भन्यो। ऊ अनेक तर्कना गर्दै सोफामा पल्टिरह्यो। त्यही बेला विकासले फोन गर्‍यो।

'दीपक! आई एम सरी! तिमी बिरामी पनि भयौ। काम गर्न सक्छौ जस्तो लागेन। मैले अर्को मान्छे खोजें। अब नआउनू। सन्चो भएपछि आफैं काम खोज्नू।'

दीपकलाई अर्को बज्रपात परेजस्तो भयो। टाउकोमा चट्याङ बज्रेजस्तै भयो। दीपक केही बोल्न सकेन।

'भोलि केही भयो भने मलाई गाह्रो पर्छ। फेरि काम गर्ने केही कागजात छैन तिमीसँग,' विकासले थप्यो। दीपकलाई आफैँ बसेको अपार्टमेन्ट नै फनफनी घुमेजस्तो भयो। अब के गर्ने ? कसरी चल्ने ? सोच्यो, सपनाहरू सब चकनाचुर हुने भए।

'म सक्छु विकास! म ठीक छु।' दीपकले साहस बटुलेर भन्यो।

'ठीक छ, अरूतिरै काम खोज। आई एम सरी।' उसले फोन राखिदियो।

भनिसाका अधिका आँसुहरू आफ्नै आँसु भएर सोफामा खस्यो। उसलाई मुटु दुख्यो, छाती पोल्यो। 'साला अमेरिका! केको सपनाको देश हुन्छ ? यो स्वार्थीहरूको देश हो साला। पुँजीवादीहरूको देश हो,' दीपकले आक्रोश पोख्यो, 'पाखुरा हुनेहरूले मात्र सपना पकाउने रहेछन् यहाँ। कमसेकम मेरो देशमा अलिकति भए पनि भावना त हुन्छ। देश धनी भएर के गर्नु ? मान्छेमा मानवीयता हराएर धन मात्रै प्रमुख कुरा हुनुभन्दा बरु गरिब देशको मनकारी नागरिक भएर बाँच्नु जाती हुन्छ,' दीपक एक्लै भुतभुतायो।

'आई हेट अमेरिका! उपन्यासमा बेचिने, फिल्ममा बेचिने, यो भ्रमपूर्ण सपनाको देशभन्दा मेरो देश नै ठूलो सपनाको देश रहेछ। आखिर मैले के गरेको थिएँ र मैले यति ठूलो दुःख सहनुपरेको ? अरू केही गर्न नसके पनि एउटा पीएचडी गर्ने सपना साकार पारेर फर्किनु त थियो। किन म सङ्घर्ष गर्छु भन्दा पनि पाइरहेको छैन ? मैले भाँडा माझ्छु, शौचालय साफ गर्छु भनेर स्विकारिसकेको छु त। तापनि किन मलाई त्यसबाट पनि वञ्चित गरिन्छ ?'

दीपक आँखाभरि आँसु पारेर त्यही सोफामा भक्कानियो। अलिक सम्हालिँदै सिलिङतिर हेरिरह्यो एक्लो र निरीह भएर। ऊ कतिबेला त्यही सोफामा निदायो ? ऊ आफैँलाई पनि पत्तै भएन।

नेपाली पार्टी

बिहान उठ्दा कोठा चिसो भयो। जर्जियाको तापक्रम घटेर ह्वात्तै पचास डिग्री फरेनहाइटमा पुगेको थियो। त्यति धेरै चिसो नहुने जर्जिया डिसेम्बर, जनवरी र फेब्रुअरी महिनामा भने अत्यन्तै चिसो हुन्थ्यो। कहिलेकाही हिउँ पनि पर्थ्यो। यसो हेऱ्यो, घरभित्र हिटिङ चलाएको रहेनछ। चलाओस् पनि कसले ? घरमा भनिसा थिइन। लुकास घरै थियो वा थिएन, दीपकलाई थाहा भएन।

घरमा सबै भनिसा सँगै भर पर्थे। दीपकले हिटिङ चलाउन भनिसाबाटै सिकेको थियो। रिमोटले चल्थ्यो त्यो। दीपकले हिटिङ अन गऱ्यो। केही छिनमै कोठा रनक्क तात्यो सतहत्तर डिग्री फरेनहाइटमा।

डिसेम्बर महिनाको अन्तिम दिन थियो त्यो। जाडो महिना सुरु भइसकेको थियो। कलेजको पहिलो सेमेस्टर सकिइसकेको थियो। मलिसालाई नभेटेको पनि धेरै भइसकेको थियो। अनेक तनावका कारण दीपकले मलिसालई फोन गर्न भ्याइरहेको थिएन। सँगै फिल्म हेर्न जाने योजना पनि मिलिरहेको थिएन। भनिसा क्रिसमस मनाउन एकमहिने बिदामा टेक्सास गएकी थिई।

दोस्रो सेमेस्टर जनवरीबाटै सुरु हुनेवाला थियो। यही बिदाको बेला पारेर अलिक धेरै काम गरौँला भन्ने दीपकको योजना सबै भताभुङ्ग भइरहेको थियो। जनवरी एक अर्थात् नयाँ वर्षको आगमन हुनेवाला थियो। दीपक सोफामै पल्टिरह्यो। उसलाई चाँडै उठेर केही गर्न मन लागेन। काममा जाऊँ, विकासले कामबाट निकालिसकेको थियो। त्यही बेला फोनको घण्टी बज्यो।

'हेल्लो दीपक ! म गणेश। के छ खबर ? जाने होइन नेपालीहरूले आयोजना गरेको नयाँ वर्षको पार्टीमा ?' उसले भन्यो, 'त्यहाँ धेरै नेपालीसँग भेट हुन्छ।' बिचरा

दीपकले अमेरिका आएको पाँच महिना भइसक्दा पनि कहिल्यै बाहिर निस्किन पाएको थिएन। त्यसमाथि धेरै नेपालीसँग भेट हुन पाउनु त परको कुरा, फेरि उसको काम पनि थिएन। एक्लो महसुस गरिरहेका बेला दीपकलाई खुसी लाग्यो।

'हो र! जाने नि, किन नजाने ?' दीपकले भन्यो, 'तर तपाईंले खोजिदिएको काम पनि चिप्लिगयो।'

'ह्वाट द फक ?' अचम्मित हुँदै गणेशले भन्यो, 'कसरी ?'

'खोइ कसरी भन्ने यार ? बिरामी भएर दुई दिन जान पाइनँ। भोलिपल्ट उसले फोन गरेर काममा नआउनू, अर्को मानिस खोजिसकें भन्यो। के गर्ने ?'

'बुल्सिट,' सायद विकासको व्यवहार देखेर गणेशलाई पनि भनक्क रिस उठ्यो र भन्यो, 'चिन्ता नलिनोस्। केही छैन फेरि अर्को काम खोजौंला।'

जति नै रूखो सुनिए पनि गणेश मनकारी मान्छे लाग्यो दीपकलाई। एउटा हिम्मत दिने मान्छेजस्तै लाग्यो। उसले भन्यो, 'तयार हुँदै गर्नोस्, म लिन आउँछु अनि पार्टीमा जानुपर्छ।' गणेश दीपकबाट त्यस्तै दस माइल टाढा बस्थ्यो, जर्जियाको मारियाटा भन्ने ठाउँमा।

गणेशका शब्दले प्रसन्न हुँदै दीपक सोफाबाट उठ्यो र बाथरूमातिर छिर्‍यो। नुहाइधुवाइ गर्‍यो। दाह्री काट्यो। त्यसपछि भान्सामा गयो। ब्रेकफास्ट बनायो, सोफामा आयो, बस्यो। ल्यापटप चलायो। केही लेख्यो।

घरमा भनिसा छैन। त्यही भएर त दीपकले 'मोर अशमोर' भन्ने आवाज पनि सुन्न पाएको छैन। तापनि कता कता भनिसा बेगरको घर घरजस्तो लागेन उसलाई। माया भन्ने कुरा चुम्बनबाट मात्र कहाँ थाहा पाइँदोरहेछ र! आखिर वर्षौंको चुम्बन र रतिराग पनि निकम्मा भयो। उनीहरूको सम्बन्धमा स्थायित्व हुन सकेन। प्रेमको सफलताका लागि दुई मनको मधुर मिलन जरुरी हुँदो रहेछ।

उसले मलिसालाई सम्भि्कयो। फुसफुसायो, 'टेक्सासबाट कहिले आउली ?' अनेक तर्कनाबीचमा समय गएको पत्तै भएन दीपकलाई। दिउँसोको चार बजिसकेछ। जाडो महिनाका दिन घाम निकै ढल्किसकेको थियो।

'अब त गणेश लिन आउने बेला पनि भयो,' दीपकले मनमनै सम्भि्कयो। लुगा लगायो र पार्टीका लागि तयार भयो। ठीक त्यही बेला गणेश ढोका ढकढकाउँदै आइपुग्यो।

'लेट्स गो,' गणेशले ढोकाबाहिरैबाट भन्यो।

दीपकले भोला बोक्न मात्र के आँटेको थियो, गणेशले 'यासहोल' भनेको सम्भि्कयो। 'आऽऽ के बोक्ने यो यासहोल पार्टीमा' भन्दै फ्याँत्त त्यहीँ फालेर बाहिर निस्क्यो। ढोका लगायो। दिनभरि लुकास घरमा थिएन।

दुवैजना कारमा चढे। कार अगाडि बढ्यो। गणेशले अमेरिकन गीत बजायो चर्को स्वरमा।

'नेपाली गीत छैन यार तपाईंसँग ?' अगाडिको सिटबेल्ट बाँध्दै दीपकले सोध्यो। एकदमै रमाइलो महसुस भइरहेको थियो उसलाई । यति धेरै महिनापछि घरबाहिर रमाइलो गर्ने उद्देश्यले बाहिर निस्किएको जो थियो।

'मलाई नेपाली गीत नै मन पर्दैन,' गणेशले अझ ठूलो भोलुम बढाउँदै भन्यो। दीपकले बुझिसकेको थियो उसको व्यक्तित्व। भित्रभित्रै खित्खितायो र भन्यो, 'नेपाली गीत पनि राम्राराम्रा छन् नि यार!'

'थाहा छ, थाहा छ, अङ्ग्रेजी गीत सुन्ने बानी गर्नोस् न म्यान!' कारको स्टेरिङ बायाँ मोड्दै गणेशले भन्यो। अनि त्यही बजिरहेको अङ्ग्रेजी गीत गुनगुनाउन थाल्यो। दीपकले देख्यो, गीतको बोलमा उसको ओठको ताल मिलिरहेको थिएन। उसले त्यति बुझ्यो तर शब्द एउटा पनि बुझेन। यसो बाहिरतिर हेऱ्यो, अगाडि हेऱ्यो। क्रिसमससमा झिलीमिली बत्तीले सिँगारिएका घरहरू अझै थिए। घरका बरन्डामा क्रिसमसका रूखहरू अझै देखिन्थे सजिसजाउ। मानौँ घरमा भर्खर नवदुलही भित्रिएकी छन्।

रूखका पातहरू पहेँला हुँदै सबै झरिसकेका थिए। फुङ्ग, उदास र निरीह देखिन्थे। तर क्रिसमसको उत्साह र नयाँ वर्षको आगमनले वसन्त ऋतुको झैँ अनुभूति गराउँथ्यो। प्रेमी-प्रेमिकाहरू बाटामा हात समाएर हिँडिरहेका थिए, चुम्बन साटासाट गर्दै।

राजनीतिले अमेरिका थलिएको थियो। काला जातिका पहिलो राष्ट्रपति बाराक ओबामा निर्वाचित भएका थिए। ठूलो उत्साह र उमङ्ग छाएको थियो काला जातिका मानिसहरूबीच। तर बाराक ओबामालाई मन पराउने गोरेहरू पनि निकै थिए। छाती खोलेर काला जातिका मानिसहरूले आफ्नो पहिचान देखाउन थालेजस्तो लाग्थ्यो।

काला जातिहरूले वर्षौंसम्म गोराहरूको हातबाट किनबेच हुनु परेको, अफ्रिकी देशबाट अमानवीय तरिकाले युरोपेली तथा अमेरिकी मुलुकमा ओसारिनु परेको एउटा पीडा, विद्रोह अझै पनि काला जातिमाझ छ भने जस्तो पनि झल्किन्थ्यो त्यहाँ। दीपकले अमेरिकी लेखक चार्ल्स जोन्सनको ऐतिहासिक पुस्तक 'मिडल पेसेज' लाई सम्झियो जहाँ कसरी आन्ध्र महासागर भएर लाखौँलाख अफ्रिकीहरूलाई दास तथा कमाराकमारी बनाएर अमेरिका ढुवानी गरिएको थियो भनेर लेखिएको थियो। त्यो अमानवीयताको पराकाष्ठा थियो। तैपनि उनीहरू त्यहीँ रहनुको अर्को कारण थियो, अमेरिकाको विकास हुनु।

मार्टिन लुथर किङको 'आई ह्याभ अ ड्रिम' को साकार भएको महसुस गरेको आभास पाइन्थ्यो काला जातिले। 'हाम्रा सपनाहरू साकार भएका छन् यार,' एक दिन एक काला जातिको मानिसले साथीसँग गफ गर्दाको क्षण सम्झियो दीपकले। बसमा चढेर घरतिर जाँदै गरेको बेला थियो त्यो।

बाटोभरि देखिएका होर्डिङबोर्डहरूले कानुनका, चर्चका, खानाका, शिक्षाका, प्लास्टिक सर्जरीका विज्ञापन गरेका थिए। अमेरिकी कारहरूमा कसैले जोन मकेन

र सेरा पालिनका चित्र भएका स्टीकरहरू टाँसेका देखिन्थे। अमेरिकाको राजनीतिले दीपकको जीवनलाई केही फरक पार्ने वाला थिएन, न त उसले भोट दिन पाउँथ्यो।

दीपकलाई कति बेला पार्टीमा जानु र त्यहाँ भएका नेपालीहरूलाई भेट्नु जस्तो भएको थियो। करिब बीस मिनेटको हँकाइसँगै गणेशले एउटा ठूलो फराकिलो भवन अगाडि कार रोक्यो। त्यहाँ धेरै कारहरू थिए। सायद पार्टीमा आएका मानिसहरूले पार्क गरेको हुनुपर्छ। साँझको त्यस्तै छ बज्न आँटेको थियो।

कस्तो होला अमेरिकामा नेपालीहरूको नयाँ वर्ष ? यस्तै कौतूहलको माझमा कार पार्क गरेको नजिकैको भवनबाट ठूलो चर्को आवाजमा बजाइएको सङ्गीतको प्रतिध्वनि गुन्जायमान भएर बाहिर आइरहेको थियो। गणेशले केही नेपालीहरूलाई नमस्कार गर्दै भवनभित्र प्रतिव्यक्ति बीस गरेर चालिस डलर पैसा तिऱ्यो। अर्को बीस डलर उसले दीपकको पनि तिरिदिएको थियो। त्यहाँ पार्टीमा हरेक व्यक्तिले बीस डलर तिर्नुपर्ने नियम रहेछ। परिवारसहित भए, जति जना भए पनि चालिस डलर तिर्नुपर्ने रहेछ। त्यो पैसाले त्यही कार्यक्रम आयोजना गर्न र खानाको प्रबन्ध मिलाउन खर्च गर्ने रहेछन्।

दीपकले पनि गणेशकै आडमा बसेर नमस्कार गऱ्यो अग्रजजस्ता लाग्ने केही नेपाली व्यक्तिहरूलाई। भवनभित्र चर्को स्वरमा गीत बजिरहेको थियो। महिलाहरू सुन्दर पहिरन र प्रायः सारीचोलोमा सजिएर अग्ला हिलमा, गाढा रातो लिपिस्टिकमा मिलेका आँखीभौँ नचाउँदै यताउता गरिरहेका थिए। सुन, चाँदी, हिरा, मोतीजडित शृङ्गार पहिरिएर आफूलाई कोभन्दा को कमभन्दैँ देखिन्थे। पुरुषहरू भने जिन्स पाइन्ट, टी-सर्ट र दौरासुरुवाल टोपीमा ढल्कँदै थिए।

'दसैँ पार्टीमा पनि यस्तै रमाइलो हुन्छ,' गणेशले भन्यो। 'हो हगि' भन्दै दीपक गणेशलाई पछ्याउँदै अगाडि बढ्यो हलभित्र। बच्चाहरू विभिन्न खेलाडीका जर्सी पहिरनमा यताउता बुर्कुसी मार्दै थिए। भेटेका केहीलाई गणेशले हात मिलाउँदै र नमस्कार गर्दै आफूलाई दीपकका अगाडि निकै चिरपरिचित रूपमा प्रस्तुत गरिरह्यो।

बिचरो दीपक पहिलोचोटि त्यस्तो पार्टीमा पुगेको थियो। सम्भवतः उसको जीवनकै पहिलो पार्टी थियो त्यो। अमेरिका आएपछिको पहिलो पार्टीको अनुभव त त्यसै पनि भइगयो। नेपालमा हुँदा किसानको छोरो खेतीपाती र गाउँले जीवनले त्यो अनुभव नै गर्न पाएन उसले। काठमाडौँ आएपछि पढाइ र करिअरले त्यतापट्टि सोच्ने फुर्सद नै भएन।

'उहाँ चाहिँ दीपक। अमेरिका आउनुभएको केही महिना भयो। युनिभर्सिटीमा पढ्नुहुन्छ,' गणेशले चिनायो त्यहाँ भेट भएका चिनारुलाई।

'ए ल ठीक छ,' केहीले प्रत्युत्तरमा हात मिलाउँदै भने। बस् त्यति। त्यो ठूलो थिएन उनीहरूका लागि। तर भर्खर अमेरिका पुगेको र नेपालीहरूलाई यति ठूलो

सङ्ख्यामा पहिलोचोटि भेट भएर होला, दीपक निकै उत्साहित देखिन्थ्यो । पार्टी मस्त थियो । प्रायः महिला, पुरुषका हातमा बियरका बोतल थिए । केही भने हातमा वाइनको गिलास बोकेर सुरुप्प-सुरुप्प पार्दै थिए । केही रेड लेबल र ब्ल्याक लेबल आफैं कपमा खन्याउँदै, बरफका टुक्रा हाल्दै घुटुकघुटुक पार्दै थिए । 'एउटा बोतल लिउँ होइन त ?' गणेशले हातमा कोरोना नाम गरेको बियरको सानो बोतल उचाल्दै अर्को दीपकलाई दिँदै भन्यो ।

'हैट् कहाँ हुन्छ ?' दीपकले मुन्टो बटाऱ्यो । दीपक नपिउने मान्छे त होइन । कहिलेकाहीँ आफ्ना मनप्रिय मित्रहरूसँग हुँदा भने पिउँथ्यो । यो त नयाँ ठाउँमा के पिउनु भन्ने लाग्यो उसलाई र ढाँट्यो, 'मलाई पेट दुखेको छ ।'

'यो अमेरिका हो म्यान !' गणेशले कर गऱ्यो, 'पिउन पिउँ ।'

दीपकले यसो नजर डुलायो । सबैले मस्त पिइरहेकै छन् । त्यहाँ उमेर, लिङ्ग, जात, वर्ण केहीको रोकटोक छैन । एकले अर्कोलाई अँगालो हालेर स्वागत गरेका छन् । गालागाला जोडेर म्वाइँ खाएको आवाज निकालेका छन् । पहिलोचोटि त्यस्तो देख्दा ऊ तीनछक पऱ्यो । विदेशीहरूले त्यसो गर्थे । तर अमेरिका आएपछि त नेपालीहरूले नै पो त्यसो गर्दा रहेछन् । नेपाली, हिन्दी र अङ्ग्रेजी गरी पालैपालो गीतहरू घन्किरहेकै थियो । कोही पिउँदापिउँदै अलिक बढी नै भएर आफू वशमा नभएझैँ बजिरहेका गीतमा हल्लिँदै थिए भने कोही समूहमै भीड बनाएर नाच्दै थिए ।

गणेशले अति कर गरेपछि दीपकले नाइँ भन्न सकेन । हातमा बोतल लियो र एक चुस्की लगायो र हेर्न थाल्यो रमिता ।

अमेरिकाको जर्जिया राज्यमा रहेको नेपाली समाजले आयोजना गरेको थियो त्यो पार्टी । केही नेपाली कलाकारहरूलाई पनि बोलाइएको थियो । सयौँ थिए नेपाली । खचाखच भरियो अण्डाकारको हल । सप्तरङ्गी प्रकाशको फल्यासले सुसज्जित थियो हल र छेउछाउमा ऐनाहरू थिए, जसले सयौँजनालाई हजारौँमा देखाइदिन्थ्यो । बुमबुम र डुमडुमको आवाजले हल नै थर्कमान भइरह्यो ।

त्यहाँ भएका केही मानिससँग दीपक आफैँले परिचय गऱ्यो र बिस्तारै पनि थाल्यो । अलिअलि रमरम भयो उसलाई । गणेश आफ्नै सुरमा अरू साथीहरूसँग गफ गरिरह्यो । दीपकले त्यहीँ केही साथी बनायो ।

दीपकले आफूजस्तै अर्को एउटा नेपाली पनि भेटायो त्यहाँ । ऊ पनि विद्यार्थी भिसामै आएको रहेछ । एटलान्टा सहरको एउटा कलेजमा पढ्दो रहेछ । रेस्टुरेन्टमा काम गर्दो रहेछ । 'के गर्ने यार, फी तिर्न परिगो,' उसले भन्यो । उसको हातमा पनि बियर नै थियो । दीपकले फेरि अर्को व्यक्तिसँग पनि परिचय गऱ्यो । ऊचाहिँ बिजनेस भिसामा आएर यतै भासिएको पाँच वर्ष भइसकेछ । 'आएपछि, गइएन, फर्किएन नेपाल,' उसले भन्यो । अहिले त उसको ग्रीनकार्ड नै भइसकेछ ।

फेरि अर्कोसँग भेट भयो ऊ चाहिँ डीभी परेर परिवारसहित आएको रहेछ । फेरि

अर्कोसँग भेट भयो। ऊचाहिँ गैरकानुनी हिसाबले लुक्दै भाग्दै मेक्सिकन मुलुक हुँदै त्यतैतिरको खाडीबाट अमेरिका आएर काला जातिकी एउटी महिलासँग घरबार गरी यतैको नागरिक भइसकेको रहेछ। त्यो पनि दस वर्ष भइसकेको रहेछ।

अमेरिका आएर यतै पढेर डाक्टर, वकिल, इन्जिनियर भएका मानिसहरूसँग पनि दीपकको भेट भयो। तर धेरैभन्दा धेरै त्यहाँ भेला भएकाहरू कि त ग्यास स्टेसनमा कि त रेस्टुरेन्टमा काम गर्दा रहेछन्। धेरैले त त्यस्तै काम गर्दागर्दै आफैँले ग्यास स्टेसन र रेस्टुरेन्ट चलाएका रहेछन्। उनीहरूले नेपालमा कमाएको डिग्रीको केही काम आएको थिएन अमेरिकामा।

'के गर्ने यार, भाँडा नमाझी यहाँ केही हुन्न,' रक्सी पिउनेहरूमाझ आफ्ना भावना साटासाट गरेको सुन्यो दीपकले। त्यो नेपालीको अमेरिकी जीवनशैली सुनेर उसलाई पनि आनन्द आयो। उसले थाहा पायो- सबैको पीडा आफ्नोजस्तै रहेछ। भन्थे, पीडा बाँड्न सकिँदैन। तर सकिँदो रहेछ, दीपकले मनमनै महसुस गऱ्यो।

'यत्ति हो, यहाँ चक्काजाम हुँदैन, चिल्लो कार आफैँले हाँकेर फराकिला बाटामा कुद्न पाइन्छ,' एउटाले भन्यो। 'भौतिक सुविधा छ। त्यही मात्र हो। नत्र यो मुजी देशमा के छ र यार ?' दीपकले छेउमै कसैले बोलेको सुन्यो। 'सही हो कुरो,' अर्को व्यक्ति रक्सीको पेगमा मुसुक्क हाँस्यो।

'नेपालमा के छ ? ट्राफिक जाम हुन्छ। चौबिस घण्टा बत्ती जान्छ। स्वच्छ सास फेर्न पाइँदैन, धुवाँ र धुलोले गर्दा। बाटाघाटा छैनन्। कमसेकम आनन्दको जीवन त छ यहाँ जति दुःख गरे पनि। चाहेको कुरा गर्न सकिन्छ,' अर्कोले थप्यो।

'सही भन्नुभो सर!' अर्कोले ब्ल्याक लेबल दन्कायो। 'नेताहरूको बुद्धि भइदिएको भए हाम्रो जस्तो सानो देश अहिले कहाँ पुगिसक्थ्यो ? यी भ्रष्टाचारी नेताहरूले हो देशलाई पछाडि पारेका।'

'त्यही त अब यहाँ हेर्नोस् न। अमेरिकामा न चक्काजाम छ, न बत्ती जान्छ।'

त्यही बीचमा कोरोना बियरको घुट्की चुस्दै बाँकी ट्र्यासबिनमा फाल्दै अर्को बोल्यो, 'म चाहिँ गएँ अब नाच्न। आउनोस्, तपाईंहरू पनि। के गफ गर्नु ? कहिल्यै नसुध्रिने नेपालको राजनीति।'

दीपकले देख्यो, अमेरिकामा नेपालीहरू खुसी छन् तर फेरि साँच्चै खुसी छैनन्। भित्र कतै उनीहरूलाई आत्मग्लानि छ। उनीहरूलाई भित्र कतै मिले नेपाल नै फर्किन पाए हुन्थ्यो भन्ने छ। निराद सी चौधरीको 'दी कन्टिनेन्ट अफ सर्सी' मा सर्सीको आइल्यान्डमा फँसेजस्तो उनीहरू अमेरिका देशभित्र फँसेका छन्। मानौँ सर्सी अमेरिकाले उनीहरूलाई टुनामुना लगाएको छ।

अमेरिकाका प्रायः नेपाली भावनात्मक रूपमा खुसी हुन सकेका छैनन्, न चटक्क छोडेर आफ्नै देश फर्किन सकेका छन्। अर्थात् उनीहरूमा नेपाल र अमेरिकासँग घृणा र मायाको सम्बन्ध छ। अमेरिका र नेपालको बीचमा अलमलिएको पेन्डुलम

जीवनशैली छ। ऊ पेन्डुलम घडीभैँ अलमलिएको छ। आफैँ ठोकिन्छ घडीको वल्लो छेउ र पल्लो छेउ र आफैँलाई जनाउ दिन्छ समयको।

ऊ हरेक दिनरात खट्छ। मानौँ त्यो खटाइ गधाको पनि हुन सक्छ। अर्थात् सर्सी अमेरिकाले उसलाई गधामा रूपान्तरण गरेकी छ, जुन ऊ स्वयम्लाई थाहा छैन। स्वतन्त्रताको देशभित्र ऊ समयको बन्दी छ। घण्टामा मोलतौल हुन्छ उसको जीवनको परिश्रम। यति हुँदाहुँदै पनि ऊ यही अमेरिकी माटोमा सहवास गर्न चाहन्छ, बच्चा यहीँ जन्माउन चाहन्छ, यहीँको अमेरिकी नागरिकता लिन चाहन्छ। किनकि अमेरिका सर्सीको केशजस्तै फुकेको छ- विशाल, सुन्दर र मनमोहक। सर्सीको जवानीभैँ मस्त र लोभलाग्दो छ।

अमेरिकाले पस्केर दिने भोज सर्सीको भन्दा कम छैन। उसले जे चाह्यो, त्यही पाउँछ- क्रेडिट कार्ड, कार, घर। तर असल व्यवहार गर्न जान्नुपऱ्यो। यी सबै कुरा दिएर सर्सीले भैँ अमेरिकाले उसलाई एउटा बन्धनमा राख्छे। महिना नमर्दै ऊबाट सबै कुरा लिन्छे- क्रेडिट कार्डको ब्याज, घरको मोर्गेज, फोनको बिल, कारको किस्ता। त्यसैका लागि ऊ खट्छ रातदिन।

सर्सी अमेरिकाको टुनामुनामा लट्ठ हुँदाहुँदै आफ्नै पत्नी र सन्तानलाई दिने समय हुँदैन ऊसँग। अनि यसरी सर्सी अमेरिकामै जन्माउँछ उसले सन्तान। अमेरिकाकै माटोमा गर्छ उसले सहवास। ऊ जे चाहन्छ, सर्सीले भैँ अमेरिकाले दिइरहन्छे। उसले सारा कुरा बिर्सिरहन्छ। अमेरिकामै धसिइरहन्छ।

सर्सी अमेरिकाले उसलाई मानवयन्त्र बनाइसकेकी छे- एउटा कृत्रिम खुसी दिएर, कृत्रिम भोज दिएर, कृत्रिम सुन्दरता दिएर, कृत्रिम जवानी दिएर, कृत्रिम लोभ दिएर। वर्षौं भेट हुन नपाए पनि उसका आफन्त र परिवार मख्ख छन् किनकि उनीहरूले सगौरव भन्न पाएका छन्, मेरा छोराछोरी सर्सीको देशमा छन्। उनीहरूलाई थाहा छैन, त्यही भ्रम पाल्दापाल्दै आफ्नो सन्तानको अनुहार हेर्न नपाई कुन दिन फुस्लुक्क जाने हो जिन्दगी। ऊ अमेरिकामा हुनुको फोस्रो आदर्श र घमण्डमा बाँचेको छ। उसले बुभेको छैन, सर्सीले भित्रभित्रै ऊ आफू हुनुको बोधलाई अर्कै कुनै चिन्तनमा रूपान्तरण गरिदिइसकी।

माइकल ओन्दाजेको 'रनिङ इन द फेमिली' मा जसरी पात्रले मस्तिष्कमा आफ्नो जन्मदेशको नक्सा बनाउँछ र त्यहाँ आफूलाई डुलाउँछ। हो, त्यस्तै देख्यो दीपकले यहाँ पनि। त्यस पार्टीमा भेला भएका मानिसहरू र उनीहरूको वार्तालापले त्यही उपन्यासको पात्रलाई सम्भियो र ती पार्टीमा भेला भएका थुप्रैलाई त्यही पात्र देख्यो।

दीपकले आफूले पिइरहेको कोरोना बियरको अन्तिम घुट्की निल्यो र त्यही ट्र्यासबिनमा राख्यो। फेरि रमरम लागेको तालमा खुसी मान्दै वरिपरि नजर डुलायो। कसैले टाई, पेन्ट, सर्ट लगाएका, कसैले दौरा, सुरुवाल र टोपी लगाएका। कोट, पेन्ट, टाई लाएकाहरू भर्खर आएका रहेछन् अमेरिका। दौरा, सुरुवाल र टोपी लगाउनेहरू

चाहिँ निकै वर्ष भएछ अमेरिका बसेको। केही तरूनीहरू मिनी स्कर्ट र अग्ला हिलमा वक्षस्थलबीचको भाग प्रस्ट देखिने पहिरनमा, बडो ठाँटका साथ हातमा वाइनको गिलास माथि-माथि उचाल्दै कम्मर हल्लाउँदै थिए अङ्ग्रेजी गीतमा। अँगालो मार्दै, चुम्माचाटी गर्दै, साथी, ब्वायफ्रेन्ड र पतिसँग। केही गोरिनी पनि देखिन्थे। उनीहरूको बिहे नेपालीहरूसँग भएको होला सायद।

'ओइ, आइजा न नाच मसँग,' एक राम्री युवती आफ्नी मन मिल्ने साथीलाई तान्दै थिई। त्यहाँ सबै सबैसँग नाचिरहेका थिए। पति पत्नीसँग, बाउ छोरीसँग, आमा छोरासँग चिनेका नचिनेकोसँग। यस्तो लाग्थ्यो, उनीहरू आफ्नो जीवनशैली, दैनिकी भुलिरहेका थिए। आफ्नो उमेर, देश, पेसा, धर्म, वर्ण, लिङ्ग, जात सबै भुलिरहेका थिए। उनीहरू खुसी देखिन्थे तर दीपकले त्यसभित्र पीडा देखिरह्यो। उनीहरू अट्टहासमा मस्ती गरिरहे। उनीहरूले सारा दुख र थकान बिर्सिए। नेपाली राजनीतिलाई बिर्सिए, हिजो बिर्सिए, भोलि पनि बिर्सिए र मस्ती गरे।

उनीहरूले पीडा भुले नृत्यमा, मदिरामा। डुबाए वेदना, विरक्तिपना, पश्चात्ताप, दिक्दारी त्यही सराबमा। साटे पीडा नाचेर, अँगालो मारेर। देखियो त्यो अण्डाकारको हल पीडामा, नृत्यमा, मदिरामा। अमेरिकामा रहेका नेपालीहरूको वास्तविक पीडाबोधको गतिलो नाटक मन्चन भएझैँ लाग्यो दीपकलाई।

अमेरिकाको आवरणमा सबै खुसी देखिन्छन् तर त्यहाँभित्रको सन्ताप हतपती कसैले देख्दैन। कसैले देख्दैन वेदना, विरक्ति, पछुतो र दिक्दारी। कसैले देख्दैन, अमेरिकी सपनामा आइपुगेका कतिपय नेपालीहरूको वास्तविक पीडा। कसैले महसुस गर्न सक्दैन, अमेरिकामा हुनुको घमण्ड पछाडिको नेपालमा हुन नपाउनुको पीडा। जब नेपाललाई माया गर्ने नेपालीहरू अमेरिकामा बग्रेल्ती भेटिन्छन्, तब उनीहरूको नेपालप्रतिको माया देखेर ढुङ्गो पनि रसाउँछ।

उनीहरूलाई अमेरिकाको भन्दा बढी माया नेपालकै लाग्छ। नेपालको राजनीति बिग्रँदा उनीहरूको मन दुख्छ। नेपालमा बाढीपहिरो जाँदा उनीहरूको हृदयमा पनि पहिरो जान्छ। आँसुको भेल बग्छ। केही सहयोग गरौँ भन्ने भावना भित्रैबाट आउँछ। देशप्रेमले उनीहरूको छाती धड्किन्छ। तर पनि सर्सी अमेरिकाको मोह र जादुले कस्तरी तानेको छ भने 'म चाँडै नेपाल जान्छु' भन्दाभन्दै यतै सानो नेपाल बनिसक्यो, नेपाली मन्दिर भइसक्यो, सर्सी अमेरिकासँगै सहवास भइसक्यो, यतै सन्तान जन्मिसके।

रातको बाह्र बज्यो अर्थात् नयाँ वर्षको आगमन। सबै एकै ठाउँ भेला भए। दसपन्ध्रवटा ठूलठूला बियरका बोतल हल्लाए र ठूलो आवाज निक्लिने गरी बिर्को स्वाट्ट पारेर खोलिए र बोतलबाटै पुचुचु बियरका छिर्काहरू सबैतिर छर्किए र सबैले एकैस्वरमा भने, 'ह्याप्पी न्यू इयर।' सबैजना मदिरास्नानमा मग्नमस्त भए। त्यसपछि

सबै आ-आफ्नो बाटो लागे ।

गणेश त्यहीँ थियो । उसले त्यहाँ एउटामात्रै बियर पिएको थियो । सायद कार हाँक्नुपर्छ भनेर होला । दीपकलाई अपार्टमेन्टसम्म पुऱ्याउनुपर्छ भनेर होला । 'आज साँच्चै रमाइलो भयो यार गणेश, धन्यवाद!' दीपकले भन्यो, 'गुड नाइट! ड्राइभ सेफ।'

दीपक अपार्टमेन्टभित्र छिऱ्यो र त्यही सोफामा पल्टियो । रातको एक बजिसकेको थियो । चकमन्न थियो अपार्टमेन्ट । न भनिसा थिई, न त लुकास । भनिसाले लुकासलाई छाडिसकेकी थिई ।

बलुन जनावर

बिहानको ६ बजेको थियो । अघिल्लो रातको पार्टीले होला, बिउँझेपछि दीपकलाई रिँगटा लागेजस्ते भयो । बान्ता होलाजस्तो भयो । निद्रा नपुगेजस्तो भयो । उठ्ने बित्तिकै उसको मस्तिष्कमा पहिलो कुरा खेल्यो, 'मैले काम खोज्नु छ । कसरी पाउने होला ?' बाथरूम छिर्‍यो, नुहायो । भनिसा सुत्ने कोठामा चिहायो । कोही थिएनन् । लुकास पनि भनिसाले अपार्टमेन्ट छोडेदेखि प्रायः घर आउन छोडेको थियो । कसको नाममा अपार्टमेन्ट थियो ? दीपकलाई केही थाहा थिएन । अब के हुने हो ? कतै मैले पनि यो ठाउँ छोड्नुपर्ने त होइन, दीपकले सोच्यो- काम त मैले जसरी पनि भेटाउनैपर्छ ।'

फोन डायल गर्‍यो ।

'हेल्लो डेभिड !' दीपकले भन्यो । ऊ त्यही डेभिड थियो, जसलाई उसले बुल्कियोलाई भेट्न जाँदा इन्टरनेसनल स्टूडेन्ड अफिसमा भेटेको थियो । ऊ उज्वेकिस्तानी थियो । ऊ पनि त्यस्तै नक्कली कागजात बनाएर पढ्न आएको थियो । त्यतिबेलै उनीहरूले फोन नम्बर साटासाट गरेका थिए । बीचबीचमा उनीहरूको गफगाफ पनि हुने गर्थ्यो र पीडा साटासाट पनि ।

'तिमीसँग भेटेरै गफ गर्नु छ यार । मिल्छ भने मेरै अपार्टमेन्टमा आऊ न,' दीपकले डेभिडलाई आफ्नो अपार्टमेन्टको नम्बर दियो ।

डेभिड पनि काम नपाएर घरै बसेको रहेछ । ऊ नजिकैको अर्को अपार्टमेन्टमा बस्थ्यो । 'हुन्छ, म आइहाल्छु,' उसले भन्यो । उत्तिन्खेरै डेभिड ढोका ढकढकाउँदै आइपुग्यो ।

'कम अन इन,' दीपकले ढोका खोल्दै भन्यो र त्यही सोफामा बस्न आग्रह गर्‍यो ।

'हाऊ आर यू म्यान ?' ऊ निकै थकित देखिन्थ्यो ।

'के हुने यार ! काम पाएको छैन । अब सेमेस्टर सुरु हुने बेला भइसक्यो दुई हप्तामा ।' डेभिडले भन्यो ।

'त्यही त यार !' दीपकले त्यही सोफाको अर्को छेउमा सही थाप्यो, 'मेरो पनि हालत त्यही हो । त्यही भएर के कसो गर्ने, कुरा गरौँ भनेर हो बोलाएको ।'

'मैले पनि काम भेटिन्छ कि भनेर साथीसँग ऋण मागेर एउटा पुरानो कार किनेँ । खोइ काम नै नेभेटिएपछि फेरि त्यही दाममा कार बेचेर साथीको पैसा तिरिदिएँ । खान नै नपाइने जस्तो भइसक्यो पैसा नभएर ।'

'के गर्ने होला त ? काम गरिरहेको ठाउँमा साहुले नआउनू भनेपछि मेरो पनि हालत उही छ । भएको पैसामा साथीसँग अलिकति ऋण मागेर पहिलो सेमेस्टरको फी त तिरेँ । अब दोस्रो कसरी तिर्ने होला यार ?'

'उसो भए एकथोक गरौँ,' डेभिडले सोफाबाट बुरुक्क उफ्रेर भन्यो, 'बलुनको जनावर बेच्न सुरु गरौँ त ?'

दीपकले उसले भनेको कुरा बुझेन । सोध्यो, 'ह्वाट यू मिन ?' दीपकका आँखीभौँ उचालिए ।

'यो बलुनबाट विभिन्न किसिमका जनावरहरू बनाउने अनि रेस्टुरेन्टतिर लगेर बेच्ने,' डेभिडले भन्यो, 'एकदम सही हुन्छ । मान्छेले किन्छन् । मलाई बनाउन आउँछ ।'

त्यो कुरा सुनेर दीपक मुसुमुसु हाँस्यो र भन्यो, 'द्याट्स अ गुड आइडिया म्यान । लेट मी मेड अ कप अफ कफी टू सेलिब्रेट दिस ।' त्यसपछि दीपक उठेर किचनतिर गयो र कफी बनाउन थाल्यो मसिनमा । डेभिड पनि उठ्यो र दीपकतिर गएर गफ गर्न थाल्यो ।

'तर रेस्टुरेन्ट नजिकै छैनन् । कहाँ गएर बेच्ने ? फेरि हामीसँग कार पनि छैन,' दीपकले भन्यो । कफी ब्रुइङ गरेको आवाज आइरह्यो ।

'त्यही त यार !' डेभिडले भन्यो । अघिको खुसी एकैचोटि सोहोरिएर उसको अनुहारबाटै विलीन भयो । 'त्यही भएर यो फकिङ अमेरिका मलाई मन पर्दैन । कार नभई नहुने यार । फेरि यस्तो चिसोमा कसरी हिँड्न सकिएला र ?' केहीबेर उनीहरू शान्त भए । रेफ्रिजेरेटरको एकोहोरो आवाज सुनियो, त्यसपछि हिटिङले तातो हावा फालेको आवाज । धेरै चिसो हुन थालेको थियो बाहिर । दीपकले दुइटा कपमा कफी खन्यायो ।

'म साँच्चै थकित भइसकेँ यार । म बस्दिनँ अमेरिका । यो सपनाको होइन, दुःखको देश हो । म त आफ्नै देश फर्किन्छु,' डेभिडले दीपकले दिएको कप समाउँदै केहीबेरको मौनता तोड्दै फेरि थप्यो ।

दीपकले कफी सुरुप्प पाऱ्यो र भन्यो, 'समस्या मेरो मात्र ठान्थेँ तर तिम्रो पनि रहेछ यार । तनाव नलेऊ । केही त होला नि । अवसरको देश त्यसै भनेका होइनन् होला ।'

दीपकले डेभिडलाई प्रोत्साहन गर्‍यो। हुन त दीपक आफैँ विरक्तिमा थियो। तर एउटा विरक्तिएको व्यक्तिका अगाडि अर्को विरक्तिएको व्यक्ति आइलाग्यो भने ती दुईमध्ये एउटा आफैँ बलियो भएर उठ्दो रहेछ।

'मलाई थाहा भो,' डेभिडले फेरि भन्यो।

'के ?'

'यहाँबाट एक घण्टाको दूरीमा धेरै रेस्टुरेन्टहरू छन्। हो, त्यहाँ गएर बेच्ने हो।' दुवैले त्यस कुरामा मन्जुर गरे।

त्यही दिन उनीहरू बाहिर निस्के र उनीहरूसँग जति पैसा थियो, त्यसबाट केही बलुनहरू किने। अपार्टमेन्टमा फर्किए। दीपकले सुइँसुइँती लामा-लामा आकार आउने बलुनहरू फुलायो, डेभिडले धमाधम विभिन्न किसिमका जनावरहरू बनायो। उसले बलुनलाई मर्‍याकमुरुक बटार्दै मुसो, हात्ती, घोडा, कुखुरा, बिरालोजस्ता जनावर बनायो। दीपकले हाँस्दै बलुन फुलाउँदै आनन्द लियो।

दुई हप्ताबीचमा उनीहरूले निकै बलुन बेचे। जर्जियामा जनवरी महिनाको मुटु छेड्ने चिसो थियो। नेपालबाटै ल्याएको थियो दीपकले मोटो ज्याकेट। त्यसले पनि कहाँ थाम्थ्यो र! एक घण्टा सुइँसुइँ हिँड्नु पर्दा चिसोले उसको सातो लियो। नाक र कान आगोभन्दा रातो हुन्थ्यो। चिसो पनि बढी भएपछि आगो हुँदो रहेछ, जसलाई पानीले निभाउने रहेनछ। त्यही बेला थाहा पायो दीपकले।

अझ चिसो हावा बहँदा भने प्राण नै जालाजस्तो हुन्थ्यो। तर पैसा कमाउनु थियो। सेमेस्टर सुरु हुँदा नहुँदै केही पैसा जोरजम्मा गर्नु थियो। कहिलेकाहीँ हिउँ पर्थ्यो र बाटाहरू सेताम्मे हुन्थे। रूखका हाँगाहरू पुरिन्थे। मरुभूमि जस्तो देखिन्थ्यो सबै दृश्य। मानौँ डेभिड र दीपक ऊँट भएर मरूभूमिमा हिँडिरहेछन्। यसरी हिँड्न दीपकले हार खाइसकेको थियो। तर ऊसँग विकल्प पनि थिएन।

उनीहरूको सङ्घर्षलाई ईश्वरले बुझे सायद। राम्रै भयो। दुई हप्तामा बलुन बेचेर कमसेकम दुई हजार डलर बनाए उनीहरूले र बाँडे आधाआधा। सेमेस्टर सुरु हुन लागेको थियो केही दिनमै।

'अब यसरी हिँडेर काम गर्न म चाहिँ सक्दिनँ डेभिड! म थाकेँ,' दीपकले एक दिन भन्यो, 'जे होला होला।' त्यसपछि दीपकले त्यो काम नै छोडिदियो। कम्तीमा उसको गोजीमा एक हजार भयो। केही समय बेगल स्टोरमा काम गरेको पाँच सय डलर पनि थियो। अब पन्ध्र सय डलर जम्मा भयो। अब अर्को सेमेस्टरको फी तिर्न कम्तीमा तीन हजार त हुनैपर्ने थियो। खानुपर्‍यो अनि भाडा तिर्नुपर्‍यो। त्यसको हिसाबकिताब गर्न त बाँकी नै थियो।

डेभिडले त्यही कामलाई निरन्तरता दिइरह्यो भने दीपक अर्को वैकल्पिक काम सोच्न थाल्यो।

खुसी

दोस्रो सेमेस्टरको पहिलो दिन । दीपकले बलुनबाट जनावर बनाएर बेच्ने काम छोडेको दुई दिन भइसकेको थियो । अरू काम भेटिएको थिएन । लुकास अपार्टमेन्टमा कहिलेकाहीँ मात्र झुल्किन्थ्यो । खासै बोलचाल हुन्नथ्यो । त्यसै पनि त्यो अपार्टमेन्टप्रति दीपकको मोह थिएन । त्यति हो, चुम्बन र यौनजन्य क्रियाकलापको आवाज भने बिरानो हुन थालेको थियो । दीपकका लागि एकाग्रताको समय मिल्थ्यो । तर बिरामी भइगयो भने पानी दिने मानिस पनि थिएनन् ।

'अब त मलिसा आइपुगी होला टेक्सासबाट । आजबाट त क्लास नै सुरु हुन्छ,' दीपकले बिहानै सम्झियो । बिहानको आठ बजेतिर फोनको घण्टी बज्यो ।

'हेल्लो !' दीपकले उठायो ।

'क्यान यू कम टू द इन्टरनेसनल स्टूडेन्ट अफिस ?' इन्टरनेसनल स्टूडेन्ट अफिसकी सल्लाहकार क्यारोलले भनी, 'जति बेला आए पनि हुन्छ, कुरा गर्नु छ ।'

दीपकको मनमा चस्का पस्यो, 'कतै उसलाई गैरकानुनी काम गरेको थाहा पाएर त होइन ? फेरि के हुन्छ मेरो हालत ? मेरो अमेरिकी सपना चकनाचुर त हुन्न ?' उसले मनमा अनेक कुरा खेलायो । 'आज त्यसै पनि कलेज जानैपर्ने छ । जान्छु । बरु क्याफ्टेरियामै केही खान्छु दिउँसो,' यस्तै सोच्यो दीपकले र झोला बोकेर सधैँ हिँड्ने बाटो हुँदै कलेजतिर लाग्यो ।

उसको मुटुको गति बढिरहेकै थियो । उसले हरेक अड्कलबाजी लगायो । क्यारोलले किन बोलाएकी होला ? पछिल्लो समय उसको भेट त्यही अफिसको डाइरेक्टर बुल्कियोसँग भएको थियो । कतै बुल्कियोले नै उनलाई फोन गर्न लगाएको

त होइन ? यस्तै तर्कनाबीच ऊ क्यारोलको कार्यालयको ढोका ढकढकाउन पुग्यो। क्यारोल उमेरले त्यस्तै पचपन्न वर्ष जतिकी थिई। स्कर्ट र टी-सर्टमा लगाएकी, पातली, मिलेको शरीर, आँखीभौँ र परेला मिलेका, ओठमा गाढा गुलाबी रङ्गको लिपिस्टिक, मसिनो बोली अनि फरासिली। उसको अफिस बुक्लियोको अफिस छेउमै थियो।

उसको कोठामा पनि त्यसैगरी आमनेसामने बसेका दुइटा कम्प्युटर थिए। कुनानेर एउटा किताबको र्‍याक, केही कागजात मिलाएर राखेका किताब र टेबलमा परिवार र घरपालुवा कुकुरका तस्बिर थिए। यस्ता कुरा हरेक कार्यालयमा प्रायः सबैले राख्थे। नेपालका कार्यालयमा भने तौलियाले ढाकेको हुन्थ्यो उनीहरू बस्ने कुर्सी। किन त्यसरी ढाकेका हुन् भन्ने कारण चाहिँ उसलाई कहिल्यै थाहा भएन।

दीपकले आफ्नो परिचय दियो। क्यारोलले मुस्काउँदै भनी, 'दीपक तिमी नै हो ? कम अन इन।' त्यो मुस्कानको स्वागत पाएर दीपक ढुक्क भयो। पक्का पनि नराम्रो खबर होइन। दीपकले 'धन्यवाद !' भन्दै क्यारोलले बस्न सङ्केत गरेको कुर्सीमा आमनेसामने भएर बस्यो।

'खासमा मैले किन बोलाएको भने दीपक, तपाईंलाई फी तिर्न समस्या छ भने आधा घटाइदिएका छौं। अब यो सेमेस्टरमा तीन हजार डलरको साटो पन्ध्र सय मात्र तिर्दा हुन्छ,' क्यारोलले भनी, 'तर तपाईंले कम्तीमा पनि थ्री पोइन्ट फाइभ जीपीए बनाइराख्नुपर्छ।' यो समाचार सुन्ने बित्तिकै दीपकलाई अब 'अमेरिकी सपना' पूरा हुने भयो भन्ने भान भयो।

नसोचेको समाचार सुन्दा उसको छाती खुसीले ढक्क फुल्यो। अब क्यारोललाई के भन्ने ? उसको वाक्य नै फुटेन। घाँटीमा डल्लो जस्तो आएर अड्कियो। बुल्कियोसँग हारगुहार गर्दा पनि वाक्य यसरी नै अड्किएको थियो। त्यो आँसुको थियो। यो खुसीको थियो। 'गला अवरुद्ध त दुःखमा मात्र होइन, खुसी र प्रसन्नतामा पनि हुँदो रहेछ भन्ने दीपकले थाहा पायो।

'म धन्यवाद कसरी दिऊँ ?' दीपकले क्यारोललाई भन्यो, 'म आभारी छु।' उसले त्यति मात्र भन्न सक्यो र त्यहाँबाट निस्क्यो। जनवरी महिनामा पातहरू सर्लक्कै झरेर निर्वस्त्र भएका बोटहरूमा पालुवा लागेको देख्यो दीपकले। उदाङ्गो र हिउँका थुम्काथुम्का भएका ठाउँहरूमा, हरियाली र सुन्दर फूलहरू देख्यो। उसलाई उत्साह र प्रोत्साहन मिल्यो।

उसलाई लाग्यो- सुन्दर भन्ने चिज त दृश्यमा होइन, भावमा हुँदो रहेछ। सोच रहेछ जसले बनाउँदो रहेछ कुरूपलाई पनि सुन्दर। उसले आनी छोइङ डोल्माले गाएको गीत सम्झियो, 'फूलको आँखामा फूलै संसार, काँडाको आँखामा काँडै संसार।' वास्तविक र यथार्थ भन्ने कुरा त मान्छेको भाव रहेछ।

यो खुसीको खबर कसलाई सुनाऊँ ? कहाँ पोखौँपोखौँ भयो उसलाई। मलिसालाई देखिन्छ कि भनेर हेर्‍यो। कलेजमा विद्यार्थीहरू यताउता गर्दै हिँडिरहेका थिए। कलेज

परिसरमा चहलपहल थियो। एकअर्काको हात समाएर, चुम्बन खाँदै, गफिँदै प्रेमी-प्रेमिकाहरू कक्षाकोठातिर जाँदै थिए।

त्यो चिसो सिरेटो र चिसो मौसम पनि जीवनकै सुन्दर भएर आयो दीपकलाई। ऋतुहरू आफैँमा राम्रो वा नराम्रो कहाँ हुँदा रहेछन् र! ऋतुहरूलाई राम्रो वा नराम्रो देख्नुमा जीवन अनुभव र त्योसँग मिसिने खुसी मानिसले कुन समयमा पाउँछ, त्यसले निर्धारण गर्दो रहेछ।

दीपकले एउटा पत्रिका स्ट्यान्डमा राखेको अङ्ग्रेजी पत्रिका 'दी न्यूयोर्क टाइम्स' टिप्यो र नजिकै हल्लिरहेको पिङमा गएर बस्यो। चिसोको परवाह नगरी हल्लिँदै पत्रिकाको पाना पल्टायो। अब त मैले चाँडै पढाइ सकेर जागिर खानुपर्छ। मलिसाले मानी भने उसलाई बिहे गर्नुपर्ला। एउटा कार किन्नुपर्ला। आमाबुबालाई पनि यतै ल्याउनुपर्ला। यस्तैयस्तै कुरा कल्पियो दीपकले। केहीबेर कल्पनामा रमायो। यस्तो सपना अमेरिका आउने प्रायःले देख्ने गर्छन्।

'अब मलाई नेपाल जानुपर्दैन। धर्म, जात, रङ्ग, भूगोलको नाममा राजनीति गर्नेहरूबाट शासित हुनु छैन। हरेक दिनको ट्राफिक जाम र टायर बालाइबाट विरक्तिनु छैन। बत्ती बेगरको अँध्यारोमा रात बिताउनु छैन।' यस्तै तर्कना गरिरहेका बेला एक्कासि गणेशको आवाजले दीपक तर्सियो।

'ह्वाट्स अप, म्यान!' गणेशले भन्यो, 'पूरै टोलाउनुभएको छ त?'

'ओहो गणेशजी! के छ यार खबर? म आफ्नै देशको राजनीतिक परिस्थिति सम्झेर पो टोलाएछु।'

गणेश त्यही पिङको अर्को छेउमा बस्यो। 'हाम्रा नेतालाई देशको मतलब छैन, तपाईं बेकारमा किन टेन्सन लिनुहुन्छ यार? तर मैले नबुझेको एउटा कुरा के भने यी मधेसी ग्रुप चुरे भावर, फोरम, ज्वाला, गोइत समूह के हुन् यार? आखिर हामी सबै नेपाली होइनौँ र?'

त्यही प्रश्न दीपकलाई गर्नु थियो। 'त्यही त यार। खोइ म पनि बुझ्दिनँ,' उसले भन्यो, 'मलाई राजनीति गर्नु नै छैन। तर राजनीति नै जीवनका हरेक पक्षसँग जोडिएर बसेको हुन्छ। कहिलेसम्म चलिरहन्छन् जनताको नाममा यी द्वन्द्व। हिजो माओवादीको कालमा त्यति नै निर्दोषहरू मरिए। आखिर कहाँ छ शान्ति?'

'म त अमेरिकामा छु। फेरि यहीँको नागरिक भएँ। ढुक्क छ मलाई,' गणेशले भन्यो, 'त्यसो भन्दा पनि मन मान्दो रहेनछ। आफू जन्मेको देशकै माया बढी हुँदो रहेछ।' अहिले भने गणेशले मनकै कुरा गरेको ठान्यो दीपकले। कारभित्र जतिसुकै अङ्ग्रेजी गीत बजाए पनि र विदेशी नक्कल गरे पनि आखिर गणेशको मन त नेपाली नै रहेछ।

'ल मेरो क्लास छ यार। म लागेँ।' गणेश उठ्यो।

'ए आज मैले हाफ स्कलरसिप पाएँ नि यार। आधा मात्र ट्यूसन फी तिर्दा हुन्छ।' दीपकले त्यो खुसी साट्न पाइगयो।

'वाऊ! ल कङ्ग्राच ब्रो! पछि कुरा गरौँला।' गणेश त्यहाँबाट हिँड्न खोज्यो।

'कफी पिउने समय छैन यार?' दीपकले भन्यो।

'कफी के, पार्टी नै खाउँला नि कुनै दिन!' गणेशले हात हल्लाउँदै भन्यो र अलप भयो।

खुसीमा फुरुङ्ग थियो दीपक। नजिकैको क्याफ्टेरियामा छिऱ्यो। 'चिक ऊ फिल ए' भन्ने परिकार अर्डर गऱ्यो र त्यहीँ बसेर खायो। कति बेला खाएँ, उसलाई केही पत्तै भएन। ऊ केहीबेर त्यत्तिकै बरालियो।

आज मलिसालाई भेटिने हो कि होइन? ऊ टेक्सासबाट आई कि आइन? दीपकलाई कुतूहल भइरह्यो। कतै कक्षाकोठा छिर्नुअघि नै भेटिन्छ कि भनेर यताउता टहलिइरह्यो तर कतै देखेन। आज मलिसाको अनुपस्थितिमा पनि ऊ धेरै खुसी थियो। अरू 'मलिसालाई भेटेर यो खुसीको खबर सुनाउन पाए' भन्ने उत्कट इच्छा उसको मनमा भइरह्यो।

कक्षाकोठाको समय भएपछि दीपक भित्र छिऱ्यो। मलिसा त्यहाँ थिइन। खुसी भएर पनि खुसी हुन नपाएझैँ भयो उसलाई। खुसी साट्ने मानिस नपाउनु भनेको दुःखी हुनुझैँ लाग्यो। बरु दुःख साट्न पाउने मानिस खुसी साट्न नपाउने मानिसभन्दा कैयौँ गुणा खुसी हुन्छ होला, यस्तै सोच्यो दीपकले। प्रोफेसरको आगमन भयो तर मलिसा अझै आइपुगिन।

यो कक्षा कविता लेखन वर्कसपको थियो। मलिसा र दीपकले सल्लाह गरेर यो सेमेस्टर यही कक्षामा पढ्ने निधो गरेका थिए। सायद आज पहिलो दिन, मलिसा टेक्सासबाट आइपुगेकी छैन, दीपकले सोच्यो। त्यही बेला मलिसा देखिई कक्षाभित्र। आफू छेउको कुर्सीमा किताबको झोला राखेको उठाउँदै दीपकले ओठमा मुस्कान राखेर सङ्केत गऱ्यो मलिसालाई।

क्रिसमस मनाउन टेक्सास गएकी मलिसाले झन्डै एक महिना त्यतै बिताएकी थिई। त्यस बीचमा दीपकको जीवनमा धेरै उतारचढाव आए। तर अहिले भने ऊ खुसीको समाचार सुनाउन व्यग्र थियो। मलिसा छेउमै आएर बसी त्यही कुर्सीमा। किताब, कापी र कलम निकालेर टेबलमा राखी। प्रोफेसरले सबैका हातमा दस पृष्ठको पाठ्यक्रम बाँडेर सेमेस्टरभरि केके गर्ने भन्ने व्याख्या गरी। दीपकले त्यसकै पछाडि खाली पानामा लेख्यो, 'हाऊ आर यू?' र मलिसालाई देखायो, 'आई मिस यू।'

'आई एम फाइन,' उसले पनि आफ्नै पाठ्यक्रम पछाडि लेखी र देखाई, 'आई मिस यू टू।'

'मसँग शुभ समाचार छ। पछि भन्छु,' दीपकले फेरि लेख्यो।

'एक्साइटेड,' मलिसाले लेखी।

'ल अब म तपाईंहरूलाई एउटा टास्क दिन्छु, कक्षामै गर्ने,' प्रोफेसरको आवाज आयो, 'सबैले एउटा-एउटा कविता लेख्नोस् । पहिलो दिनबाटै कविता लेखनको अभ्यास गरौं ।'

दीपकले मलिसाको आँखामा हेऱ्यो । मलिसाले दीपकको आँखामा हेरी । दुवै मुस्कुराए । कापी पल्टाए, कलम तयार पारे र एकअर्कालाई हेर्दै त्यहीं कविता लेख्न थाले । करिब तीन घण्टाको कक्षामा आधा घण्टा कविता लेखन र आधा घण्टा लेक्चरपछि बाँकी रह्यो दुई घण्टा ।

'ल अब सबैले आफूले लेखेको कविता वाचन गर्नोस् । सुरुवात यहींबाट गरौं' भन्दै प्रोफेसरले अगाडि कुर्सीमा बसेका विद्यार्थीबाट सुरु गरी । अन्तिममा थिए दीपक र मलिसा । 'ल दीपक,' प्रोफेसरले पालो सम्झाई । कविता तयार भइसकेको थियो । दीपकले कविता पढ्यो ।

समुद्रको गहिराइजस्तै
नीला तिम्रा आँखा र
तिनै आँखाका क्षेत्रफलले मलाई लोभ्याउँछ
नर्तकीको नाचझैं हल्लिरहेका तिम्रा केशहरू
र तिम्रा गाढा राता ओठहरू
मेरो मुटुको धड्कनमा सङ्गीत बनेर झनझनाउँछन्
र, मभित्र प्रेमको आवेग चल्छ
के म तिमीलाई
अँगालो मारेर प्रेमले नुहाइदिन सक्छु ?

उसले यो कविता मलिसालाई हेर्दै कोरेको थियो । मलिसा नै थिई ताली बजाइदिने पहिलो श्रोता त्यहाँ । त्यसपछि अरूले पनि बजाइदिए लहैलहैमा ।

'लभ्ली,' प्रोफेसरले भनी र मलिसाको पालो सङ्केत गरी । उसले पनि कविता पढी ।

यदि म तिमी भइदिएको भए
निश्चिन्त भएर तिम्रो हात समाउँथें
चुम्बन गर्थें र तिम्रै अगाडि घुँडा टेकेर
तिम्रो प्रेमको समर्पणमा भनिदिने थिएँ, 'आई लभ यू'
म बिचरी स्त्री
समाजले रोकिदिन्छ
र, ल्याइदिन्छ पुरुषलाई नै अगाडि ।

यो कविता सुन्दा एउटी नेपाली महिलाले नै आफ्नो भावना व्यक्त गरेझैं महसुस भयो दीपकलाई र बजायो ताली ।

सँगसँगै कक्षाको समय पनि सकियो । मलिसा र दीपकसँगै बाहिर निस्के । मलिसाको कार पार्किङतिर हिँड्दै अघि बढे ।

'त्यति सुन्दर कविताका लागि धन्यवाद !' मलिसाले भनी ।

'वेलकम !' दीपकले प्रत्युत्तरमा भन्यो, 'तिम्रो कविताले मलाई नेपाली महिलाको भावनाको सम्झना गरायो ।'

'ओ रियल्ली । गुड टू नो द्याट,' मलिसाले भनी, 'ए साँच्ची अघि खुसीको कुरा भन्दै थियौ । खास कुरा के हो ?'

दीपकले सबै सुनायो । त्यसपछि मलिसाले 'वाऊ ! द्याट्स ग्रेट । आई एम सो ह्याप्पी फर यू' भनी अनि हिँड्दाहिँड्दै 'बधाई' मा अँगालो मारी । झन्डै केही महिनापछि मलिसाको अँगालोमा बेरिँदा दीपकलाई शब्दमा व्यक्त गर्न नसकिने किसिमको आनन्दानुभूति भयो । अझै केहीबेर त्यही अँगालोमा बेरिरहूँ जस्तो भयो ।

उनीहरू पार्किङ लटमा पुगे ।

कक्षाबाट सँगै बाहिर निस्कनु, मलिसाले दीपकलाई अपार्टमेन्टमा पुऱ्याउनु र मीठो अँगालोमा फेरि भेट्ने भन्दै 'बाई' गर्नु नियमित तालिका भइसकेको थियो ।

'कस्तो रह्यो त परिवारसँग तिम्रो क्रिसमस ? एक कल फोन पनि गरिनौ,' दीपकले भन्यो । मलिसाले कार हाँकिरहेकी थिई । रातो लाइटमा रोकी ।

'एकदम रमाइलो भयो,' मलिसाले गाडी अगाडि बढाउँदै भनी, 'तिमी व्यस्त हौला भनेर । अनि तिमीले पनि त गरेनौ ?'

'तिमीलाई पनि परिवारसँग टाइम होस् भनेर नि ।'

त्यही बीचमा उनीहरू अपार्टमेन्ट पुगे । सधैँझैँ अँगालो मारेर मलिसाले दीपकलाई 'बाई' भनी र 'चाँडै भेट्ने' भन्दै बिदावादी भई । दीपक अपार्टमेन्टभित्र छिऱ्यो ।

फोनको घण्टी एकोहोरो बजिरहेको थियो । दीपकले उठायो । 'हेल्लो दीपक बोलेको हो ?' उसले त्यो बोली चिनिहाल्यो । त्यो बोलीमा उदासीपन थियो, कमजोर, दुःखी जस्तो । 'हो, हो बुबा । के छ खबर ?' दीपकले डराउँदै सोध्यो ।

'तेरी आमा साह्रै बिरामी भएकी छे । उपचार गराउन सिलिगुडी लानुपर्ने भयो । दुई लाख जति चाहिएला जस्तो छ । के छ पैसा जुटाउन सक्छस् ?'

दुई लाख भनेको झण्डै दुई हजार डलर । दीपकले सहजै अनुमान लगाइहाल्यो । तर त्यत्रो पैसा कहाँबाट ल्याउने ? ऊसँग बलुन जनावर बेचेर दोस्रो सेमेस्टरको ट्यूसन फी तिर्न जम्मा गरेको अलिकति पैसा थियो । तर आमाको त्यो अवस्थाका अगाडि उसले आफ्नो समस्यालाई झिँगाको टाउको जति ठूलो पनि ठानेन र नसोची भनिदियो, 'हुन्छ बुबा ! म भोलि पठाइदिन्छु । तपाईं ढुक्क हुनोस् बरू आमाको उपचार राम्रो गर्नुहोला ।' त्यति भनेर उसले फोन राखिदियो ।

बाउलाई खुसी दिन सकेकोमा ऊ आफैँ धन्य भयो । त्यतिबेला उसले थाहा पायो- आफ्नो खुसी त के खुसी हो रहेछ र ! जति बेला जन्म दिने बाबुआमा खुसी हुन्छन् ।

त्यो उनीहरूको खुसीमा मिल्दो रहेछ अपरम्पार सन्तोष ।

उसले भन्न त भन्यो, 'भोलि पैसा पठाइदिन्छु ।' तर कसरी उपलब्ध गराउने त्यही कुरा खेल्न थाल्यो उसको दिमागमा । उता आमा रोगी भएको खबर, यता पैसा जुटाउनुपर्ने बाध्यता । छाती पोल्न थाल्यो उसको । दिमाग फनफनी घुम्यो । बाथरूम छिऱ्यो र हुलुक्क बान्ता गऱ्यो । दिउँसो खाएको चिक फिल निस्कियो । हेऱ्यो, सम्झियो, ट्यूसन फी, रेन्ट, खाना खर्च, आमाको बिमार जम्मा त्यही पन्ध्र सय डलर थियो उसको वालेटमा ।

'साला अमेरिकी सपना बोकेर आएको म,' मनमनै फुसफुसायो, 'कहाँबाट पुऱ्याउने होला दुई हजार डलर ?' उसले दिमाग खेलायो । कतै विकासको मनमा दया पलाएर केही पैसा सापटी दिन्छ कि ? एउटा झीनो आशा पलायो दीपकको मनमा । बेगल रेस्टुरेन्ट रातको दस बजेसम्म खुल्थ्यो । घडी हेऱ्यो । साढे आठ भएको थियो ।

ज्याकेट लगायो । झोला बोक्यो । हात ठिऱ्याउने चिसो थियो । हात गोजीमा हाल्यो । टोपी लगायो । मोजा, जुत्ता लगायो र हिँड्यो बेगल रेस्टुरेन्टतिर । डेढ घण्टाको बाटो एक घण्टामै पुग्यो । संयोगवश विकास त्यहीँ थियो । दीपकलाई त्यति साँझ हस्याङफस्याङ गर्दै आएको देखेर अचम्मित भयो ।

'दीपक ! तिमी कसरी यहाँ ?' विकासले भन्यो । दीपक एकचोटि त झस्कियो । कतै उसले केही गल्ती पो गऱ्यो कि भन्ठानेर । दीपकले स्याँस्याँ गर्दै भन्यो, 'घरबाट बुबाले फोन गर्नुभयो, आमा बिरामी हुनुहुन्छ रे । पैसा चाहियो रे । मलाई पैसाको खाँचो पऱ्यो विकास । के तपाईं मलाई सहयोग गर्न सक्नुहुन्छ ? म पछि ल्याएर तिर्छु ।'

'हुन त तिमीलाई मैले अलिकति पैसा दिन पनि बाँकी छ । त्योभन्दा बढी त मसँग छैन,' उसले रजिस्टरमा पैसा गन्दै भन्यो ।

'मलाई अहिले पैसाको एकदम खाँचो भयो विकास । यहाँ मलाई सहयोग गर्ने कोही छैन । मलाई पाँच सय जति चाहिएको छ, म तिरिहाल्छु,' दीपकले अनुनय विनय गऱ्यो । 'म त्यत्रो पैसा त दिन सक्दिनँ,' विकासले भन्यो, 'तिमीलाई जति दिन बाँकी छ, त्यसैमा मिलाएर तीन सय डलर दिन्छु, मलाई फिर्ता पनि चाहिँदैन ।' हातबाट तीन सय डलर निकाल्दै दीपकलाई दियो, 'आई एम सरी !'

त्यो पैसा पनि दीपकका लागि ठूलो भयो । उसले हत्त न पत्त समात्यो । कम्तीमा त्यही भए पनि थपथाप हुन्छ । उसले मनमनै ठान्यो । त्यति बेला रातको दसभन्दा पनि बढी बजिसकेको थियो । रातको समयमा कुनै सार्वजनिक बस चल्दैनथे । ट्याक्सी लिएर अपार्टमेन्ट पुग्ने सामर्थ्य थिएन । न ऊ विकासलाई नै पुऱ्याइदिनु भन्न सक्थ्यो । ऊ धन्यवाद दिएर निक्लियो र लाग्यो वालमार्टतिर । ऊ त्यहाँ गएर मनिग्रामबाट बाउको नाममा भएको जति सबै पैसा पठाउन चाहन्थ्यो । त्यहाँबाट वालमार्ट नजिकै थियो । करिब एक माइल जति हिँड्दै पुग्यो । वालमार्ट चौबीसै घण्टा खुल्थ्यो ।

बाटोमा कारहरू थेरथोर थिए । बाटाहरू चिप्ला थिए । सडक बत्तीको प्रकाशमा

टिलिक्क देखिन्थे। हल्का परेको पानीका बछिटाहरूले उसलाई अलिअलि भिजायो। ऊ वालमार्ट पुग्यो र अठार सय डलर पठायो। उसलाई संसार नै जितेको आनन्दानुभूति भयो। आमाको उपचार हुनेभो भन्ने खुसीमा मनमनै औधि रमायो। त्यो रातको झरी उसले आफ्नो जीवनमा साथ दिन आएको महसुस गऱ्यो।

डेढ घण्टाको चर्को हिँडाइपछि दीपक राति एक बजेतिर अपार्टमेन्ट पुग्यो। भिजेका कपडा फेऱ्यो। सोफामा पल्टियो र फेरि सम्झियो, आजका तीनवटा ठूला खुसी। इन्टरनेसनल स्टूडेन्ट अफिसमा बोलाएर क्यारोलले सुनाएको फी कटौती, मलिसासँगको भेट र उसलाई खुसी शेयर गर्न पाउँदाको खुसी अनि विकाससँग पैसा लिएर आमाको उपचारमा पहिलोचोटि अमेरिकाबाट करिब दुई लाख रुपैयाँ पठाउँदाको खुसी। उसले थाहा पायो, खुसी देख्न नसक्नु दुःखी हुनु रहेछ। खुसी त आफूसँगै रहेछ। उसलाई मीठो निद्रा लाग्यो त्यो रात।

आउने-जाने

दीपकसँग हिजोको खुसी आज थिएन । तर आमाको उपचारका लागि पैसा पुऱ्याउन सकेकामा धन्य सम्झेको थियो । ढुक्क थियो फी कटौतीमा । मान्छे जति दुःखी भयो, उति दुःख पाउँदो रहेछ । यस्तै सम्झँदै फिस्स हाँस्यो दीपक । उसले नारायण गोपालको गीत सम्झियो र गुनगुनायो, 'म त लालीगुराँस भएछु, वनैभरि फुलिदिन्छु ... ।' उसले फेरि अरू लाइन थप्यो र गुनगुनाउन थाल्यो ।

'फाँटहरूले कसलाई पुग्छ ? भीरमा पनि फुलिदिन्छु

खुसी मात्र कहाँ हुन्छ पीरमा पनि फुलिदिन्छु'

आशावादी भएर बाँच्न सिक्ने हो भने सफलता र खुसी आफैँ आउँछ । यस्तै सम्झियो सोफामै पल्टी-पल्टी सिलिङतिर हेर्दै दीपकले । त्यही बेला फोनको घण्टी बज्यो ।

'हेल्लो !' जुरुक्क उठ्यो र फोन उठायो ।

'के छ खबर दीपक ? म विकास बोलेको ।'

हिजो साँझ मात्र भेटेको थियो उसले विकासलाई । अनुमान लगाइहाल्यो- कतै उसले फेरि काम दिन त खोजेको होइन ?

'म ठीक छु। हाऊ आर यू ?' उसले भन्यो ।

'गुड-गुड,' विकासले नाकभित्र धुलो पसेझैँ सुँक्कसुँक्क गर्दै भन्यो र एकैचोटि प्रस्ताव राख्यो, 'मेरो त्यो मलभित्रको सकुलेन्ट स्यान्डबिचमा काम गर्ने हो त फेरि ?' हिजो दीपकलाई भएको पैसाको आवश्यकता, उसको सङ्घर्ष अनि दुःख सायद सम्झियो विकासले । उसको मन भरिएर आयो । ठान्यो, दुःखमा परेका मान्छेले

राम्रोसँग काम गर्छन् । 'के खोज्छस् कानो आँखो !' भन्ने नेपाली मुहावरा जस्तै भयो उसलाई ।

'गर्छु नि किन नगर्नु विकास ?' दीपकले भन्यो ।

किसानको छोरो दीपक । ऊ सानै हुँदा खोलाले खेत सबै बगाएर सुकुम्बासी बनाएपछि बाउआमाको दुःख र सङ्घर्षका दिन सुरु भएका थिए । दुःख गरेर बाउआमाले पढाएका थिए दीपकलाई । पढ्दै गएपछि उसले खेतीको काम छोडेर शिक्षण पेसा अपनाएको थियो । त्यही भएर सानोतिनो काम गर्ने बानी हटिसकेको थियो उसको । पढेलेखेका मानिसले सानातिना काम गर्नुहुँदैन भन्ने सामाजिक चिन्तनले ग्रसित मनोविज्ञान हत्तपत्त जाँदो रहेनछ भन्ने कुरा दीपकले पछि मात्र बुझेको थियो ।

'उसो भए भोलिबाटै बिहान दस बजे काम गर्न आउन सकिन्छ त सकुलेन्ट स्यान्डबिचमा ?' विकासले भन्यो, 'हप्ताको तीन दिन दिन्छु अहिलेलाई ।'

'जरुर विकास ! थ्याङ्क यू सो मच ।'

दीपकले लामो राहतको सास फेर्दै फोन राख्यो । सोफामा थचक्क बस्यो । फेरि उठ्यो । किचनतिर पस्यो । ब्रेडमा जाम हालेर नास्ता बनायो । कफी खायो । सोच्यो- कमसेकम मैले त फेरि त्यही ठाउँमा काम पाएँ । बिचरा डेभिड यस्तो चिसोमा बलुनको जनावर बनाएर कसरी यति टाढा एक्लै हिँड्दै होला ?

त्यही बेला लुकास अपार्टमेन्टको ढोका खोल्दै भित्र छिऱ्यो । सायद कुनै साथीकहाँ गएको थियो रात बिताउन । लुकासले 'हाई' भन्यो दीपकलाई र किचनभित्रै छिऱ्यो ।

'दीपक, मैले तपाईंसँग गफ गर्नु छ,' लुकासले फ्रिज उघार्दै भन्यो।

'स्योर ' दीपकले मुखमा ब्रेडको एउटा गाँस लिँदै भन्यो ।

'यत्रो दिन कता हराउनुभो ?'

'साथीकहाँ थिएँ, सरी ! मैले खबर गरेको भए हुन्थ्यो, गरिनँ ।' फ्रिजबाट ब्रेड निकाल्दै भनिरह्यो, 'म अब यो अपार्टमेन्ट छोड्दैछु । तपाईं अर्को अपार्टमेन्टमा पनि जान सक्नुहुन्छ साथी खोजेर । नभए कोही साथी खोजेर यही अपार्टमेन्टमा पनि बस्न सक्नुहुनेछ । अब यसको म्याद पनि सिद्धिने बेला भयो । म यसलाई नवीकरण गर्दिनँ । अझै तीन हप्ता जति छ, आत्तिनुपर्दैन । साथी खोज्न थाल्नू ।'

अब दीपकलाई छटपटी भयो । अर्को साथी को खोज्ने ? सबैका आ-आफ्ना बस्ने ठाउँ छन् । अब कहाँ जाने होला भन्ने पिरलो बढ्यो । आफूले मात्रै भाडा तिरेर बस्न सक्ने स्थिति थिएन । त्यहाँमाथि दीपकसँग न सोसल सेक्युरिटी नम्बर नै थियो । त्यो बेगर आफ्नो नाममा अपार्टमेन्ट लिजमा कसैले दिँदैनथ्यो । फेरि क्रेडिट स्कोर कस्तो छ भनेर पनि जाँचबुझ गर्थ्यो ।

दीपकको नाममा एउटा पनि क्रेडिट कार्ड थिएन । अब कसलाई भन्ने ? कोसँग बस्न जाने ? एकछिन फनन्न रिँगटा चल्यो । मुखमा हालेको ब्रेडको गाँस चपाउनै

भुलेर दीपकले सोच्यो र भन्यो, 'तपाईंले साँच्चै छोड्न लागेको हो लुकास ?'

'हो,' लुकासले भन्यो । दीपकलाई दुःखी देखेपछि फेरि भन्यो, 'सरी म्यान !' दीपक केही बोलेन । ब्रेड चपाउँदै आएर बस्यो र झ्यालतिर हेऱ्यो । 'त्यो उदाङ्गो र खुइलिएको, हिउँले ताछिएको, पातविहीन खङ्रङ्ग परेको, कठ्याङ्ग्रिएको चिसोमा पनि बाँच्दा रहेछन् लोखर्के बरै !' मनमनै सोच्यो उसले ।

आज दीपकको कक्षा थियो । सोच्यो- अपार्टमेन्ट बसेर काम छैन । लुगा लगायो, झोला बोक्यो । 'आज त मलिसा पनि आँउछे,' उसले सोच्यो । फिस्स हाँस्यो ।

'ल लुकास । म लागेँ है !' दीपक कलेजतिर लाग्यो ।

ज्याकेटलाई आफैँले कसिलो गरी अँगालो मारेर काँप्दै पुस्तकालयभित्र पस्यो । पुस्तकालय रनक्क तातो थियो हिटिङले । ज्याकेट फुकाल्यो । र, पढ्न थाल्यो- साँझ कक्षा सुरु नहुन्जेल । त्यस बीचमा ऊ एकचोटि क्याफ्टेरिया गयो कफी खान ।

अङ्ग्रेजी विभागको भवनमा पुग्ने बित्तिकै उसले मलिसालाई देख्यो । उसले मीठो मुस्कान पस्की । 'हाऊ आर यू ?' नीला आँखा झिम्काउँदै उसले भनी । 'म ठीकै छु, तिमीलाई कस्तो छ ?' दीपकले त्यही ढोकाको आडमा उभिएर सोध्यो ।

कक्षाभित्र छिर्नलाई ढोकामा साँचो लगाएको थियो । प्रोफेसरलाई कुर्नुपर्दा उनीहरू त्यही आडैमा थिए । अरू विद्यार्थी पनि जम्मा हुँदै थिए । तर त्यहाँ नजिकै कोही गफ गर्दैछ भने तेस्रो व्यक्तिले चासो दिँदैनथ्यो । सुनेको नसुनेझैँ गर्थ्यो । उनीहरू आ-आफ्नो काममा व्यस्त रहन्थे । 'नन अफ योर बिजनेस' भन्ने मन्त्र नै काफी हुन्थ्यो उनीहरूका लागि ।

त्यही बेला प्रोफेसरको आगमन भयो अनि सबैजना उसलाई पछ्याउँदै भित्र छिरे । मलिसा दीपकको छेउमा बसी । वरिपरिका विद्यार्थीहरूले लख काट्न थालिसकेका थिए । कहिलेकाहीँ दीपक र मलिसालाई छड्के आँखाले नियाल्थे । टेबुलमुनि दीपक र मलिसाका खुट्टाका औँलाले स्पर्श गरे । टेबलमाथि उनीहरूका आँखा र मुस्कानले । त्यसपछि दुवै लजाउँथे ।

कक्षा सिद्धिएपछि मलिसा र दीपक हिँड्दै पार्किङ लटमा पुगे । त्यसपछि मलिसाले दीपकलाई अपार्टमेन्टमा पुऱ्याइदिई र उही अँगालोमा बाँधी र समय मिल्ने बित्तिकै भेट्ने प्रस्ताव राख्दै 'बाईबाई' भनी ।

फेरि सकुलेन्ट स्यान्डबिच

दीपक बस चढेर सकुलेन्ट स्यान्डबिच पुग्यो । उसलाई बसको बाटो थाहा भइसकेको थियो । बिहान आठ बजेबाट बस चल्थे साँझ छ बजेसम्म । ती बसहरू एक-एक घण्टाको फरकमा त्यही मल हुँदै जानेआउने गर्थे । खैर जे भए पनि कठ्याङ्ग्रिँदो जाडोमा हिँडेर मल पुग्न सक्ने अवस्था त्यसै पनि थिएन । बसमा जाँदा र आउँदा दुई डलर सकिन्थ्यो दीपकको ।

सकुलेन्ट स्यान्डबिचमा पुग्दा नपुग्दै रिताले दीपकलाई देखिहाली । मुसुक्क हाँसी । दीपक पनि हाँस्यो । ऊ त्यत्तिकै फूर्तिली र उत्साहित देखिइन । उसलाई त्यही अपार्टमेन्टको चिन्ता थियो । अब लुकासले छाड्दै थियो । अर्को रूममेट पाइने हो कि होइन भन्ने पीर थियो । तर फेरि काम पाएकाले अरू कुरा गौण भएका थिए दीपकका लागि ।

'कहाँ हरायौ भाइ यत्रो दिन ?' रीताले दीपकलाई देख्ने बित्तिकै सोधिहाली । दीपकले सबै कुरा सुनायो ।

'किन नभनेको त मलाई ?' रीताले आफ्नो भाइलाई झैं मायाले भनी, 'म आफैं नि तिमीलाई भेट्न आउँथें नि । खाना ल्याइदिन्थें ।'

'होइन ठीक भइहाल्यो । घरमा भनिसा थिई । उसले सहयोग गरी,' उसले सकुलेन्ट स्यान्डबिचको युनिफर्म लगाउँदै भन्यो ।

'यो विदेशमा यसरी बिरामी हुँदा हामीले नै एक-अर्कालाई सहयोग गर्नुपर्छ । नभए म दिदी भएको के काम ?' रीताले यताउता साफ गर्दै भनी ।

'हुन्छ नि दिदी । मेरो पनि को छ र यहाँ ?' दीपकले हातमा पन्जा लगाउँदै भन्यो ।

उसलाई सकुलेन्ट स्यान्डबिचका बारेमा धेरै कुरा थाहा भइसकेको थियो। बढार्ने, पुछ्ने, स्यान्डबिच बनाउने आदि इत्यादि।

पछाडि सिन्कमा एक दर्जन जति स्यान्डबिचका सामान राखेका भाँडाहरू छरपष्ट थिए।

'जाऊ, अहिले पछाडि गएर ती भाँडाहरू माझ, । म अगाडि ग्राहक लिन्छु,' रीताले भनी।

'हवस् दिदी!' भन्दै दीपक भाँडा माझ्न थाल्यो। रीता उसलाई हेरिरहेकी थिई।

'भाँडा माझ्ने त्यसरी होइन भाइ, यसरी हो,' साबुन लगाउँदै देखाउँदै उसले भनी, 'यता हेर।' पहिला पानीले भाँडा पखाली, साबुन लगाई, अनि फेरि पखाली अनि अर्को ठाउँमा राखी। दीपकलाई प्लेट एकातिर, बटुका अर्कातिर, प्लास्टिकका भाँडा मिलाएर राख्न लगाई।

'जान्नँ दिदी। अब गर्छु म,' दीपकले भन्यो।

'तिमी नआत्तिईकन मलाई सुन न भाइ। मलाई हेर, कसरी गर्ने,' रीताले फेरि दीपकलाई भाँडा कसरी राख्ने सिकाई। दीपकलाई एक किसिमले नराम्रो लाग्यो, कतै रीता ठूली पल्टेकी त होइन ? फेरि सम्झियो, किन हुनु बिचरीले त मलाई भाइ सम्झेर पो सिकाएको त। त्यस्तो रूखो हुँदी हो त उसलाई किन स्यान्डबिच बनाइदिऊँ भनेर सोध्थी र! बिरामी हुँदा मलाई किन नबोलाएको भन्थी र!

'यो त तिमीले सबैभन्दा राम्रो काम पायौ भाइ!' रीताले सुनाई, 'अरूले रेस्टुरेन्टमा गरेको कामको तुलना गर्ने हो भने त तिमीलाई त स्वर्ग भने पनि हुन्छ। पहिला मैले आफूभन्दा ठूला भाँडा माझ्थैं, भाँडाभित्र आफू पसेर।'

'यो भाँडा माझ्ने के राम्रो काम हो र दिदी ? यत्रो पढेर पनि यही गर्नु थियो भने पढ्नु नै आवश्यक थिएन,' दीपकले मनमा लागेको कुरा भनिहाल्यो।

'त्यही भाँडा माझ्ने काम त नपाएर मान्छे यहाँ बौलाइसके। तिमी कुरा गर्छौ ? फेरि तिमी त डीभी परेर आएका पनि होइनौ मजस्तो। गैरकानुनी हिसाबले काम पाउनु त भाग्यको कुरा,' रीताले भनी, 'कति दिन्छ त विकासले तिमीलाई यहाँ घण्टाको ?'

'घण्टाको ६ डलर हो दिदी!' दीपकले मन नलागी-नलागी उत्तर दियो।

'त्यो धेरै राम्रो हो भाइ!' उसले भनी, 'मैले सुरुमा काम गर्दा पाँच डलरबाट थालेकी हुँ। त्यो पनि म्यानेजरले समयमा दिँदैनथ्यो। अहिले म तिम्रोभन्दा झन्डै डबल घण्टाको दस डलर कमाउँछु। विकास मजाको छ।'

भाँडा सबै राखिसकेर दीपक र रीता बाहिर रजिस्टरतिर गए। ग्राहकहरू बिस्तारै लन्च गर्न आउने बेला हुँदै थियो। रजिस्टरबाट एक डलर निकालेर टिप्स बक्समा हाली रीताले।

'त्यहाँ किन पैसा हाल्नुभएको दिदी ?' दीपकले उत्सुक हुँदै सोध्यो।

दीपकतिर हेरेर फिस्स हाँस्दै रीताले भनी, 'तिमीलाई थाहा छैन ? मनी अट्र्याक्ट

मनी। मैले यहाँ पैसा राखेँ भने ग्राहकहरूले यो देखेर अरू टिप्स हालिदिन सक्छन्। भरे पसल बन्द गर्ने बेलामा यो एक डलर त्यही रजिस्टरमा हाले भैगो।'

रीताका कुरा सुनेर एकछिन त अक्क न बक्क पऱ्यो दीपक। 'तेरिमा लाने! यिनले नजानेको त केही रहेनछ। अमेरिकी सपना त यिनलाई पो आएको रहेछ,' दीपकले मनमनै भन्यो र प्रसङ्ग बदल्न खोज्यो, 'खोइ दिदी! नेपालमा अङ्ग्रेजी पढेर पनि कुइरेको देशमा काम लाग्दो रहेनछ।' धारा खोलेर कपडाको टालो भिजाउँदै दीपकले भन्यो।

'भाइ! अमेरिकामा प्रायः नेपालीले भाँडा नै माझ्ने हो नेपालमा जतिसुकै शिक्षा लिए पनि,' रीताले भनी, 'एउटा मन्त्रीले कमाएभन्दा बढी म यहाँ भाँडा माझेरै कमाउँछु। मलाई कामसँग मतलब छैन, जस्तोसुकै होस।' दीपकले अनुमान लगायो, अब यिनको लेक्चर सुरु भयो। रीता त्यही रजिस्टरमा जम्मा भएको केही पैसा र पेन्नीहरू गन्न थाली।

'हो नि दिदी! अमेरिकामा पैसा राम्रो कमाइन्छ। त्यही भएर त मान्छे अमेरिका जान पाए हुन्थ्यो भन्छन् नि,' दीपकले सही थापिदियो।

'मलाई एउटा कुरा मात्रै मिस हुन्छ यहाँ। त्यो हो मेरा आफन्त, नसनाताका मानिसहरू। सबै नेपालमा छन्। हरेक वर्ष हुने चाडपर्वमा एक्लोपन महसुस हुन्छ,' उसले पेन्नी गन्दै भनी। बिचरी! यिनी पनि कहाँ खुसी रहिछिन् र! दीपकले सोच्यो।

'अनि नेपाल अब कहिले जानुहुन्छ त दिदी?'

'केही थाहा छैन भाइ! एउटी छोरी छे, यहाँ पढ्दैछे। उसको भविष्य सम्झेकी छु। आफ्नो खुट्टामा उभिने नहुन्जेल त खोइ कहाँ जान पाइयो र?' रीताले रजिस्टर बन्द गरी र दीपकलाई पछाडिबाट स्पीनाच (साग) एउटा ठूलो भाँडोमा ल्याउन अह्राउँदै चुलोमा ह्वाइट ब्रेडहरू राख्न थाली।

'हो नि दिदी' भन्दै दीपकले पछाडिबाट स्पीनाचको भाँडो ल्याएर स्यान्डबिच बनाउने ठाउँमा लगेर राख्यो। त्यही बेला रीताको मोबाइलमा घण्टी बज्यो।

'ल भाइ, त्यो ब्रेड डढ्ला हेर। कोही ग्राहक आयो भने लेऊ है,' रीता पछाडिपट्टी फोनमा बोल्न थाली। दीपक केहीबेर व्यस्त भयो। करिबन आधा घण्टापछि रीता बोल्दै गरेको फोन बन्द गरी आई। दीपक ग्राहक लिँदै थियो।

'लामो समयसम्म फोनमा कुरा गर्न मलाई दिग्दार लाग्छ,' रीताले भनी। दीपक ग्राहकका लागि स्यान्डबिच बनाउँदै मनमनै खितखितायो। 'यसो भए किन यत्रो बेर फोन गरेको त दिदी!' दीपकलाई भनिदिन मन लागेको थियो। तर उसले रीताको मनमनै प्रशंसा गऱ्यो, जति काम गरे पनि नथाक्ने, परिश्रमी, मन लगाएर काम गर्ने, सरसफाइमा एकदमै ध्यान दिने। दीपकले ग्राहकलाई स्यान्डबिच बनाएर दियो। रीताले पैसा चार्ज गरी रजिस्टरमा।

'आइस सिद्धिएछ, आइस हालेर भर त यो भाँडो,' रीताले दीपकलाई अह्राई।

एउटा बाल्टी बोकेर दीपक धमाधम आइस भर्न थाल्यो। दीपकले दिनभर निकै खटेर काम गऱ्यो। तीन घण्टा काम गर्न भनेर बोलाए पनि विकासले पछि फोन गरेर आफू नआउन्जेल काम गर्न भन्यो। साँझ चार बजेतिर विकास आयो र दीपकले खटेर काम गरेको उसले देख्यो।

सायद उसले बुझ्यो, काम सिकाउने मान्छे सही भएन भने जति नै जान्ने मान्छेलाई पनि काम सिक्न समय लाग्छ। सकुलेन्ट स्यान्डबिचमा दीपकले चाँडै काम सिकेको थियो सही तरिकाले। विकास प्रभावित भयो। उसले सम्झियो, दीपकलाई पैसाको खाँचो भएको। रजिस्टरबाट निकालेर तीन सय डलर दियो।

ड्यूटी सिद्धिने बित्तिकै दीपक उनीहरूसँग बिदा मागेर लाग्यो बसको रूट हुँदै अपार्टमेन्टसम्म। जाडोको मौसम कम्तीमा घरभित्र हिटिङ सिस्टम भएकाले आराम अनुभव गर्न सक्थ्यो दीपक। दिउँसोभरिको काम र थकानले ऊ थलिएको थियो। यदि ऊ नेपाल आफ्नै घरमा थियो र यति धेरै थलिएको थियो भने 'तोरीको तेल ल्याएर लगा' भन्थिन् आमाले। अथवा बुबाले शरीरमा तेल लगाइदिन्थे मायाले। त्यहाँ त को छ र!

त्यही सोफामा पल्टियो दीपक। तन्द्रामा भनिसा आई हातमा तेलको बटुको बोकेर। दीपकका खुट्टामा मालिस गर्न थाली। दीपक झसङ्ग भयो। भनिसा थिइन त्यहाँ। दीपकले सम्झियो- अब अपार्टमेन्ट छोड्ने बेला भयो। रूममेट को खोज्ने होला ? झट्ट गणेशलाई सम्झिएर फोन लगायो।

'गणेशजी ! के छ यार खबर ?' उसले भन्यो।

'ठीक छ यार। तपाईंको नि ?' उताबाट आयो।

'मेरो नि त्यही त हो। रूममेट चाहिने भो।' दीपकले सबै कुरा बतायो गणेशलाई।

'हुन त मै पनि कलेज नजिकै सर्न खोजिरहेकै छु ब्रो। भनेजस्तो रूममेट पाइरहेको छैन। त्यस्तो भयो भने खबर गरौँला न। नट अ बिग डिल,' गणेशले भन्यो।

दीपकलाई एउटा आश पलायो। जति नै रूखो सुनिए पनि गणेश काम लाग्ने मानिस हो भन्ने उसले महसुस गऱ्यो।

'सँगै बसौँ। मिलाउनोस् न,' ढिपी लगायो दीपकले।

'नट अ बिग डिल म्यान !' गणेशले भन्यो। 'ल म सम्पर्कमा आउँला' भन्दै फोन राख्यो।

हप्तादिन जति यसरी नै बित्यो।

हरेक दिन उभिएर काम गर्नुपर्ने खटाइले दीपकको ढाड र खुट्टा भतभत पोल्न थाल्यो। कोठाको टुङ्गो लागेकै थिएन। कलेजको गृहकार्य त्यत्तिकै थन्किएको थियो। सेमेस्टरको फी तिर्ने पैसा जम्मा गर्नु थियो।

मलिसा र कविता

आज कविताको कक्षा थियो । बिहान उठ्ने बित्तिकै फोनको घण्टी बज्यो । प्रायः फोनका घण्टीहरू कि बिहान बज्थे कि बेलुका । बेलुका बज्ने घण्टीहरू प्रायः नेपालबाट हुन्थे । तर आज भने बिहानै फोन आएको थियो नेपालबाट ।

'हेल्लो ! तेरी आमालाई अहिले ठीक छ, चिन्ता लिनु पर्दैन । ब्लड प्रेसर र सुगर बढेर त्यस्तो भएको रहेछ । औषधि लेखिदिएको छ । त्यो खान थालेपछि निकै बिसेक भएको छ,' बुबाको आवाज आयो ।

त्यो सुनेर दीपकलाई राहतको महसुस भयो । आफूले त्यति दुःख गरेर पठाएको पैसाको काम लाग्यो भनेर भित्रभित्रै गद्गद भयो ।

'खुसी लाग्यो बुबा । आफ्नो र ममी दुवैको ख्याल गर्नुहोला,' दीपकले भन्यो ।

'तँलाई त सन्चै छ नि ?' दीपकका बुबाले सोधे ।

'मलाई त एकदम ठीक छ । केही चिन्ता लिनु पर्दैन,' दीपकले सारा व्यथा लुकाएर भन्यो । ऊ आमाबुबालाई सन्तोष मिलोस् भन्ने चाहन्थ्यो बस् ।

उसले गृहकार्य गर्नु थियो । अब आठ हप्ता रहेछ कक्षा सकिन । कति चाँडै सेकेन्ड सेमेस्टर बितेझैँ लाग्यो उसलाई । विकाससँग अग्रिम पैसा मागेर ट्यूसन फी तिरिसकेको थियो । तर त्यसका लागि अझै केही घण्टा विकासका काम गर्नुपर्ने थियो दीपकले । खेतीमा हुँदा त्यसरी नै काम गर्थे ज्यालादारीहरू नेपालमा, दीपकले सम्झियो । लगत्तै अर्को फोन आयो ।

'हेल्लो !' उसले फोन उठायो र भन्यो । त्यो विकासको फोन थियो ।

'दीपक ! मलाई तिम्रो सहयोग चाहियो आज,' विकासले सीधै भन्यो ।

'कस्तो सहयोग विकास ?'

'तीन घण्टाका लागि काममा आइदिनुपर्‍यो ।'

'ओहो ! हो र ? मैले कलेजको केही काम गरेकै छैन ।'

तर त्यसले विकासलाई केही अर्थ राख्दैनथ्यो । सबैभन्दा ठूलो उसको व्यापार थियो ।

'मलाई त सहयोग चाहियो दीपक ! कसरी हुन्छ, अहिले आउनुपर्‍यो ।'

दीपकलाई फसाद आइलाग्यो । नजाऊँ, उसको ऋण खाएको छ । कलेजको फी तिरिदिने उसैले हो । जाऊँ, होमवर्क केही गरेकै छैन । असमञ्जसमा पर्‍यो दीपक । फेरि सम्झियो- जागिरबाट निकालिदेला अनि अमेरिकी सपना चैट् होला । हत्त न पत्त दीपक बोल्यो, 'हुन्छ विकास ! म आउँछु ।'

सकुलेन्ट स्यान्डबिचको युनिफर्म लगायो, ज्याकेट लगायो, त्यही झोला बोक्यो र बाहिर निस्कियो । चिसो स्याँठ चलिरहेको थियो । शरीरको छाला नै कपडाभित्रबाट पनि छेड्लाझैँ गरी । केहीबेर कुर्नुपर्‍यो बसलाई । दीपकको कान, आँखा, मुख चिसोले आगोजस्तै भयो । धेरै चिसोले शरीरका अङ्गप्रत्यङ्ग आगोझैँ राता हुँदो रहेछन् भन्ने कुरो दीपकले त्यतिबेला थाहा पायो । बस आयो । चढ्यो । र, पुग्यो सकुलेन्ट स्यान्डबिच ।

रीता अचानक बिरामी भएको कारण विकासले दीपकलाई बोलाउनु परेको रहेछ । विकाससँगै काम गर्‍यो दीपकले । रीतासँग काम गरेजस्तो, साहुसँग काम गर्न सहज भएन । दीपकले विकासले कुनै काम नअह्राईकन सबै काम आफैँले जानेर फटाफट गर्‍यो । भाँडा माझ्यो । झाडु लगायो । पोछा लगायो । स्यान्डबिच बनायो । त्यो देखेर विकास हर्षित भयो ।

'काम तो बहुत अच्छे करने लगे हो भाइ,' विकासले दीपकलाई धाप मार्दै भन्यो । मानौँ ऊ धेरै प्रभावित भयो । साहु र ग्राहकलाई खुसी बनाउनु भनेको एक किसिमले साहु नै आफैँ हुनु रहेछ भन्ने थाहा पायो दीपकले । तर साहुसँगको एकोहोरो काम गराइ र अघिल्लो दिनको थकानले गलेर लोथ भयो दीपक । करिबन तीन घण्टाको एकोहोरो कामपछि दीपक फर्कियो अपार्टमेन्ट र कलेजको गृहकार्यबारे सोच्न थाल्यो ।

एउटा कविता लेखेर लैजानुपर्ने थियो कक्षामा । तर के लाने ? कस्तो कविता लेख्ने ? केही फुराउन सकेन । थाकेको शरीरमा सिर्जना नफुर्दो रहेछ भन्ने निष्कर्ष पनि निकाल्यो दीपकले । डटपेन समात्यो । फेरि ल्यापटप समात्यो । भनिसाबाट लिएको ल्यापटप थियो त्यो । उसले भनिसालाई एकफेर सम्झियो । भनिसाले ल्यापटप उसैलाई छोडेर गएकी थिई ।

ल्यापटप अन गर्‍यो र सकीनसकी किबोर्डमा औँला चलाउन थाल्यो । स्यान्डबिचको गन्ध उसको युनिफर्मबाट छुटिरह्यो । अहँ, केही फुराउन सकेन । युनिफर्म खोल्यो । बाथरूम छिर्‍यो । मुख धोयो । फेरि किबोर्डमा हात चलाउन थाल्यो ।

मलिसालाई सम्झियो। अङ्ग्रेजीमा कविता लेख्यो जसको आशय यस्तो थियो।

यो कस्तो भाव हो ?
जहाँ म नुहाउँछु
जसले मलाई बगाउँछ
यो कस्तो भाव हो ?
स्वाद छैन यसको
न छ यसको रङ्ग
न छ यसको गन्ध
न भाव पानी हो
अमिवाजस्तो
बदल्छ यसले आफ्नो आकार
यो कस्तो भाव हो ?
कमजोर छ, कोमल छ
मैन पग्लिन्छ जब
मैनबत्तीको सलेदो बल्न थाल्छ
तर दधिचीको बलियो हड्डीझैं
मलाई खुत्रुक्कै पार्छ,
यो कस्तो भाव हो ?

एकसरो पढ्यो। 'गजब,' आवाज नै बाहिर आउने गरी दीपकले भन्यो।

हतारहतार झोला बोक्यो। लाग्यो कलेजतिर। सीधै कक्षाकोठामा पुग्यो। मलिसा अघि कक्षाको ढोकानेर उभिरहेकी थिई। 'आहा, साँच्चै राम्री छे मोरी !' मनमा कुरा खेलायो उसले। दुवै कक्षाभित्र पसे। त्यहाँ रहेका दुइटा सिटमा कोही बसेका थिएनन्। त्यही गएर बसे मलिसा र दीपक।

प्रायःले कफी वा केही चिप्स, स्न्याक्सहरू बाहिर निकालेर आफ्नो टेबलमा राखे। नेपालका कक्षाकोठामा खानेकुरा ल्याउन मनाही गरिन्थ्यो। तर यहाँ त कफी पिउँदै, चिप्स खाँदै, कक्षाकोठामा बस्दा रहेछन्। लेक्चर र छलफलको बीचमा सुरुपसुरुप र कुरूमकुरूम आवाज दीपकलाई नौलो हुन छोडिसकेको थियो। तर ऊ आफैं अभ्यस्त भइसकेको थिएन।

मलिसाले दुइटा चकलेटबार निकाली र एउटा दीपकलाई टेबल मुनिबाट दिई। एकअर्काका औंलाहरूले फेरि स्पर्श गर्न पाए झन्डै एक हप्तापछि।

'धन्यवाद !' दीपकले भन्यो।

'माई प्लेजर !' मीठो मुस्कानमा मलिसाले हातका औंलाको स्पर्शलाई झट्ट हटाउँदै भनी। दीपकलाई गुलियो खासै मन पर्दैनथ्यो। तर उसलाई त्यो स्वाद मलिसाको लाग्यो। मन परायो।

'आजको असाइन्मेन्ट पढ्यौ ?' मलिसाले सोधी।

'पढें तर त्यति बुझिनँ,' दीपकले चकलेट किटिक्क टोक्दै भन्यो।

'मैले पनि खासै बुझिनँ,' मलिसाले साथ दिई।

दीपकलाई पढ्ने फुर्सद नै कहाँ थियो र! यसो पाना पल्टाउनसम्म भ्याएको थियो। प्रोफेसरको आवाज उच्च भयो। उनीहरू चुप लागे।

कक्षा सिद्धियो। सबैले आफूले लेखेका कविता बुझाए। सदाझैँ दुवैजना पार्कसम्म आए। कारमा पुग्दानपुग्दै पानी बर्सियो। मलिसाले बिस्तारै वाइपर चलाउँदै अपार्टमेन्टसम्म लगी। पानी बर्सिरहेको थियो। केहीबेर उनीहरू कारभित्रै बसे। वाइपर चलिरहेकै थियो। 'के हामी चाँडै भेट्ने हो ? तिमीसँग समय छ ?' मलिसाले दीपकको हात समाउँदै भनी।

रोमान्च महसुस भयो दीपकलाई। 'स्योर। भोलि मेरो काम छ। त्यसपछि म फोन गर्छु नि है!' उसले भन्यो। पानी पर्न अलिक मत्थर भयो। दीपकलाई अँगालोमा कसेर 'बाई' भनी मलिसाले। उसको अत्तरको मीठो वासना लिएर हत्केला टाउकोमा राखी पानी छेक्दै अपार्टमेन्टमा छिऱ्यो दीपक।

त्यसपछि मलिसा र दीपकले हप्तामा दुईतीनपटक समय निकालेर भेटघाट गर्न थाले। दीपक कामबाट आएपछि साँझ मलिसालाई बोलाएर नजिकैको स्टार बक्समा कफी सपमा जान थाल्यो। दुवै कफिन र गफिन थाले। आफूले लेखेका कविता एकअर्कालाई सुनाउन थाले। मनका भावना साटासाट गर्न थाले। मुस्कुराए। हाँसे। यो क्रम चलिरह्यो सेमेस्टरपछि पनि।

एक दिन मुभी थिएटरतिर गए। त्यतिबेला एउटा अङ्ग्रेजी चलचित्र लागिरहेको थियो। कार्गो महल नजिकै थियो सिनेमा हल। टिकट काटे। पपकर्न र कोक किनेर हलमा छिरे। अमेरिकामा फिल्म हेर्न जानेहरूले पपकर्न र कोक अनिवार्य जस्तै गरेर किन्दा रहेछन्। त्यो दीपकको जीवनकै पहिलो अनुभव थियो। उसले के फिल्म हेऱ्यो ? कति बेला सुरु भयो ? कति बेला सकियो ? केही पत्तो भएन। मलिसा र ऊ हातमा हात समाएर बसे। एकअर्कालाई घरीघरी हेर्दै मायाको नजरले। थोरै बोलेरै एकाअर्काप्रति गहिरो माया देखाए। मलिसाले दीपकतिर हेर्दै ढाडमा मसाज गरी घरीघरी।

बिस्तारै मलिसा र दीपकबीच हप्ताको ६ दिन नै भेट हुन थाल्यो। एकअर्काले मन पराएको र माया गर्न थालेको महसुस गर्न थाले। मित्रताको कसिलो गाँठो बिस्तारै प्रेमी-प्रेमिकाको गाँठो जस्तो हुन थाल्यो। यस बीचमा दीपकले गणेशसँग मिलेर नयाँ अपार्टमेन्टमा बस्न थालिसकेको थियो। दोस्रो वर्षको सेमेस्टर पनि सुरु भइसकेको थियो।

दीपकले सकुलेन्ट स्यान्डबिचमै काम गरिरह्यो। घरमा अलिअलि पैसा पनि पठाइरह्यो। जिन्दगी जेनतेन सुख, दुःख चलिरह्यो। साथमा मलिसा र उनीसँगको

हरेक दिनको भेटले मीठो निद्रा लगाइरह्यो । मलिसासँग एक दिन भेट नहुँदा पनि दीपकलाई खल्लो र एक्लो लाग्न थालिसकेको थियो । यसबीचमा ऋतु फेरिए, मौसम फेरिए । जाडो महिना गएर न्यानो भयो । बिस्तारै फेरि ग्रीष्म ऋतु अर्थात् फलतिर ढल्कन लाग्यो ।

साथी र शत्रु

गणेश र दीपक मिलेर नयाँ अपार्टमेन्टमा बस्न थालिसकेका थिए। यो दुई बेडरूमको अपार्टमेन्ट थियो। अमेरिका आएको करिब एक वर्षपछि उसले आफ्नो निजी कोठामा बस्न पाएको थियो। तिर्नुपर्ने महिनाको उही तीन सय डलर थियो। गणेशले आफ्नो नाममा त्यो अपार्टमेन्ट लिएर एक वर्षको करारनामामा हस्ताक्षर गरेको थियो।

हिजोसम्म लुकास र भनिसा रूममेट थिए भने आज दीपक र गणेश रूममेट भएका थिए। भनिसाको अनुपस्थितिमा पनि उसैले दिएको ल्यापटपले सम्झना गराइरहन्थ्यो। दीपक सोच्थ्यो, 'गणेश नभइदिएको भए मेरो बिचल्ली हुन्थ्यो।' जति नै रूखो लागे पनि सहयोग गरेकोमा दीपकले गणेशले जहिल्यै राम्रो मानिस ठानिरह्यो र मनमनै प्रशंसा गरिरह्यो।

एक दिन दीपक र गणेश बैठककोठामा बसेर आ-आफ्ना ल्यापटपमा पढिरहेका थिए। त्यही बीचमा गणेशले नेपाली देउसी गीतहरू सुन्न थाल्यो। अमेरिका आएपछिको यो दोस्रो तिहार थियो। पहिलो तिहारको मौसम भनिसा र लुकासकै अपार्टमेन्टमा बितेको थियो।

गणेशले त्यति भावुक भएर नेपाली देउसी गीत सुनेको पहिलोपटक देखेको थियो। हजारौँ कोश टाढा भएर पनि भावनामा दीपक नेपालमै देउसीभैलो खेलिरहेको थियो। 'हो, यही गीतमा हामी देउसी खेल्ने गर्थ्यौं ब्रो, नेपालमा,' ल्यापटपमा आवाज ठूलो पार्दै गणेशले सुनायो।

मान्छे जतिसुकै कृत्रिम होस् वा आधुनिकतामा रमाओस्, भावना भनेको आफू

जन्मेको, हुर्केको, खेलेको, हाँसेको माटोकै हुँदो रहेछ। त्यही हुँदो रहेछ मौलिकता। गणेशले दसैँ, तिहार नमनाएको धेरै वर्ष भइसकेको थियो। 'मलाई तिहारको धेरै सम्झना हुन्छ यार! सम्झिँदा आँसु नै आउँछ,' उसले भावुक हुँदै भन्यो, 'मेरो मुटु नै कुँडिन्छ। सम्झिन्छु, त्यो ढाकाटोपी, भाइटीका, फूलमाला, सेलरोटी र कलब्रेक।'

उसको कुरा सुनेर दीपक पनि निकै भावुक भयो। उसको कुराले पूरै कोठा कल्पनाको सेलरोटीले मगमगायो। दीपकलाई त्यतिबेला थाहा भयो, गणेशको भावुकता र दयालु हृदय। 'दिदीबहिनीको सम्झना आयो यार!' गणेशका आँखा रसिला भए। कोठामा केहीबेर कल्पनातीत भए दुवै। कल्पनाका पहाडहरू अग्लिए, झिलीमिली बत्तीहरू टल्किए।

'यही हालत हो यार हामी सबै नेपालीको अमेरिकामा,' गणेशले भन्यो।

केहीबेरमा खाना खाएर दीपक कलेजतिर लाग्यो।

उसले अङ्ग्रेजी विभाग नजिक लुकासलाई देख्यो। 'हाई' भन्न भ्याए दुवैले र आ-आफ्नो बाटो लागे।

दीपक केहीबेर पुस्तकालयमा बस्यो। कक्षा सुरु हुने बेला भएपछि बाहिर निस्कियो र कक्षाकोठाभित्र पस्यो। यो दिउँसोको क्लास थियो। मलिसा कक्षामा बसिसकेकी थिई। त्यही नजिकै बस्यो। सदाझैँ मुस्कान साटासाट गरे। आज उसलाई कक्षा सकिने बित्तिकै निस्कनु थियो। हुलाक गएर एउटा सामान पोस्ट गर्नु थियो आत्मीय साथीलाई।

दीपकसँग आफ्नो कार थिएन। गणेशलाई भन्नुपर्थ्यो। 'मलिसा, म आज अलिक चाँडो निस्कन्छु है,' दीपकले आफूले भर्खरै लिएको फोनबाट मेसेज गर्‍यो। 'मिस यू' भन्यो अनि निस्कियो। सीधै अपार्टमेन्ट पुग्यो। गणेश कुर्सीमा घुम्दै पढिरहेको थियो। दिउँसोको त्यस्तै तीन बजेको थियो।

त्यस्तो काम पर्दा उसलाई सहयोग गर्ने भनिसा थिई। आज गणेश थियो। त्यसैले ऊ ढुक्क थियो।

'गणेश ब्रो! आज हुलाकमा केही सामान पोस्ट गर्नुछ। के त्यहाँसम्म जान सक्नुहुन्छ?'

'खोइ यार। आज म व्यस्त छु,' गणेशले ल्यापटपमै आँखा राखेर उत्तर दियो।

'हो र? मिल्छ भने जाम् न आजै,' दीपकले जिद्दी गर्‍यो।

'तपाईंको मात्र हो र यार? मेरो पनि यो काम समयमै सक्काउनु छ। भोलि गर्दा हुँदैन त्यो काम?' गणेशले थप्यो, 'ल ल ठीकै छ। कस्तो अधर्य मान्छे यार तपाईं?' दीपक केही बोलेन। फिस्स हाँस्यो।

गणेशले कार हाँक्यो। ट्राफिक लाइटमा रोक्दै भन्यो, 'धैर्य गर्न सिक्नुपर्‍यो, म्यान!'

उसको कुरालाई नसुनेझैँ गरी दीपकले भन्यो, 'फेरि किन गाडी रोक्नुभयो?'

'तपाईं अन्धो हुनुहुन्छ कि क्या हो यार? देख्नुभएन ट्राफिक लाइट? यो नियम

उल्लङ्घन गर्‍यो भने के तपाईंले तिर्नुहुन्छ पैसा ? दुई हप्ताको तलब जान्छ नि।'

अमेरिकामा साह्रै महँगो थियो ट्राफिक नियम उल्लङ्घन गर्नेलाई जरिवाना। नेपाली रुपैयाँ बाइस हजार जति तिर्नुपर्ने हुन सक्थ्यो। 'डन्ट वरी म्यान! इट इज नट अ बिग डिल,' दीपकले गणेशकै नक्कल पारेर रमाइलो पारामा भनिदियो।

'फक यू,' गणेशले सीधैँ जवाफ फर्कायो। रूखो र नराम्रो शब्दको प्रयोग गर्‍यो अङ्ग्रेजीमा।

'ह्वाट ?' दीपकले विश्वास नै गर्न नसकेझैँ फेरि प्रश्न गर्‍यो।

गणेशले प्रसङ्ग बदल्न खोजेझैँ हत्त न पत्त भन्यो, 'म साथीहरूलाई सहयोग गर्न खोज्छु, तर पछि उनीहरू मलाई बिर्सँदै जान्छन्।' झ्याललाई तल झार्‍यो। थोरै हावा भित्र छिर्‍यो।

'तँजस्तो रूखो, तमिज नभएकालाई कसरी सम्झिनु त नि ?' भन्दिऊँ झैँ लागेको थियो दीपकलाई। तर चुपचाप बस्यो। मनमनै सम्झियो, 'साथीभाइलाई सम्मान दिएर बोल्न आउँदैन तँलाई ?' तर त्यसो नभनेर दीपकले भन्यो, 'यति धेरै सहयोग गर्ने मान्छेलाई कसरी बिर्सन सकिन्छ यार ? तपाईंले मलाई त झन् कति धेरै सहयोग गर्नुभएको छ। तपाईं नभएको भए मैले काम पाउन सक्थेँ र यार!'

'यति छिटो काम पाउने तपाईं त भाग्यमानी नै हो नि।'

'खोइ यार! भाँडा माझ्न पाउने काम के भाग्यमानी भन्नु!'

कार अगाडि बढिरहेको थियो, हुलाक आइपुगेकै थिएन।

'तपाईं को हो र यार! कोही होइन। कस्ता-कस्ता मान्छेले भाँडा माझिरहेका छन्। म यहाँ बसेको वर्षौं भयो र त ग्यास स्टेसनमा मात्रै काम गरिरहेको छु। मैले सङ्घर्ष गरेजति त तपाईंले एक अंश पनि गर्नुभएको छैन।'

गणेशका कुरा दीपकलाई रीताको कुराजस्तै लाग्यो। 'तँ मूलाले पढाइ नै सकेको छैनस्, भर्खर बीए पढ्दैछस् अनि कसरी राम्रो काम भेट्छस् ? मैले एमए सकेर पनि भाँडा माझ्नुपर्‍यो,' उसलाई यो भनिदिन मन लागेको थियो। तर फेरि गणेशले 'तेरो नेपालको एमएले केही लछारपाटो लगाउँदैन अमेरिकामा' भन्दियो भने के गर्नु भन्ने सोचेर चुप लाग्यो। तर दीपकले त्यसो नभनेर, अगाडि हेर्दै भन्यो, 'अब कति छ हुलाक आउन ब्रो।'

'त्यही भएर तपाईंलाई म धैर्य नभएको मान्छे भन्छु,' गणेशले फेरि रूखो भएर जवाफ दियो, 'कस्तो झ्याउ लाग्दो मान्छे होला ?'

गणेशका यस्ता रूखा शब्दहरूले दीपकलाई नमज्जा लाग्न थालिसकेको थियो। हरेक कुरामा ठाडो उत्तर दिने, रूखो सुनिने र हरेक कुरामा सिकाउन खोज्ने उसको व्यवहारले दीपक वाक्कदिक्क हुँदै गएको थियो। यस्तै कुरा खेलाउँदा-खेलाउँदै हुलाक देखियो। कार पार्क गरेर सामान पोस्ट गर्न लाइन लागेर उभिए।

त्यही नजिकै एउटी काला जातिकी अग्ली युवती आफ्नो वक्षस्थलको बीच भाग देखिने वस्त्रमा आमनेसामने भएर उभिरहेकी थिई। दीपकका आँखा नचाहेरै त्यो वक्षस्थलको बीचमा पर्न गयो। त्यो गणेशले देखिगयो।

'आँखा त्यतातिर नडुलाऊ है साथी। फेरि जेल जानुपर्ला नि!' गणेशले नेपालीमा भन्यो। उसले सुनेर पनि बुझ्नेवाला थिइन। दीपक केही बोलेन। काम सकाएर दुवै अपार्टमेन्टमा फर्किए। अपार्टमेन्ट छिर्ने बित्तिकै गणेश त्यही घुम्ने कुर्सीमा बसेर ल्यापटप चलाउन थाल्यो।

'भोक लागेको छैन ब्रो!' दीपकले त्यही अर्को कुर्सीमा बस्दै भन्यो।

'म व्यस्त छु यार। खाना पकाउने समय नै छैन,' ल्यापटपकै किबोर्ड चलाउँदै भन्यो।

प्रायः खाना दीपकले नै बनाउँथ्यो। गणेश अल्छी गर्थ्यो। दीपकलाई त्यो पनि मन परिरहेको थिएन। जहिल्यै मै मात्र बनाउनुपर्ने भन्ने लागेर दुःखी भइरहन्थ्यो।

'खाना कसले बनाउने भनेर एउटा तालिका बनाऊँ ब्रो!' दीपकले भन्यो, 'म अरू दिनमा बनाउँछु, तपाईं विकेन्डमा बनाउनुहोला।'

'त्यसको बारेमा सोचौँला' भन्दै गणेश ल्यापटपमै व्यस्त भयो।

दीपकले खाना नपकाउँदा ऊ नजिकैको रेस्टुरेन्टमा स्यान्डबिच किनेर खान्थ्यो। 'आज मैले स्यान्डबिच खाएँ। मलाई खाना बनाउन पर्दैन है,' गणेश भन्थ्यो। दीपकलाई भने भात नखाई हुँदैनथ्यो। दीपकले भात पकाएका बेला भने गणेशले आफूभन्दा ठूलो रास लगाएर ग्वामग्वाम्ती खान्थ्यो।

'तपाईं खाइनसक्ने हो भने त्यो भात म खान्छु,' गणेश हतार-हतार भन्थ्यो अनि दीपक आफूलाई थप्ने भाग पनि गणेशलाई नै दिन्थ्यो। कहिलेकाहीं सकुलेन्ट स्यान्डबिचमा काम सकेर राति अबेर आइपुग्दा गणेश केही खाना नबनाई ल्यापटप चलाएर नै बसिरहेको हुन्थ्यो। यिनै कारणले गणेश आफ्नो रूममेट हुनुमा गर्व गर्न छोडिसकेको थियो दीपकले।

'हो, गणेश राम्रो मान्छे हो, सहयोगी हो, उसले मलाई काम खोजिदिएको छ। तर रूममेट भएर बस्ने मान्छे होइन,' दीपकले मनमनै सम्झियो। र, सम्झियो- उस्तै पीडा र दुःखमा भएको उज्वेकिस्तानी साथी डेभिडलाई। जोसँग मिलेर उसले बलुन जनावर पनि बेचेको थियो। उसलाई छोडेर एक्लो भएकामा पछुतो पनि लागिरहेको थियो उसलाई।

दीपकले डेभिडलाई फोन गऱ्यो। संयोगवश उसले पनि रूममेट खोजिरहेको रहेछ। सोच्यो, 'म अब गणेशसँग बस्दिनँ। अर्को उपाय निकाल्छु।' एक वर्षको करारनामा गरेको त्यो अपार्टमेन्ट छोडेर गए सबै पैसा गणेशले मात्र तिर्नुपर्थ्यो। त्यो गणेशलाई ठूलो धोका हुन्थ्यो। तर दीपकले त्यो सोचेन। ऊ गणेशको व्यवहारसँग

पटक्कै खुसी भएन। करारनामा सकिन अझै छसात महिना बाँकी थियो। दिन बित्यो, महिना बित्यो। त्यही महिनाको अन्त्यतिर दीपकले गणेशलाई भन्दियो आफ्नो निर्णय।

गणेश ब्रेकफास्ट लिँदै थियो। 'गणेशजी, म अपार्टमेन्ट छोड्दैछु,' दीपकले भन्दियो। गणेशले खाँदै गरेको ब्रेकफास्ट, टोस्ट त्यही रोक्यो र दीपकलाई हेर्दै भन्यो, 'ह्वाट द फक ?'

दीपक केही बोलेन। 'आर यू सिरियस ?' गणेशले फेरि थप्यो। ब्रेकफास्ट खानै रोक्यो। गणेशको त्यो रूखो बोलीले दीपकलाई अझै दृढ बनायो। 'तपाईंले मसँग बोलेको नै मलाई मन पर्दैन। तपाईंले बोलेको देखेर मलाई एकदम हीनताबोध भयो। त्यही भएर म छोड्दैछु,' दीपकले सीधै भनिदियो।

'आई डन्ट केयर ब्रो!' गणेशले भन्यो, 'मात्र मलाई समस्या भनेको यो अपार्टमेन्ट मेरो नाममा मात्र छ। कन्ट्र्याक्ट तोडियो भने तीन महिना अगाडिको पैसा सबै तिर्नुपर्छ कि म एक्लैले तिरेर एक वर्ष पुऱ्याउनुपर्छ। म तपाईंका लागि भनेर आएको हुँ। दिस इज बुल्सिट म्यान! म जे छु, त्यही हुँ। आई डन्ट केयर।' ब्रेकफास्टको प्लेट त्यही अगाडि टेबलमा राख्यो गणेशले।

'मलाई थाहा छ गणेशजी! तपाईंले मेरा लागि धेरै गर्नुभएको छ। त्यो गुन कहिल्यै बिर्सने छैन। सकेँ भने पछि तिरौँला,' दीपकले गोजीबाट पैसा निकाल्दै भन्यो 'यो महिनाको भाडा लिनोस्। म यो हप्ताभित्र सरिसक्छु अन्तै।'

'यू आर बुल्सिट म्यान!' गणेशले फेरि त्यही रूखो शब्द दोहोऱ्यायो। पीडामा अझै बोल्यो 'तपाईं यस्तो हुनुहुन्छ भन्ने जानेको भए कस्सम म यहाँ आएर तपाईंसँग बस्ने थिइनँ।'

'आई एम सरी,' दीपकले गल्ती स्विकाऱ्यो।

'सिट्! फक अफ!!' गणेशले निकै आक्रोशित मुद्रामा रूखो र आमाचकारी गाली गऱ्यो। जसरी पनि अपार्टमेन्ट छोड्ने निधो गरेको थियो दीपकले, त्यसैले गणेशलाई केही जवाफ फर्काएन।

प्रायः साँझ मलिसासँग कतै बाहिर गएर कफी खाने तालिका झैँ हुन थालेको थियो दीपकको।

उसले मलिसालाई फोन गऱ्यो।

'म पहिल्यै पार्किङ लटमा पर्खिरहेकी छु,' मलिसाले सरप्राइज दिँदै भनी।

'ह्वाट अ सरप्राइज! ओके, म आइहाल्छु' भन्दै दीपक हत्त न पत्त तयार भयो र पार्किङ लटतिर गयो। कारभित्र छिऱ्यो। अँगालोमा लियो। 'नाइस टू मिट यू,' दुवैले भने। उनीहरूबीच दिन प्रतिदिन निकटता बढिरहेको थियो।

'आज कता जाऊँ त ?' मलिसाले प्रस्ताव राखी।

'त्यही स्टारबक्स कफी हाउस नै त जाने होला नि,' दीपकले भन्यो, 'कि के भन्छौ ?'

'हुन्छ, त्यतै जाऔँ,' मलिसाले भनी। त्यसपछि दुवैजना त्यतै लागे। न तातो, न चिसो, ठिक्क थियो मौसम। सिरसिर हावा चलिरहेको थियो। अब एकदुई महिनामा चिसो महिना सुरु हुने वाला थियो। 'दिनहरू कति चाँडो बिते !' दीपकले मनमनै सम्झियो।

एकैछिनमा उनीहरू स्टारबक्स कफीसप पुगे। मिल्क कफी अर्डर भयो। टेबुलमाथि छाता अड्याएको थियो। वरिपरि कुर्सी। त्यही बसे उनीहरू। दीपकले पछिल्ला सबैजसो घटनाक्रम अद्यावधिक गरिदियो मलिसालाई।

'उसो भए मेरो अपार्टमेन्टमा मसँगै बसौँ न त। तिमी बैठककोठा वा म बस्ने कोठामा बसे पनि भो,' मलिसाले भनी। एकचोटि त रोमान्चित भयो दीपक र सम्झियो 'त्यसै गरौँ कि क्या हो ? मलिसासँग चौबिसै घण्टा हुन पाइने।' तर अर्को मनले सोच्यो, 'नेपाली समाजमा लिभिङ टुगेदर जस्तो लाग्ने काम मैले गर्नुहुँदैन।' त्यसपछि मलिसालाई भन्यो, 'होइन मलिसा। मैले डेभिड भन्ने साथीसँग कुरा गरिसकेको छु। उसले पनि रूममेट खोजिरहेको रहेछ। म अहिले उहीसँगै बस्छु।' उसले कफी सुरुप्प पाऱ्यो। र, मलिसालाई जिस्कायो, 'तिमीसँग सधैँभरि सँगै बस्ने दिन आउँला नि। के थाहा ?' मलिसा फिस्स हाँसी।

दीपक र मलिसाले एकअर्कालाई 'आई लाइक यू' सम्म भनेका थिए। तर अझै 'आई लभ यू' भनेका थिएनन्। 'आई लभ यू' भन्न प्रेमको निकै गहिराइसम्म पुग्नुपर्ने रहेछ भन्ने थाहा पायो दीपकले। नेपालमा भए पहिलो भेटमै 'आई लभ यू' ठोकिदिन सक्थे। तर सच्चा प्रेम त्यस्तो नहुँदो रहेछ भन्ठान्यो दीपकले।

प्रायः कफीको चुस्कीसँगै आफूले लेखेका कविता पढेर एकअर्कालाई रोमान्चित गराउन अभ्यस्त हुन्थे उनीहरू। गोजीबाट दीपकले एउटा कविता निकाल्यो। 'सुन है आज मैले यस्तो कविता लेखेँ।' मलिसा कफी पिउँदै दीपकलाई साथ दिँदै थिई। उसले मुन्टो हल्लाई। उसका ओठहरूमा एक किसिमको मादक नशा देख्यो दीपकले। चुम्न खोज्यो कल्पनामा तर हिचकिचायो र पाना पल्टाउँदै कविता पढ्न थाल्योः

तिमीलाई 'गुड बाई' भन्नुपर्दा मर्छु भित्रभित्रै
किन ईश्वरले बुझ्दैन त्यो
तिमी मेरो नजिक हुँदा एउटा बहार आउँछ
कोइलीले मेरै छेउमा आएर गीत गाउँछ
त्योभन्दा मीठो अर्को गीत नै हुँदैन

मलिसाका आँखामा भावनाका छालहरू दौडिएको देख्यो दीपकले। 'आहा ! कति मीठो कविता,' मलिसाले भनी। एकटकले दीपकका आँखामा हेरिरही। प्रेमले भरिएका आँखाहरू थिए। चुमौँचुमौँ लाग्ने आँखाहरू।

'यू लुक सो ब्यूटिफुल,' दीपकले कविता पढिसकेपछि मलिसालाई भन्यो। उसले पनि भनी, 'यू लुक इभन मोर हेन्डसम, आफ्टर रिडिङ दिस पोइम।'

'तिमीसँग पनि त कुनै कविता होला निकालेर पढ न,' दीपकले मलिसाको पालो सम्झाउँदै कफी सुरुप्प पाऱ्यो। पहेँलो घाम पश्चिमास्त हुन लाग्दै थियो। साँझको आँगनमा सुनौँलो रङ्ग फिँजारिएको थियो। मलिसाको कपाल पनि सुनौला भएर टल्कियो। सँगै कफी खान आउने र बाहिर निस्कने मानिसहरूको ओहोरदोहोर चलिरहेको थियो। केही जोडी कफी पिउन र आलिङ्गनमा बाँधिन व्यस्त र मस्त देखिन्थे। अगाडि देखिएका बोटबिरूवाहरू पातमा रङ्ग फेर्दै थिए। उज्यालो, पहेँलो र चिसो थियो वातावरण।

'तिम्रो जस्तो राम्रो कविता त मैले कहाँ लेखेकी छु र!' मलिसाले आफ्नो पर्सबाट कविताको एउटा टुक्रा निकाल्दै भनी।

'तिम्रो भावना राम्रो छ, त्योभन्दा अर्को किन चाहियो र!' दीपकले मलिसाको प्रशंसा गर्दै भन्यो।

'सुन है त,' कफीको चुस्की लिएपछि मलिसा कविता पढ्न थाली।

तिमीले दिएको गुलाफ उपहारले
ल्याएको छ सुन्दरताको बाढी कोठाभरि
र, पारेको छ गाँठो मायाको
मैले त्यो अझै राखेकी छु
मलाई मनपर्ने कविताको किताबको
पचासौँ पृष्ठभित्र।

दीपकले केही महिनाअघि मलिसालाई दिएको गुलाफको फूल सम्झियो।

'थ्याङ्क यू,' दीपकले भन्यो, 'यति मीठो कविताको लागि।'

उनीहरू दुवैले कफी पिएर सके र मलिसाले 'आज मेरोमै बसौँ' भन्दैथिई। तर दीपकले अर्को दिन बसौँला भनेर टाऱ्यो। फेरि अर्को दिन कफी हाउसमा गएर कफी खाने वाचा गर्दै मलिसाले दीपकलाई उसको अपार्टमेन्ट नजिक लगी र अँगालोमा बाँधेर बिदाइ गरी।

तीन मस्किटियर

बिहान ६ बजेतिर उठेर दीपक डेभिडको अपार्टमेन्टमा गयो। ढोका ढकढकायो। गणेशलाई छोडेपछि अब उसलाई डेभिडको साथ चाहिएको थियो।

'हे म्यान! गुड मर्निङ‼' ढोका खोल्दै, आँखा मिच्दै डेभिडले भन्यो।

'मैले डिस्टर्ब गरेँ होला, सरी,' दीपकले ढोकाभित्र पस्दै भन्यो र त्यही नजिकैको बैठक कोठामा भएको कुर्सीमा बस्यो।

'यति बिहानै के कामले आइपुग्यौ यार! सरप्राइज नै भयो त,' छेउकै अर्को कुर्सीमा बस्दै डेभिडले भन्यो।

दीपकले वरिपरि यसो नजर डुलायो। बैठककोठा फराकिलो थियो। एउटा कुनामा इन्टरनेटको राउटर थियो। केही काठका कुर्सीहरू थिए अर्को कुनामा। सुत्ने एउटा कोठा अलिकति खुल्ला थियो। त्यहाँ भुइँमा एउटा डसना ओछ्याइएको थियो। सबैतिर भुइँमा बाक्लो कार्पेट थियो।

दीपकले डेभिडलाई सबै कुरा बतायो विस्तृतमा।

'उसो भए हामी सबै यहीँ मिलेर बसौँ न त। त्यसै पनि हामीले अर्को रूममेट खोजिराखेकै हो,' डेभिडले भन्यो, 'ही पनि छ मेरो रूममेट। ऊ चाइनाको हो।' त्यसपछि उसले 'ही' लाई बोलाउँदै भन्यो, 'ही! ही‼ दीपक आएको छ। बाहिर आऊ है साथी।'

त्यो सुनेर भित्र कतै सुतिरहेको ही चिम्सा आँखा मिच्दै बाहिर आयो। चिम्सा आँखा भन्नु चिम्सा देखिए। उसले हाँस्दा उसको हाँसो एउटा कानबाट अर्को कानसम्म पुग्थ्यो। हातमा ठूलो फ्रेम गरेको चस्मा पनि बोकेर आएको थियो। त्यो

पनि लगायो। पातलो, दुब्लो र अग्लो ही कुनै दुःखी पात्र जस्तो देखिन्थ्यो। यद्यपि उसको ओठमा मुस्कान थियो। 'नाइस टू मिट यू,' हीले हात मिलाउँदै भन्यो। उसको मुखबाट बासी गन्ध छुट्यो।

'नाइस टू मिट यू टू,' दीपकले भन्दै गर्दा डेभिडले भन्यो, 'ऊ पनि रूममेट खोजिरहेको छ। के छ हामी तीनजना यहाँ मिलेर सँगै बस्न सक्छौ ?'

'ह्वाट द हेल! स्योर। किन नहुने ?' हीले भन्यो।

'ह्वाट द हेल!' भन्ने चाहिँ हीको थेगो रहेछ। हरेकचोटि उसले 'ह्वाट द हेल!' भनिरहेकै हुन्थ्यो।

'तपाईं पनि काम गर्नुहुन्छ ?' दीपकले हीलाई सोध्यो।

'ह्वाट द हेल! काम नगरी कसरी टिक्नु यहाँ ?'

'कहाँ नि ?'

'ह्वाट द हेल! रेस्टुरेन्ट नि।'

उसको 'ह्वाट द हेल!' थेगोले प्रायः विरक्तिएको भाव झल्काउने वा अमेरिकी सपनाको खिल्ली उडाएजस्तो लाग्थ्यो।

'के काम गर्छौ रेस्टुरेन्टमा ?'

'ह्वाट द हेल! भाँडा माझ्ने नि।'

अर्काको निजी जीवनको बारेमा दीपकले नसोधेको भए पनि हुन्थ्यो। अमेरिकनहरू त्यसरी प्रश्न गर्नु भनेको रूखो हुनु र गैरजिम्मेवार हुनु ठान्थे। तर ही चाइनाको नागरिक थियो। दुवैका साँस्कृतिक बुझाइमा केही समानता थिए सायद।

'कति दिन्छ नि पैसा ?'

'ह्वाट द हेल! टिप्स, टिप्स, टिप्स। त्यही टिप्सबाट मात्रै हुने हो। उठेको टिप्स बाँड्दा कहिले दिनको एक सय डलर, कहिले दुई सय डलर हुन्छ।' टिप्सबाट पनि त्यत्रो पैसा हुँदो रहेछ भन्ने थाहा पाएर दीपक छक्क पर्‍यो।

'द्याट्स गुड,' दीपकले भन्यो। सबैजनासँग गफगाफ गरिसकेपछि उनीहरूसँगै आएर बस्न दीपकलाई सहज भयो र त्यही दिन सबै सामान सारेर सँगै बस्ने निश्चित भयो।

तीनैजना 'आजै सामान ल्याउन' भनेर दीपकको अपार्टमेन्टतिर गए। अपार्टमेन्ट कम्पलेक्स त्यही नजिकै थियो। हिँडेर पाँच मिनेट लाग्थ्यो।

गणेश त्यही घुम्ने कुर्सीमा बसेर ल्यापटप चलाइरहेको थियो।

'उठिसक्नुभयो गणेशजी!' दीपकले नम्र स्वरमा भन्यो। गणेशले दुईचोटिसम्म नसुनेझैँ गर्‍यो। फेरि पनि सोधेपछि 'उठेँ' भन्यो। दीपकले अपार्टमेन्ट छोड्दा गणेशसँग नराम्रो नहोस् भन्ने चाहन्थ्यो।

'यी मेरा साथीहरू डेभिड र ही हुन्,' दीपकले परिचय गराउन खोज्दै भन्यो, 'उनीहरू यहाँ मेरा सामान लिन आएका हुन्। अब हामी आजबाटै सँगै बस्छौ।'

हात नमिलाईकन दुवैले 'हाई' भने। गणेशले पनि ल्यापटपमा हेर्दै 'द्याट्स गुड' भन्यो। सायद गणेशलाई रिस उठिरहेको थियो दीपकको अविश्वासिलो व्यवहार देखेर। उसले दीपकलाई नचिनेझैँ गऱ्यो। दीपक, ही र डेभिड मिलेर प्याक बनाउँदै सबै सामान लिएर डेभिडको अपार्टमेन्टतिर लागे।

त्यो दिन दीपक सामान नमिलाईकन त्यत्तिकै सकुलेन्ट स्यान्डबिचतिर गयो। ही रेस्टुरेन्टतिर गयो भने डेभिड बलुनको जनावर बनाउन। आफूले यसरी बीचैमा गणेशलाई छोड्दा दीपकलाई नराम्रो लागे पनि एक किसिमको राहत महसुस गऱ्यो। उसले ठान्यो, कम्तीमा अब गणेशको त्यो रूखो बोली त सुन्नु पर्दैन हरेक दिन। तर मनमनै दीपक गणेशप्रति आभारी थियो, उसले दीपकप्रति गरेको सहयोगका कारण।

खुसी र रोमान्स

समयहरू बित्दै गए। दीपक चौथो सेमेस्टरमा प्रवेश गरिसकेको थियो। यही नै अन्तिम सेमेस्टर थियो। दीपकले सकुलेन्ट स्यान्डबिचमा काम गरिरह्यो। रीतासँगको सहकार्यमा खासै असन्तुष्टि रहेन। रीताका केही स्वभावबाहेक। विकास पनि सहज र सहयोगी हुँदै गयो। पहिलेको भन्दा अलिक बढी घण्टा काम दीपकले सप्ताहान्तमा पनि गर्न थाल्यो।

मलिसासँगको बारम्बारको भेट र गफले उनीहरू घनिष्ठ हुँदै गए। दीपक, डेभिड र ही तीनैजना मिलेर अपार्टमेन्टमा बस्न थाले, दुःख र खुसी साट्दै। एउटै कोठामा तीनैजना तीनवटा म्याट्रेसमा तीनतिर फर्काएर सुत्न थाले। आफ्नो निजी भन्ने कुरा त भन् भनिसा र लुकाससँग बस्दाको भन्दा पनि हराएर गयो। तर त्यसमा पनि मज्जा र आनन्द थियो।

तीनजना मन मिल्ने साथी भएका थिए। अमेरिका आउँदा सबैका आ-आफ्ना पीडा र दुःख थिए। अझै पनि सबैले दुःख गरिरहेका थिए। उनीहरू दुवै कमर्सका विद्यार्थी थिए। तीनैजनाको मातृभाषा फरकफरक थियो। एकले अर्कोको भाषा बुझ्दैनथे।

'हेल्लो के छ खबर ?' लाई चिनियाँ भाषामा 'नि हाउ' भन्दा रहेछन्। यही भाषा बुझेको थियो दीपकले। प्रायः सप्ताहान्तमा साँझ-बिहान समय मिलाएर सबैले आआफ्ना देशतिर आफन्तहरूसँग बोल्दा तीनतिर तीनवटा भाषामा आवाज गुन्जायमान हुन्थ्यो। घरीघरी मौरी भुनभुनाएजस्तो। त्यसको भिन्दै मज्जा र आनन्द थियो।

भाषा नबुझे पनि भावना एउटै हुन्थ्यो। मान्छेलाई बाँध्ने चिज भाषा होइन, भावना

पो रहेछ । दीपकले थाहा पाएको थियो । मलिसाबाट पनि त्यही कुरा थाहा पाएको थियो । उनीहरूसँग बस्दा आफ्नै घरमा बसेको जस्तो महसुस भयो दीपकलाई ।

दीपकले थेसिस लेख्न थालिसकेको थियो आफ्नो विषयको अन्तिम परीक्षाका रूपमा । हरेक हप्ता दुईचार पाना लेखेर थेसिस कमिटीलाई बुझाउनुपर्ने हुन्थ्यो । त्यस थेसिसको शीर्षक उसले राखेको थियो, 'रनिङ फ्रम द ड्रिमल्यान्ड' अर्थात् 'सपनाको देश छोड्दा ।' उसले त्यो उपन्यास अङ्ग्रेजीमा लेख्न थाल्यो । भनिसाले दिएको ल्यापटप तान्यो र किबोर्डमा हातहरू चलायो । फेरि लाइनहरू सम्झँदै थप्यो । त्यही बेला उसलाई फेरि फेसबुक खोलेर त्यहाँको 'न्यूज फिड' हेर्न मन लाग्यो ।

बिहानको ब्रेकफास्ट खाँदै थिए हि र डेभिड, बटुकाभरि दूध र सिरियल हालेर । फेसबुक खोल्ने बित्तिकै एउटा मेसेज मलिसाले पठाएकी थिई । खुसी हुँदै दीपकले त्यो मेसेज पढ्यो ।

'हाई दीपक ! आजको के छ खबर ? खासै काम छैन भने मलाई कल गर है ।'

सिरियल ब्रेकफास्ट खाएर उसका साथीहरू कामतिर निस्किए । दीपकको भने काममा बिदा थियो । दीपकले मलिसालाई तुरुन्तै फोन गरिहाल्यो ।

'हेल्लो मलिसा !'

'फोन गरिहाल्यौ, खुसी लाग्यो । के छ आजको योजना ? तिम्रो काम छ ?'

'आज अफ छ मलिसा, जानुपर्दैन,' दीपकले मलिसालाई फकाउन खोजेझैं फेरि थप्यो । 'आज तिमीसँगै बिताउने हो दिन,' दीपक हाँस्यो ।

'उसो भए आज घरै बसेर चेस खेल्ने हो त ?'

नेपालमा हुँदा दीपक पनि चेस खेल्ने गर्थ्यो । उसलाई मनपर्ने खेल थियो त्यो । निकै सिपालु थियो । धेरैलाई खेलमा हराउँथ्यो पनि । मलिसाको त्यो प्रस्ताव उसको कानमा उत्साह र उमङ्गसाथ प्रेमपूर्ण रूपमा पस्यो ।

'कति गतिलो प्रस्ताव मलिसा! ' दीपकले स्वीकृति जनाउँदै भन्यो, 'खेल्न त मैले बिर्सिसकें होला ।' दीपकलाई थाहा भइसकेको थियो कि त्यहाँ चेसको भन्दा पनि प्रेमको खेल बढी हुनेछ ।

'मलाई पनि कहाँ आउँछ र ! अलिअलि भर्खर सिक्दैछु । सुरुवातमै छु,' मलिसाले भनी । दीपकले सोच्यो, प्रेमको सुरुवातका कुरा गरिरहेकी छे मलिसा । अहिलेसम्म दीपक र मलिसाबीचको गफमा बढी औपचारिकता नै रह्यो । अलिकति जिस्किएर, अलिकति भावावेशमा आएर, प्रेमालापमा डुबेर, एकअर्कालाई भित्रैदेखि गहिरिएर बुझ्ने सकिरहेका थिएनन् वा अवसर आएको थिएन ।

उनीहरूबीच पछिल्लो समय भेट निरन्तर नभएको पनि होइन । कफी हाउसमा एकअर्कालाई कविता नसुनाएका पनि होइनन् । तर जीवन र जीवन सम्बन्धको तहमा पुगेर वार्तालाप भने भएको थिएन । 'के थाहा, मलिसा र मेरो चेस खेलमा त्यो अवसर मिल्नेछ कि !' दीपकले मनमनै सोच्यो ।

'ग्रेट,' मलिसाले भनी, 'उसो भए म तिमीलाई अहिले नै लिन आउँछु। मेरै अपार्टमेन्टमा आएर खेल्नुपर्छ है।'

'म यहीँ हुन्छु। द्याट्स साउन्ड्स् ग्रेट,' दीपकको बोलीमै खुसीले बुर्कुसी मार्‍यो। त्यसपछि मलिसाले फोन राखी। दीपक एकछिन फोन हातमै लिएर चुपचाप उभिइरह्यो। मानौँ मलिसा आफैँ उसको कानमा फुसफुसाइरहेकी छे। उसको शरीरमा मलिसाका आवाजहरू पाउजुझैँ झङ्कृत भए। आनन्दातिरेक अनुभूति भयो उसलाई। फोन राख्यो। गुनगुनाउँदै भान्सातिर गयो। अलिकति सिरियल र दूध खायो। ल्यापटप बन्द गर्‍यो। खलल नुहायो। ऐनामा हेर्‍यो। पातलो र दुब्लो ज्यानको मलाई मलिसाले कसरी मन पराई होली ? ऊ सोचमग्न भयो। नेपालमा त भुँडी लागेका मान्छेलाई मात्र केटी दिन तम्सिन्थे केटीका बाबुआमा। ऊ फिस्स हाँस्यो।

एकछिन सबै बिर्सियो। सकुलेन्ट स्यान्डबिच, थेसिस प्रोजेक्ट आदि इत्यादि। पैसाको समस्या पहिलाको जस्तो थिएन दीपकलाई अहिले। जीवन चलाउन त्यति गाह्रो थिएन। यद्यपि कडा परिश्रम भने उसले गरिरहेकै थियो। समयले साथ दिँदैछ भन्ने बुझ्यो उसले। त्यही बेला फेरि फोनको घण्टी बज्यो।

'म त तयार नै भएको छैन' भन्दै फोन उठायो। केही नहेरी भन्यो।

'म मलिसा। अब हिँड्न लागेको। केही छैन। अब आउँदा हुन्छ ?'

'हुन्छ, हुन्छ आऊ।'

दीपकले सर्टपेन्ट लगायो, कपाल कोर्‍यो, आफूलाई अन्तिमपटक ऐनामा हेर्‍यो र माथिबाट ज्याकेट लगायो। साह्रै चिसो भइसकेको थियो मौसम। दोस्रोचोटिको अनुभव थियो उसको। केही छिनमै मलिसा पार्किङ लटमा आइपुगी। दीपक बाहिर निस्क्यो। कारभित्र पस्यो। बस्यो अगाडिको सिटमा।

'वाऊ! यू लुक सो हेन्डसम,' मलिसाले दीपकतिर हेर्दै प्रशंसाको माला बिछ्याई।

उसले मलिसालाई ठट्टा गर्दै भन्यो, 'यू लुक भेरी प्रिटी टू।' ऊ फिस्स हाँसी। दीपकले लियोनार्दो दा भिन्चीको मुस्कान सम्झियो। मलिसाको सुन्दरताले पहिलो भेटमै तानेको थियो दीपकलाई। मलिसाले दीपकका आँखामा आफूलाई र दीपकले मलिसाको आँखामा आफूलाई पाए। अनि लागे मलिसाको अपार्टमेन्टतिर।

मलिसाको अपार्टमेन्ट पस्ने बित्तिकै विशिष्ट प्रकारको आनन्दानुभूति भयो दीपकलाई। न्यानो कोठा, चिरिच्याँट्ट पारेको, एक बेडको अपार्टमेन्ट थियो त्यो। गज्जबको मोटो कार्पेट बिछ्याइएको थियो। घिउ रङ्गको कुर्सी दुइटा कुनामा आमनेसामने राखिएका थिए। एउटा सोफा किचनतिर फर्काएर राखिएको थियो। कोठामा हिटरको आवाज आइरहेको थियो। मलिसाले छिर्ने बित्तिकै ढोका लगाई र त्यही नजिकैको सोफा देखाउँदै दीपकलाई बस्न आग्रह गरी।

'के ज्याकेट खोल्ने हो ? भित्र गर्मी हुन सक्छ ?' बडो प्रेमपूर्वक मलिसाले दीपकलाई भनी र उसको ज्याकेट आफैँले खोलिदिन खोजी। त्यो देखेर दीपक दङ्ग

पऱ्यो र सम्भियो, 'कति मीठो ख्याल मलिसाको !'

दीपकले ज्याकेटको बटन खोल्यो। मलिसाले आफ्नै हातले दीपकको हातबाट फुस्काइदिई र त्यही नजिकै एउटा कुर्सीमा राखिदिई र भनी, 'के पिऊँ, चिया कि कफी ?'

'जे भए पनि हुन्छ, तिम्रो च्वाइस,' दीपकले भन्यो। मलिसाले दुई कप कफी बनाई। दुइटै कपमा लभको सिम्बोल थियो। ल्याएर राखी टेबलमा। चेसको बोर्ड र गोटीहरू त्यहीँ थिए। आमनेसामने कुर्सी राखे र चेसका गोटीहरू फिँजाए। 'खेलौँ होइन त ?' मलिसाले कफीको चुस्की लिँदै सोधी। दीपकले भन्यो, 'ल तिमी नै पहिला चाल, मैले बिर्सिसकेँ कि ?'

'मलाई पनि कहाँ आउँछ र ! सिक्दैछु।'

'एकदम। तिमी अगाडि छौ नि त,' दीपकले भन्यो।

मलिसाले पहिलो गोटी चाली। दीपकले त्यसै गऱ्यो।

'हिन्दु धर्मले कत्तिको महत्त्व राख्छ तिम्रो जीवनमा?' मलिसाले चेसको गोटी चलाउँदै सोधी।

'म हिन्दु परिवारमा जन्मिएको मान्छे, अवश्य पनि राख्छ नै। तर म त हेर, खुल्ला हृदयको मान्छे। मलाई सबै धर्म उस्तै लाग्छ। म गुम्बा, मस्जिद, चर्च, मन्दिर सबैतिर गएको छु।'

दीपकले भन्दै गयो, चेसको गोटी सार्दै, कफीको चुस्की लिँदै। उसले पढेको थियो, लेभी स्ट्रासको सिद्धान्त कसरी मिथहरू बनोटको तहमा एउटै हुन्छन् भनेर। सबै धर्मको सार एउटै हो- शान्ति, भातृत्व, माया अनि मानवता। 'आखिर त्यही होइन र धर्मको सार ?' उसले भन्यो।

मलिसाले चेसबोर्डबाट मुन्टो उचालेर दीपकलाई हेरी र स्वीकृतिमा मुन्टो हल्लाई। 'ल मैले यो घोडा चालेँ,' मलिसाले दीपकको ऊँट खान खोजी। अब त्यो लुकाउनुपर्ने भो, घोडालाई छेक्न मिल्दैनथ्यो। ऊँटलाई पर सार्दै दीपकले सोध्यो, 'अनि तिम्रो चाहिँ राय के छ नि धर्मको बारेमा ?'

'म त आइरिस क्याथोलिक परिवारमा जन्मेको मान्छे। हामी धर्मप्रति कट्टर हुन्छौँ। यो हाम्रो परिचय पनि हो,' प्रेमपूर्ण आँखाले दीपकतिर हेर्दै भनी मलिसाले, 'अमेरिकन समाज खुला भए पनि यौनको मामलामा हामी रुढीवादी नै हौँ।'

मलिसाको यो कुरा रोचक लाग्यो दीपकलाई। उसले अमेरिकी समाजमा देखेको थियो, धेरैजसो महिला लिभिङ टुगेदरमा बसेका अनि विवाहपूर्व नै बच्चाबच्ची जन्माइसकेका। तर उसले मलिसालाई ठीक विपरीत पायो। नेपाली समाजकी कुनै एक नारीकै आवाजजस्तै लाग्यो दीपकलाई। हिटिङ मसिनको आवाज आयो, तातो हावा फाल्दै करायो। दुवैले एकअर्कालाई हेरे। कफी सुरुप्प पारे र फेरि चेसबोर्डतिर हेरे। मलिसाले थाहै नपाई अघि नै ऊँट खाइसकेकी थिई।

'ओहो ! तिमीले त मेरो ऊँट अघि नै खाइसकिछौ,' दीपकले पनि अर्को घोडा चाल्दै मलिसाको ऊँट ताक्यो र भन्यो ।

'हुन त मैले देखेकी छु, अमेरिकामा विवाह हुनुअघि नै बच्चाबच्ची भइसकेपछि पनि सम्बन्धविच्छेद भएको छ । तर म भने त्यस्तो नहोस् भन्ने चाहन्छु । भएको राम्रो पनि मान्दैनौं । तर घरेलु हिंसा हुने अवस्था भयो भने बाध्य भएर विच्छेद गर्नुपर्ने हुन्छ,' मलिसाले भनी ।

निकै कुरा मिलेझैं लाग्यो दीपकलाई मलिसासँग ।

'हो र !' दीपकले कफीको चुस्की सुरुप्प पार्दै मलिसातिर हेर्दै भन्यो, 'हाम्रै सामाजिक सोचझैं लाग्यो मलाई तिम्रो विवाह र यौनप्रतिको दृष्टिकोण ।'

बिस्तारै चेसखेल त एउटा बहानामात्रै भयो । चेसबोर्डमा गोटीहरू मलिसा र दीपकका औँलाहरू पर्खेर बसिरहे । केवल कफीले उनीहरूको ओठहरू स्पर्श गर्न पाइरह्यो । उनीहरूले आआफ्नो अतीतका प्रेमका घटनाहरू साटासाट गरे । तर खासै असर परेन दुवैको वर्तमानलाई ।

'यो कुर्सीमा बसिरहेर होला, मेरो त कस्तो ढाड दुख्यो । सोफामै बसौं' भन्दै मलिसालाई अनुरोध गऱ्यो दीपकले । उनीहरू दुवैले कफी पिइसकेका थिए । चेसबोर्डमा गोटीहरू त्यसै असरल्ल थिए । दुवै सोफामा आए । दीपकले मलिसाका औँलाहरूमा आफ्ना औँलाहरू घुसाऱ्यो र भन्यो, 'आई रियल्ली लभ यू ।'

हुन त 'मलाई तिमी मनपर्छ' भनेर दीपकले पहिले पनि कफीगफमा भनेको हो । तर यसचोटि भाव मिसिएको थियो उसको भनाइमा । 'मलाई पनि तिमी साँच्चै मनपर्छ,' मलिसाले पनि दीपकका औँलाहरूलाई कसिलो गरी समाएर भनी । दीपकले मलिसालाई आफूतिर तान्यो । उसको टाउको दीपकको छातीमा आएर बस्यो ।

दीपकले मलिसाको कपालभित्र आफ्नो अर्को हातका औँलाहरू घुसाऱ्यो र मुसाऱ्यो । मलिसाले आनन्द मानेर दीपकलाई त्यो कपाल खेलाउन दिइरही । बिस्तारै आफ्नो शिर निहुराउँदै दीपकले आफ्नो मुख मलिसाका ओठहरूनजिक लग्यो । उसको मुटुको गति नौ रेक्टर स्केलको भूकम्पझैं हल्लिरहेको थियो । र, मलिसाको ओठमा चुम्यो र सासले बोल्यो, 'आई लभ यू ।' मलिसाको सास भरिएर आयो । दीपकको छातीमा युगल स्तनले स्पर्श गरे । मलिसालाई दीपकको त्यो पहिलो 'आई लभ यू' थियो । मलिसाले नस्विकार्न पनि सक्थी । तर मलिसाले पनि फुसफुसाई, 'आई लभ यू टू ।'

त्यहाँ प्रेमको एउटा आवेग थियो । एउटा भरभराउँदो आगो थियो । साँझ परिसकेको थियो । सिग्मन्ड फ्रायडले छुट्याएको इड, इगो र सुपर इगोमध्ये इड चलायमान थियो । दीपक चाहन्थ्यो, मलिसालाई निर्वस्त्र पारौं । उनका लाजका गहनाहरू सुमसुमाऊँ, सबैतिर माया छताछुल्ल पोखौं र त्यो आगो, उन्माद र छटपटीलाई निथ्रुक्क भिजाऊँ । तर त्यो आवेगले गहिरिँदै गरेको प्रेमलाई उसले डढाउन चाहेन ।

विवाह र यौनका बारेमा त्यत्रो छलफल भइसकेपछि अब आफ्नो आवेगलाई रोक्नैपर्छ, दीपकले सोच्यो- यति धेरै पाखण्डी हुनुहुँदैन। यसो घडी हेऱ्यो। साँझको आठ बजेको थियो। उसले मन दह्रो बनायो। मलिसालाई आफ्नो छातीबाट मायालु पाराले अलग्यायो।

'ओहो ! साँझ परिसकेछ। म त घर जानुपर्छ,' उसले भन्यो।

'यही बस्दा हुन्छ भने यहीँ बस न त,' मलिसाले दीपकका आँखामा हेर्दै भनी। लाग्यो, मलिसा दीपकलाई त्यो रात छोड्न चाहन्न। उनका आँखामा पनि प्रेम आवेग दनदनाइरहेको थियो। 'म यही सोफामा सुतौँला, तिमी भित्र मेरो खाटमा सुत।' फेरि दीपकको इड र इगो सलबलायो। चाहन्थ्यो- त्यसै गरौ र सल्कँदै सल्कँदै रातभरिमा मलिसासम्म पुगौँ। तर उसले आफूलाई सम्हाल्यो। आफूलाई प्रमाणित गर्न खोज्यो। पुरुष हुनुको हठलाई नियन्त्रणमा राख्न खोज्यो।

'ठीक छ मलिसा ! अर्को कुनै दिन बसौँला,' दीपकले भन्यो, 'आज म जानैपर्छ।' उसले फेरि मलिसाको लामो केशको वासना लिँदै निधारमा चुम्यो। 'हुन्छ, उसो भए,' मलिसा उठी प्रेमपूर्वक। एकअर्काकै भावनाको कदर गर्न खोज्ने अमेरिकी संस्कृतिमा हुर्किएकी मलिसाको स्वभाव दीपकलाई अझै मन पऱ्यो। दीपकको ज्याकेट दिई। दुवै बाहिर निस्के। चिसो स्याँठ चलिरहेको थियो। पपलर रूखहरू पातविहीन भइसकेका थिए फेरि। लोखर्केहरू थिएनन्।

मलिसाले दीपकलाई अपार्टमेन्टसम्म पुऱ्याइदिई र एउटा मीठो चुम्बन दिएर दीपकलाई 'गुड नाइट' भनी र फर्की। दीपक अपार्टमेन्ट छिऱ्यो। डेभिड खुसी मुद्रामा बैठककोठाभित्र ल्यापटप चलाएर बसिरहेको थियो। ही कामबाट आइसकेको थिएन।

'कहाँ गएको थियौ यार ?' डेभिडले सोध्यो।

'साथीलाई भेट्न,' दीपकले भन्यो, 'खुसी देखिन्छौ त। के छ नयाँ ?'

'हो नि। आज मैले ग्यास स्टेसनमा काम पाएँ। तिम्रो बारेमा पनि कुरा गरेको छु। लिएर आउनू भनेको छ।'

'हो र ! हुन त मेरो सकुलेन्ट स्यान्डबिचमै काम छ। के गर्नु र ग्यास स्टेसनमा ?'

'एक्स्ट्रा मनी म्यान ! काम दियो भने केही एक्स्ट्रा घण्टा गरे भइगयो नि !'

'ल ठीक छ उसो भए। थ्याङ्क यू। सोचौँला,' दीपकले भन्यो। मलिसाको मीठो चुम्बन सम्झँदै अनि आफ्नै ओठलाई मुसार्दै बिस्तारामा पल्टियो।

मड एन्ड स्टार्स

अमेरिका आउँदाका सुरुका दिनहरू बिताउन धेरै गाह्रो हुन्थ्यो दीपकलाई। हरेक पल, क्षण, सेकेन्ड, मिनेट गन्दै बितेझैँ लाग्थ्यो। तर अबका दिनहरू भने सजिलै बित्न थालेका थिए। भनौँ, दिनहरू बितेको पत्तै हुँदैनथ्यो।

डेभिडले भनेजस्तो 'एक्स्ट्रा पैसा हुन्छ' भन्ने सोचेर दीपकले सकुलेन्ट स्यान्डबिचमा काम नगरेको दिन केही घण्टा ग्यास स्टेसनमा पनि काम गर्न थाल्यो। बस जाने रूटमा पर्थ्यो, त्यो ग्यास स्टेसन। ग्यास स्टेसनको काउन्टर अगाडि देखिने गरी विभिन्न चुरोट राखिएको थियो।

उसले पहिल्यै जागिर खोज्न जाने क्रममा ग्यास स्टेसन कस्तो हुन्छ भनेर थाहा पाइसकेको थियो। लोटो अर्थात् चिट्ठा खेलाउने मेसिन र विभिन्न लोटरी टिकट पनि डिस्प्लेमा थिए। आफूले गरेको स्यान्डबिचको कामभन्दा पूर्णरूपमा फरक लाग्यो दीपकलाई। ती सामान र तिनीहरूको नाम सम्झिन समय लाग्यो। उसले लेखेरै सम्झियो। बाटामा आउँदा र जाँदा सम्झियो।

डेभिडले फुलटाइम काम पाएको थियो त्यहाँ। डेभिडले पनि उसलाई सिकायो। ऊसँग पहिले केही समय काम गरेको अनुभव रहेछ। नभन्दै दीपकले चाँडै काम सिक्यो र त्यो दोकानको साहुले कहिलेकाहीँ डेभिडको काम पर्दा दीपकलाई नै दोकान बन्द गर्न लगाउन थाल्यो।

एक दिन दीपक दोकान बन्द गरेर घरतिर फर्किंदै थियो। रातको त्यस्तै दस बजेको थियो। रातको बेला त्यो रूटमा बसहरू चल्दैनथे। अपार्टमेन्ट पुग्न त्यस्तै एक घण्टाको

बाटो थियो। अपार्टमेन्ट पुग्न अझै आधा बाटो बाँकी थियो। जाँदै गर्दा केही व्यक्ति दीपकको पछिपछि आउँदै थिए। चिसो सिरेटोले एकोहोरो सिर्कनो हानिरहेको थियो।

दीपकले ज्याकेट लाएको थियो अनि टाउकोमा टोपी। उसले आफूलाई छिट्छिटो अगाडि बढायो। त्यति नै छिटो पछाडिबाट ती व्यक्तिहरूले पछ्याइरहे। सुरुमा उसलाई त्यो कुनै छायाजस्तै लाग्यो। तर एक्कासि दीपकको अगाडि आएर उनीहरूले बाटो छेके र भन्न थाले, 'पैसा निकाल्।'

एउटा कालो जातिको र अर्को गोरो जातिका दुईजना ठिटाले दीपकलाई बेसरी थर्काए र भने, 'गिभ मी योर वालेट।' दीपकसँग वालेट त थियो तर खासै पैसा थिएन। तैपनि उसले निकाल्न हिचकिचायो। त्यसपछि फेरि उनीहरूले चक्कु देखाए र थर्काउँदै भन्न लागे, 'वालेट निकाल्।'

दीपकले सोच्यो, यिनीहरूले मलाई मार्ने भए। अब कसरी उम्किने ? उसले भित्रभित्रै सोच्यो। उनीहरूले ठेल्न थाले। एउटा कार उनीहरूबाटै पास भयो। चिच्याउँदै 'गुहार' भनौँ भने मध्यराति कसले सहयोग गर्ला! फेरि ज्यान मारेर गए भने बाबुआमा कति रूँदा हुन् ? अमेरिकी सपना चकनाचुर होला।

गोराले कालालाई, कालाले गोरालाई हत्या गरेको, गोली हानेर मारेको समाचार दीपकले सुनिरहेको थियो। मैले यिनीहरूलाई वालेट नै दिए भने पनि के थाहा मलाई त्यही छुरीले हानेर मार्ने हुन् कि ? यसो हेऱ्यो। उनीहरूसँग बन्दुक थिएन। दीपकले सोच्यो, 'म यिनीहरूलाई एक लात हान्छु र टाप कस्छु, जे पर्ला-पर्ला। काँतर भएर म वालेट दिनेवाला छैन।'

त्यसपछि ठूलो साहस निकालेर दीपकले कालेको जाँघमुनि अण्डकोष फुट्ने गरी घुँडाले हान्यो। त्यो थचक्कै त्यहीँ बस्यो। र, अर्कोलाई पनि त्यही घुँडाले सँगसँगै बजायो। संयोगवश ती दुवैको अण्डकोषमा दीपकले आफ्नो घुँडो बजार्न सफल भयो। त्यसपछि वेगले सुइँकुच्चा ठोकेर अपार्टमेन्ट पुग्यो। त्यसबेलासम्म उसले एकचोटि पनि पछाडि फर्केर हेरेन।

अपार्टमेन्ट पुगेपछि मात्र दीपक आत्तियो। उसलाई आफ्नो ज्यानको माया लाग्न थाल्यो। उसले विश्वासै गर्न सकेन, आज ऊ कसरी उम्केर अपार्टमेन्ट आइपुग्यो ? ऊ अमेरिकी सपनाको होडमा यति घिनलाग्दो घटना भोग्नुपर्दा भित्रभित्रै निराश पनि भयो।

डेभिड घरमै थियो। उसले भन्यो, 'आज तिमी किन अलिक ढिला आयौ त ?'

'मलाई कालेहरूले लुटे यार!' दीपकले ढोका लगाउँदै आक्रोशित मुद्रामा भन्यो, 'मुजीहरूले मलाई चक्कु देखाएर लुट्न खोजे।'

'ह्वाट द फक आर यू टकिङ एबाउट,' डेभिडले अचम्मित र त्रसित हुँदै भन्यो, 'होइन के भनेको यार!'

बोल्दाबोल्दा दीपकको चर्को आवाज रोदनजस्तो सुनियो, 'म धन्न बाँचेर आएँ यार।'

त्यस्तो चिसो मौसममा पनि दीपकको निधारमा चिट्चिट पसिना आइरहेको थियो।

'खासमा के भयो ?' डेभिडले फेरि दोहोऱ्याएर सोध्यो।

'म अहिले केही सोच्न सक्ने मुडमा छैन यार !' दीपकले त्यही भुइँमा घुँडा टेकेर टाउकोमा हात राख्दै भन्यो, 'मलाई अहिले केही नसोध यार। यस्तो मुजी अमेरिकी सपना।' ऊ सुँक्कसुँक्क गर्न थाल्यो, 'म भोलि नै जान्छु नेपाल।'

ऊ घोप्टो परेजस्तो गरेर बसेको थियो। डेभिड उठेर ऊतिर आयो र सम्झाउँदै भन्यो, 'दीपक ! दीपक !!' ऊ केही बोलेन। उठेर बेडरूमतिर गयो र डसनामा घोप्टो परेर सुत्यो।

'प्लीज भन न यार। के भयो ?' डेभिडले दुःखी हुँदै भन्यो 'आई एम सरी।'

'तिनीहरूले मलाई झन्डै मारे,' दीपकले फेरि त्यही दोहोऱ्यायो।

'को थिए उनीहरू ? के भो ?'

'तिमी पुलिस हो र यार ? कति सोधिरहेको ? म बाँचें, त्यही ठूलो कुरा हो।'

'के भो त ? केही त भन न यार,' डेभिडले भन्यो।

'फक यू,' दीपक रोदनमिश्रित आक्रोश पोख्यो, 'मलाई अहिले कोहीसँग बोल्नु छैन। मलाई यो देशमा बस्नु पनि छैन। यो सपनाको देश होइन। मानवीयता हराएको, भावना खोक्रिएको, फगत भौतिक चिजको पछि मात्र कुँदेको पतित देश हो। यो पुँजीवादमा मानवीयता गुमाएको घिनलाग्दो देश हो। सपनालाई भ्रम मानेर हिँडेका हामी घिनलाग्दा मूर्ख पात्र हौँ।'

दीपकले त्यहीँ एक मुड्की बजाऱ्यो। डेभिडले बुझ्यो- दीपक दुःखी भएको। उसलाई सम्झाउन सक्ने अवस्थामा उसले पाएन र त्यहीँ छोडिदिएर डेभिड बैठक कोठामै फर्कियो। केहीछिनको सुँकसुँकपछि दीपक पनि बाहिर बैठककोठामा आयो र डेभिडलाई भन्यो, 'सरी यार ! मैले अलिक साह्रो बोलेँ। जाऊँ, बाहिर गएर चुरोट तानौँ।'

दीपकको आँखामा अमेरिका सोचेजस्तो सपनाको देश नभए पनि एउटा गर्व गर्न लायक देश भने थियो। निरन्तर सङ्घर्ष गरिरहन रुचाउने व्यक्तिका लागि अमेरिकामा अवसर पनि थियो। शिक्षामाथिको लगानी, बाटाघाटा, बिजुली, पुल, भवन र सहरीकरण अमेरिकाको आकर्षण नै हो। नत्र किन सबै अमेरिकामै आउन चाहन्थे ? आएपछि यहीँ बस्न र बाँकी जिन्दगी यहीँ बिताउन चाहन्थे ?

कुनै देश र ठाउँप्रतिको घृणा जन्मिनु भनेको त्यस ठाउँ र देश आफैँमा घिनलाग्दो भएर होइन। 'प्रिजनर्स अफ जियोग्राफी' अर्थात् 'भूगोलका कैदीहरू' नामक पुस्तकमा

माटिम मार्सल लेख्छन्, 'हामी बसेको भूमिले हामीलाई आकार दिएको हुन्छ। त्यसले युद्ध, शक्ति, राजनीति र मानवीय सामाजिक विकासलाई समेत प्रभावित पारेको हुन्छ। त्यो भूगोलभित्रका नदीनाला, पहाड पर्वत, तालतलैया आदिको उत्तिकै प्रभाव हुन्छ। भौगोलिक धरातलले देशको राजनीतिक धरातल पनि निर्धारण गरेको हुन्छ।'

कुनै देशप्रति घृणा जन्मिनु भनेको त व्यक्तिको महत्त्वाकाङ्क्षा र ऊ बस्ने भूगोलबीच तादाम्य नमिलेर हो। नत्र किन गणेश यही अमेरिकामा खुसी छ र आफू जन्मिएको देशप्रति उसलाई वितृष्णा छ भने दीपक र डेभिड अमेरिकामा आएर पनि खुसी छैनन्। बरु आफ्नै मातृभूमिलाई सपनाको देशका रूपमा देख्न लालायित छन्।

सतहमा सुन्दर लाग्ने कतिपय चिजहरू कसैलाई गहिराइमा कुरूप लाग्न सक्छ। जति लाग्यो, त्यति नहोला पनि। कति सतहमा कुरूप लाग्ने चिजहरू गहिराइमा सुन्दर लाग्न सक्छ। जस्तोः दीपकले आफ्नो जन्मभूमिका हृदयस्पर्शी बिम्बहरू सम्झियो। त्यहाँका खोलानाला, हिमाल, पहाड, खेलेको माटो, जन्मिएको धर्ती, झरना, छाँगा छहरा, प्रिय आफन्त र साथीहरूसँगको निरन्तर भेट र साझेदारी।

जीवन सङ्घर्ष, काम र व्यक्तित्व विकासका विभिन्न आयामहरूका बारेमा धेरै कुरा सिके पनि भावनामा बहकिँदा दीपक कमजोर भयो। तर एउटा पाठ भने उसले सिक्यो। आफ्नो जन्मभूमिभन्दा ठूलो र प्रिय यो दुनियाँमा अरू केही हुन्न।

डेभिडले चुरोटको बट्टा र लाइटर बोक्यो। दुवै बाहिर निक्ले। ढोकाबाट चिसो सिरेटो स्वाट्टै भित्रै पस्यो। चुरोट सल्काए। हात बाहिर निक्लिँदा पनि चिसोले खालाजस्तो हुन्थ्यो।

'म आफ्नै देश जान्छु यार!' चुरोट सल्काउँदै दीपकले भन्यो।

'यति चाँडो निर्णय नगर यार!' डेभिडले एक सर्को लगाउँदै भन्यो। बाहिर रूखहरू कक्रक्क परेर उभिएका देखिन्थे। जूनको मधुरो प्रकाश रूखका हाँगाहरूमा टल्किरहेको देखिन्थ्यो। दीपकले फेरि अर्को सर्को तान्यो भित्रैसम्म पुग्ने गरी। सास र चुरोटको धुवाँ एकसाथ छोड्दै भन्यो, 'के गर्ने यार! जीवनको केही वारेन्टी देखिनँ मैले। मलाई आजै मारिदिन पनि सक्थे। भोलि तिनीहरू नै ग्यास स्टेसनमा बन्दुक लिएर आए र मलाई मारे भने ... ? यो देशमा हरेकका हातमा बन्दुक हुन्छ, पैसा ठूलो कुरा हुन्छ, बन्दुकको बजार हुन्छ यहाँ।'

'यो अवसरको देश हो नि साथी!' डेभिडले भन्यो, 'हामीले सङ्घर्ष गर्नैपर्छ।'

'कुन सङ्घर्षको कुरा गर्छौ यार तिमी ?' दीपकले एक सर्को थपेर भन्यो, 'के यो हामीले सङ्घर्ष गरेको होइन ? कति गर्नु ? दुई वर्ष हुन लागिसक्यो अमेरिका आएको। एउटा कोठामा तीनजना सुतिएको छ। म सुकुम्बासी भएर खान नपाउँदा र एउटा झुप्रोमा सुतेभन्दा यहाँ केही फरक छैन।'

दीपक एकातर्फी बोलिरह्यो, 'हेर्दा यो देश बाहिर राम्रो छ। तर भित्र खोक्रो छ। आजै दिउँसो दुईजना बुढा मान्छेले पैसा छैन भन्दै मसँग मागे। कमसेकम मेरो देशमा उनीहरूलाई हेर्ने छोराछोरी कोही त हुन्थे होलान्। मैले तिनमा बाबुआमाको अनुहार देखेँ। मैले गोजीबाट पैसा निकालेर दिएँ। तिमी बिरामी भयौ भने सानो पैसाले उपचार गर्न सक्दैनौ, मर्छौ। त्यति महँगो छ उपचार खर्च। कुन अवसरको कुरा गर्ने यहाँ ? यहाँ त घडीको सेकेन्ड र मिनेट पनि पैसामा चल्छ।'

'आई हियर यू म्यान!' डेभिडले दीपकलाई धाप मार्दै भन्यो, 'मैले बुझेँ यार! तर हामी अझै जवान छौँ। हिम्मत हार्नुहुँदैन। अमेरिका आएर धेरैले प्रगति गरेका छन्। मलाई हेर न। मैले पनि दुःख र सङ्घर्ष गरिरहेकै छु।' चिसो स्याँठ अझ बढी चल्न थाल्यो, शरीर नै छेड्लाझैँ गरी।

'भित्रै जाऔँ दीपक। भित्रै गएर गफ गरौँ। साह्रै चिसो भयो,' डेभिडले चुरोटको ठुटो निभाउँदै भन्यो।

'तिमी जाऊ। म एकछिन यहीँ बस्छु,' दीपकले चरोट तान्दै भन्यो, 'भोलि म काममा नजाऔँ क्यारे। तिनीहरू नै फेरि आएर मलाई सिध्याए भने के गर्ने ? मेरा बाबुआमा मुर्च्छा पर्छन्। आमाको दबाई कसले गर्ने ?' दीपक तर्सिरह्यो।

'त्यस्तो हुन्न के! जे पायो, त्यही सोच्नुहुन्न,' डेभिड भित्र पस्यो। दीपकले चुरोटको ठुटो खुट्टाले कुल्चेर निभायो। केहीछिन टहलियो। गहिरो सास फेऱ्यो। 'म आफ्नै देश जान्छु,' एक्लै भुतभुतायो। भित्र छिऱ्यो। ओछ्यानमा पल्टियो। उकुसमुकुस भयो, निदाउनै सकेन। मध्यराति फोन आयो नेपालबाट बुबाको।

'बुबा यति राति किन फोन गर्नुभएको ?' दीपकले बुबाले 'हेल्लो' भन्न नपाईकन सोध्यो।

'हजुरआमा बित्नुभो भनेर खबर गरेको हुँ।'

उमेरले अठासी पुगेकी थिइन् हजुरआमा। हजुरआमासँग निकटता थियो उसको। दीपकलाई भनिरहन्थिन्, 'तेरो बिहे नखाई म मर्दिनँ। मलाई जसरी भए पनि बिहे खुवा है नाति।' दीपक नेपालमा थियो भने बिहे भइसकेको हुन्थ्यो। ऊ अमेरिकी सपनाको पिछलग्गु भएर सारा भुक्तमान झेलिरहेको थियो।

उसले प्रिय हजुरआमालाई सम्झियो। कट्टर कृष्ण प्रणामी थिइन् उनी। अरू कसैले छोएको खाँदैनथिइन्। आफैँले पकाउँथिन् त्यो बेला पनि। पिसाब फेर्दैपिच्छे पानीले आफ्नो योनि-साफ गर्थिन्। गलगाँड बढ्दै गइरहेको थियो। उनी त्यसलाई 'धनको पोको' भन्थिन्। 'अमेरिका जानु हुँदैन, त्यो गाई खाने देश हो' भन्थिन्।

हजुरआमाले तीन वर्षको उमेरमा बिहा गरेकी थिइन्। घर गरिखानु कहाँ सजिलो थियो र! सदैव सासूको टोकसो। पतिको प्रेम अभाव त्यत्तिकै। साँझ-बिहान चुलोचौको, जङ्गलबाट घाँसदाउरा ओसार्नुपर्ने, मेलापातमै जिन्दगी बिताउनुपर्ने।

'अहिले जस्तो कहाँ थियो र हाम्रा जमानामा नाति ? कति दुःखका दिन थिए। आफ्नो बुढासँग बोल्न पनि सासूससुराले देख्लान् भनेर डराउनु पर्थ्यो। न बुढा नै राम्ररी बोल्थे। छोरी मान्छेले पढ्नु भनेको घरमा अलच्छिन लाग्नु हो भन्थे। दुःख बिसाउने ठाउँ थिएन। न माइती प्यारो हुन्थ्यो, न त घरमै सजिला दिन हुन्थे बाबै। न खुसी साट्ने ठाउँ हुन्थ्यो, न त आँसु पोख्ने ठाउँ। दिल खोलेर हाँस्न पनि पाइँदैनथ्यो। उत्ताउलो भइस् भन्थे। आँसु पनि लुकीलुकी पटुकाको फेरोले पुछ्थैं र आफैंभित्र किचेर रोक्थैं। सातआठ छोराछोरीकी आमा भएँ। सुत्केरी भएको दुई महिनाभित्रै काममा पठाइहाल्थे बाबै।'

दीपकले हजुरआमाप्रति श्रद्धाञ्जलिस्वरूप दुई थोपा आँसु खसाल्यो। बिहान मिर्मिरे हुने बेला बल्ल निदायो।

फेरि सकुलेन्ट स्यान्डबिच

दीपकले अन्ततः ग्यास स्टेसनमा काम गर्न नजाने निधो गऱ्यो। 'मलाई एक्स्ट्रा पैसा चाहिएन,' उसले दृढ निश्चय गऱ्यो, 'मलाई जति काम विकासले सकुलेन्ट स्यान्डबिचमा दिन्छ, त्यत्ति नै गर्छु।'

हजुरआमा बितेको समाचारले उसलाई केही दिनसम्म भावुक बनाइरह्यो। 'ज्ञानी हुनू, ठूलो मान्छे हुनू,' दसैंमा टीका लगाउँदा यस्तै आशिष हुन्थ्यो हजुरआमाको। दीपकले सोच्यो, 'म अमेरिका आएको छु। हजुरआमाले दिएका आशीष पूरा नभईकन लुते कुकुरजस्तो लखरलखर नेपाल फर्किन मलाई कहाँ सुहाउँछ र!'

फेब्रुअरी महिनाको अन्तिम दिन। अघिल्लो रातभरि हिउँ परेको थियो। पार्कमा राखिएका कारहरू हिउँले छपक्कै ढाकिएका थिए। पपलर रूखका पात झरेका हाँगाहरूमा हिउँ झुन्डिरहेकै थियो। हिउँको भारले नुहिएका थिए हाँगाहरू। फलेको वृक्षजस्तै वा भनौं जापानीले आफ्ना अग्रज, मान्यजन तथा गुरूहरूलाई 'काउटोइङ' गरेजस्तै। थोपाथोपा गर्दै पग्लेर झर्दै थियो हिउँ। भर्खरै नुहाएर निक्लेकी युवतीका केशबाट तप्पतप्प झरेका पानीजस्तै।

दीपक सकुलेन्ट स्यान्डबिचमा जान तयार भयो। र, निक्लियो बस स्टेसनतिर। उसले नेपालबाट ल्याएको त्यही भुक्के ज्याकेट लगाएको थियो। चिसो सिरेटो चलिरहेकै थियो। ज्याकेटमाथि नै दीपकले आफैँलाई अँगालो हाल्यो, सिरेटोसँग छायायुद्ध गऱ्यो। चिसोले गर्दा उसका आँखा, कान, अनुहार सबै राता भए। चक्कुले काटेझैँ महसुस भयो दीपकलाई।

अघिल्लो जाडोमा पनि उसलाई यस्तै नभएको महसुस नभएको होइन। तर

यसपालिको जाडो झन् कडा भएझैँ लाग्यो उसलाई । झन्डै आधा घण्टामा बस आइपुग्यो । दीपक चढ्यो । पैसा तिऱ्यो । 'आहा ! कति न्यानो !' दीपकलाई महसुस भयो । जाडोले बाँधिएका उसका दाँतहरू एकचोटि कटट गरे । मलमा गएर बस रोकियो ।

सकुलेन्ट स्यान्डबिचमा रीता रोटी बनाउँदै थिई । विकास रजिस्टरमा पैसा गन्दै थियो । आज विकास बेगल स्टोर नगएर सकुलेन्ट स्यान्डबिचमा आएको थियो । 'हेल्लो भाइसाप ! के छ ? आइपुग्यौ ?' प्रसन्न मुद्रामा विकासले भन्यो ।

'ठीक छ विकास,' दीपकले भन्यो । त्यसपछि उसले सधैँझैँ सकुलेन्ट स्यान्डबिचको लुगा लगायो । कसैले अह्राउन नपाई धमाधम काम गर्न थाल्यो । भाँडा माझ्न थाल्यो । आइस हाल्यो । बढाऱ्यो र ग्राहक लिन थाल्यो । यी सबै काम उसले त्यति नै छिटो र जाँगरका साथ गऱ्यो । मानौँ रीताले समेत त्यसरी काम गर्न सक्ने थिइन ।

'तपाईंको दिन शुभ रहोस्' भन्दै ग्राहकको हातमा स्यान्डबिच दिँदै, पैसा लिँदै गर्न थाल्यो । विकास त्यो देखेर अझ प्रभावित भयो । दीपकका हरेक क्रियाकलापमा विकासले नाटकीय परिवर्तनका दृश्य देख्यो ।

'गुड जब, बोस !' विकासले उल्टै दीपकलाई 'बोस' भनेर सम्बोधन गर्न थाल्यो । सामान सकिएपछि भित्रबाट बाहिर ल्याउनेदेखि, ग्राहक लिने सब एकसाथ गर्ने भइसकेको थियो दीपक ।

'दीपक, तिमीले धेरै काम गऱ्यौ, आराम गर,' विकासले भन्यो ।

'आई एम ओके, विकास,' दीपकले त्यसो भन्दै काम गरिरह्यो ।

दीपक फेरि अर्को ग्राहक लिन गयो । जो देख्दा हिन्दु साधुजस्तै लाग्थ्यो । लामालामा जटा भएको, खरानी घसेजस्तै लाग्ने तर शरीरभरि टाटु भएको, जिब्रो, आँखा, गाला, ओठ, नाक, चिउँडो,आँखीभौँ सबै छेडेको । झट्ट हेर्दा घरीघरी दस टाउके राउन्डेजस्तो पनि लाग्थ्यो । यद्यपि उसका दसवटा टाउका थिएनन् ।

त्यसैगरी उभिएकी थिई उसैको छेउमा एक महिला । सायद उसकी प्रेमिका होली । उसको वक्षस्थलको आधा भाग देखिएको थियो । त्यसमा पनि पूरै टाटु हानिएको थियो । उसले पनि नाइटोदेखि लिएर प्रायः अङ्गप्रत्यङ्ग छेडेकी थिई ।

दीपक विस्मित भयो, मानिसहरू किन आफ्नो सुन्दर शरीरलाई यसरी भताभुङ्ग पार्छन् ? उसले सम्झियो, मिसेल फुकोले लेखेका कुरा । 'इन्लाइटेन' हुनु भनेको त्यो हो, जति बेला तिमीले आफ्नो शरीरलाई क्यानभासजस्तो बनाउँछौ ।

पत्यार लागेन दीपकलाई । के यिनीहरू इन्लाइटेन हुन् त ? पागल हुँदा रहेछन् दार्शनिकहरू । दीपकले मनमनै भन्यो । मिसेल फुकोको धारणा छ, 'नैतिकता, नैतिक आचरण र अन्य संस्थागत मूल्य मान्यताले मानिसलाई स्वतन्त्र हुनबाट बन्देज गर्छ र मानिस त्यसैलाई सत्य ठानेर त्यसको विरुद्ध प्रश्न गर्न चाहँदैन ।'

सायद टाटु तिनै कथित नैतिक आचरण र त्यसको मान्यता विरुद्धको जल्दोबल्दो अभ्यास पनि हुन सक्थ्यो। आफ्नो स्वतन्त्रताको भरपूर उपयोग गरेर जीवन जिउने कलाको प्रदर्शन गरेको पनि हुन सक्थ्यो। त्यो कुरा विज्ञानले पनि गर्न दिँदैन। विज्ञानले पनि केही सीमा तोकिदिएको हुन्छ। अर्थात् फुकोको भाषामै भन्ने हो भने त्यो इन्लाइटेन्मेन्टको नजिक हुन सक्छ।

टाटुवालालाई दीपकले स्यान्डबिच बनायो। 'धन्यवाद' दिँदै उनीहरू गए। देख्दा असभ्य लागे पनि बोलीचालीमा सभ्य भाषा सुन्दा दीपक चकित भयो। तिनीहरूलाई रीताले पनि हेरिरहेकी थिई। 'मेरा बच्चा यस्ता भए भने चड्कनै चड्कन लगाउने थिएँ,' उसले भनी। तर अमेरिकामा अठार वर्ष पुगेपछि बाबुआमाले गाली गर्नु, पिट्नु गैरकानुनी मानिन्छ भन्ने सायद उसले बिर्सी। दीपकले पनि तर्कवितर्क गर्न चाहेन किनकि उसलाई रीताको लेक्चर सुन्नु थिएन। ऊ अर्को ग्राहक लिन गयो। हजुरआमाको सम्झनाले उसलाई सताइरह्यो केहीबेर।

सकुलेन्ट स्यान्डबिचबाट काम सकेर दीपक सीधै मलिसाको अपार्टमेन्टमा गयो। त्यसपछि उनीहरू कफी सपमा गए। त्यसरी नै कफी पिए। गफिए। एकअर्काको कविता सुने। उसले मलिसालाई आफू झन्डै लुटिएका घटना सुनायो।

'ओ नो! आई एम सरी,' मलिसाले दीपकको ढाड सुमसुम्याउँदै भनी र एक खेप चुम्बन गरी। 'धन्न तिमीलाई केही भएनछ। त्यस्तो राति अबेर हुँदा तिमीले मलाई किन नबोलाएको ? म छैन यहाँ ? म नै होइन र तिम्रो सबभन्दा नजिकको मान्छे यहाँ ?'

'हो नि। तर त्यति राति तिमीलाई दुःख दिन मन लागेन,' दीपकले मलिसाको हात समाउँदै भन्यो, 'तिम्रै पवित्र प्रेमको कारण त केही भएन मलाई। तिम्रो प्रेममा अद्भुत शक्ति रहेछ।' अनि दीपक मुस्कुरायो।

मलिसाले अपार्टमेन्टमा ल्याएर छोडिदिई। एकछिन मीठो अँगालोमा राखी। चुम्बन दिई र बाईबाई भनी। मेलिसासँग प्रायः तिनै भेटघाटहरू दोहोरिइरहे। अझ भनूँ मायाको गहिराइ बढिरह्यो।

विद्रोही माया

सेमेस्टरको अन्तिम दिन, अर्थात् २०१० मे । अर्थात् दीपक अमेरिकामा आएर दुईवर्षे एमएको अध्ययन लगभग पूरा हुनै लागेको थियो ।

दीपक पुग्दा मलिसा अघि नै कक्षाकोठाको ढोकामा उभिइरहेकी थिई । सायद उसले दीपकलाई नै पर्खिरहेकी थिई । अरू केही विद्यार्थीहरू छरपष्ट रूपमा गफिँदै थिए प्रोफेसर नआउन्जेल ।

'हाई !' मलिसाले दीपकलाई देख्ने बित्तिकै भनी ।

'हाई !' दीपकले भन्यो 'भित्रै जाने हो ?'

'हवस्' भनेर दुवै कक्षामा गएर बसे । त्यही सिट, त्यही ठाउँ । आज मलिसा त्यही लुगामा थिई जुन दीपकले पहिलोचोटि देख्दा लगाएकी थिई । नीलो टोपी, नीलो जिन्स पाइन्ट र नीलो ओभरकोट । उनका ओठहरूमा गुलाबी रङ्गको ग्लस थियो ।

प्रोफेसर आइपुगी । कोठाको लाइट अन गरी । सबै विधार्थी कक्षाकोठामा पसे । आ-आफ्ना कविता सुनाए । दीपकले पनि मलिसातिर हेर्दै कविता पढ्यो । एकअर्काको कविताका बारेमा बयान र छलफल भयो । त्यसमा रहेका बिम्ब र प्रतीकका बारेमा प्रतिक्रियाहरू आए ।

अन्तिम दिन भएकाले होला, प्रोफेसरले कक्षाकोठामै ल्याएकी थिइन् केही फलफूल, अङ्गुर र कोक । प्रायः कक्षाहरू अनौपचारिक नै हुन्थे । सेमेस्टरको अन्तिममा विद्यार्थीलाई सत्कार र बिदाइ संस्कृतिजस्तै थियो ।

'इट वाज अ ग्रेट सेमेस्टर' भन्दै कक्षा अन्त्य गरियो ।

मलिसा र दीपक हिँड्दै पार्किङ लटमा पुगे । कारभित्र पसे ।

'दीपक, आज मेरी आमा र बहिनी मलाई भेट्न अपार्टमेन्टमा आउनुभएको छ। मसँगै बस्नुहुन्छ आज। मैले तिम्रो बारेमा धेरै कुरा गरेकी छु। परिचय गराउन चाहन्छु। के तिमी मसँगै जान सक्छौ अहिले ?' मलिसाले राय लिन खोजी।

अमेरिकीहरूको यो स्वभाव मन पर्‍यो दीपकलाई। कर कसैलाई नलगाउने। हरेक कुरामा राय लिने, अनुमति लिने।

नेपालीहरूलाई त्यस्तो वार्तालाप धेरै नै औपचारिक जस्तो लागे पनि अमेरिकी समाजमा भने 'धन्यवाद' र 'स्वागतम्' प्रायः दम्पतीले साटासाट गरिरहेकै हुन्छन्। त्यसलाई सम्मान दिएको अर्थमा लिइँदो रहेछ। प्रायः कुरा अनुमति लिएर र दिएर मात्र हुने रहेछ।

'स्योर, किन नजाने ?' दीपकले खुसी हुँदै भन्यो। कार अघि बढ्यो। खुसीमा उसका आँखाहरू विस्फारित भए। मलिसाले कारमा गीत लगाई। चर्को आवाज घटाएर मन्द बनाई। दीपकले बायाँ हातले मलिसाको ढाड सुमसुम्यायो। मलिसाले आनन्द लिई। कार मलिसाको अपार्टमेन्ट अगाडि रोकियो।

ढोका खोली मलिसाले। पहिला ढकढक गरी। आफ्नै अपार्टमेन्ट भए पनि सायद त्यो उसको संस्कृति थियो। ढकढक नगरी ढोका नखोल्नू। मलिसाकी आमा र बहिनी सोफामा बसेर टीभी हेरिरहेका थिए। त्यही सोफा जहाँ दीपकले मलिसालाई छातीमा लिएर केश सुमसुमाएको थियो। एकअर्कालै राजीखुसीमा चुम्बन गरेका थिए। मलिसा र दीपकलाई देख्ने बित्तिकै दुवै जुरुक्क उठे।

'हेल्लो म रीना !' मलिसाकी आमाले दीपकतिर हात अगाडि बढाउँदै भनिन्। दीपकले पनि आफ्नो परिचय दिँदै हात मिलायो। नेपाली संस्कृतिमा अनुसार 'नमस्कार' आदानप्रदान हुँदो हो। तर अमेरिकन समाजमा त्यो औपचारिकता देखेन दीपकले।

मलिसाभन्दा केही इन्च अग्ली देखिन्थिन् रीना। उनको कपाल भने मलिसाको जस्तो 'ब्लोन्ड' थिएन। कालोकालो थियो। उनको गहुँगोरो छालामा सुहाउँदिलो देखिन्थ्यो। तर आँखा भने ठ्याक्कै मलिसाकै जस्तै। आमालाई पनि नीलै कपडा मनपर्ने रहेछ क्यार। त्यसैको प्रभाव मलिसामा पनि पर्‍यो होला।

फेरि मलिसाकी बहिनीले पनि लजालु स्वभावमा दीपकतिर हात फैलाउँदै भनी, 'म मरिना !'। मलिसालाई हेरेपछि मरिनालाई नहेरे पनि हुने रहेछ। ठ्याक्कै जुम्ल्याहाजस्ता। एकचोटि त दीपक अलमलियो। कसको नाम के भनेर। पछि छुट्ट्यायो, आमा रीना, छोरीहरू मलिसा र मरिना।

'यतै बसौं,' आमाले हातले सोफातिर देखाउँदै भनिन्। दीपकले 'धन्यवाद !' भन्दै बस्यो। उनीहरू मीठो मुस्कानमा दीपकको सत्कारमा उपस्थित भएझैं ठिङ्ग उभिरहे। 'बस्नोस् न हजुरहरू पनि,' दीपकले भन्यो।

'कफी पिउनुहुन्छ ?' आमाले सोधिन्।

'हुन्छ, पिउँछु,' दीपकले भन्यो। उनी कफी बनाउन भान्सातिर लागिन्।

दीपकलाई थाहा थियो, मन भइभई पिउँदिनँ भन्दा नेपाली समाजमा जस्तो कसैले कर गर्नेवाला थिएन। किनकि अमेरिकन समाजमा कर गर्नु भनेको रूखो हुनु हो भन्ने बुझेको थियो उसले।

मलिसा र मरिनाको बीचमा बसेको थियो दीपक।

'मरिनाले ओपेरा गाउँछिन् नि थाहा छ ?' मलिसाले बहिनीतिर हेर्दै दीपकलाई भनी।

'हो र! द्याट्स ग्रेट,' दीपकले उत्सुक हुँदै भन्यो।

'मनपर्छ, तिमीलाई ?'

'सुनेको छु एकदुईपटक। त्यति बुझ्दिन तर सुन्दा आनन्द लाग्छ।'

'गाएर सुनाइदेऊ न छोरी!' रीनाले भान्साबाटै मरिनालाई आग्रह गरिन्। मरिना लजाई।

'किन लजाएको ? गाइदेऊ न एउटा ओपेरा।'

ओपेरा गीत एउटा कथा बोकेको, एउटा भावना बोकेको, गहिरो आवाज तानेर भित्रैबाट गाइने एक परम्परागत अमेरिकी सङ्गीत हो भन्ने दीपकले अङ्ग्रेजी साहित्य पढ्दा नै बुझेको थियो।

मरिना लजाउँदै उठी। सेतो मिनी स्कर्टमा लामा सुडौल सेता पिँडुला टलक्क टल्किए। मलिसाको अनुहार काटीकुटी दीपकका आँखा अगाडि आयो। सेतो अनुहार लाजले गर्दा रगत चुहिएलाजस्तो भएर आयो। मरिनाले गहिरो आवाज तानेर गाई। मीठो मुरलीको धुनजस्तो आवाज दीपकले एकाग्र भएर सुनिरह्यो।

नेपालको पश्चिमी भेगमा दुःख र दर्दले भरिएका गीतहरू लामो लेघ्रो तानेर मुटु चुँडाउनेजस्तो गरी गाएको आभास भयो दीपकलाई। शब्द उसले केही बुझेन। तर मुटुसम्म गएर ठोक्कियो। फेरि सम्झियो- सङ्गीत विश्वको साझा भाषा हो। अर्थात् त्यहाँ भाषा हुँदैन, भाव हुन्छ। भाव मुटुबाट आउँछ। मुटुमा धड्कन हुन्छ। त्यो सबैले बुझ्छन्।

'थ्याङ्क यू मरिना! साह्रै सुन्दर आवाज रहेछ तिम्रो,' दीपकले स्याबासी दियो। उसले लजाउँदै 'यू आर वेलकम' भनी र त्यही सोफामा बसी। रीनाले कफी बनाएर टी-टेबलमा राखिदिइन्। मलिसाले त्यो ओपेरा गीतलाई अलिकति अर्थ्याउन खोजी।

'यो ओपेरा गीत विजको हो, जसलाई कारमेन भनेर पनि चिनिन्छ। यो गीतमा एउटी युवती कसरी प्रेममा पर्छिन् र कसरी त्यो युवकले उनलाई आफ्नो वशमा पारेर मारिदिन्छ,' उसले भनी।

'ओ नो!' दीपकले दुःख व्यक्त गऱ्यो, 'गहिरो रहेछ।'

'हो हो,' सबैले सही थापे कफीको चुस्की लिँदै।

'हजुरहरूको परिवार कति मजाको रहेछ। मलाई साह्रै मन पऱ्यो,' दीपकले भन्यो। मलिसाको बुबा रीनासँग सम्बन्धविच्छेद गरेर छुट्टै बस्न थालेको मलिसाले दीपकलाई

पहिल्यै सुनाएकी थिई।

'यति राम्रो परिवारमा पनि के मिल्दैन र सम्बन्धविच्छेद गर्छन् मानिसहरू ?' दीपकले मनमनै प्रश्न गऱ्यो। उसले अमेरिका आएपछि नै थाहा पाएको थियो, सम्बन्धविच्छेदका बग्रेल्ती घटना। यद्यपि दीपकलाई खुसी लाग्यो, यति राम्रो परिवारकी केटीसँग प्रेम भएकोमा।

'कफी लिनोस्,' रीनाले सम्झाइन्।

'हवस्,' दीपकले भन्यो र सुरुप्प पाऱ्यो।

दीपकले आफ्नो पारिवारिक पृष्ठभूमिको बारेमा बतायो किसानको छोरो, दुःख गर्दै पढेको र त्यो यात्रा अमेरिकासम्म आइपुगेको। र, अमेरिका आएपछि अझ ठूलो सङ्घर्ष गर्नुपरेको आदि इत्यादि। त्यसपछि उसले आफ्नो अमेरिकी सपनाबारे बतायो। विद्यावारिधि गर्ने, राम्रो जागिर खाने, बाबुआमाको रेखदेख गर्ने र एउटा सुन्दर परिवार बनाएर जीवन जिउने।

तीनैजनाले दीपकलाई एकटक हेरिरहे। सायद उनीहरू प्रभावित भए।

'अब जानुपर्ला। रात पनि पऱ्यो। हजुरहरूलाई भेटेर साह्रै खुसी लाग्यो,' कफीको आखिरी चुस्की लिँदै दीपक उठ्यो र आफ्नो अपार्टमेन्टतिर जान खोज्दै भन्यो, 'मीठो कफी र मीठो गफका लागि धन्यवाद!'

'आवर प्लेजर,' रीना र मरिनाले भने। त्यसपछि मलिसा 'म दीपकलाई अपार्टमेन्ट पुऱ्याइदिएर आउँछु है' भन्दै बाहिर निस्की।

दीपकको अपार्टमेन्टमा गएर कार रोकियो। मलिसाले अँगालोमा एउटा मीठो चुम्बन दिई र भनी, 'थ्याङ्क यू फर कमिङ टू माई हाउस एन्ड टकिङ टू माई प्यारेन्ट्स।' दीपकले एकछिन 'माई प्लेजर' भन्दै त्यही चुम्बनलाई लम्बायो। सायद अहिलेसम्मकै लामो चुम्बन थियो त्यो र भन्यो, 'आई लभ यू।' र निक्लियो कारबाहिर। दीपक अपार्टमेन्टभित्र नपुगुन्जेल मलिसाले हेरिरही।

मलिसा र उसको परिवारलाई सम्झँदै दीपक बिस्तारामा गएर पल्टियो एउटा मीठो निद्रा कल्पिँदै।

सूर्योदय र सूर्यास्त

अमेरिकामा दीपकको करिब दुई वर्ष बितिसकेको थियो । अब केही दिनमै दीक्षान्त समारोह हुनेवाला थियो । मलिसा भने थेसिस लेख्न अलिक ढिलाइ भएकाले अर्को सेमेस्टरमा दीक्षान्त समारोहमा भाग लिने योजना बनाउँदै थिई । दुई वर्षको दौरान गर्नुपरेको दुःख र सङ्घर्षका आफ्नै कथा थिए । तिनै कथालाई लिएर शोधपत्र लेखेर एउटा उपन्यास नै तयार पारेर कमिटीलाई बुझाएको थियो र कमिटीबाट त्यो पास भएर आइसकेको थियो । त्यसैको नाम उसले अङ्ग्रेजीमा राखेको थियो, 'रनिङ फ्रम द ड्रिमल्यान्ड' ।

उसले त्यहाँबाट एउटा जीवनबोध पाएको थियो । अमेरिकी समाज र नेपाली समाजलाई बुझ्ने अवसर पाएको थियो । आफ्नो खुसी वास्तवमा कहाँ हुँदो रहेछ ? सपनाको देश कस्तो हुँदो रहेछ ? सपनाको देशमा के हुनु पर्दो रहेछ ?

ऊ सोच्दै थियो- दीक्षान्त समारोहपछि मलिसासँग अर्को जीवनको सुरुवात हुनेछ । अनि अमेरिकी सपनाको अर्को यात्रा तय हुनेछ ।

दीक्षान्त समारोहपछि दीपक सकुलेन्ट स्यान्डबिचमा काम नगर्नेवाला थियो । ऊ र मलिसा कतै रहनेछन् सँगसँगै । अमेरिकी डिग्री हात पारेपछि आफैँले कतै काम खोज्नेछ । विकाससँगको सहकार्य एउटा नयाँ ज्ञान थियो उसका लागि । काम ठूलो-सानो हुँदैन । काम नगर्नु अल्छी हुनु हो । काम गर्नु सम्मानित हुनु हो । हरेक कामका आफ्नै तरिका हुन्छन् । उमेरले सानो वा ठूलो भन्दैन । ग्राहक भगवान्‌भन्दा पनि ठूला हुन्छन् ।

दीक्षान्त समारोहको अघिल्लो दिनसम्म दीपकले सकुलेन्ट स्यान्डबिचमै काम

गरिरह्यो । सायद त्यो नै उसको त्यहाँ काम गर्ने अन्तिम दिन थियो । त्यो दिन दीपक र रीता सँगै थिए ।

'निकै खुसी देखिन्छौ त भाइ ?' रीताले सोधी ।

'भोलि दीक्षान्त समारोह हो नि त दिदी ।'

'दीपक ! दुःख लागिरहेछ तिमीले हामीलाई छोडेर जाने भयौँ,' विकासले भन्यो ।

'म फोन गर्दै गरौँला विकास ! तपाईंसँग काम गरेर मैले धेरै कुरा सिक्न पाएँ जीवनमा । मैले यो सिक्नु नै थियो । आफूभित्र भएका विरोधाभासलाई चिर्नु थियो । मलाई त्यो ज्ञान मिल्यो । आखिर मैले गरेको सङ्घर्ष त कहाँ त्यति ठूलो हो रहेछ र ! त्योभन्दा नि ठूलो सङ्घर्ष गर्ने मान्छेहरू धेरै हुने रहेछन् यो संसारमा । तर मैले गरेको सङ्घर्षले म आफैँलाई भने धेरै कुरा सिकाएको छ । म त्यही कहानी लिएर बाँच्ने छु र त्यस कहानीमा तपाईं पनि जोडिनुभएको छ । तपाईं नभएको भए थाहा छैन, जीवनको कुन कहानी बन्थ्यो ? त्यो पाठ, त्यो शिक्षा तपाईंकै कारण पाएँ, विकास । धन्यवाद त्यसका लागि ।'

त्यति भनेर दीपक 'म पछाडि रहेका भाँडा माझ्छु' भन्दै गयो ।

'नो, नो बोस ! आज अन्तिम दिन केही गर्नु पर्दैन । यही बस, म माझ्छु,' विकासले भन्यो । रेस्टुरेन्टको मालिक भएर पनि सजिलै 'म माझ्छु' भनेको सुन्दा दीपकलाई अरू जीवन-ज्ञान प्राप्त भएझैँ लाग्यो । मान्छेले सफलता हात लगाउने ठूलो भएर होइन रहेछ । घमण्डले होइन रहेछ । विकास त्यसै दुईदुईवटा रेस्टुरेन्टको मालिक भएको होइन रहेछ भन्ने दीपकले बुझ्यो ।

'ल बधाई छ, पढाइ सकाएकोमा !' रीताले भनी, 'हामी त के गर्ने भाइ ! यहाँ आएर पढिएन । अब यही भाँडा माझेर बस्ने हो ।'

दीपकलाई थाहा थियो, रीता कहिलेकाहीँ अन्ट न सन्टका कुरा गर्छे । तर यसचोटि भने आफ्नो पढाइको फूर्ति लगाइन र दीपकको पढाइलाई आफ्नै पढाइसँग तुलना गरेर 'केही होइन' भनिन ।

'ल बधाई दीपक !' फेरि पनि विकासले भन्यो, 'फोन गर्दै गर्नू । मिल्यो भने यहीँको केटी बिहे गर्नू अनि ग्रीनकार्ड पनि बनाउनू ।

त्यो उद्देश्य बेगरै दीपकको गोरी केटीसँग मायापिरती बसिसकेको थियो । ऊ फिस्स हाँस्यो ।

'ल भाइ कल गर्दै गर,' रीताले भनी । दीपकले मुन्टो हल्लायो । विकासले रजिस्टरबाट एक सय डलरको बिल निकालेर दीपकलाई दियो ।

'पर्दैन, केको पैसा हो यो ?'

'मेरातर्फबाट ग्राजुएसन गिफ्ट !' विकासले दीपकको गोजीमा कोच्दै भन्यो, 'अरे ले लो भाइ !'

रीताले एउटा स्यान्डबिच बनाएर दीपकको झोलामा हालिदिई । पहिलोचोटि

स्यान्डबिच खाँदा ओकलेको दीपकले भातभन्दा पनि मीठो मानेर खान थालेको थियो । 'सबैभन्दा ठूलो कुरा अभ्यस्त हुनु त रहेछ,' दीपकले सम्झियो । त्यसपछि बिदाइ मागेर ऊ अपार्टमेन्टतिर फर्कियो ।

दीपक अपार्टमेन्ट आइपुग्दा डेभिड सामान प्याक गरेर लगेजमा हालिरहेको थियो ।

'कहाँ जान लाग्यौ यार ?' दीपकले सोध्यो ।

'म अब आफ्नै देश जाने हो ।'

'ह्वाट द हेल ! के भयो एक्कासि ? मलाई त अहिलेसम्म पनि भनेनौ ?'

'भर्खर खबर आयो, मेरी आमा साह्रै बिरामी हुनुहुन्छ रे । म जानुपर्छ । एउटै छोरा हुँ । कोही छैन हेर्ने ।'

अब दीपकले पनि आफू एउटै छोरा भएको सम्झियो । तर ऊ अझै पनि अमेरिकी सपनाका लागि सङ्घर्ष गरिरहेको थियो ।

'कस्तो कुरा गरेको यार ! पढाइ छोडेर कहाँ जाने ? तिमीले नै भनेको होइन, अमेरिकामा अवसर छ,' दीपकले सम्झायो ।

'आमाबुबाको खुसीभन्दा मेरो पढाइ ठूलो होइन ।'

'कस्तो कुरा गरेको ? तिमीले नै भनेर म यहाँ बसेको होइन ? तिमीले नै मलाई सम्झाएको होइन ? कसैलाई सहयोग गर्नू भन्दै गर न । हस्पिटलमा उपचार हुँदै गर्छ नि !'

'मलाई केही गर्नु छैन अब । न कमाइ छ,' डेभिडले भन्यो, 'तिम्रो पो पढाइ पनि सकियो, प्रेमिका पनि छ, एउटा आधार छ । म निरीह भइसकेँ । आमाको सेवा नै मेरो सपना हुनेछ ।' ऊ फेरि कुम्लोकुटुरो कस्न थाल्यो ।

'साँच्चै तिमी सिरियस भएको हो ?'

'दियर इज नोथिङ इन दिस फकिङ कन्ट्री । अमेरिकी सपना सब भ्रम हो । बरु मेरै देशमा छ, जे छ । अब मलाई कसैको केही सल्लाह चाहिँदैन दीपक ।'

'आई एम भेरी सरी टू मिस यू म्यान !' दीपकले अँगालो मार्दै भन्यो ।

'प्लीज किप इन टच,' त्यसो भनेर डेभिड ट्याक्सीमा एयरपोर्टतिर लाग्यो ।

भोलिको ग्राजुएसन सम्झियो दीपकले । न भनिसा हुने भई, न त डेभिड हुने भयो । एउटी मलिसा हुने भई । बस् त्यत्ति । हुन त मलिसा नै काफी थिई दीपकका लागि । अब त्यो अपार्टमेन्टमा बस्नु झन् निरर्थक लाग्यो दीपकलाई । र, हानियो मलिसाको अपार्टमेन्टतिर ढोका ढकढकाउन ।

'हाई !' ढोका उघार्दै मलिसाले दीपकलाई भित्र तानी र मीठो चुम्बन गरी । त्यो पीर, थकान, बोझ, डेभिडले छाडेर जाँदाको उदासी एकैचोटि हरायो । मलिसाले प्रेमपूर्ण आँखाले दीपकलाई एकोहोरो हेरिरही-हेरिरही ।

'आर यू ओके ?' मलिसाले भनी ।

'अफ कोर्स तिमी भएपछि,' दीपकले भन्यो । उसले त्यो दिनको सबै घटनाक्रम बतायो र राहत महसुस गऱ्यो । मलिसाले उसको ढाडमा सुमसुमाई र केशहरू खेलाइरही । आज भने मलिसा अनौठो देखिएकी थिई । त्यो लामो कपाल उसको शिरमा थिएन । ब्वाइज कट काटेकी थिई । हिजोको जस्तो नरम कपाल जहाँ दीपकले हात चलाउन सक्थ्यो, त्यो थिएन । तर मलिसाको माया थियो, आलिङ्गन थियो, हिजोको जस्तै वा अझ बढी पनि ।

'आई लभ यू,' मलिसाले भनी ।

'आई लभ यू टू,' दीपकले भन्यो 'म तिमीलाई बिहे गर्न चाहन्छु र बाँकी जिन्दगी सँगसँगै बिताउन चाहन्छु ।' उसले मलिसाको केश सुमसुम्याउन खोज्यो । 'आज तिमी फरक देखिएकी छौ, कपाल काटेको हो ?'

'हो, कस्तो लाग्यो ?' निकै चन्चली देखिएकी मलिसाले प्रशंसाको आश गर्दै सोधी । दीपकलाई खासै मन परेको थिएन त्यो । तापनि भन्यो, 'राम्रो लाग्यो । तर अलिक छोटो भएछ हगि ? मैले मेरा हातले तिम्रो नरम र लामो कपालमा चलाउन पाइनँ ।'

मलिसा चुप लागी । सायद उसले दीपकबाट धेरै नै प्रशंसाको आशा गरेकी थिई र त्यो पाइन । उसका निधारमा केही रेखाहरू बने । सायद दीपकले त्यसको भेउ पाउन सकेन । मलिसाले उसका आँखामा निर्निमेष हेरिरही । अर्को प्रश्न गरी, 'तिमीलाई कति बच्चा होस् भन्ने लाग्छ हाम्रो जीवनमा ?

'दुईजनाभन्दा बढी नहोस् ।'

'चारवटासम्म कस्तो लाग्छ ?'

'ठीकै हो पालनपोषण गर्न सके त,' दीपकले मलिसाको छोटो केश सुमसुम्याउँदै भन्यो ।

'राम्रो पालनपोषण र शिक्षा पाए भने त दुईजनाको ठाउँमा चारजना राम्रा मान्छे हुन्छन् नि ।'

'हो नि । सही हो ।'

'एउटा प्रश्न सोधुँ ?'

'सोध न ।'

'यदि तिम्री श्रीमती बिहान उठी र एक्कासि काममा जान मन लागेन भनी अर्थात् म केही काम आजबाट गर्दिनँ भनी भने तिमी के भन्छौ ?'

निकै अप्ठ्यारो प्रश्न तेर्स्याई मलिसाले । ऊ ठूलो दुबिधामा पऱ्यो । तर उसले भनिदियो, 'तिमीलाई जे कुराले खुसी बनाउँछ, त्यसै गर भन्छु ।'

मलिसाले खोजेको जवाफ त्यो थियो वा थिएन, दीपकले केही आभास पाउन सकेन । तर उसले नै प्रसङ्ग बदल्दै सोध्यो, 'साह्रै रमाइलो भयो हगि कक्षाका दिनहरू ?' ऊ मलिसासँगका दिनहरूमा फर्कियो । मलिसा उसको काखमा बसी ।

दुवैले एकअर्कालाई चुम्बन गरिरहे।

प्रेममा आवेग पनि हुन्छ। मलिसाले जति नै कट्टरवादी कुरा गरे पनि वा दीपकले आफूलाई विवाह अगाडि जति संयम अपनाए पनि कतै न कतै प्रेमको भेल पोखिइहाल्छ। मलिसा दीपकको प्रेममा लिप्त भएझैं दीपक पनि मलिसाको प्रेममा लिप्त भयो।

'आखिर मलिसा यसै पनि मेरी हो र पछि पनि मेरी हुनेछे' भन्ने सोचमा अझ उद्वेलित भयो। दुवै एकअर्कालाई चुम्दै मलिसाको बिछ्यौनामा पुगे। त्यहाँ न मलिसालाई थाहा भयो, न दीपकलाई नै। खासमा के भयो ?

दुवैले एकैचोटि भने, 'सरी !' फेरि एकअर्कालाई मस्त चुमे।

'अब म जान्छु आफ्नै अपार्टमेन्टतिर,' दीपकले भन्यो, 'भोलि आउँछ्यौ नि मेरो ग्राजुएसनमा, होइन ?'

'अफ कोर्स, कस्तो कुरा गरेको ? तिम्रोमा नआएर कसकोमा आउनु ?' मलिसाले अँगालो हाल्दै भनी र फेरि चुम्बन गरी। दीपकलाई उसको अपार्टमेन्टसम्म लगेर छाडिदिई।

दीपकले मलिसा र भोलिको दीक्षान्त समारोह मात्र सोचिरह्यो। ही अघि नै आएर सुतिसकेको थियो। कामको थकानले होला सायद। डेभिड आफ्नै देशतिर फर्किसकेको थियो।

मलिसाको चिट्ठी

२०१० जुलाई ।

दीपक झसङ्ग भएर उठ्छ । त्यो कलेजको प्राङ्गणमा आफूलाई एक्लै पाउँदा अत्तालिन्छ । घडी हेर्छ । नौ बजिसकेको हुन्छ । निष्पट्ट अँध्यारो ।

'यस्तो मूला खल्लो दीक्षान्त समारोह । आखिर कहाँ गई त मलिसा ?' ऊ मनमा कुरा खेलाउँदै लाग्छ अपार्टमेन्टतिर । 'घर पुग्छु र मलिसाको अपार्टमेन्टमा जान्छु । ऊ निकै दुःखी हुन्छ मलिसालाई देख्न नपाउँदा । त्यो अँध्यारोभन्दा पनि अझ बढी अँध्यारो लाग्छ उसलाई आफू वरिपरि ।

'केही इमर्जेन्सी भएर पो आउन सकिन कि ? कतै फेसबुकमा पो मेसेज पठाएकी छ कि ?' भन्दै ल्यापटप खोल्छ । नभन्दै मलिसाले मेसेज पठाएकी हुन्छे ।

दीपक !

तिमीसँगको अघिल्लो रातपछि मेरो दिमागमा अनेक कुरा खेले । मैले तत्कालै तिम्रो अगाडि केही भन्न सकिनँ । म त्यति धेरै भावुक मानिस पनि होइन । रोई-कराई हाल्दिनँ । मलाई लागेको सबै कुरा म भनिहाल्दिनँ, बरु कवितामा पोख्छु । मैले साँच्चै के महसुस गरिरहेकी छु, त्यो भन्न चाहन्छु ।

म क्याथोलिक परिवारमा जन्मिएकी मानिस हुँ र म मेरा बच्चा पनि क्याथोलिक परिवारमै हुर्किऊन् भन्ने चाहन्छु । म तिम्रो के कुराको प्रशंसा गर्छु भने तिमी सबै धर्मप्रति खुला छौ । र, उति नै सम्मान पनि गर्छौ । तिम्रो आँखामा ईश्वर भन्ने मात्र छ । तर मेरो आँखामा 'जिसस' मात्र छ

एकल ईश्वर । त्यो पनि समस्या नहुन सक्छ । तर तिम्रो परिवारले यो नमान्न सक्छ । तिमी चाहन्छौ होला, म तिम्रो परिवार र साथीभाइसँग घुलमिल गर्न सकूँ । तर उनीहरूले मेरो विश्वास र मान्यतालाई अस्वीकार गर्न सक्छन् । मैले धेरै कुरा भनें ।

सुन्नैपर्ने कुरा के हो भने तिमीले यसो वा उसो गरेको भए हुन्थ्यो भनेर आदेश दिएको मलाई मन पर्दैन । मलाई जे गर्न मन लाग्छ, त्यही गर्छु । मलाई कपाल छोटो बनाउन मन लाग्यो भने बनाउँछु । हिँड्दाहिँड्दै बीचबाटोमा ट्याङ्गो नाच्न मन लाग्यो भने पनि नाच्छु । किनकि म अमेरिकन केटी हुँ र मलाई थाहा छ, म कहाँबाट आएकी हुँ ?

तिमीसँगै तुरुन्तै बिहे गरेर जीवन बिताउन म तयार पनि छैन । न तिमीले मेरो भावी योजनाका बारेमा कहिल्यै सोच्यौ, न त सोध्यौ नै । मेरो जीवन भनेको तिमीलाई खुसीमात्र बनाउने होइन, जुन मैले गरिसकेको छु । म पनि खुसी हुने हो । हामीले जहिल्यै तिम्रै मात्र सपना र दुःखका कुरा गर्‍यौ । तर मेरा बारेमा ती कुरा कहिल्यै आएनन् ।

मलाई भर्खर मात्रै के महसुस भयो भने दुईबीचको प्रेम मात्रले केही हुँदो रहेनछ । हामी एकअर्काका लागि पक्कै होइनौ भन्ने महसुस भयो । तिम्रो ग्राजुएसनमा म आउन सकिनँ । मैले आफ्नो वाचा तोडें । आई एम भेरी सरी । तिमीलाई बधाई छ र उत्तरोत्तर प्रगतिको कामना गर्दछु ।

मलिसा

मेसेज पढेपछि किंकर्तव्यविमूढ हुन्छ दीपक । असमञ्जस अवस्थामा पर्छ । आकाश खसेजस्तो, पाताल भासिएजस्तो, अपार्टमेन्ट नै घुमेजस्तो हुन्छ । त्यो दीक्षान्त समारोहको मात्र होइन, आफू अमेरिकामा हुनुको केही अर्थ हुन्न उसलाई । अमेरिकी सपना सबै सिसा फुटेझैँ चकनाचुर हुन्छ । ऊ ओछ्यानमा घोप्टो परेर सुत्छ ।

जीवनको एउटा खुसी, एउटा सपना मलिसालाई बनाएको थियो उसले । त्यहाँ उसले सुनौलो भविष्य देखेको थियो । तर पानीको फोकाझैँ फुट्छ त्यो सपना । 'एउटा भ्रमजस्तो भयो,' ऊ हिकहिकाउँदै सोच्छ, 'म मलिसाकै अपार्टमेन्टमा गएर रून्छु, कराउँछु, सम्झाउँछु, माफी माग्छु । अज्ञानी भएँ भन्छु ।' तर त्यो हिम्मत उसले जुटाउन सक्दैन । फेरि एउटा निष्कर्षमा पुगेका अमेरिकी केटीहरूलाई रिझाउन कहाँ सजिलो हुन्छ र भन्ने सोच्छ । ऊ कोठाभित्र बस्न सक्दैन ।

चिसो याम हराएर ग्रीष्म ऋतुको आगमन भएको छ ।

दीपक अपार्टमेन्ट बाहिर निस्किन्छ । हिँड्न थाल्छ एकोहोरो । उसलाई न कसैले लुट्ला भन्ने डर छ, न त बाटो अलमलिएला भन्ने पीर छ । एउटा गन्तव्यविहीन आवाराजस्तो, प्रेममा धोका खाएको मान्छे! घरपरिवार कोही नभए जस्तो भौतारिन्छ ।

ऊ हिँडिरहन्छ निरन्तर। एउटा ग्यास स्टेसनमा चुरोट किनेर सल्काउँछ। आवेगमा गहिरो तान्छ, धुवाँ आकाशतिर फाल्छ। फेरि अनि अघि बढ्छ। आइरिस बार 'ओ रिले पब' मा छिर्छ। ह्वीस्की मगाउँछ र पिउन थाल्छ।

'हे दीपक !' कसैले बोलाउँछ। त्यतातिर हेर्छ। छक्क पर्छ, त्यहाँ त भनिसा पो हुन्छे। भन्डै एक वर्षपछि देख्छ उसले भनिसालाई। उस्तै, दुरुस्तै बरु अझ सुन्दरी !

'कसरी यहाँ ?' एकअर्कालें सटीक प्रश्न गर्छन्।

'आज मेरो ग्राजुएसन, त्यही भएर रमाइलो गर्न आएको भनिसा !' दीपक छातीभरिका सबै पीडा लुकाउँदै भन्छ। ओठमा कृत्रिम मुस्कान राख्ने अधिकतम प्रयत्न गरिरहन्छ।

'वाऊ बधाई दीपक ! अनि एक्लै ?' भनिसाले अँगालो मार्छे।

'तिमीहरू थिएनौ अनि ... कस्तो संयोग ! आज तिमीलाई यहाँ भेटेँ,' दीपकले हाँस्दै भन्यो।

'अनि एक्लै ?'

भनिसाले अलिक परको कुर्सीमा ह्वीस्की पिउँदै गरेको एउटा दुब्लो, पातलो, अग्लो लुकासको ठीक विपरीत लाग्ने एउटा युवकतिर फर्किंदै बोलाउँछे 'माइक ! यता आऊ त।' माइक नजिकै आउँछ। ऊ अमेरिकामै जन्मेर हुर्केको व्यक्तिझैँ देखिन्छ।

'ऊ चाहिँ दीपक। हामी पहिला घरमा सँगै बसेको,' भनिसा रक्सीको नशामा हँसिली हुँदै फेरि माइकतिर हेर्दै भन्छे, 'ऊ चाहिँ मेरो ब्वायफ्रेन्ड !'

'कति चाँडै अर्को ब्वायफ्रेन्ड बनाइसकिछ। आफ्नो भने भएको एउटा प्रेम पनि गुम्यो,' दीपक मनमनै कुरा खेलाउँछ।

'ओ ग्रेट ! नाइस टू मिट यू' भन्दै दीपक माइकसँग हात मिलाउँछ। त्यसपछि उनीहरू सँगै बसेर पिउँछन्। गफ गर्छन्। भनिसा माइकसँग लुटपुटिन्छे। त्यही चुम्बन हो भनिसाले लुकासलाई दिएकी। आज माइकलाई दिइरहेकी छे। दीपक सम्झिन्छ।

त्यसपछि उनीहरूले नै दीपकलाई अपार्टमेन्टसम्म लगेर छाडिदिन्छन्। नम्बर साटासाट गर्छन्। 'भेट्दै गर्नुपर्छ है,' उनीहरू भन्छन्। त्यो अपार्टमेन्टमा कसरी बस्ने ? बेचैन हुन्छ दीपकको मन। कोही छैन। ही सुतिसकेको हुन्छ। डेभिड आफ्नै देश गइसक्यो। मलिसाको निर्णय एउटा घातक चोटजस्तो भएर लाग्छ उसको हृदयमा। नशाको जोसमा मलिसाको ढोका ढकढकाउने निधो गर्छ। रातको बाह्र बजिसकेको हुन्छ।

'मलिसा !' ढकढक गर्दै बोलाउँछ दीपक। 'म दीपक हुँ' भनेपछि केहीबेरमै मलिसा होसियारीपूर्वक ढोका खोल्छे।

'दीपक ! तिमी यति राति किन यहाँ आएको ? मैले सबै कुरा मेसेजमा भनिसकेकी थिएँ।' मलिसामा अलिकति पनि माया देख्दैन दीपक। त्यति लामो समयसम्मको

कविता साटासाट। कफी गफ। प्रेम कहाँ हरायो ? दीपक गम्छ।

'त्यति गहिरो प्रेम पछाडि के यत्ति नै थियो हाम्रो यात्रा ?' दीपक ढोकामै उभिएर प्रश्न गर्छ।

मलिसाले दीपकलाई भित्र तान्छे। ढोका बन्द गर्दै भन्छे, 'हेर दीपक ! तिमी कस्तो मान्छे हौ ? प्रेम र जीवनसम्बन्ध अलगअलग कुरा हुन्। तिमी र मेरो प्रेम भयो। माया साटासाट भयो। तर जीवन चलाउने कुरा बाँचुन्जेलको हो। मैले भनेकी छु। हाम्रो संस्कृतिमा, म हुर्केको समाजमा बिहे भएपछि सम्बन्धविच्छेद नहोस् भन्ने चाहन्छौँ।'

मलिसाले दीपकका दुवै हात समाएर आँखामा हेर्दै भनी, 'तिमी र म एकअर्काका लागि होइनौ, विश्वास गर।'

'मलिसा ! मलिसा !! प्लीज त्यसो नभन न,' दीपकको आवाज नशाको पेगमा लरबरिएको थियो। 'म मूर्ख भएँ। म स्वार्थी भएँ। मैले मेरो कुरामा मात्रै ध्यान दिएँ। प्रेममा र जीवनसम्बन्धमा दुवै पक्षका कुरा गरिनुपर्छ। सुनिनुपर्छ। मैले बुझेँ, तिमीले बुझायौ। अब यस्तो हुँदैन। प्लीज ! हाम्रो यति लामो यात्राको अन्त्य अहिल्यै नगरौँ।'

'हो, हामी बीचमा धेरै असमानता छन्। तर यही असमानताको बीचमा समानता खोजेर जीवन जिउने होइन र ?' दीपकले प्रेमको भिख माग्यो।

दीपकले बोलेका शब्दहरूले मलिसाका आँखामा आँसु छचल्किन्छन्। तर मलिसा एकोहोरो सुनिरहन्छे मात्र। दीपक फेरि बोलिरहन्छ, 'तिमी साथमा भयौ भने म संसार जित्न सक्छु। हामीले हाम्रा कवितामा जीवन र प्रेमका कति कुरा साटासाट गरिसकेका छौँ। कति समय लगानी गरेका छौँ हाम्रो प्रेमलाई हुर्काउन। म तिम्रो सम्मान गर्छु मलिसा !'

मलिसाले आफ्नो आँखाको आँसु पुछी र केही दीपकका पनि। त्यसपछि गहिरो सास फेर्दै भनी, 'हेर दीपक ! तिमीले भनेका सबै कुरा मेरो मुटुमा गडेको छ। मैले तिम्रै अगाडि सबै भन्नुपर्थ्यो। मैले लेखेर पठाएँ। त्यो मेरो गल्ती भयो किनकि मलाई प्रत्यक्ष भन्ने आँट नै आएन। लाग्दैछ, म आफैँ यो जीवनसम्बन्ध, प्रेमका लागि तयार भइसकेकी छैन। म आफैँलाई थाहा छैन, के गर्ने ? त्यसैले आई एम सरी !' मलिसा कठोर हुन्छे।

दीपकलाई रक्सीको नशाले बिस्तारै छोड्दै जान्छ। रक्सीले भावनामा अझ बढी बहकाउँछ भन्ने उसले बुझेको थियो। 'ठीकै छ मलिसा ! अल द बेस्ट। सरी टू डिस्टर्ब यू।'

दीपक बाहिर निस्केर आफ्नै अपार्टमेन्टतिर लाग्छ। बिहान एक बजिसकेको हुन्छ। रातभरि मनमा अनेक कुरा खेलाउँछ।

'खोइ कुन हो अमेरिकी सपना ? आफ्नो देश छोडेर। बाउआमा छोडेर। विदेशमा प्रेममा धोका खाएर बाँच्नु अमेरिकी सपना हो र ? कि त्यो सपना सपना हो, जहाँ

परिवार र आफन्तसँग बसेर हरेक दिन बिताउन पाइयोस् । त्यहाँ हरेक दिन आफू जन्मिँदैदेखि हिँडेका बाटाहरूमा दौडिन सकूँ । माटो । हावा । चराचुरुङ्गी । पतभ्कड । बिरुवा सबैसँग अभ्यस्त हुँ । जसलाई म चिनूँ । जसले मलाई चिन्छ । म त्यही जीवनमा जान्छु । मेरा लागि त्यही हो सपना । त्यही हो सपनाको देश ।' सोच्दासोच्दै दीपक निदाउँछ ।

स्वप्निल देशबाट मुक्ति

बिहान आठ बजेतिर बिउँझिन्छ दीपक। हिजोको ह्याङओभर। मलिसाको पत्र। मलिसासँगको वार्तालाप। दीक्षान्त समारोह। सबै दृश्य एकैचोटि आएर अत्याउँछन् उसको मन र मस्तिष्कभरि। विकाससँगको सहकार्य। बेगल स्टोर र सकुलेन्ट स्यान्डबिचमा काम गरेका दिनहरू। 'ओहो कति चाँडै बितेछ!' दीपक फुसफुसाँउदै बैठक कोठामा आउँछ र झ्यालबाहिर हेर्न थाल्छ।

झरी परिरहेको हुन्छ। बाछिटाहरू ठोक्किरहेका हुन्छन्। शिशिर सकिएपछि पपलरमा मुनाहरू पलाउन थालिसकेका हुन्छन्। लोखर्केहरू तलमाथि बुर्कुसी मार्दै हुन्छन्। झ्यालको सिसाबाट दृश्यलाई मधुरो बनाएर पानी तरर चुहिरहेको हुन्छ। दीपक हातखुट्टा थकित भएझैँ आङ तन्काउँछ र हाई काढ्छ। ल्यापटप उघार्छ। इमेल चेक गर्छ। बहिनीको इमेल पढ्छ।

दाजु ! तपाईंलाई कस्तो छ ?
हामीले धेरै मिस गरेका छौँ।
कहिले आउने हो नेपाल ?
चाँडै आउनूस् है।

भावुक भयो दीपक। बुबाआमासँग भेट नभएको पनि झन्डै दुई वर्ष भइसकेको थियो। दीक्षान्त समारोहमा आमाबुबालाई बोलाउन खोज्दा अमेरिकी दूतावासले भिसा दिएन। गृह-आतुरताले बेचैन बनाउँछ दीपकलाई। बहिनीको इमेलले उसलाई झन् कर्तव्यनिष्ठ बनाउँछ उसलाई।

दीपक ल्यापटप बन्द गर्छ। भान्सातिर जान्छ। एक बोतल पानी पिउँछ। फेरि बैठक कोठामै आउँछ। झ्यालबाहिर हेर्छ। झरी परिरहेकै छ। मनमनै सोच्न थाल्छ।

'अहँ ! म यो अमेरिकामा बस्न सक्दिनँ । यो मेरो सपनाको देश होइन । सपनाको देश त म जन्मेकै देश हो । अवसर आफूले बनाउने हो, अरूले होइन । मैले मेरो जन्मभूमिलाई लत्याउनु हुँदैन । सम्हाल्छु मेरो देशलाई । म जति सक्छु, नेपालमै गएर गर्छु ।'

रूखका पातहरूबाट तपतप पानी झरिरहेको हुन्छ । बाहिर परेको पानीले ठाउँठाउँमा दह बनाएको देखिन्छ । ऊ सम्झिन्छ, लक्ष्मीप्रसाद देवकोटाको निबन्ध, 'के नेपाल सानो छ ?'

'हिरा सानो हुन्छ । मोती सानो हुन्छ । मणि सानो हुन्छ । मिष्टभाषी निर्मल शिशु सानो हुन्छ । आँखाको नानी सानो हुन्छ । मुटुको केन्द्रको झल्का झन् सबैभन्दा सानो हुन्छ । यो पृथ्वीको सानो शिरबिन्दु नै होस् तर औंकारको बिन्दु झैं परमानन्द घनीभूत छ । सानो भनेको के ? ठूलो भनेको के ? यो दुनियाँमा तारालाई ठूलो भनौं भने अनन्त आकाश जूनकीरीजस्ता देखिन्छन् । बालुवाका दानालाई सानो भनौं भने एक कणमा सूक्ष्मदर्शी यन्त्रले र विज्ञानले विश्वको झिलीमिली जादूगरी दर्साइरहेछन् ।'

देवकोटाले त्यसै लेखेको होइन रहेछ । मलाई शरणार्थीजस्तो भएर यो देशमा बस्नु छैन, ऊ सम्झिन्छ । 'जति भए पनि आफ्नो मातृभूमिजस्तो ठूलो चिज दुनियाँमा केही हुँदैन । हाम्रो हृदयको स्नेह सानो केन्द्रमा तीव्रता लिँदो रहेछ- जस्तो घामको स्वभाव छ । म आफ्नै देश जान सकूँ जहाँ जीवनका रङ्गीन फूलहरू फुलाउन सकियोस् ।'

ऊ देख्छ, आफ्नै आँखा अघि लहलह झुलेका अन्नबालीहरू । आफ्नै गाउँमा फुलेका तोरीका फूलहरू । हरिया सागसब्जी । लहरै बनेका छरछिमेकी । किसानी जीवन । बाउले जमिन जोत्दै गरेको दृश्य । एक हल गोरू । साधारण जीवन । तरकारीका लता र लहराहरू छानाछानामा लटरम्मै फलेका । आँगनमा बाख्राका पाठाहरू उफ्रँदै गरेका । चारो टिप्दै गरेका कुखुरा । धान चुट्दै र परालको कुन्यू लगाउँदै किसानहरू । आहा !' दीपक मनमनै कल्पिन्छ ।

दीपक सम्झिन्छ, आफू नजिकैको गाउँले पाठशालामा विद्यार्थीहरूलाई पढाउँदै ज्ञान बाँड्दै । सँगै भान्सामा आमाबुबा र दिदीबहिनीहरूसँग बसेर खाना खाँदै । अनि कल्पिन्छ, त्यो भन्दा ठूलो सपना न अमेरिकी हलिउडको हुन्छ, न अमेरिकी प्रेमिका, न त चिल्ला र फराकिला बाटाकै ।

'अहँ ! अमेरिका कत्ति पनि सपनाको देश होइन । मलाई कुनै प्रेममा अल्झिएर जीवनको महत्त्वपूर्ण खुसी लुटाउनु छैन,' दीपक दृढ निश्चयी हुन्छ ।

'मलाई यहाँ बसेर गणेश हुनु छैन । आखिर डेभिड पनि त परिवारभन्दा ठूलो केही होइन भन्दै फर्कियो । म कुन भ्रम पालेर यो देशमा बसिरहने ?'

आफ्नो अतीत र बालापन सम्झिन्छ दीपक । त्यो दुब्लो पातलो दीपक स्कूलको सानो तलाउमा खाली खुट्टा बसेर मसिना ढुङ्गा हान्दै छाल र प्रतिछाल हेरेर रमाउँछ । स्कूले घण्टी लाग्दा कक्षाकोठातिर कुद्छ । 'आज त्यही दीपक यति ठूलो

भएर अमेरिकी डिग्री लिएर फर्कँदैछ नेपाल,' ऊ मनमनै फलाक्छ। फेरि डेभिडलाई सम्झिन्छ।

अन्ततोगत्वा जहाजको टिकट काट्छ दीपक।

सबै सामान पोको पार्छ। हीसँग बिदा माग्छ। एयरपोर्ट पुग्छ। विमान चढ्छ। कल्पिँदै हुन्छ, 'गाउँ भन्ने शब्द नै कति प्यारो! विगत र सम्झनाहरू आउँदा मुटु गाउँमै धड्किन्छ। मलाई चाहिँदैन, अमेरिकाको भ्रमपूर्ण स्वप्निल संसार। मलाई चिल्ला बाटामा गुड्ने महँगा कारभन्दा मेरै गाउँमा बहने चिसो हावा मीठो। मलाई महल वा महलभित्रको कृत्रिम सजावटभन्दा झुपडीको प्राकृतिक सौन्दर्य राम्रो। मलाई गगनचुम्बी महलहरूभन्दा मेरो गाउँबाट उत्तरतिरका देखिने उत्तुङ्ग हिमाल र पहाडहरू राम्रा। कृत्रिम ताल झरना होइन, मेरो गाउँका प्राकृतिक तलाउ र झरनाहरू राम्रा।

आधुनिक दुनियाँले बनाएको सर्कसभन्दा एकोहोरो बगिरहेको मेरो गाउँले खोलाको गाउने गीत मीठो। कैयौँ दिन फ्रिजमा बसेका सुगर र प्रेसर बढाउने अमेरिकी खानेकुराभन्दा खेतबाट सीधै भान्सामा पुग्ने अन्नबाली र ताजा फलफूल जाती। बिहानै उठेर आधुनिक बन्न मर्निङ वाक गर्नुभन्दा बिहानको स्वच्छ हावामा आफ्नै गाउँको उकाली-ओराली गर्दै, आफैँले बाटो बनाउँदै माटो र वनस्पतिको सुगन्ध लिँदै हिँड्नु जाती।

हरेक दिन वाइफाई खोज्दै भाइबर र फेसबुकमा आफ्ना र परिवारसँग समयमै बोल्न नपाउनुको पीडाभन्दा आफन्तसँगै मस्त रहनुको मज्जा कहाँ छ? मलाई अब अमेरिकामा सपनाको भ्रामक संसार बनाएर बाँच्नु छैन। मलाई मेरै देश सपनाको देश जानु छ। जुन मेरो सपनाको देश हो। स्वप्निल देश हो।'

आन्ध्र महासागरभन्दा करिब चालिस हजार फिटमाथि कतार एयरलाइन्सको जहाज उडिरहेको हुन्छ अमेरिकालाई छाडेर।